지리산
쌍골죽

지리산 쌍골죽

발행일   2024년 7월 3일

지은이   신익순
펴낸이   손형국
펴낸곳   (주)북랩
편집인   선일영   편집   김은수, 배진용, 김현아, 김다빈, 김부경
디자인   이현수, 김민하, 임진형, 안유경   제작   박기성, 구성우, 이창영, 배상진
마케팅   김회란, 박진관
출판등록 2004. 12. 1(제2012-000051호)
주소   서울특별시 금천구 가산디지털 1로 168, 우림라이온스밸리 B동 B113~115호, C동 B101호
홈페이지 www.book.co.kr
전화번호 (02)2026-5777   팩스   (02)3159-9637

ISBN   979-11-7224-169-8 03810 (종이책)   979-11-7224-170-4 05810 (전자책)

(주)북랩 성공출판의 파트너
북랩 홈페이지와 패밀리 사이트에서 다양한 출판 솔루션을 만나 보세요!
홈페이지 book.co.kr   •   **블로그** blog.naver.com/essaybook   •   **출판문의** book@book.co.kr

작가 연락처 문의 ▸ ask.book.co.kr
작가 연락처는 개인정보이므로 북랩에서 알려드릴 수 없습니다.

지리산
쌍골죽

신익순 소설집

아름다운 토박이말로 섬세하게 그려낸

한 시대의 삶과 사랑,

그리고 시절인연 이야기!

북랩

차례

작가의 말

처음엔 덫에 걸린 장끼의 비명인 줄 알았다. 그 우렁찬 외침이 끊이지 않고 이어졌다.

"꺼억~꺽!"

소리 나는 곳을 찾아가 보니 의외의 존재다. 생후 하루도 채 안 된 눈먼 고양이 새끼가 어미를 찾으며 제자리에서 빙글빙글 돌고 있다. 털 없는 생쥐 같은 미물 어디에서 그다지도 큰 외침이 떨쳐 나올까. 어미로부터 버림받았음에 대한 한탄과 원망의 표상이었으리라. 젖물림을 포기한 그 어미가 먼발치에서 안타까운 눈빛으로 새끼를 쳐다보며 배회하고 있다.

이 어미 들고양이가 자신이 내린 최선의 판단에 따라 버린 새끼를 바라보는 심정으로 글을 써 내려갔다. 어쩔 수 없는 현실에 대한 연민과 냉혹성이 결부된 눈초리로….

생명 연장을 위해 본능적으로 아우성치는 미완성 인격의 군상들. 어차피 완벽한 인생은 없다. 저 멀리 참호 속 총알 잃은 생의 흔적을 더듬어 헐거워진 나사를 죄어 가며 한 편, 한 편의 소설을 탈고했다. 표제작인 중편 「지리산 쌍골죽」은 한국전쟁 전후의 이념 대립으로 희생되고, 또 극복해 나가는 사람들의 이야기를 그렸다. 내서리 너럭바위에 졸고 한 뭉치를 올려놓고, 침묵의 지리산 대령께 고하며, 만휘군상에 서린 동티를 천 리 밖으로 쫓아내기를 비손한다. 단편 일곱 작품도 사람들이 각자의 시절인연에 따라 자아를 외치며 생을 관조해 나가는 과정의 이야기들이다.

심혈을 기울여 강호에 서사의 돌멩이 하나를 던지지만, 알고도 버리지 못한 아집에 대해 아쉬움이 남는다. 두텁게…. 아무쪼록 가독성이 떨어질 수 있는 일부 단어에 대한 독자 제현의 이해를 바란다. 다소 낯선 순우리말도 입에 잘 굴러가는 단어는 후세대가 애용해 널리 퍼뜨려야 되리라 본다. 과거 대하소설 박경리의 「토지」나 최명희의 「혼불」에 나오는 토박이 단어 중에는 현재 일상화되어 중고교 국어책에 수록된 것도 있고 그렇지 못한 것도 있다. 한글의 우수성이 문화의 융통성과 직결되지 않겠는가? 옛 까까머리 시절 채워 담았던 국어 시간의 정기를 이어받아 이름을 올린 글바치로서 그 역할에 일조하고 싶다. 그래도 타인의 글을 접하면 미처보지 못한 단어와 글귀들이 눈에 띄는, 내 어휘력과 문장력의 한계를 자감하는 건 아마 세종대왕의 한글 창제 정기의 무한함이 증명되는 것이리라.

영사막을 통해 암흑을 뚫고 시야로 확대되어 오는 뭇 사람들의 움직임. 저 남자, 저 여자의 인생을 코 아래로 훔쳐본다. 잘나거나 못난 그들이 내 집 마당에 찾아와 웃음 띠는 날이 과연 현실에 가능할까? 그들의 삶에 녹아 있는 인생 철학들은 과연 나의 정서를 제압할 수 있는가? 아니면 내가 그들을? 비록 현실의 나는 불가능하더라도 소설 속 주인공을 등장시켜 어차피 창작의 산물에 불과한 무대의 군상을 능가할 수 있으리라. 그네의 삶을 씨줄과 날줄로 엮어 세상에 내놓는 이 작은 소설집에 대한 독자들의 응원에 힘입어 언젠가 그런 날이 오기를 고대한다. 그리고 하늘과 땅과 자연의 소리를 들으며 집필에 매진할 것을 다짐해 본다.

오늘은 왠지, 그 무엇을 그려보며 밤늦은 공원의 가로등 불빛 아래 흰머리 휘날리며 비틀대는 취객이 되고 싶다.

2024. 여름
피아골 지치산방에서
聽山 신익승

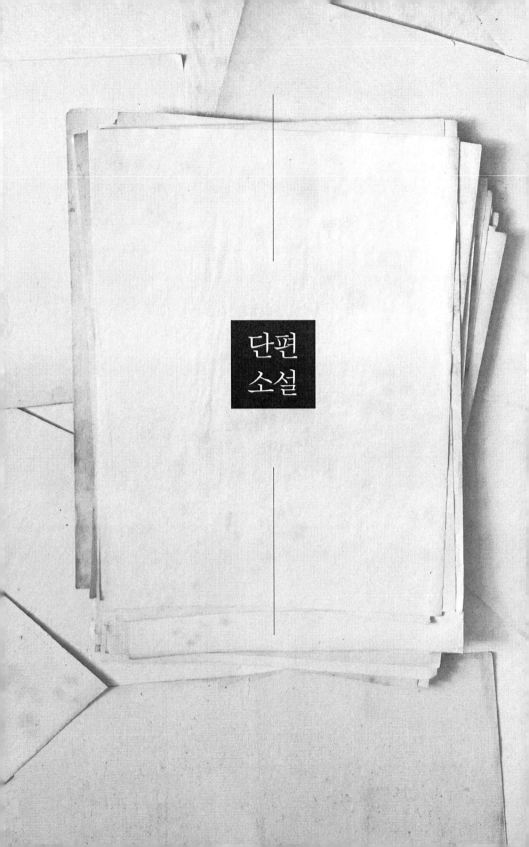

단편
소설

밤마실

붉은 햇덩이가 뉘엿뉘엿 넘어가는 해거름. 가뭄으로 뉘렇게 말라버린 잔솔밭 속 잔디 둔덕의 누르튀튀한 송장메뚜기 한 마리가, 떠날 기미가 전혀 없이 시종일관 미동도 하지 않고, 죽은 듯 엎드려 있다. 마치 생과 사의 칸막이 깊이를 가늠하면서 잃어버린 육체의 영혼을 호송해 염라를 향해 재우치려는 음침의 표상, 저승사자인 양. 석양에 점령되어 황달이 든 산등성이가, 배가된 적막감 속에, 뉘엿거리는 햇발을 거둬들이며 농도 짙은 먹그림처럼 서서히 암흑의 세계로 빠져들었다.

혜숙은 어스름해지는 자드락길 문간에 바짝 붙어 서며 문고리를 잡고 흔들었다.

"새댁, 집에 있당까?"

연경이 나이 들어 고등학교 다니는 손자가 여럿 있지만, 아직 새댁으로 불렸다. 스물두 살 시동생인 현우가 5·16 혁명이 나던 해 산골 허실마을 시댁으로 데리고 와 혼사를 치르고 맞은 손아랫동서 연경을 자연스레 새댁이라 불렀다. 그날 이후 어언 오십여 년의 세월이 흘렀으나 한번 입에 밴 호칭은 평생 변함없이 여일했다. 잠시 출타한 남편의 건넌방을 소제하던 연경이 고개를 내밀며 손윗동서를 맞았다.

"형님, 오셨어요? 들어오시지예."

"아니, 전할 말이 있어 잠깐 들렀제. 애들이 낮에 찾아와 부모 대접한다고 먹거리를 바리바리 싸 와 술찬하니 풀어 놓고 갔네. 집에서 새로 수확한 찹쌀 누룩으로 빚었다는 산양삼 농주도 한 병 두고 갔고. 삼봉산 지하 암반층에서 용솟음쳐 솟아난 광천수를 이용했다나. 이따 밤이 이슥해지면 데런님 모시고 우리 집으로 건너오게나."

"동혁이 조카 식구들이 다녀간 모양이지예. 정성 어린 음식에 가족의 참된 정이 담겼네요. 며느리와 손자들도 별일 없으시죠?"

"노닥거리는 폼으로 보아 다들 잘 지내는 것 같아 보였네. 영조에미가 늦둥이 넷째를 가졌는지 배가 제법 불룩해 보였고. 친손자는 셋 얻었으니 이번엔 손녀면 좋으련만…."

수많은 순난자를 탄생시킨 한민족 최대 비극, 6·25 동란이 끝나고 사회가 한창 어수선하던 50년대 중반 무렵. 창원 정씨인 혜숙이 칠칠하고 함치르르한 생머리를 흩날리며 생기발랄하던 큰아기 시절, 멀쑥한 키에 한 손을 치마허리 앞단 안의 배꼽노리에 찔러 넣은 채 볼우물이 핀 박꽃같이 흰 얼굴 입가에 엷은 미소라도 띨라치면, 동네 총각이나 사춘기 머슴애들이 황홀경에 빠져 남상거리며 훔쳐볼 정도로 한미모했던 총아였다. 치솟는 자만심으로 눈이 높아 좀쳇것이나 좀쳇일은 거들떠보지도 않을 정도로 도도했다. 그러나 불같이 물이 올라 산촌마을 고샅길을 훤히 밝히며 천지간에 자존자대하던 그미의 날씬한 몸매와 고운 맵드리의 이팔청춘은 마른 땅에 가랑비 스머들 듯 흔적 없이 사라졌다.

되뚝한 콧대를 세우고 날씬한 허구리를 거들거리며 샤랄라 우쭐대던 처녀 시절의 인생 1막 연극도 부화한 채 삼종지도(三從之道)를 강조하던 산골고라리 부친의 지엄한 따끔령에 의해 그 막이 단칼에 내려졌다. 조신하게 굴며 태깔 나는 처녀 노릇을 본격적으로 해 보기도 전인 열여덟 살에 친정인 전남 담양 땅 한재골에서 경남 함양 땅 삼봉산 아래 등구골 깡촌인 허실마을로 시집왔다. 파평 윤씨 집성촌인 이 마을 촌구석에서 닫아걸 대문도 변변찮은 가난에 허덕이며 호락질로 3대째 살아가고 있는 양반 퇴물 윤원식의 맏아들 시우가 남편이었다. 가난도 비단 가난이라 반치기 시대 남정네들은 비루한 주제꼴에도 남 앞에서는 가즈럽게 산소리하며 체통을 지키는 편이었다. 이 점이 자유분방하게 살아온 혜숙의 시집살이를 무장 대근하게 했다.

신랑의 기골은 미쭉하고 장대해 한재골에서 치른 혼례 때 초행 손님 역할을 톡톡히 했다. 그러나 돈바른 성격에 더해 강팔지고 젊은 혈기를 잘 누르지 못해 욱기를 보이는 성품이었으므로 새색시는 조비비듯 마음이 조마조마하며 신혼 생활을 이어 갔다. 대체로 헌헌장부 급에 속하는 열아홉 살의 시우는 상투를 튼 후 마고자에 두루마기를 걸치고, 산골 여인치고는 보기 드문 절색의 색시를 얻어 세상을 얻은 것처럼 좋아했다. 그러나 초례하고 한살된 지 6

개월도 못 돼 군대 영장이 나와 멀리 강원도 철책선 근처 전방 부대로 입대해 버렸다. 깨가 쏟아지는 신혼의 단꿈을 맛볼 겨를도 없이 시우와 생이별하고, 계절이 바뀌는 것도 모르고 그저 마당 너머 동산 청송과 재 너머 마루금 위의 흰 구름이나 벗삼으며 적막강산에 잠겨 지냈다. 살아생이별은 생초목에 불붙는다더니, 밀월에 도취된 갓 결혼한 남녀의 생이별은 차마 못 할 일이었다.

시어머님 모시고 요럭조럭 겨우 입에 풀칠이나 함 직한 밭뙈기 구매농사를 잔약한 몸뚱이를 굴려 가며 남편 대신 홀앗이로 도맡아 짓느라 몸 성할 날이 없었다. 진일 마른일 할 것 없이 이골이 난, 힘에 부치는 집안일 두량이 개미가 절구통 물고 나가는 격이었다. 식솔을 거두느라 맛문해진 얼굴이 새까맣게 그을려, 몸가축하던 처녀 때의 백옥 피부는 속옷 깊숙이 감춰진 살갗 외에는 눈 씻고도 찾아볼 수 없었다. 나절가웃이면 족히 갈 수 있는 친정 근친은 말도 꺼내지 못하고 있다. 보고 싶은 엄마가 있는 담양 땅으로 향하는 저 멀리 서녘 하늘 아래 아슴푸레 걸린 이름 모를 재빼기만 쳐다보면서 남모를 눈물만 삼켜 오곤 했다. 귀머거리 삼 년이요, 벙어리 삼 년이라, 해 뜨면 해껏 일하고 해 지면 끼닛거리 챙기고….

날파람쟁이 줏대가 다분한 시아버지는 영락한 가문의 자존심을 내세우려 깃기바람 풀럭이고 여기저기 유세깨나 떠는 길카리를 찾아다니며 기신거렸다. 허명을 좇아 가을 중 싸다니듯 원근을 개의치 않고 잘잘대며 선바람쐬는 데 열중했다. 온 천지를 메주 밟듯 발록발록 돌아치며 타관 나들이에 몰두하는 그는 밭농사 일에 거의 나 몰라라 하는 편이었다. 소양배양하는 나이 어린 똘똘이 시동생 현우와 코흘리개 시누이 한 명이 있었지만, 밭일에 별 도움이 되지 못했다. 혼자 챙기며 감장하는 집안 살림이 퇴내기도 하지만 호된 집살이를 피해 갈 수는 없었다.

목하 녹음방초승화시(綠陰芳草勝花時)라! 한여름의 무성함을 예고라도 하는 듯 진솔옷으로 갈아입은 신록이 시나브로 새뜻한 제 빛깔을 띠며 볼품 있게 무르익어 가던 어느 초여름 날 정오 무렵. 집안 일하러 들어가면 한가하고, 집 밖 일하러 나가면 바쁜 것이 시골살이의 다반사였다. 소득소득 말라비틀어진 황엽이 꺾여 너덜거리는 수수깡 사이로 잡초만 덩거칠게 무성한 마을 어귀 자드락의 감사나운 묵정밭. 태없이 옷을 대강 몸에 걸친 혜숙은 곡괭이와 호미로 연달아 흙밥을 파헤쳐 가다루며 고추와 파를 심을 밭이랑을 만들고 있었다. 갈문이나 밭부침 곡괭이질과 고무래질은 헌걸찬 신랑 몫이었는데 조갯속게처럼 연약한 여인의 몸으로 자디잔 손을 지렛대 삼아 허덕허덕 휘두르려니 여간 힘든 게 아니었다.

무심결에 돌덩어리라도 찍으면 아릿한 손목의 진동이 정수리까지 치밀었다. 그럴 때면 농사일 건잠머리도 제대로 해주지 않고 새색시 떨구고 집 떠난 서방이 더 원망스러울 뿐이었다. 주위에 솔개 그늘 하나 찾아볼 수 없고 바람 한 점 없이 재글거리는 땡볕 아래에서 수건을 들쓰고 쭈그리고 앉아 안반 같은 엉덩짝을 질질 끌며 신발을 비벼 나갔다. 볼된 일에 입안이 바싹 마르고 콧구멍에서 단내가 치밀어 올랐다. 벼락덩이를 뒤집어엎으며 쉴 새 없이 긁어 내리는 호미질로 정신이 혼미해져 오자 남새밭 작은 이랑이 깊은 산처럼 크게 펼쳐져 보였다.

한참 만에 허리를 펴고 일어나 옆구리를 팔자로 흔들어 돌리며 뻐근한 근육을 풀었다. 정강이 뒤 장딴지가 마치고 팔꿈치 위 힘살이 무지근히 쑤셔 왔다. 아래로 꺾여 굳어버린 목 근육을 풀기 위해 고개를 들어 잠시 하늘을 쳐다봤다. 손에 쥐고 늘어뜨린 호미마저 아름차 떨쳐 버릴까 말까 잠시 망설이며 심상히 올려다본 뭉게구름 사이로, 옷가지를 벗어 방바닥에 내팽개치고 거친 숨을 몰아쉬며 이드르르한 알몸으로 호롱불 아래 이불 속으로 감사납게 덤벼들던 시우의 벌건 얼굴이 구름발에 오버랩되었다. 애증이 엇갈린 서방 생각에 묘한 기분이 들자 저 하늘 구름을 밭고랑처럼 호미로 확 갈아엎고 싶은 충동을 느꼈다. 손자 볼 욕심에 지팡이를 드던지며 무꾸리를 다니던 시아버지가 면회라도 한번 다녀오라고 넌지시 귀띔해 주고 있지만, 집안일로 차일피일 느루 재고 있었다. 올가을께 건들마가 불어와 선선해지면 비록 천릿길 발걸음이라도 먼지떨음해 기필코 한번 다녀오리라 속다짐해 왔다.

산기슭 언덕 아래 허실마을 쪽으로 시선이 쏠리자, 혜숙은 손차양을 하고 내려다 봤다. 저만치 일망지하로 보이는 당산나무 숲 위로 길게 가로 걸린 아지랑이가 아물거리며 고즈넉한 산골 정경을 뒤덮고 있었다. 감 고장 인심의 평온한 마을이었다. 한두 채 기와 지붕을 제외하면 대부분이 뱀이 기어가듯 울퉁불퉁한 용마름에 덮인 초가지붕이고, 드문드문 보이는 슬레이트·양철 지붕들이 마치 게딱지처럼 나부랑납작하게 내려앉아 한낮 정적에 침적하였다. 희미하게 들려오는 쌀 찧는 소리와 허공을 가르는 개 짖는 소리, 닭 울음소리가 사람 사는 터전임을 드러내려는 듯 간간이 울려 나왔다. 호불호 긍불긍이 스며들 여지가 없는 고만조만 인생사가 묻어나는 작은 농투성이 마을. 비록 무무하나 큰 희망이나 욕심 없이 소박하게 끼니나 때우고 터덕거리며 살아가는 무룡태 집단의 촌락이었다. 어제와 내일이 별반 다르지 않은 두럭 집집마다의 어금버금한 살림살이가 모래 구덩이 안에서 모래만 이리저리 옮기는 것처럼 변함없이 한대중으로 무미건조하게 유수처럼 흘러가고 있었다. 혜숙 주위의 뒷산 먼 숲에서 가다가다 들려오는 뻐꾹새와 소쩍새의 한가로운 합창 소리가 그나마 구름 흐르는 소리도 들릴 것만 같은 산골의 괴괴한 정적을 깨뜨렸다.

그때 먼발치로 한마을에 사는 남편 불알친구인 일용이 너설한 등거리를 걸친 채 지게에 똥장군을 짊어지고 파르족족한 언덕배기 샛길을 비척거리며 돌아나가는 모습이 보였다. 힐끗 혜숙을 처다보더니 지겟작대기를 휘두르며 아는 체하고 지나갔다. 멀쩡한 허우대치고는 팽패로운 성질의 딱장대인 일용이 평소 야릇한 눈찌로 신들신들 엉너리치며 그녀를 바라보곤 하던 지정머리를 혜숙은 영 마뜩잖게 여겨 미어 오던 터였다. 마을 초입에서 어쩔 수 없이 마주치게 되면 눈을 희번덕거리며 실떡거리는 그를 초친놈이라 무시하고 내광쓰광 냉정하게 고개를 돌리곤 했다. 근동에서 본데없이 자란 후안무치한 만무방으로 소문난 그는 군던지러운 말추렴이나 돌출적이고 엄발난 행실머리로 동네 사람들로부터 손가락질을 받는 요주의 인물이었다.

혜숙은 참이나 먹을 요량으로 들놓고 두렁 위 부들부들한 여름풀을 헤치며 밭둑 언덕 아래 계곡으로 내려갔다. 엉덩잇짓 밭일로 휘질러진 치맛도리를 손바닥으로 털며 흐트러진 매무새를 다듬었다. 땀발로 뒤발한 얼굴을 계곡물로 씻어 내고 시동생이 입맷거리로 싸준 삶은 햇완두콩과 묵은 감자로 새참 입매를 할 참이었다. 소폭들 바위 뿌다구니를 뚫고 흘러내리는 세찬 쏠물 소리가 주변의 소음을 죄다 집어삼킬 기세였다. 거춤거춤 몸을 닦은 혜숙은 바로 옆 솔수펑이로 둘러싸인 그늘 속 조그마한 공터로 들어가 옷깃을 여민 뒤 머릿수건을 끄르고 살품 속을 간질이는 삽상한 골바람을 맞으며 땀을 식혔다. 트레머리 밑의 햇볕에 그을린 뻐개지는 듯한 뒷덜미를 어루만지며 나라진 몸에 그나마 찬바람이 도는 생기를 불어넣었다. 유일한 짝인 근방 보득솔 솔가지에 앉은 들새 밀화부리 한 마리가 떠나기가 싫은 듯, 덩그러니 홀로 서 있는 낯선 한 인간을 기웃기웃 넘성거리고 있었다.

마침 한 사람이 드러누워도 좋을 만한 너럭바위가 있어 오보록한 풀떨기를 헤집고 바위에 옹그리고 걸터앉아 잠시 숨을 고르며 휴식을 취했다. 그리고 생각 없이 감자 보퉁이를 풀어 헤치려는 순간! 시커먼 그림자가 눈앞을 덮으며 누군가 등 뒤로 올라탄 듯 우악스러운 손으로 그녀의 목을 감싸 안았다.

"워매, 깜짝이야! 뒤에 누구당까?"

급히 고개를 뒤로 잦뜨려 돌아다보니 음충맞은 얼치기 일용이가 예의 축축한 눈빛을 번득이며 내려다보고 있었다.

"누구긴 누구. 나여, 시우 친구 일용이…"

그리고는 뒤에 선 채 허리를 굽혀 투박한 손가락으로 혜숙의 앞섶을 익숙한 솜씨로 풀어 헤치더니 탐스러운 대접젖의 젖가슴 속으로 손바닥을 쑥 찔러 넣었다.

"아구메, 웬 느자구 없는 불한당 놈이 밸시럽게 사람 잡네. 사람 살려잉~!"

"만다카노. 여긴 소리 질러 봐야 아무 소용없어. 물소리에 묻혀 저짝까지 들리지도 않을뿐더러 이맘쯤 근처엔 아무도 없을 거구먼. 설령 누가 보면 어쩔 거여, 내가 띠리한 난봉꾼이자 주릿대라는 건 온 동네 사람이 다 아는 사실인데 뭐."

"오살맞게 지랄허네! 아니, 간뎅이 부셨나, 깨복쟁이 친구 여편네를 어쩌려고 그런디야. 육시를 하고도 남을 놈, 지발 허짓꺼리 그만 하랑께."

평소 검센 말빨을 앞세워 한성격 하던 혜숙이 육탄방이라도 할 보짱으로 그녀의 젖퉁이를 웅그리고 꿈쩍 않는 일용과 대거리를 벌리며 새되게 악을 써 댔다.

"시우 군대 가고 입때껏 휴가도 한번 안 다녀갔는데, 그동안 독수공방 외로워서 어떻게 지낸 거여. 내가 시우라 생각하고 주디 닥

치고 순순히 받아들여!"

이성을 잃고 독살이 나 눈썹을 씰룩거리고 두 눈알을 부라리며 콩팔칠팔 으름장을 뇌까리는 일용을 올려다보는 순간, 달걀로 바위 치기인 제반 상황으로 미루어 항거가 불가하다고 깐본 혜숙은 최후의 보루라도 지킬 요량으로 일단 말머리를 돌려 일용을 종용해 보았다.

"그럼사, 배꼬마리 위는 앵간치 허락할 끼니 그 밑에 꺼정은 손대지 마시요이!"

"아따, 우리가 빙시가? 그게 인력으로 맘대로 되겠는감. 시우 그놈이 자네 몸띠 위로 호래이처럼 덮쳤을 때 생각해 봐. 뻐히 알미시로…"

꺽센 일용이 욱대기며 비꼬는 소리로 퉁바리를 놓더니 숙달된 손놀림으로 들입다 밀어붙였다. 겁먹은 혜숙이 그의 가슴패기를 냅다 두어 방 방이고 한차례 뒤재비꼬며 밀막으려고 버둥거려 보았으나 별도리 없이 곧바로 너럭바위에 쓰러져 깔렸다. 덤턱스러운 몸뚱이로 몸부림치는 그녀를 출무성하게 굵직한 허리통으로 지지 누른 일용이 끈끈한 음담을 게걸스레 내뱉었다.

"…, 어때, 쫀게 찌릿해 오는감? …, 신카노코 있는 거 인자 내놔뿌라마. …, 하악, 학…, …."

"오, 오음, 써글놈이, 우짜까이, 호, 아이고~ 징한거, …, 언능 싸게싸게, …, 으메 나 죽네. 호오, …, 후, 후음…."

품방아를 찧으며 감창소리 요란하던 한바탕 일진광풍 운우지정의 정사가 끝나고 얼마간 침묵이 흘렀다.

"………."

정욕의 열정이 사그라져 재가 되자 먼산바라기처럼 기운이 축 처져 앙가슴을 헤치고 느즈러진 채 주섬주섬 치맛단을 끌어 내리며 무명 치마에 붙은 너스래미를 떼내던 혜숙이 바위를 털고 돌아 앉으면서 말했다.

"인자 이녁이 그 무거운 몸뚱아리로 지질러 내 몸에 요로크롬 도장을 꽉 찍었는디, 어쨔쓰까요."

"어쩌긴 어째."

개맹이가 풀린 눈으로 물끄러미 하늘만 쳐다보고 있던 일용이 본숭만숭 건성으로 코대답하면서 말쌀스레 등을 보이고 돌아누웠다. 남자는 배짱이요 여자는 절개랐는데, 배짱 좋은 일용이 혜숙의 절개를 짓밟았다. 그 여자가 뱃대끈을 졸라매고 매무시를 가다듬더니 도끼눈을 뜨고 노려보며 바지를 추어올리고 오리발을 내미는 그 남자를 다그쳤다.

"이런 오라질! 참말로 얼척없네이. 긍께 서방 있는 여자를 기엉코 허벌나게 더럽혔는디, 뭐야 거시기… 기왕지사 벌인 떡치기판, 책임을 져야제. …. 말해 보시오, 우짤랑가요."

"옴~마, 책임? 곽중에 뭔 책임. 글컹대지 말고 앵간히 쫌 하소. 너무 힐난조로 따지지 말고. 자네도 홍콩 문턱까지 가면서 껄떡대고, 문때고 좋아했잖아. 아랫도리가 아직까지 우리하네. 그라고 손바닥으로 내 등때기를 잡아 흔들어 대던 바람에 손톱자국에 피멍울까지 맺혔구먼… 좋아, 책임이야 지지. 매매 들으소. 이태만 지나면 시우가 제대할 끼고, 그카다 새끼들도 줄줄이 깔 거 아닌감. 갸들이 나중에 배곯는 일이 생기면 내가 만석꾼은 아니라도 천석꾼 정도는 되는 집 맏아들이니 불알친구 정을 핑계로 쌀됫박 몇 개씩은 채워서 알게 모르게 보내주기로 약속하지. 나와 배를 맞춘 자네 새끼들을 비럭질하는 걸배이로 만들 수는 없지. 그때마다 나본드끼 하소."

"염빙할, 싸가지없이 주뎅이는 양글구만이라이…. 아갈머리로 내뱉은 고 약속은 얄짤없이 지키소이. 나가 두고 볼랑께. 그라고 귓구녕 열고 잘 들으시오잉. 시방 치른 사달은 지 서방이나 동네 사람 아무한테도 입 밖에 내지 말아브요. 씨잘대기 없이 헛질허지 말고. 만일 쬐까라도 그레 됬시 낫으로 이녁 찔러 죽이고, 나도 혀 깨물고 콱 죽어버릴 꺼니께…. 거짓깔 아니랑께. 근디, 어짜든 우리 비밀은 뽕나지 않게 무덤꺼정 가져가시요."

혹시 뒤듬발이 일용이 기고만장해 동네방네 떠들어 댈까 봐 혜숙은 말승강이 중에도 여물게 뒤를 눌러 놓았다.

"아따, 빌나시리 숭악한 소리 하들 마소. 천지비깔 쌔고 쎘는 게 여잔데, 자네맨치로 이쁘든 아이마 무쪽같이 못생겼든 한 번 맛본 계집은 파이라 절대 다시 건드리지 않는 게 내 철칙이니께. 내 천성이 원래 뭐든지 다부 반복하는 것은 딱 질색이거든. 그라이 자네가 이부재에 우사 당할 일은 만고에 없을 테니 고 염려는 붙들어 매도 될 끼야. 그라고 이왕 벌어진 일, 의기소침하지 말고 좋게 생각하소. 자네 꽃이 꺾었다고 생각 말고 그냥 한차례 지고 말았다고 여기게. 꺾인 꽃은 다시 피지 못하지만 진 꽃은 내년에, 또 해마다 피어날 테니께…. 알긋제?"

발아래 저만치 허실마을 들녘에 마수없이 돌개바람이 일더니 마치 엄펑소니를 부리며 느물거리는 일용의 언행을 단죄라도 하려는 듯 뿌연 먼지를 말아 올리며 하늘로 치솟고 있었다.

낙지(落地) 이후 일생에 단 한 번, 자의 반 타의 반으로 다른 남정네의 몸을 받아들인 혜숙은 이후 평생 외도한 적 없이 외곬으로 시우에게 턱을 대고 거안제미(擧案齊眉)하며 일사종부(一死從夫)했다. 틀박이로 짙은천량을 선대로부터 물려받아 밭날갈이나 있는 유족한 삶을 살았던 일용도 비록 그빨로 가살을 빼면서 추레하고 단작스러운 난질꾼 습성을 버리진 못했지만, 짜장 천수를 다할 때까지 마을 뒷산 계곡의 겁탈 너럭바위에서 장담했던 약속을 파임내지 않고 한마을에 사는 혜숙을 거들떠보지 않았다. 츱츱하고 들먹은 사람치고는 본인 말마따나 두 사람의 일탈에 아퀴를 내는 데는 단연코 얼없었다. 또한 당사자 생전에 제삼자가 이 사건을 회술레하는 일은 결코 일어나지 않았다. 밤 샌 원수 없고, 날 샌 은혜 없다더니 혜숙은 원수라면 원수라고도 할 수 있는 일용에 대한 원한을 얼마간의 시일이 지나자 쉬이 잊게 되었다. 물론 곤각한 살림살이에도 시우 삼 남매가 자라면서 굶는 일은 없었다. 임시변통과 궁여지책의 건다짐이었는 줄 알았는데 겁탈 당시 했던 일용의 짬짜미는 어김없이 지켜졌다.

씻어놓은 흰 죽사발같이 허여멀건 얼굴의 백면서생에 가까운 현우는 경남 산청 땅 시천골에서 시집온 연경과 혼사를 치른 후 분가하여 형 시우와 허실마을 안길을 지음치고 백여 정보가량 떨어진 인접 거리의 한 오래에서 살았다. 맛장수같이 여들없지만 덤덤히 남을 배려할 줄 아는 희떱고 무눅은 성격의 현우는 원체 타인과 섞사귀기를 싫어하는 내성적 성격이라 매팔자의 아낙군수처럼 집안닦달이나 하면서 집가축으로 소일했다. 잡다한 집안일을 손수 해결하는 잔재비가 있는 그는 거의 매일 집 안의 같은 장소에 틀어박혀 같은 일에 매달렸으므로 매사 땀날 일이 없었다. 처녀 적 어리광 부리는 말괄량이였던 연경은 도리암직한 자태에 걸맞지 않게 걱실거리며 니스레 피우기를 좋아하는 수다쟁이 기질이 약간 있었다. 그러나 매사에 냅뜨는 성미에다 곰바지런하고 너울가지가 좋은 들무새와 잡힐손이 있어 오라는 데는 없어도 갈 데는 많았다. 천성이 안존하고 심덕이 수더분한 편인 그녀는 시부모를 모시고 사는 아주버님 댁과 바특이 살다 보니 하루돌이로 큰집에 불려 다녔다. 보기보다 옹골지게 살림을 하며 손윗동서인 혜숙에게는 살가운 정을 보이며 착착 부닐었다.

　과수원 길녘의 복사꽃 배꽃이 봄바람 따라 피고 지기를 거듭하며 세월이 수월찮이 흐르자, 아랫대 자식들이 그렁저렁 생겨났다. 큰집 혜숙은 세 살 터울로 낳은 아이들이 숭굴숭굴 잘 자라고 있었다. 큰아들 재혁이 열 살이고 둘째 동혁이 일곱 살, 막내딸 순애가 네 살이었다. 작은집 연경은 아직 아들을 보지 못하고 다섯 살, 세 살 된 딸만 둘 두었는데, 아들 못 낳은 죄로 시댁 부모로부터 알게 모르게 불된 구박을 받아 왔다.

어느 화창한 봄날, 한 손에 명아주 지팡이를 꼬나 쥔 시아버지가 다른 한 손으로는 낯모를 어린 사내아이의 손목을 잡고 둘째 아들 현우 집의 댓개비 사립짝을 열고 마당으로 들어섰다. 앞뜰 초입에 문실문실 자라나 멀대같이 우뚝 솟은 맷맷한 개밥나무의 버들개 지에 그윽한 봄기운이 완연한 가운데 담벼락을 점령한 붉은 복사 꽃 무리가 꽃멀미를 일으키며 어지러이 너풀거렸다. 대뜰로 이어지 는 길섶에 핀 다글다글한 고광나무 흰 꽃술들 중 하나가 밭장다리 노인의 탕건 위로 똑 떨어졌다. 발치 옆에서 비비적대며 땅까불을 하던 암탉 한 마리가 낯선 객의 방문에 놀랐는지 날갯죽지를 푸드 덕거리며 병아리를 덮어 가둔 싸리나무 어리 쪽으로 멀찌감치 꽁 무니를 뺐다. 처마 밑에 얹힌 들보에 지지배배 지저귀며 들락거리 던 자줏빛 제비도 낯선 방문객의 기척에 뾰로통해 침묵 모드로 돌 아섰다. 건너편에서 멍석을 깔고 앉아 식혜를 만들려고 문질러 놓 은 엿길금을 키로 나비질하며 까부르고 있던 연경이 찌끼를 사르 다 말고 후다닥 일어나 문간 쪽으로 달려가 고개를 숙였다.

"아버님, 어쩐 일이십니꺼. 저 머스마는 누구라예?"

"진아 애미야, 자세한 것은 방 안에서 얘기하마. 까붐질 잠시 멈 추고 어이 들어가자."

손바닥만 한 터앝에서 가시랭이를 골라 거듬거듬 치운 뒤 아귀 터 빼주룩이 솟아오르기 시작한 야린 고추 포기에 삼태기에 담긴 장작 패다 나온 지저깨비를 흙과 섞어 가며 일껏 북을 돋우고 있 던 현우도 일손을 멈추고, 예상한 일이라는 표정으로 부친을 쳐다보며 방 안으로 따라 들어왔다. 삼간 양철 지붕의 건넛방 말코지에 두루마기를 벗어 걸은 뒤 아랫목의 삿자리를 차지해 책상다리를 틀고 앉은 시아버지가 현우와 연경을 앞에 앉히고, 등토시 긴 소매를 걷어붙이더니 부시쌈지를 꺼냈다. 찬찬히 곰방대에 막불경이 한 대를 욱여넣어 당치며 말문을 뗐다.

"느그들이 딸만 둘인데 다음에 아들을 낳는다는 보장도 없고 해서, 이 아를 느그 집 양자로 삼기로 하고 데려왔다. 올해 일곱 살이고, 아 이름은 큰집 애들 이름 돌림자를 따서 선혁으로 정했다. 앞으로 친자식 못잖게 귀애하며 잘 건사해라."

뜬금없이 내지르는 시아버지의 말에 연경은 어안이 벙벙해 두 눈이 어웅해졌으나 별다른 대꾸를 할 수 없었다. 현우는 당연지사인 양 부친의 지시 내내 고부장한 표정을 지으며 무구포로 그저 고개만 주억이고 있었다.

"선혁아, 니는 오늘부터 여기서 살아야 한다. 아버지, 어머니에게 절 올리거라."

몽총한 반바지를 입은 선혁이 뒤뚱거리며 큰절을 한 뒤 살망한 두 종아리를 포개어 나부시 무릎 꿇고 앉아 천진스러운 얼굴로 양부모를 올려다봤다. 며칠 동안 엄마와 낯선 어른들에게 손목을 잡힌 채 여기저기 끌려다니느라 얼없던 어린 맘자리가 아직도 불안한지, 덩둘한 낯꼴이 되어 연신 곰방대를 뻐끔거리며 한 손으로 귀얄 같은 수염을 뒤꼬고 있는 할아버지 쪽으로 힐끔힐끔 곁눈질해 댔다. 그래도 할아버지와는 너댓새 함께 지내더니 정이 든 모양이었다. 며느리의 대꾸를 일체로 막으려고 어벌쩡 넘기려는 시아버지 말이 씨그둥하던 연경은 샛눈을 뜨고 사내아이를 위아래로 마슬러보았다. 매초롬하게 생긴 애 얼굴을 꼼꼼히 되작거리며 요모조모 살폈다.

'얼라가 쪼께 애빗지만, 그래도 곁뺨은 밤볼이 져 토실하고 아구땅지게 생겼네. 우야노, 군입 하나 늘어났지만, 별수 없이 아들 하나 얻은 셈 치까? 업동이 애를 맡겼으니 아버님이 재물 한 깃 떼어주며 뒷동은 건하게 봐주시겠지. 살림 밑천으로 동부레기라도 한 마리 장만해 주시면 더 바랄 게 없을 긴데. 그라마 꿩 먹고 알 먹곤 데…'

시쁜 표정을 지으며 뜨악했던 연경의 첫 기분이 물실호기의 생각이 들자 점차 누그러뜨려지기 시작했다.

"그라고 이 아에 대한 자초지종은 애비가 자세히 말해 줄 끼다. 인자 나는 일어날란다. 진아, 현아는 안 보이노, 어디 갔나? 험한 꼴 안 볼라카마 철없는 가시나들이 뻘때추니처럼 천방지축 강동거리며 쏘다니지 못하게 잡도리 단디 해라."

시아버지가 앰한 숙젯거리만 던져 주며 곰방대의 탄지를 털어내곤 횡하니 사라진 뒤, 연경은 자늑자늑 설명하는 남편으로부터 새로 얻은 아들에 관한 속사정을 찬찬히 전해 들을 수 있었다.

시우가 몇 년 전 겨울 한철 집을 떠나 멀잖은 인접 지역인 거창 감악산 산골짜기의 산판에 목대를 잡아 십장으로 가 있을 때였다. 귀꿈스러운 산비탈에 자리 잡은 산판 일꾼의 허름한 외딴집 아래채에 머물렀다. 낮에는 발매 현장으로 올라가 해동갑으로 참나무와 박달나무를 쳐냈다. 천성이 푸접스러운 편인 그였으나 밤이면 멧부엉이처럼 메부수수한 펄꾼이지만 제법 동탕한 인물티가 나는 주인 놈놀이와 함께 주럽떨기 위해 뭉근한 화롯불을 마주하고 앉아 거섶안주뿐인 막걸리판을 벌이며 고단한 인생살이를 달래곤 했다. 시우는 제법 귀성지게 늘어놓는 주인의 힘들고 고달팠던 지나온 세상살이 이야기를 들으며 맞장구치곤 했다. 한데 이 집 내외간에 자식이 없어 부부가 못내 아쉬워하며 살아가고 있었는데, 서로 외자하는 사이가 된 두 남정네가 술김인지 진김(진심)인지 모르게 의기투합하여 데설궂은 성격의 주인 남자가 곰살궂게도 안채 마누라를 아래채 시우 방으로 밤마다 데밀어 넣었다. 애초에 멋질린 마음을 품은 것은 아니었지만 자의든 타의든 어쨌든, 인륜에 역행하는 불륜의 덫에 치이게 됐다. 매사 더딜뭇한 그의 천성이 맺고 끊는 맛이 부족한 결과였다. 여차여차하여 장시일 고운 자태의 젊은 부인과 보쟁이며 객고를 푼 시우는 씨받이가 아니라 씨주기가 된 셈이었다.

지천으로 깔린 제비꽃과 감악산 골짜기에 넘실거리는 봄물과 함께 봄이 찾아오자 시우는 산판일을 접고 허실마을로 돌아왔다. 그즈음 씨를 받은 여자는 배가 불러 와 열 달을 채운 후 사내아이를 낳았다. 두 산골내기 부부는 기쁨에 싸여 어린 아들을 둘러업고 들까부르며 불면 꺼질까 쥐면 터질까, 금이야 옥이야 길렀다. 산판일도 가락이 나 초실해지며 그럭저럭 살림살이가 잡혀 갔다. 그러나 배배 꼬인 운명의 호작질인지 지신의 동티인지, 겨우 배에 기름이 오를만한 즈음 어느 해 겨울에 산내림하던 남편이 발매터 골짝에 들이닥친 화마의 역풍에 갇혀 숯덩이로 변하고 말았다.

끈 떨어진 뒤웅박 처지로 혼자 남은 어미는 제살이하기 위해 이를 악물고 터울거리며 동분서주 애를 썼다. 그녀는 호구지책을 위해 산판 언저리를 먼지를 날려 가며 걸쌈스레 맴돌았다. 생계무책을 도림에 비라리를 치고 애소하며 혼잣손으로 나름 억척스레 애를 키워 보려 했으나 군색한 산골 살림에 공방살이 여인 혼자 힘꼴로는 역부족이었다. 지아비 변고로 지위가 져 사발농사를 지으며 허덕허덕 겨우 끼니를 이어 가던 그녀는 들고날 만한 쪽박세간마저 다 떨어지자 종내 삼순구식(三旬九食)도 못 챙길 정도로 너울 쓴 거지 신세가 되고 말았다. 얼마간의 시간이 흐른 후 시량을 대기가 막막한 엉세판에 봉착했다. 끈 떨어진 망석중이처럼 의지가지없는 모자가 더는 입치레를 못하고 목구멍에 풀칠하기가 어려운 망고의 지경에 이르자 특단의 조치가 필요했다. 결국 쪽지게를 지고 다니며 잡살뱅이 마병을 수리해 팔러 다니는 어느 얼금뱅이 떠돌이 도붓장수와 정을 통해 애옥살이를 청산하고 날탕 맨몸으로 팔자를 고치러 먼길을 떠나게 되었다.

헐수할수없이 어미는 일곱 살 난 아들을 친부에게 맡기기로 정하고, 한 장도막의 말미를 내어 허실마을을 방문해 애 할아버지를 만났다. 그간 정황과 사연을 간곡하게 다 말하고, 아버지가 불의의 사고로 죽은 줄로만 알고 있는 아들에게는 출생의 비밀을 영원히 밝히지 않기로 했다. 어미는 다시는 아들을 찾지 않겠다고 약조하고 아들과 생이별했다. 모자간의 천륜의 정을 떼치고 회한의 눈물을 삼키며 발길을 돌렸다. 여북 답답하고 곤고했으면 어미의 숨구멍을 트기 위해 생때같은 핏줄을 씨앗 주인네가 다지르는 한갓 각서 쪼가리에 담아 버렸을까? 눈썹꼬리에 모정을 꿰매 자식을 버린 순간 이미 죽은 목숨이라 생각했다. 춤마당이 끝난 뒤 쓸데없이 날장구만 칠듯한 부질없는 가지기 신세의 여생을 덤으로 살기로 다짐했다. 억센 민초의 삶에 갇혀 소멸되어 가는 영혼에 자닝스레 짓밟힌 채 쓰린 한을 품고 마음에도 없는 어바리 떠돌이와 뜨게부부로 신산하게 살아가야 하는 한 꽃띠 여자의 기구한 뒤웅박 팔자였다.

시우 부친 윤원식은 뜻밖에 생긴 손자를 맞아들여 사랑방에 재우면서 며칠간 이 된판의 난제를 아물리기 위해 고심했다. 그러고는 두 아들을 불러 놓고 제반 대세에 따라 손자를 선혁이라 이름지어 현우의 양자로 삼기로 합의했다. 남들 보기에도 딸밖에 없는 현우가 양자를 들이는 것이 무난하게 여겨질 듯했다. 다만, 큰 며느리인 재혁 어미에게만은 선혁의 출생 비밀을 영원히 감추기로 하고, 자드락나지 않도록 두 아들과 작은며느리 세 사람의 입단속을 단단히 했다. 꼭한 성품에 까탈이 많은 혜숙이 남편 혼외자의 전후시말을 알게 되면 그를 사박스레 몰아붙여 지청구를 퍼부으며 목을 세울 것이 틀림없었다. 평소 인명재처(妻)에 시달리는 시우가 부레끓을 마누라로부터 된통 자볼기를 맞을 것이고, 한동안 온 동네가 듣그럽게 될 게 뻔했으므로….

허실마을 외딴 구릉지 한복판에 우뚝 선 노송 대여섯 그루가 해를 가리고 있는 인적 드문 공터에 난데 사람인 흘래댁 과부의 주막이 있다. 어디서 흘러들었는지 분명하지 않은 마흔 모춤한 주모가 셈평 좋게 얄쭉거리며 갖은 아양과 넉살을 떨어대며 잔주를 널어놓는 술놀음 두럭의 사내들 술잔을 세월의 흔적이 묻은 찌그러진 종구라기로 자란자란 채웠다. 툽상한 말투로 보아 떠돌이 돌계집임에는 틀림없는 듯했으나, 흘래댁으로 불린 이유나 그녀의 전 행적을 아는 사람은 허실마을 근동에 아무도 없었다. 허벅진 젖가슴을 흔들며 낫낫한 얼굴로 사내들에게 간살부리는 태도로 보아 행여나 퇴물 작부 출신이 아닐까, 다들 지레짐작만 해 볼 뿐이었다. 한인물 하는 왜장녀인 그녀는 갸름하고 호리호리한 몸매의 십 대 후반의 반주그레하게 생긴 얼굴의 벙어리 딸과 함께 사시장철 술과 꾸밋거리를 다져 넣은 엇구뜰한 선짓국밥을 푸지게 말아 팔고 있었다.

뜬게집으로 낳은 딸인지 장가처로 낳은 딸인지는 알 길이 없으나, 호듯한 허리와 미인의 상징이라 할 수 있는 갈쩍한 목 위의 굳게 다문 입술 주위에 뜻 모를 미소를 머금은 채 새까맣게 태워져 반지레한 무쇠솥 소댕을 여닫으며 국자를 거울러서 자배기에 굴먹하게 국을 퍼 담는, 뭇 사내의 마음을 사로잡는 아리따운 처녀의 나긋한 섬섬옥수. 한 번만이라도 만져 보길 장대고 볼꼴 사나운 마을 총각들이 몸달아 돈닢깨나 던져 가며 지근거렸으나 그녀는 본체만체했다. 는실난실 파리떼 덤비듯 직신대며 들락거리지만, 열쌘 몸놀림으로 드팀없이 견제하는 흘래댁의 강력한 단속에 막혔는지 화중지병(畵中之餠: 그림의 떡)일 뿐 아직 소원 성취했다고 나서는 작자는 없었다. 그림자처럼 비껴들어 놀아나는 남녀 간 상사(相思)의 비밀 정분은 그 누도 모를 일이지만….

마을 살림집 구역에서 제법 되는 거리의 도린결에 홀로 자리한 이 대폿집 오두막은 넌덕을 부리며 막걸리 추렴을 벌이는 술나라 백성인 모주꾼 남정네들만의 술 도리기 모꼬지 장소였으므로 고시랑거리며 바가지 긁는 마누라들의 팩 치는 눈치살과 톡 쏘는 잔소리에서 벗어날 수 있는 유일한 피난처였다.

시우는 홀래댁 주막에서 분노를 익삭이기 위해 마을 주충들 사이에 끼어 낮술로 막걸리 두서너 사발을 마셨다. 평소 뒷심이 좋기로 소문난 그였지만 맨송맨송한 정신으로는 도무지 견디기가 힘들었다. 협수룩한 매골의 그는 돌기 시작한 취기와 함께 명치끝을 느껍게 에워싸는 둔통을 안추르며, 지지벌건 낯빛으로 어정버정 뒷산 수정사를 향해 발길을 옮겼다. 개개풀려 가슴츠레한 두 눈의 정기가 흐려져 왔지만, 술에 취했다기보다 마음속에 서리서리 사무치게 들어앉은 혼돈에 더 취한 듯했다. 부모가 자식을 잃으면 가슴에 묻는다더니, 생때같은 다 큰 아들을 보름 전쯤 저세상으로 떠나보내고 된서리 맞은 늦가을 매미처럼 신기와 심기가 모두 쇠잔해진 채 허망한 나날을 무연히 보내고 있었다. 그 튼튼하고 댕돌같던 맏이 재혁이 군에 입대해 첫 휴가를 고향에서 보내고 강원도 땅으로 복귀한 뒤, 보름도 못 돼 불의의 재변을 당해 싸늘한 주검으로 변해 버렸다. 8·15 광복절 기념 대대 산악구보 중 열사병으로 쓰러져 헬기로 수도통합 병원으로 후송된 지 사흘 만에 숨을 거두었다. 대학 경제학과 1학년을 마치고 입대해 졸업 후 회계사가 되는 꿈에 부풀어 있었다.

　이미 눈자위가 꺼진 자식을 바라보던 순간, 마치 눈을 뜨고 벌떡 일어날 것만 같은 착각에 정신이 혼미했었다. 세상에서 가장 견디기 힘든 일 중 하나가 자식을 위한 추모식이라는데…. 재혁과 함께 태어난 사람 중에 과연 몇이나 세상을 하직했으며, 얼마의 부모가 그와 같은 아픔을 겪고 있을까. 이 아픔은 동질성을 갖는 부모들이 결코 나눠 가질 수 없는 독자적·독립적 영혼의 손상이리라. 인생은 예술품과 달라 끝이 있다. 사람은 남김없이 죽게 마련이고, 간혹 맥없이 구들동티가 나기도 한다. 생감도 떨어지고 익은 감도 떨어진다지만, 꽃다운 나이에 먼저 떠난 자식에 대한 야속함과 떨쳐 버리기 힘든 가슴을 에는 듯한 묵직한 슬픔을 한동안 어떻게 가누며 살아갈까. 아니, 평생 지고 가야 할 애상의 굴레이리라. 마음속 깊이 박힌 동돌을 이승에서는 들어낼 구멍수가 없을 듯했다. 머지않아 직면할 죽음의 문틀 변두리를 거닐 때 모든 것을 잊어버릴 것이고, 그제야 자식의 죽음에 대한 고통도 망각에 휩쓸려 사라질 것이다. 아무리 죽음이 자연 작용의 필연적 귀결이고, 긴 삶과 짧은 삶이 다르지 않으며, 장수하는 사람이나 요절하는 사람이나 어차피 잃는 것은 똑같다고 자위할 것을 세상이 권유해도, 부모 처지에서는 자식의 죽음이란 온 우주의 부스럼처럼 백해무익한 절망의 결정체이다. 말부조에 지나지 않은 쉽게 줄 수 있는 산자의 위로는 절망의 상처를 더욱 세나게 할 뿐 받아들이기 힘든 망자에 대한 동정에 불과함이라….

동작동 국립묘지에 유골함이 안장될 때 어망처망해서 자제력을 완전히 상실한 채 버르적거리며 꺼이꺼이 목 놓아 울부짖던, 상성한 아내의 대성통곡 소리가 아직도 귓전을 때렸다. 굿일을 하던 매장 인부에게 돈푼을 집어주고 특별히 부탁해 유골함 아래에 새 속옷 한 벌과 재혁의 손때 묻은 대학 때 영어 사전과 교련복 탄띠를 욱여넣으면서 말라버린 눈물을 훔치며 한사코 늘키던 혜숙의 넋 나간 모습이 눈에 선했다. 차마 그 누구의 위로 말도 끼어들 여지가 없이 자닝한 그녀의 애절한 넋두리….

"우리 재혁이가 오기는 올 낀데…, 언제 올랑가?"

뒷산 동구 밖을 지나 강파른 산길을 몇 고비 허위넘으면 울창한 잣나무 숲이 옹위한 수정사라는 절이 나왔다. 마을 애들이 가을 잣 철이면 몰래 나무에 올라가 잣을 털다 망보기 실패로 스님에게 들켜 혼찌검을 당하곤 하던, 보늬 벗긴 잣알을 밥으로 삼던 어릴 때 추억이 서려 있는 골짜기였다. 수정사 요사채 바깥 창틀 아래 얄브스름한 돌바닥에 자리 잡은 석수조에 철철 검흐르는 성하(盛夏)의 청정수는 예나 지금이나 변함이 없었다. 뭇사람들이 부처님께 수복강녕을 빌며 던져 넣었을 오종종한 동전들이 수조 바닥에 빼곡히 차 있었다. 한때 약수를 길으러 가기 위해 어린 두 아들과 딸을 앞세우고 너털웃음을 터뜨리며 자주 찾던 약수터의 풋풋하던 정경도 자식 놈을 앞세우고 살맛조차 송두리 잃은 지금은 만사무심이라, 돌짬이 내뿜는 메마른 탁기만이 안전을 가렸다. 때마침 무당벌레 한 마리가 적요에 잠긴 푸른 이끼 낀 돌담을 휘감으며 휘익 공중으로 날아갔다.

고스란히 물이 내려 힐끔해진 시우는 처절한 된수에 빠진 울울한 심사를 지울 길 없었다. 벌물 켜듯 마신 간밤의 흘래댁 주막에서의 과음으로 점심나절이 지난 이때껏 속마저 징건하고 뒤보깨어 욕지기가 솟았다. 맹한 뒤뚱발이가 된 그는 양옆으로 능소화 넝쿨이 넌출지게 타고 올라 딤턱스레 만개한 주황색 꽃들에 파묻힌 아담한 수정사 일주문을 넘어 대웅전으로 향하는 돌층계를 주적주적 올랐다. 가슴에 가시가 박힌 채 빈속 강술에 흐리멍덩해진 혼곤한 정신이 앞뒤 좌우 경내 공간의 가늠에 방해를 놓아 핫슈 먹은 듯 걸음새가 느릿해졌다. 곱다시 뜬눈으로 지새웠던 어젯밤의 혼돈이 이미 그의 육신을 갈가리 뜨더귀한 상태였다.

하늘 높이 걸린 청운·백운의 떼구름이 수척한 시우의 심산에는 아랑곳없다는 양 그 때깔을 땅거죽으로 내비쳤다. 대웅전 앞뜰을 받치고 있는 강담에 야드르르 흔들리는 산수국의 남보라색 꽃무리가 무심한 산객에게 코끝으로 날아드는 화향을 전하며, 마음속에 잔잔한 동심원의 파문을 일으켰다. 애들을 데리고 아내와 함께 호연지기를 충전하러 가끔 들리던 수정사였는데, 이제 재혁과는 올 수 없다는 생각이 들자 피가 대강이로 치오르더니 갑자기 뒷골이 핑 돌고 코끝이 시큰거려 왔다. 칩복하던 며칠 새 부쩍 거칫해진 목덜미의 세로줄이 마치 집게에라도 집힌 듯 닭 볏처럼 곤두섰다. 당분간 홀래댁 술값보다 약값이 더 들겠다는 생각이 설핏 머릿속을 스쳤다.

대웅전으로 향하는 자갈 마당에 삐죽 솟은 삼층 석탑의 옥개석 모퉁이 하나가 깨진 것이 이적에야 눈에 들어왔다. 초파일 때마다 온 가족이 가루어 서서 탑 주위를 도닐며 탑돌이도 했었건만, 그때 보이지 않던 탑의 뙨 생채기가 지금에야 시야에 잡혔다. 실상의 해체가 죽음임을 뼈저리게 체험 중인 그는 상실과 소멸이 불러온 감정 이입인가 싶었다. 베갯머리 꿈속에서나마 죽은 아들과 얘기할 수 있을까 대낮에 지껄이며 얘깃거리를 준비해 봐도 별무신통이었다. 꿈길을 따르던 저승객의 마음이 잠 깨어 이승인의 마음으로 돌아오지 않는 게 매양 안타까울 뿐이었다. 삼층의 '삼'이란 의식이 세 살 난 재혁을 무릎에 앉히고 재롱을 받아들이던 행복 추억의 회상으로 이끌었다. 그러나 인생무상을 느껴 일상에 무감해진 시우에게는 이제 다 소용없는 일이었다. 흉중에 품은 한(恨) 덩이를 밀어낼 염도 없이 넋이 나간 듯 뿌질뿌질 낙망의 심연에 빠져든 생지옥의 나날만 보내는 중이었다.

세속의 주택에서는 댓돌에 신발을 벗고 마루에 오르지만, 사찰의 대웅전을 참배하려는 신도들은 측면 댓돌 아래에 신발을 벗고 댓돌을 맨발로 밟고 마루로 오른다. 물론 스님들은 대웅전 전면 중간 댓돌에 신발을 벗고 마루로 오른다. 스님과 속인들의 대웅전 출입구의 차별화는 차치하고라도, 속세를 떠난 스님들이 속세의 풍속을 따르는 것이 아이로니컬하다. 신발을 맞는 댓돌과 맨발을 맞는 댓돌 중 어느 것에서 더 시비를 가리지 말고 방하착(放下着)하라는 부처의 한맛비 가르침을 얻을 수 있을까?

시우는 대웅전 옆문을 빠끔히 열고 들어가려던 찰나 텅 빈 법당 한복판에 정갈한 옷차림으로 무릎 꿇고 앉아 합장한 채 연신 고개를 끄덕이며 곱작거리고 있는 한 중년의 여자를 발견하고 움칫했다. 아내 혜숙이었다. 마흔 중반인 그녀의 귀밑머리는 희끗희끗 세었고 옆머리에도 건성드뭇하게 흰서리가 내려앉아 있었다. 조만간 백발이 찾아와 사랑하는 사람들과의 결별과 그 추억의 영원한 상실이 이어질 것이 분명한, 그 누구도 거부할 수 없는 인간 세상의 운명적 비극사가 떠오르자 허전한 그의 속뜰로 비장함이 밀려왔다. 어쩌면 그 운명의 궁극적 책임은 오롯이 자신에게 있으므로 남에게 더미씌울 수 없고, 세상사 모든 기대도 천명에 돌리기보다 스스로 구해야 한다는 생각이 들었다.

생각지도 못했던 눈앞의 아내를 발견한 시우는 마치 절집 장군 죽비로 어깻등을 한 방 얻어맞은 듯 정신이 번쩍 들었다. 쩡해진 마음을 사려 먹자 낮술 취기가 확 달아나면서 불현듯 뱃속이 헛헛해 왔다. 내년에 중학교에 진학하는 딸인 순애가 엄마 옆에서 무료함을 참지 못하는 듯 도랑치마에 짓눌린 엉덩이를 달망대며 가랑머리 꽁지를 만지작거리고 있었다. 도지개를 틀고 자발떨며 꿇어앉은 발가락을 꼼짝거렸다. 손가락으로 가잠나룻을 문지르며 성큼성큼 다가오는 아버지와 눈이 마주치자 연방 씀벅거리던 눈이 놀란 토끼 눈으로 변하며 난딱 일떠섰다. 시우는 연꽃무늬 방석을 주워 들고 아내 옆으로 소곳이 다가가 바닥에 놓았다. 천장에 매달려 있는 자기 이름이 적힌 헌등(獻燈)을 찾아 눈을 흡떠 힐끗 한 번 쳐다보고는 부처님 전에 서서 저쑬기 시작했다. 예전엔 청정 도량에 들어와 참배할 때 미쁜 마음으로 수행의 의지가 불쑥 들곤 했지만, 마음자리가 꼼바르게 변해 버린 지금은 전혀 아니었다. 복장을 짓찧는 슬픔과 근심과 분노로 이어진 피울음의 나달만이 흐르고 있을 뿐이었다. 문뱃내를 풍기며 엄장한 대웅전의 마룻바닥을 오염시키는 자신을 불타께서 과연 용서하실지 의문이 들었다. 부처님의 광명을 얻어 모든 업보와 죄보가 소멸된다는 광명진언을 열심히 암송하던 혜숙이 인기척에 태무심하게 곁눈질하다 남편임을 알아채고 흠칫 놀라는 표정을 지었다.

부처님을 두려워해야 액살을 풀고, 번뇌를 타파하고, 행복을 얻을 수 있다는 어른들의 말을 귀가 솔도록 들으며 자랐다. 시우나 혜숙이나 똑같이 부처님의 벌뉘를 받아 큰아들의 왕생극락을 빌기 위해 수정사를 찾은 것은 분명했다. 하지만 두 사람이 부처님께 드리는 참배의 핵심적 목적인 진짜 감춰진 속마음은 서로 달랐다. 시우는 아들의 죽음이 아내를 배신한 자신의 한때 묘령의 여인과의 외도로 태어난 선혁의 존재에 대한 삼봉산 산신령의 단죄라고 믿었고, 혜숙은 남편을 배신한 일생일대 죄악인 젊은 시절 일용과의 한차례 정사에 대한 부처님의 벌로 재혁을 뺏겼다고 생각했다. 부부가 정작 부처님 전에 가슴을 열고 비는 목적이 상이한 것은 오로지 삼봉산 대령(大靈)쯤이나 알 수 있었으리라. 둘 다 의미가 드다른, 소마소마 가슴 졸이며 칼산지옥에 떨어질지도 모른다는, 내세에 심판받게 될 찐덥지 않은 인과응보의 죄에 대한 용서를 간절히 빌고 있는 셈이었다. 다만, 남편이 아내를, 아내가 남편을 고맙게 여기는 것은 상대방이 자식의 명복을 빌기 위해 사찰을 찾을 만큼 진솔한 사람임을 확인한 점이었다. 그러나 대웅전 높은 좌대에서 숭엄히 내려다보며 두 사람의 잔속을 관조하고 있는 부처님 눈에는 그 진솔함이 그들을 불전으로 이끈 주원인은 아니었으므로 그 확인은 실상 서로의 큰 오판임이 훤히 보였다.

"형님, 오늘따라 보름달이 유난히 밝네예."

시부모님 두 분은 시난고난하다 이십여 년 전에 세상 떠서 동네의 손자뻘 청년들이 멘 네방망이에 실려가 뒷산에 묻혔다. 혜숙과 연경은 나이가 꽉 찬 노년을 거친 후 바깥양반들과 함께 몇 해 간격으로 허실마을 살림살이를 도파니 자식들에게 노느매기해 주고, 마을에서 뒷산 허리 언덕을 몇 개 돌아 너머 자리한 이곳 초목이 다옥한 산 중턱에 허허한 두옥 거처를 마련해 두 형제네가 머무르고 있었다. 시부모님 살아생전 선혁을 거두고 있는 둘째 며느리가 안쓰러워 큰 며느리보다 눈에 띄게 어여삐 여기고 가끔 모갯돈을 내놓으며 물질적으로도 자별나게 챙겨주었다. 시동생이 남편 핏줄을 기른다는 내막을 모르던 혜숙은 젊은 시절 용심이 나 때로 손아랫동서를 질투해 들까불며 시부모 원망도 많이 했었다. 그럴 때마다 머쓱해진 시우의 입장이 말이 아니었다. 현우와 연경 역시 말 못 하는 벙어리처럼 속병을 앓으며 형수와 손윗동서가 치키는 싸늘한 눈초리를 피할 수밖에 없었다.

"그래, 새댁 얼굴이 보름달처럼 훤한다…"

"형님, 달님이 비웃겠심니더. 그라고 그런 말씀 마시이소. 요새 젊은 애들한테 얼굴이 보름달 같다고 하면 남세시럽다고 바로 대든다 아입니꺼. 옛날 부잣집 마나님한테나 할 말이지, 지금은 반달같이 가느스름한 얼굴이 미인 반열에 든다 카데예."

밤이슬을 차며 오솔한 숲길 나들이에 나선 두 동서 간의 얘기가 동을 달아 이어졌다. 덩두렷하게 떠 있는 서늘한 보름달의 말간 달빛 아래 허공에 호젓이 걸려 얼숭덜숭 시커멓게 파도치는 앞산 그리메가, 말렸다 펴졌다 굼틀대는 밤구름을 배경 삼아 스산스레 밀려왔다. 청아하게 들려오는 밤벌레 소리와 산골 물소리가 귓전을 울렸다. 옆 계곡으로부터 맑고 시원한 솔바람에 실려 들려오는"쏙~쏙" 쏙독새 소리 역시 밤기운을 타고 퍼져 왔다.

"형님, 선혁이 출생 비밀을 이제는 마카 알고 계시지예?"

"오랜 세월 다들 감쪽같이 나를 속여 왔더구먼. 이곳으로 옮겨 오고 나서야 영감이 씨내리 사실을 다 실토하데. 이실직고 안 해도 바로 알게 되었겠지만. 그나저나 새댁이 선혁이 키우느라 고생 많았네. 사정도 모르고 시부모님이 새댁을 편애하는 걸 보고 젊었을 때 삐쳐서 속으로 새댁 원망 많이 했제. 그렇다고 두 어른께 원망스레 딱장뗄 수도 없는 노릇이었고. 팩하는 내 성미가 워낙 까시

랍고 괴팍스러워 새댁에게 암상스레 피새도 많이 부렸지. 되잖은 소리로 들볶고 맘고생 시켰던 것 다 용서하고 이해해 주게."

"용서랄 게 뭐 있겠습니꺼. 특별히 야살시린 말도 아니었는데요 뭐. 오히려 영문 모를 형님께 지가 늘 죄송스레 생각하며 살았었지예."

"나도 동혁이 아버지께 그 양반 군대 가 있던 동안 외간 남자와 딱 한 번 외도했던 거 다 말씀드렸네. 새댁도 아는 남정네였제. 한 동네에서 살았으니께. 피장파장이지 뭐. 인자 다 알게 되었으니 맴 편하당께."

"예에? 형님이 누구하고 뭘 어쨌다고예!"

연경은 벙벙히 멈춰 서서 전혀 예상할 수 없었던 한마을에서의 희한한 과거 불륜 비사(秘事)에-그것도 바로 누세월 믿고 따랐던 손 윗동서의- 잠시간 할 말을 잃었다.

세상의 모든 비밀은 지켜야만 할 때는 자물쇠에 갇힌 채 기를 써서 새잡거나 곰파며 그 열쇠를 찾아 걸터듬어 바르집는 과정에서 온갖 추저분한 사건 사고를 일으키지만, 당사자들이 모두 늙고 늙어 노쇠해지면 끈히 버텨 오던 인연이 끊어져 다 허무한 과거사로 묻히고 분해되어 허공 속으로 날아가기 마련이었다. 허실마을에서의 부세(浮世) 한평생이 뜬구름처럼 부질없고 허망한 하루살이 꿈이었다는 사실이 저 아래 이승의 세상천지를 내려다보며 답월(踏月) 중인 혜숙과 연경의 공통된 생각이었다.

"재혁이 어려서 죽어 우리 부부가 가를 가슴에 묻고 살아온 긴 세월도 이제 와 생각하니, 우리 둘의 일탈에 따른 자업자득이자 사필귀정이었네. 지금이야 허실마을 시절의 처량했던 세상살이 번뇌 망상, 부와 쾌락, 명성 등이 모두 사그라지고, 자유자재한 무심의 경지에 접어들었제. 새댁도 마찬가지일 테고."

"………"

"형님, 오랜만에 저 위 아버님, 어머님 댁에 문안드리러 올라갔다 올까예?"

"그럴까? 바깥양반들이 기다릴 테니 싸게 다녀옵세. 새댁이 앞장 서게나."

자그마한 언덕 하나 너머에 있는 시부모 유택을 향해 발길을 돌리던 그녀들 발치 앞에 살쾡이 한 마리가 두 눈에 푸른 광채를 뿜고 쳐다보고 있었다. 저리 가라고 손사래를 쳤지만, 망상스레 욜랑거리며 계속 따라왔다.

"아버님, 어머님 지들 왔습니다. 그간 별고 없으셨지예?"

"오냐, 우리 둘은 잘 지내고 있다. 느그 둘 내외도 잘 지내고. 저 밑 아랫대 자식들도 별일 없더냐?"

"예, 지난 추석날 아침, 한번 다녀가라고 기별이 와서 애들 아버지와 함께 허실마을로 내려갔더니 동혁이, 선혁이 잘 지내고 있었습니다. 두 집 손자, 손녀들도 다 무탈하고요. 모처럼 푸짐하게 차린 한 상 잘 얻어먹고 왔습니다."

"그래, 큰 에미는 재혁이 한 번 만나 봤나? 가는 죽은 후로 가끔이 할애비에게 다녀가곤 했는데, 바쁜가 요새는 잘 안 비이네. 그래도 우리 집 장손인데…"

"아버님, 동작동에 있는 죽은 가 얘기는 왜 하십니까. 인자 마음 편하게 만나면 되지요. 저희집에도 가끔 다녀갑니다. 올 때마다 할아버지 묘소에 먼저 들리고 온다고 하데요."

두 여자는 시부모 문안을 마치고, 애끓는 불여귀(두견이) 울음소리를 흘려들으며, 재바른 살쾡이의 길 안내를 벗삼아 교교한 월색이 드리우는 그림자를 밟아 가며 총총 집으로 돌아왔다. 혜숙의 집 문간에 이르자 그녀가 말했다.

"쾡이야, 이만 니 집으로 돌아가거라. 새댁, 자가 며칠 동안 밤마다 우리 지붕 위로 재주 넘기를 하며 캥캥거리고 풀풀 뛰어다니는 바람에 밤잠을 설칠 지경이네. 뭐, 부지런히 삐대 넘어야 다음 생에 사람 몸을 받을 수 있다나. 염라대왕이 그렇게 약속했다네."

"고놈 참, 천 년 묵은 매구같이 칠칠맞은 영물일세. 듣고 보이 황당무계한 얘기는 아이네에. 그나저나 형님, 형님 댁 문패가 새로 근사하게 바뀌었네에."

"응, 선혁이 조카가 살림살이가 나아졌는지 며칠 전 한식날 오더니 새로 만들어 놓고 가브렀네. 지 아버지 집보다 먼저 큰아버지 집 문패를 바꿔 주는 것 보면 그 애 정신이 온전히 잡힌 것 같아 기특하제. 큰아버지가 지 친아버지라는 사실을 전혀 모를 텐데도 말이야."

"우리 선혁이가 대처에 나가 동혁이 조카와 함께 대학 다닐 때 큰아버지가 학비와 생활비 거진 반이나 보태줬다는 것 가도 잘 알고 있어예. 둘이 이복형제라는 건 아즉까지 꿈에도 모를 낍니더. 재혁이 조카가 군에서 사고로 죽고 가 학비로 장만해 뒀던 돈과

가 핏값으로 받은 보훈 유족 연금도 선혁이 학업에 지장이 없도록 선뜻 내줬잖아예. 선혁이도 뒤대어 준 지 큰아버지 은공을 잘 기억하고 있을 낍니더."

"그거야 자기 핏줄이니까 당연히 챙겼겠제. 당시에 나는 그것도 모르고 우리 동혁이 아버지가 선혁이 조카에게 왜 그리 신경을 쓰는지 의아했었제. 내가 보기에 선혁이가 머리는 썩 좋은 편은 아니지만, 야금받고, 떡심 좋고, 순발력이 동뜬 데다가 애바르기까지 하니 곧 성공할 걸세. 어렸을 때부터 또래에 비해 눈썰미가 남달랐고 곧잘 승벽도 부리곤 했었고… 뭣보다 식견이 똑바로 박혔고, 됨됨이가 변변한 얼찬이잖아? 지금 생각해 보니 걔가 우리 집안에 들어온 업이었제, 아먼. 대학에서 부동산학 전공을 하고 지금 그 계통에서 올지게 뛰어다니다 보니 한창 손끝에 물이 오르고 있잖아. 걔가 꾸준하고 굼튼튼하게 조만간 큰돈 벌어 부모·조상 봉양 잘할 거네. 앞길에 좋은 싹수가 보이니 어디, 두고 보세나. 영락없이 우리 집안을 떠받치는 주춧돌이 될 끼야."

"형님 말씀대로 돼야 할 낀데. 지는 그래도 늘 걱정이라예. 얼른 큰집 은혜를 갚아야 나중에 죽어 하늘에서 다 만나 출생 비밀을 알게 될 갑시라도 그나마 가 마음의 짐이 내려지지 않겠어예."

"새댁, 쓸데없는 걱정 집어치우고 아들 장래 운이나 잘 빌어주게. 신의 한수 경매 차지로 대박 날지 누가 알아? 그라고 가가 우리 집부터 단장했다고 실망하지 말고 좀 기둘려 보게나. 조만간 지 부모네 집은 문기둥부터 시작해 더 휘황찬란하게 꾸며주지 않겠나. 나는 인자부터 머느리인 영조 에미가 이번에는 딸을 낳게 해 달라고 삼시랑 할매께 치성이나 드릴 작정이네. 새댁, 늦었는데 이만 가 보게. 데런님 잠자리 채비 봐 드려야제…"

"예, 형님, 건너가 볼게요. 편히 쉬시이소. 또 보입시더."

온통 어둠의 망령으로 덮인 듯한 지근거리 송림 속에 숨은 밤 갈까귀의 처연한 일성 호곡이 거무충충한 숲을 진동시키며, 주위의 쌍그런 밤공기를 일시에 흩트렸다. 연이어 일장 회오리바람이 백양나무 우죽을 맵차게 짓누르자, 스산한 밤바람이 수없는 나무 초리를 뒤흔들며 내려와 쏴쏴 귓전을 스쳤다. 연경이 이날 밤마실을 마무리하고 자그마한 능선 하나 너머 자신의 거처로 향해 발길을 돌리려다 잠시 멈춰 서서, 묵직하고 고급스러운 형님 댁 문패를 부러운 듯 빤히 쳐다봤다. 이승의 인간이 저승으로 가는 문에 걸린 망자의 문패이자, 저승의 허상이 바라보는 이승의 실상이었다. 인적 끊긴 월광 아래 두 개의 큰 봉분 하단 중간의 상석 문패가 신운(神韻)에 휩싸여 반짝거리고 있었다. 잡귀의 근접을 일절 허용하지 않으려는 듯 예리한 열두 모서리 칼날을 방패 삼아 갑옷을 두른 오석 직육면체. 거기 전면에는 이런 글이 새겨져 있었다.

『學生坡平尹公時宇之墓 (학생파평윤공시우지묘)

配孺人昌原丁氏惠淑雙墳 (배유인창원정씨혜숙쌍분)』

(2023. 한국소설 7월호 수록)

아신티아의 바람

화이트 크리스마스가 눈 덮인 정경의 심상만은 아닌가 보다. 캐럴이 울려 퍼지는 적도의 호텔 라운지 소파에 무심히 파묻혀, 주변을 점령한 채 들랑대는 백인들의 살갗 물결에 눈길이 쏠리자 얼핏 떠오른 생각이었다. 분주한 군상들의 는적대는 실루엣 사이로 호텔 현관 앞마당에 삐죽 솟은 가뿌라(gapura)의 윤곽이 창문을 타고 들어 시야에 맺혔다. 발리 힌두 사원의 시크한 일주문으로 도시풍의 석탑을 두 쪽으로 덩다랗게 갈라놓은 전통 조형물이었다. 들어갈 때나 나갈 때나 왼쪽이 악의 축이고 오른쪽이 선의 축이므로, 진·출입 시 보는 방향에 따라 두 기둥의 의미가 바뀐다. 선악은 고정된 것이 아니라 언제든 변할 수 있음을 상징했다. 과거와 현재의 선악에 대한 신의 잣대도 끊임없이 바뀌었고, 인간들은 그 판단의 여파에 따라 일희일비해 왔다.

화이트 크리스마스에 대한 오랜 관념도 변할 수 있음을 한가한 시간에 접하는 인도양의 산들바람을 안고서야 비로소 알게 되었다. 가뿌라 덕분인가? 바닥에 깔린 자주색 양탄자에 의문의 흰 빛공 서너 개가 어른대며 멋거리지게 춤을 췄다. 마치 신비의 결정체인 구전현상(ball lightning)을 연상시키는 빛덩이였다. 빛을 좇아 시선을 모으는 순간, 젊은 시절 이곳 발리에서의 영적 체험이 희미하게 뇌리를 스쳤다. 짐바란 비치 불꽃놀이를 보러 가자는 딸의 성화에 고개를 끄덕이며 신청한 곡만 듣고 가자고 얼렀다.

30대 초반 한창때, 토포이(TOPOI) 호텔 건설 현장의 조경 엔지니어로 한 시절을 보냈다. 결혼 30주년 기념이라는 아내의 성화에 못 이겨 인도네시아 발리섬을 찾았다. 결혼식 날짜를 받아 놓은 외동딸과 함께였다. 예나 지금이나 발리 최고의 호텔로 인정받는 토포이에 여장을 풀고 추억 여행에 나설 참이었다. 당시 갓 난 딸애를 감싸안고 현장 근처 렌트하우스에서 신혼 생활을 했던 기억이 어슴푸레 떠올랐다. 한낱 쇳덩이가 살아 있는 육신을 지배하는, 기계 상자의 바람 없이는 푹푹 찌는 방 안에서 한시도 숨을 쉴 수 없던 시절이었다. 그때 한 삼 년 단련된 탓인지 딸애는 자라면서 더위는 별로 타지 않았다.

필리핀에서 제법 유명세를 치른다는 묘령의 여류 피아니스트가 라운지 한복판에서 성탄절 분위기에 어울리는 곡을 몇 차례 연주하더니, 이윽고 신청곡을 들려주었다. 전날 전해 준 USB에 대한 호텔 측의 답례성 배려였다. 오래전 이역만리 적도의 건설 현장에서 본국의 아내 배 속 아이 태명을 '보고 싶기도 하고, 보물 창고이기도 하다.'는 뜻의 '보고'로 지었다. "짐바란의 불타는 저녁~노을, 내 사랑 보고~ …." 부 작사에 대학 보컬 활동을 했다는 현장 후배

기사가 몇 날을 끙끙대며 작곡했던 노래 〈보고〉의 피아노 가락이 넓은 홀에 울려 퍼졌다. 엄마 팔을 붙잡고 부산을 떨던 딸이 자신이 주인공인 낯익은 곡에 덩둘한 표정을 지으며 귀를 쟀다.

　나른한 오후, 야자수 그늘 썬비치 의자에 비스듬히 기대 누워 끝없이 펼쳐진 대양의 공허감을 친구 삼아 오수와 독서를 반복했다. 가끔 에메랄드 빛깔 풀장에 뛰어들어 녹슨 수영 실력을 푸념해 보기도 하고… 30여 년 전 한때 건설 현장에서 심혈을 기울여 완공했던 풀 사이드 바(pool side bar)에 앉고 보니, 당시 제힘에 부친 핸드 콤팩트로 끙끙대며 붉고 민틋한 풀장 지면을 공글리던 어느 젊은 인부의 반짝이던 눈동자 상이 그의 싱긋 웃던 얼굴 위로 오버랩되어 왔다. 잔잔히 울려 퍼지는 보사노바 곡이 바 주변 열대 해변의 열기를 식혀 주고 있었다. 작업화 끈을 졸라매고 좌충우돌 현장을 헤집고 다니던 옛 추억을 되살리며, 발리 명물 빈땅 맥주를 연거푸 서너 잔 마셨다. 당시 사무실 직원의 개인적 실수로 조라떠는 바람에 뚝별난 성질의 발리 정부 시험소장의 심기를 건드려, 풀장 터파기 후의 흙다짐 테스트 결과가 계속 불합격으로 나와 애를 먹었던 기억이 났다. 소탐대실, 기와 한 장 아끼다가 대들보 썩힌 사건이었다. 타국의 보비리 같은 쥐코조리 한 사람의 앙살궂은 기분을 얼러맞추지 못해 생긴 공기 지연에 따른 손해 막급으로 현장에 비상이 걸렸다. 담당 엔지니어로서 앵한 마음이 들어 한동안 잠을 설쳤었다. 한국이나 여기나 시험소 고유의 계산식 디

폴트값을 조절하여 합·불합격을 함부로 정할 수 있던 암울한 시절이었다.

매시근해져 오는 취기에 휘둘리기 전에 자리를 차고 일어나 호텔 관리사무실로 발길을 옮겼다. 개인 소장용으로, 당시 유행하던 소니 8밀리 캠코더를 사용해 수시로 공사 현장을 촬영했었다. 그 영상물을 삼십 분 정도로 축소 편집해 담은 USB를 방문 기념으로 호텔 측에 전해 줄 작정이었다. 호텔 1층 한적한 귀퉁이의 관리사무소는 쉽사리 찾을 수 있었다. 반바지에 호텔 비치 타월을 걸친 투숙객 차림이라 별다른 경계심을 보이진 않았다. 직원들은 수십 년 전 이 호텔 공사에 참여했던 엔지니어의 제안을 신기해하며 흔쾌히 받아주었다. 당시 3년간 현장 안팎에서 휘둘렀던 인도네시아어 악센트의 흔적이 단기 체류 관광객의 어쭙잖은 발음과는 판이하다는 것을 곧바로 알아채는 듯했다. 관리소장의 책상 주위에 둘러서서 대형 PC로 영상을 돌려 보던 일순간 어깨 너머로 쳐다보던 젊은 직원 한 명이 자기도 모르게 소리를 질렀다.

"스분따르(잠깐)!"

다시 감아 멈춘 장면에는 현장 사무실 앞 흰색 승용차 옆에서, 감색 바탕에 검측한 빛깔의 체크무늬가 쳐진 바틱 원피스를 입은 이십 대 중반의 긴 머리 여성이 손가락으로 V자를 만들어 흔들며 활짝 웃고 있었다. 그녀가 자신의 어머니랬다. 아니 그렇다면, 이 젊은이가 라이사의 아들이란 말인가? 얼굴 모습을 유심히 살펴보니 이국적, 아니 정확히 한국적 이미지가 배어 있음을 한눈에 실감할 수 있었다. 아닐세라, 그의 명찰에 새겨진 이름은 "Yoman Kim" 이었다.

1990년 연초, 현장 숙소 주변 코코넛 트리에서 폭발하는 꼭두새벽의 토케이(tokay) 소리로 인해 잠을 설친 탓에 날연히 몰려오는 피곤으로 도둑맞은 아침을 보내고 있었다. 길이가 사십 센티에 달하는 이 대형 발리 도마뱀은 이 지역 동물의 깃대종으로 "꾀~엑, 꺽!"대는 울음소리가 마치 차량 경보음처럼 우렁찼다. 야행 수목성 수컷 파충류의 짝짓기 소리, 이방인의 수면을 이아치는 주범이었다. 한국 시골의 대밭에서 밤잠을 깨우는 대마디 갈라지는 딱딱 소리 못지않은 깜짝 소음이었다. 가끔 잠결에 듣는 이웃 판자촌의 닭갖추는 소리는 토케이 굉음에 비하면 자장가처럼 느껴져 애교로 봐 줄 만했다. 이 잠도둑 짜증에서 벗어나려면 이국 생활을 접고 귀국하는 도리밖에 없었다. 엎친 데 덮치기로 비누칠 샤워 도중 전원이 차단되어, 숙소 여기저기서 한바탕 나체 소동이 벌어졌다. 지하에 매설된 공사용 전선 가닥 위를 누군가 또 중장비로 밀고 나간 모양이었다.

현장 펜스 너머 인도양 앞바다에서 끝없이 치는 은보래를 저만치 바라보며 숙소 옆 식당으로 이동했다. 먼발치의 덴파사르 국제공항에서 해수면에 반짝이는 물비늘을 차고 떠오르는 일련의 비행기들을 훔쳐보며, 잠시 귀국 휴가나 영구 귀국 같은 부질없는 뜬생각에 잠겼다. 비현실적인, 희망 현실, 고문이었다. 과장급 이상은 거의 가족 동반으로 현장 외에서 거주하므로, 주로 대리급 이하 엔지니어 네댓이 모여 아침 식사를 하기 마련이었다. 최근 본사 해외 근무 방침이 바뀌어 대리급도 가족 동반이 허가되었지만, 아내의 출국 준비 중 임신이 확인되어 출산 후 아기와 함께 데려오기로 했다.

한국인은 밥 먹을 때 대체로 시끄러웠다. 외로움에 늘 찌들어 사는 재외 근로자들은 그 정도가 더 심한 편이었다. 목청의 진동이라도 빌려야 밥이 잘 내려가나 보다. 후식으로 나오는 열대 과일은 항상 푸짐했다. 어쩌다 과일의 여왕으로 불리는 두리안이라도 나오면 직원들 만면에 희색이 가득해졌다. 첫고등에 먹을 땐 진득거리는 과육의 역겨운 지옥의 냄새에 코를 잡고 거부 반응을 보이지만, 그 시기를 잘 참아 넘기고 먹어나 그 달콤한 천국의 맛에 매료되면 바로 마니아로 변하게 되는 요물이었다. 타 과일에 비해 비교 불가의 중값이라 길거리 난전에서도 선뜻 손이 가지 않는 희귀성 과일이었다. 매일 약비나게 먹는 수박은 흔한 과일이라 이곳 생활 이전과 이후 평생 먹게 될 양보다 여기서 먹는 양이 훨씬 많을 듯했다. 이곳 발음 수박(subak)은 우리나라 수박과 같으므로 한층 관심 있게 다가왔다. 숲에 저장된 물을 계단식 논으로 공급하는 수로와 터널을 일컫는 말이었다.

영혼 세계와 인간과 자연을 하나로 결합하는 환경 보존 마인드의 철학적 개념이 반영되었다. 농약과 비료 없는 전통식 벼농사가 먼 중국 땅 노자의 "인간은 자연을 거슬러서는 안 된다."라는 '인법

자연(人法自然)' 사상과도 일맥상통하는 듯했다. 민주적이고 평등한 농경 방식인 발리의 수박 체계는 유네스코 세계문화유산에도 등재되었다. 한국에서의 수박은 먹거리이고, 발리에서의 수박은 자랑거리였다. 사누르 해변에 있는 이 섬 최대의 디스코장 이름이 "SUBAK"인 것만 봐도 발리인의 수박 사랑은 대단했다.

식당에는 십 대 후반 처녀 두 명과 이십 대 초반 유부녀 한 명이 식모 겸 요리사로 일하고 있었다. 모두 무슬림으로 멀리 떨어진 섬 지역에서 가족과 헤어져 비행기 타고 스카우트되어 온 선망의 대상 행운녀들이었다. 이 나라는 종교의 자유가 보장되지만, 종교 의무국이라 믿든 안 믿든 신분증 종교란에 하나씩을 기재했다. 평소 접하지 못하던 개념이라 한국과 인도네시아 국민이 종교 의무와 국방 의무라는 용어를 서로 생소하게 여길 수밖에 없었다. 암암히 눈에 나타나는 옹알이하는 젖먹이를 바다 건너 떨치고 온 귀꿈맞은 맏언니는 고향 집에 전화해 보채는 아기 달래느라 늘 분주했다. 숙소 거실 전화는 무료 사용이라 남자들만의 공간이지만 시간 불고, 염치 불고하고 변모없이 뻔질나게 들락거렸다. 적진을 향해 진격하는 군사 행동이 무색할 정도로 자식을 위해 사날을 발산하는 엄마의 용감성은 거침이 없었다.

일주 전 세 여자가 울고불고 사달이 났었다. 키우던 원숭이가 나뭇가지에 목줄이 걸려 죽었다. 서너 달 전 새끼를 마을 장터에서 사다 식당 앞 파고다나무 밑동에 묶어 두고 키웠다. 자라면서 차츰 나무타기가 능숙해져 2m 높이쯤의 가장이에 올라가 한댕거리며 재주를 부리다 줄이 감겨, 밤새 공중에 매달린 채 질식사했다. 원숭이도 나무에서 떨어질 때가 있다가 아니라 원숭이도 제 꾀에 제가 넘어갔다. 절제되지 않은 능력이 파멸을 불러온 셈이었다. 우둔한 인간도 매한가지 아니겠는가. 낯선 타향에서 유일한 말벗이었던 원숭이의 죽음에 식모들은 식음을 전폐하고 슬퍼했다. 사람이 죽어도 참참한 종족이, 한낱 미물의 죽음에 뚱딴지같이 넋을 잃고 애통해하는 게 의외로웠다. 결국 직원들이 새 원숭이 한 마리를 사 와서 그녀들을 진정시켰다.

식당에서는 간밤에 숙소 위성안테나가 강풍에 청처짐하게 비뚤어져 결정적인 CNN 뉴스를 볼 수 없었느니, 어제 점심 식사 때 먹은 칼집 낸 생선구이의 갈치가 사상 최대 크기였었느니 시시풍덩한 일들이 화제에 올랐다. 비교적 배우기가 발리섬에 지천으로 깔린 바나나 껍질 까기만큼이나 쉬운 바하사(語) 인도네시아로, 항상 웃으며 자냥스레 재잘대는 현지인 식모들과 농담 삼아 나누는 대화가 격지에서의 낙이라면 낙이었다. 한국 속담에 비바리는 말똥만 보아도 웃는다고 했는데 시시때때로 깔깔거리는 이곳 처녀들에게도 고스란히 들어맞는 말인 성싶었다. 그날따라 평소와 달리 새침해 보이는 막내에게 중장비 담당 장 대리가 식사 분위기 전환을 한답시고 한마디 던졌다. 아직 단어 구사력이 익숙지 않아 마라(marah: angry)라고 한다는 게 메라(merah: red)라고 말했다. 화났냐고 물은 게, 알고 보니 생리 중이냐고 물어 어린 처녀들을 수수꾸게 한 것이었다. 세 명의 여성이 부끄러운지 손으로 입을 막고 깔깔대며 일렬로 식당 문을 박차고 나가버렸다.

출근하면 우선 현장 사무실 바깥 한편 잔디밭의 백엽상과 바람자루를 점검했다. 기온과 습도, 풍향이 공사에 미치는 영향이 남다르기 때문이었다. 적도의 날씨답게 이른 아침인데도 훗훗한 바람이 일어 대는 한데 공기는 후터분했다. 사무실은 비록 가설 건물이나 제법 호화롭고 실팍지게 지어진 구조물이었다. 홀 건너 발주처 감독관실에 모여 각 공사 분야별로 모닝커피를 마시며 잠시간 환담을 나눴다. 그리고는 금일 현장에서 발생 가능한 사고나 장애 요소를 여러모로 예측하는 '공사 장애분석(JHA: Job Hazard Analysis)' 회의를 필두로 본격적인 하루가 시작됐다.

도면을 챙겨 현장으로 나갈 채비로 부산한데, 책상 옆으로 총무과 현지 여직원인 라이사가 씨암탉걸음으로 살그머니 다가와 "미스타르 콱!"하며 음료수 한 병을 줌통 내밀듯 팔을 뻗쳐 건넸다. 로미오와 줄리엣의 올리비아 핫세를 빼닮은 미모의 이십 대 중반 여성이었다. 평소 화장기 없는 얼굴로 사무실을 지켰지만, 민낯이 타고난 그녀의 미모를 깎아내릴 수는 없었다. 샐샐대는 밝은 미소에 연삽한 성격의 타고난 붙임성으로 한국 직원들에게 인기가 좋았다. 평소답지 않은 정색으로 명함판 사진 한 장을 보여 주며 아는 사람이냐고 물었다. 몇 년 전 자카르타 리조트 조성 현장에서 만나 연인으로 발전해 동거까지 했던 김상수 대리와의 러브스토리는 익히 들어 알고 있던 터였다. 현장이 준공되고 귀국해 버린 그와 헤어진 후, 비련을 안타까이 여긴 회사 측의 배려로 이곳 현장 일자리로 옮겨 왔다. 한국인 직원이라면 보는 이마다 붙잡고 생이별한 연인의 행방을 수소문하지만, 김 대리의 사생활 때문에 대체로 모르쇠를 잡고 뭉때리는 추세였다. 마음대로 사랑하고 마음대로 떠나 버린 첫사랑 도련님을 못 잊어 하는, 인도네시아판 카츄사 라이사가 마냥 가여웠지만, 역시 주변 분위기에 밀려 난처한 체 미안함을 표할 수밖에 없었다.

공사 중인 토포이는 미국에 본사가 있는 세계적 체인의 호텔이었다. 현 대통령 장녀가 오너인 인도네시아 이스나(ISNA) 그룹이 발주처였다. 한국 건설회사가 동남아에서 처음으로 설계·시공을 동시에 시행하는 턴키(turnkey) 시스템의 프로젝트였다. 국제 건설계에서 아무도 예측하지 못했던 파천황의 사태였다. 과거 중동 건설시장에서의 한국인 특유의 손재주와 근면성에 의한 시공 위주의 수주에 비해, 설계 능력을 국제적으로 인정받은 결과였다. 인도양을 마주 보는 짐바란마을 바닷가 만여 평의 광활한 대지에 조성하는, 3년 공기, 1억 5천만 달러 공사액의 대형 프로젝트인지라 한국인 엔지니어들의 자부심이 대단했다. 뉴질랜드인 감독관 보스는 만날 때마다 최고 권력자 영애의 자금력을 들먹대며, 5 star +급 호텔의 '+'를 강조했다.

30도를 훌쩍 넘은 적도의 한낮 온도가 숨을 턱턱 막히게 하며 체력 활동의 인내력을 시험했다. 아물거리는 신기루 속에 흐느적거리는 인간 군상들이 꿈틀댔다. 단내 나는 목구멍이 막혀 다들 말하기가 싫으니, 시끌벅적해야 할 일터가 침묵 속에 잠겼다. 현지 하도급 업체 엔지니어인 수산토를 대동하고 거충거충 현장을 둘러보는 중이었다. 넓은 외부 공간이 죄다 조경 영역이라 매일 발품을 팔고 돌아다녀야 하는 신세였다. 짧은 동선 반경으로 커버할 수 있는 건축·토목·전기·설비 분야의 엔지니어들이 늘 부러웠지만, 전공 선택의 당연한 귀결이라고 자위할 수밖에 별도리가 없었다.

새까만 피부를 노출한 채 땡볕에 쭈그리고 앉아 온종일 일하는 현지 인부들이 이방인의 눈에는 늘 신비롭게 비쳤다. 먼지 덮인 주먹밥을 맨손으로 따깜질해 먹어도 건강한 이들의 신체 면역력이 거미치밀게 했다. 오랫동안 자연환경에 적응하기 위해 진화해 온 몸속 DNA의 덕택이리라. 한 현장에서 한 목표를 위해 부대끼는 여러 인간 군상들이지만, 동서양 국적과 종교에 따라 그 먹매와 먹새가 판이했다. 이들이 퇴근할 때 땀벌창이 된 몸을 씻고 가도록 가슴 높이의 네모난 콘크리트 벽체에 물을 채워 놓은 수조가 현장 한복판에 설치되어 있었다.

급수 펌프로 물을 끌어와 채우곤 하는데, 이게 늘 갱까먹기가 되어 말썽거리였다. 현장 인부 중 극소수 감바리들이 모터 본체를 잘라 가져가는 좀스러운 도난 사건이 빈번히 일어났다. 그때마다 인접 마을의 공구상에 가서 눈에 뻔한 장물을 되사오곤 했다. 철근공·목공이 작업하다 동강내 떨어뜨린 철근 끄트러기나 못 지스러기, 소형 잔챙이 공구 등을 가뭇없이 후무리는 얌생이꾼이 왕왕 있었지만, 대체로 모른 척 눈감아 주는 편이었다. 인접 주민들의 복지 제공 차원에서 내린 회사 방침이었다. 사실 펜스 곳곳에 세워 둔 경계 전망 초소의 감시인도 현지 마을 청년들이기 때문에 도난 사건을 확인하기도 힘들었다. 두꺼운 부직포로 여러 겹 감아 둥쳐 놓은 것도 소용이 없게 되자 전날 수산토와 의논한 끝에 모터 본체를 콘크리트로 두껍게 싸 발라 덮은 후 개폐 꼭지만 남겨 두었다. 아직 훼손되지 않은 거로 보아 내심 안심이었지만, 꽛꽛이 굳은 콘크리트까지 깨부수고 가져간다면 어쩔까 하는 생각에 미치자 머리가 아팠다.

기존에 자라고 있는 현장 내 수백 그루의 대형 야자수 나무줄기에 존치, 이식 가능, 이식 불가로 구별해 백·청·적 색깔의 페인트를 칠해 두었다. 이식 가능 수목을 현장 근처 임시 묘포장으로 옮기는 로컬 식재 업자들의 작업이 한창이었다. 차(車) 치고 포(包) 치며 늙은이들을 지휘하고 있는 지악스러운 젊은 십장의 새청맞은 고함이 싫지 않고 유쾌하게 들렸다. 주로 접하는 배상부리는 노틀 십장의 느긋한 현장 단도리에 비해 경중거리며 바삐 뛰어다니는 늘찬 그의 횟손을 보고 있노라니 불현듯 뱁새는 작아도 알만 잘 낳는다는 한국 속담이 생각났다. 다들 숫되게 보이지만 실은 슬금한 낙천주의자들이라 나긋나긋 짓는 해맑은 미소가 사라지질 않았다. 발리 힌두교를 신봉하는 주민들은 빈부 차이를 크게 개의치 않았다. 부자가 물질적인 짐을 지고 가난한 자들의 수고를 대신해

구듭치기를 한다는 신조를 지녔다. 정신이 물질을 앞서는, 즉 부자는 시계를 가졌지만, 빈자는 시간을 가졌다고 믿었다. 우선 피천한 닢 없이 아무리 가난해도 의식주 걱정을 할 까닭이 없다. 풍부한 자연 먹거리와 야자수 나무 아래나 어디든 노숙할 수 있는 장소가 있으므로 태평이었다. 빈자가 부자의 저택에 찾아가 음식이나 돈을 요구하면, 안면부지의 부자는 빈말하지 않고 들어 주는 괴팍스러운 동네였다. 어쩌면 여기가 우리가 찾아 헤매는 파라다이스가 아닐까?

호텔의 메인 휴양 공간인 중앙 풀장의 기초공사 작업장을 둘러봤다. 이 지역에는 흰개미라는 독충이 설쳤다. 터파기한 후 공인된 법정 업체가 흰개미 방지제(anti-termite)를 살포하도록 법으로 정해졌다. 항설에 따르면 주변의 어느 호텔 목제 가구가 흰개미 침입으로 모든 층에서 흔적도 없이 사라져 버렸다고 했다. 평소 농약 알레르기가 있어 이 독약 살포 때마다 큰 곤욕을 치렀다. 업체 직원과 함께 감독관에게 제출할 인정 사진을 찍기 위해, 열사의 해변에서 복면을 한 채 몇 분을 어리치며 견뎌야만 했다. 그러구러 며칠이 지났지만, 아직 퀴퀴한 냄새가 남아 뒤통수를 괴롭혔다.

수산토와 머리를 맞대고 거푸집 조립의 정상 유무를 확인하고 있을 무렵, 현지 작업반장 한 명이 달려와 가쁜 숨을 고르며 팔을 잡아끌었다. 발리 지역의 전통 전망탑인 쿨쿨(kulkul) 타워가 세워질 땅을 굴삭기로 작업하다 번외의 미확인 물체가 발견되어 둥개는 중이었다. 설계상의 계획고에 따라 문문한 흙을 파 내려가던 중 지하 2미터쯤에 마치 광산의 못동처럼 단단한 콘크리트 구조물이 나타났다. 놀란흙을 조금씩 더 걷어 내자 상당히 큰 규모의 구조물 일부가 노출되었다. 한두 명이 드나들 만한 출입 공간은 흙으로 꽉 메워져 내부를 확인할 수 없었다. 정체불명의 아리송한 구조물에 의아함을 품고 잠시 생각을 가다듬었다. 급히 굴삭기 바가지를 브레카 날로 교체한 뒤 일부 콘크리트를 깨자, 철근 대신 죽근(竹根)이 나왔다. 워낙 돈하게 고드러진 상태라 겉면만 깔짝대다 일단 작업을 걷어매고 철수했다. 사무실로 돌아와 동료 엔지니어들과 그 물체의 정체를 헤아려 봤지만, 도무지 오리무중이었다.

다음 날 수산토의 안내로 족장을 찾아 근처 마을회관을 방문했다. 사무실 현지 직원들은 일부 오토바이를 타고 출근하는 발리 본토박이도 있지만, 수산토나 라이사처럼 외지에서 일자리를 찾아 흘러든 경우가 대부분이므로 인접한 짐바란마을에서 숙식을 해결했다. 정문 경비 초소에 접하는 시골 도로 맞은편에는 붉은벽돌로 지은 단층 건물 중앙에 적·백색 인도네시아 국기가 걸린 초등학교가 있었다. 수업 중인지 교사 주변이 적막에 잠겼다. 특이하게도 이곳 초·중·고교에는 운동장이 없다. 반정부 대중 집회를 원천적으로 차단하기 위해 사람이 모일 만한 넓은 장소를 아예 만들지 않았다. 문명화된 국민은 통치에 가로거치므로 정부가 교육에 별 관심이 없는 편이었다. 북한과도 수교가 된 거로 보아 사회주의 냄새가 다소 풍기는 나라였다.

발리니즈 스타일의 전통 주택인 마을회관은 멀지 않은 골목길 언저리에 자리 잡고 있었다. 높은 천장의 네모진 방 안으로 들어서자, 마침 마을 노인 한 명이 사망하여 장례 절차를 논의하는 원로 회의가 열리고 있었다. 발리인은 죽음에 대한 두려움이 없는 사람들이었다. 생사 초탈이 모든 종교의 궁극적 목표라지만 이들만큼 생사일여의 참죽음을 실천하는 민족은 없으리라. 일전에 오토바이를 몰고 가다 한국인 직원의 차에 치여 사망한 청년의 상가를 방문한 적이 있었다. 내심 복장거리 보상 문제에 대한 협상을 걱정하며 암언한 분위기를 예상하고 들어신 초상집은 의외로 평온했다. 우선 유가족 누구에게도 슬픔의 기색이 보이지 않았다. 이들은 죽음이 발리 힌두신에게 돌아가는 지름길이라고 굳게 믿었다. 오히려 일찍 신의 품에 안긴 자에 대해 개염을 부릴 정도였다. 환생해서 더 좋은 곳에 태어난다고 믿기 때문이었다. 상가인가 혼가인가 혼동할 정도로 춤추고 노래하며 고인을 신께 보냈다. 수많은 아낙네가 카낭사리(canang sari) 기도 봉납물을 머리에 이고, 조금이라도 더 신에 근접하기 위해 '잘란잘란(걷다)' 사원을 향해 행진하는 전경이 일상적이었다. 회사에서 안쫑잡았던 사망 보상액 선에 안틀기는커녕 그 1할에도 못 미치는 쇠푼을 유족 측이 요구해 와 속으로 무춤했다. 긴장했던 에움 건이 의외로 수나롭게 풀렸다. 무거운 마음으로 문상 가 오히려 위로받고 가벼운 마음으로 문을 나섰다.

십여 명의 원로들이 벽을 등지고 둘러앉아 한 손으로 딱선을 폈다 접었다 하고, 다른 한 손으론 푸시시한 가재수염을 만지작거리며 텅 빈 방바닥을 무심히 바라보고 있었다. 회의라기보다 침묵 수행 의식 같았다. 칠십 대로 보이는 족장은 알고 보니 며칠 전 전통 의상을 차려입은 일단의 무리를 앞세워 뒤설레를 떨며 느닷없이 현장에 진입해 일장 장도감을 쳤던 자들의 우두머리였다. 분주한 현장 안으로 사전 예고 없이 풍악을 울리고, 대나무에 야자 잎으로 만든 줄기를 매단 뻰졸(penjor) 깃발을 흔들며 한국의 걸립패처럼 들이닥쳤다. 한창 기초 공사가 진행 중인 호텔 메인 현관 앞 가뿌라가 설치될 장소에 멈춰 섰다. 사원이나 마을 곳곳에서 볼 수 있는 전통 석탑 가뿌라는 외국인에게 발리 전통문화를 홍보하는 주요 매개체였다. 호텔 진입부의 현관 코 아래 입에 법적으로 설치하여 휴양객이나 관광객의 시야를 점령해 발리 문화에 익숙해지도록 유도했다. 서울 시내 호텔 어디에도 우리 전통 구조물이 설치되어 있던가? 훨씬 후진국의 정책이지만 본받아 마땅했다. 외부 침입자들은 오망을 떨며 전통 제례 의식을 한소끔 취하더니, 땅을 파고 황색 보자기로 매동그린 상자 하나를 묻었다. 그러고는 무리를 이끌고 신명을 떨며 대갈놀음하던 모가비 노인이 어리둥절해 쳐다보던 엔지니어 한 명에게 1년 후 회수하러 오겠다는 도막말만 남기고 바람처럼 휭허케 사라졌다. 불청객이 떠난 주변 땅바닥에는 저들 의식 때 사용하고 버린 구겨진 종잇조각들이 에넘느레하게 뒹굴고 있었다.

최 현대식 과학 기술을 접목해 조성하는 공간에 원시적 미신의 강보가 덮이는 순간을 다들 침 먹은 지네처럼 막연히 쳐다볼 수밖에 없었다. 마치 무슨 야로를 부릴지 모를 점령군처럼 아귀차게 거들먹거리는 이들의 기분을 수격수격 들맞출 뿐 누구 하나 나서는 이가 없었다. 이런 얼토당토않은 뭇방치기 행위를 저지하기 위해 공연히 들큰거렸다간 심한 낭패를 맛볼 수밖에 없다. 마을 주민들의 독단적 결정은 이방인이 감히 항거할 수 없는 치외법권 행위였다. 원로회의 판결에 따라 부족 간의 피로 피를 씻는 고의 살인 행위가 벌어져도 경찰이 간섭할 수 없을 정도였다. 대대로 이어지는 마을 관습법이 최고 규범이며, 신성시되었다. 이들의 비위를 덧들여 눈 밖에 나면 공사 기간 내내 야마리가 없는 인심에 휘둘리게 된다는 소리를 귀에 못이 박히도록 들었다. 심지어 공사 자체가 불가능할 수도 있음을 누누이 교육받았다. 한번은 발리 전 지역에 걸쳐 어둠 속에 새 나오는 불빛이 금지된 로컬 홀리데이라는 갑작스러운 통보에 따라 전 현장에 등화관제가 실시되고, 펼쳐 놓은 야간작업이 졸지에 중지되어 막대한 금전 손실을 본 적도 있었다. 발리 당국이 5성급 특급 호텔만 예외를 인정해 주어 그날 밤 직원들이 주변의 해당 호텔 로비로 몰려갔었다.

번뜩이는 안광이 부족의 카리스마를 휘감을 듯한 족장이 뜸지근한 표정을 지으며 미확인 물체에 대한 의문을 의외로 쉽게 풀어주었다. 호텔 신축 현장은 태평양 전쟁 당시 일본군 진영이 있던 장소로, 패전 후 그들이 급히 철수하며 지상부 건물 터무니는 지웠지만 지휘 본부였던 지하 벙커는 그대로 두고 떠났다고 했다. 오랜 시간이 흘러 주변 토사가 무너져 내려 완전히 매몰된 곳이 전날 발견한 미확인 물체였다. 전쟁 말기 철근이 주저로워 꿩 대신 닭으로 대나무를 사용한 죽근 콘크리트로 건물을 축조했댔다. 그때 일본군 사역 현장에 끌려가 영금을 보았다는 족장의 전언이었다.

현장으로 돌아와 다시 굴삭기로 마른박살을 내며 본격적으로 철거를 시도했지만, 죽근 콘크리트의 강도가 엄청나 영 진도가 나가지 않았다. 굴우물에 돌 넣기였다. 출입문을 막고 있는 흙을 조금 걷어 냈지만, 결국 구조체 어섯만 갉작거리다 그 괴물체의 빙산의 일각에도 못 미쳐 더는 새수못하고 흑죽학죽 발굴을 접고 말았다. 당시 일본군의 호전적 습성상 추측되는 부비트랩 폭발의 위험성과 막대한 추가 공사비 발생이 예상되었기 때문이었다. 토양 조사 업체의 부실 리포트에 대한 책임 문제로 시끄러워질 것도 번한 일이었고. 혹시 일본군이 철수할 때 발리 왕족들로부터 탈취한 보물 금괴라도 꿍기고 떠났다면? 그 진가가 영원히 묻혀버릴 게 아니냐는 실없는 우려가 잠깐 떠올라 피식 웃었다. 결국 쿨쿨 타워는 한바탕 해프닝 후 본래 위치에서 옆으로 약간 이동하여 설치하기로 했다.

이국땅에서 쇠는 추석·설 명절은 고향의 부모와 가족 생각에 대체로 심란했다. 종손으로 차례를 모시지 못하는 죄스러운 가슴은 더 휭했다. 생이별한 사람들과의 옛정이 새퉁맞게 뇌리를 스치며, 뭐랄까 모를 속뜰의 허전함이 잔영으로 맴돌았다. 적어도 이날만은. 그러나 뭐하나…, 한(恨)일까? 본사에서 현지로 내려오는 두툼한 명절 보너스 봉투가 다소 위안이 되었지만.

발리섬 최남단에 있는 현장에서 북쪽으로 한참 올라가면 낀따마니라는, 산중 호수 주변에 풍장(風葬)을 하는 마을이 있다고 했다. 시체를 지상에 노출해 바람의 기운으로 자연히 소멸시켰다. 죽은 자의 영혼을 천계나 저승으로 보내기에 좋은 방법이었다. 장례를 치르기 위해 땅을 파면 재앙이 내린다고 믿는 종족이 탄생시킨 장제의 일종이었다.

"내 세상 뜨면 풍장시켜 다오. …마지막으로 몸의 피가 다 마를 때까지 바람과 놀게 해 다오."

황동규 시인의 시 「풍장1」의 처음과 끝부분 구절이다. 평소 시인의 외침에 교감하던 차, 직원들 사이에 회자되고 있는 이 신비한 마을을 언젠가 한 번 가보리라 다짐해 왔다.

추석 하루 현장 문을 닫았다. 현지 엔지니어와 인부들은 유급 휴무라 영문도 모른 채 신나 들떴다. 고향 예배의 합동 차례를 간소하게 지낸 뒤, 총무과장이 어렵사리 구해 온 송편 한 조각씩을 나눠 먹었다. 고국에서 먹던 무름한 명절 떡이 단숨에 목구멍으로 넘어갔다. 그리고 건축 엔지니어인 동갑내기 황보 대리와 함께 별러 오던 풍장 견학을 실행에 옮겼다. 중고차가 신차보다 비싸다는 인도네시아 명물 끼장(kijang) 지프를 몰고, 둘이서 겨끔내기로 운전해 가며 하염없이 북쪽의 산악 지역으로 올라갔다.

짐바란에서 공항을 거쳐 꾸따 비치로 향하는 도로는 폭이 협소해 조심스러웠다. 몇 년 전 본사 해외기술부 근무 시 설계·견적을 위한 현장 현황과 현지 물가 조사를 위해 대리 두 명이 출장을 온 적이 있었다. 공항에 내려 렌터카에 의지해 남쪽 해변 휴양지로 내려가던 중, 도로 가장자리의 긴 구간 포장 면을 파헤치는 공사를 목격했다. 상식적으로 도로 확포장 공사를 하나 보다 하고 지나쳤지만, 발리관광협회(BTDC) 직원들과의 미팅에서 뜻밖의 이유를 알게 되었다.

은둔의 섬 발리가 1950년대 말 영화 〈남태평양〉에서 흐르는 〈발리하이〉라는 노래로 알려진 후 1960년대에 접어들어 세계적인 휴양지로 주목받기 시작했다. 유럽 부자들이 휴식을 위해 가족을 이끌고 천혜의 야자수 해변이 펼쳐진 자연 속으로 몰려들자, 더 많은 휴양객을 유치하기 위해 발리 당국이 도로를 넓게 확충했다. 그러나 이십여 년이 흐른 후 상황이 굽질러 방문객 수가 급격히 줄어들어 소들해지자 BTDC 전문가들이 그 원인 분석에 골몰했다. 다방면에 걸쳐 심도 있게 채근을 해 본 연구 결과, 이 섬의 휴양 기능을 충족시키던 한계수용력(carrying capacity)을 초과할 정도로 방문객들이 음식에 달라붙는 파리 떼처럼 들끼자, 복잡하고 시끄러워진 이곳을 서양인들이 외면해 버렸다는 사실을 발견했다. 도로 접근성이 좋아지자 소중사납게도 인접 국가의 공장 직공까지 휴가철에 몰려들어, 조용한 휴양지가 아닌 시끌벅적한 관광지로 바뀌어 환경적·문화적 오염지로 전락했다. 다다익선(善)이 아니라 다다 익손(損)이었다. 욕심이 눈을 가려 사리 분별을 제대로 못한 당국 의 갈가위 같던 인숭무레기들이 털도 아니 뜯고 먹으려 했던 결말 이었다. 더는 주고객인 유럽 부자들이 지갑을 열지 않자, 도로 옛 고즈넉한 해변으로 돌리자는 주장이 통돌아 도로 폭을 줄이는 기 현상이 벌어졌던 것이다.

꾸따 비치 구역의 단골 현지 식당에서 점심 식사로 굴썩하게 담 긴 뱀탕 한 그릇씩을 사 먹은 뒤 두 사람은 서둘러 운전대를 잡고 발길을 재촉했다. 한국 사람들이 설렁탕이나 곰탕을 즐기듯 발리 사람들은 뱀탕을 자주 찾았다. 당연히 한국 길거리의 설렁탕·곰탕 식당처럼 이곳 발리 길거리에도 뱀탕 식당이 널렸다. 뱀탕 한 그릇 값이 한국 내 설렁탕 값의 반에도 미치지 못하니 한국인들이 부담 없이 먹을 수도 있다. 현지 직원들의 권유로 처음 뱀탕집을 찾은 뒤 그저 그런 타분한 맛에 먹기가 께름칙했지만, 보양식이란 그들의 극찬에, 어쎄고비쎄고 하기 싫어서 못 이기는 척 몇 번 데시긴 후 비틀한 식감과 바따라진 국물에 입맛이 들어 가끔 먹었다.

발리에서는 개고기 보신탕이 엄격히 금지되어 있으므로 복날 복 달임은 불가능해 보였다. 그러나 사람 사는 곳에, 특히 한국인에 게, 안 되는 일이 어디 있던가? 때가 되면 발리에서 유일한 꾸따 비 치 한식당인 코리안레스토랑의 젊은 한국인 주인이 툭툭한 보신 탕을 몰래 끓여 놓고 현장 총무과장에게 연락했다. 개 식용은 금 지되어 있지만, 길거리에 주인 잃은 개들이 많이 어슬렁거리므로 현지인에게 들키지 않고 한 마리쯤 잡기는 어렵지 않았다. 평소 주요 고객인 한국인 엔지니어들을 위해 일 년에 한두 번씩 초대해 그들이 삼성들리게 주인이 무료로 보신탕을 서비스해 오곤 했다. 물론 현장이나 식당에서 수시로 이뤄지는 술·생선회·돼지·쇠고기 도리기의 대형 직원 회식의 매상고에 대한 식당주의 의례적인 상술의 보답이었지만.

발음조차 힘든 응우라라이(?) 국제공항 못미처 해변 도로를 달리던 중 앞선 차들이 차례로 멈춰 서더니 한참 동안 움직일 기미가 보이지 않았다. 차에서 내려 승겁들게 기다리고 있는 십여 대의 차 앞쪽으로 가보니 수천 마리의 붉은 바닷게들이 뭍에서 도로를 횡단해 모오리돌 해변 쪽으로 집단 이동하고 있었다. 아스팔트 위의 붉은 단풍잎! 게들의 행진, 게들의 잔치였다. 생존을 위한 몸부림이겠지만, 건전한 생태계의 축복이었다. 지천으로 깔린 고단백질의 개체를 가만히 쳐다보노라니, 한편으로 발리인들은 절대 굶어 죽을 리는 없겠다는 생각이 들었다. 평생 전 세계를 여행하다 결국은 자급자족이 용이한 발리에 최후 정착했다는 어느 예수남은 호주 노인의 말에 수긍이 갔다.

발리의 행정 수도 덴파사르 외곽을 비켜나 국립공원인 산악 지역으로 접어들자 도로 좌우가 한적한 정글로 둘러싸였다. 움직이는 살롱의 차창 밖 밀림 정경이 낯선 산객의 시야로 밀려들어, 마치 미지의 숲속 세계를 탐험하는 영화의 한 장면 속으로 빨려 들어가는 듯했다. 유년 시절, 가뭄으로 드러난 고향 강촌의 강바닥

자갈을 아장바장 밟으며 상류 쪽으로 하염없이 걸어가던, 그러나 꿈속 밀림의 영상인 듯 아른거리는 최종 도착지는 자욱한 기억의 안개에 갇혀 전혀 떠오르지 않는, 그런 아련한 기분이었다.

목을 축이기 위해 한참 만에 나타난 길가의 허름한 간이 스낵 앞에 차를 세웠다. 제주도 돌하르방 한 쌍이 여기까지 어떻게 날아 왔는지, 마치 낯선 방문객을 검문이라도 하려는 듯 길섶에 외로이 서 있었다. 그 옛날 인도 허왕옥이 가락국 수로왕을 만나러 가다 발리에 한 개를 떨어뜨렸는지, 아니면 여기서 한 개를 주워 제주도 에 빠뜨렸는지…. 발리 마을과 제주도 도처에 돌하르방이 활개치 고 있으니 모를 일이었다. 사학자의 숙젯거리가 하나 더 는 셈이었 다. 주차 후 뻐근한 목을 휘두르며 기지개를 켜는 순간 낯익은 노 랫가락이 귀를 자극했다. 뜻밖에도, 조용필의 〈창밖의 여자〉였 다. 현지인 가게 주인 말이, 몇 해 전 지나가던 한국인 노부부가 선 물로 준 카세트테이프의 곡조가 마음에 들어 내용도 모르고 가끔 크게 틀어 놓는다고 했다. 이역 땅에서 단기필마로 돌아다니는 한 국인이 천리 타향 인도양 외딴 정글에서 조용필의 히트곡을 들을 수 있다니 세상사 알다가도 모를 일이었다. 모 재벌의 "세상은 넓 고, 할 일은 많다."라는 어록이 날짝지근해지려는 젊은이의 몸과 마음을 도슬러 잡았다.

두 시간 정도의 드라이브 끝에 드디어 목적지인 브라딴 호수에 도착했다. 바뚜르산 화산 폭발로 생긴 거대한 칼데라 호수였다. 발 리 사원의 진수라는 울룬다누 브라딴 사원을 잠시 구경했다. 호수

위에 떠 오른 듯한 3층과 11층 두 개 탑의 균형과 조화가 평화스럽고 환상적이었다. 딛고 누워 영원히 가라앉고만 싶은, 어머님 품처럼 푸근한 정경이었다. 미지의 발리 세상 캐기가 취미인 황보 대리의 권유로 호수 주변 작은 마을의 노천 온천탕을 찾아 몸을 담갔다. 주민이 건네는 큰 수건을 허리에 걸치고 누워 망망대해처럼 뻗은 호수 저편을 바라보았다. 저쪽 어느 호수 변에 풍장 마을이 있다는데…. 남동쪽으로 줄곧 시선을 돌리니 발리 최고 산인 아궁산 정상이 멀리 보였다. 여기서 서쪽으로 돌아가다 보면 부얀 호수와 부라딴 호수 사이의 칼데라 분지에 있는 한다라 골프장이 나온다. 이 나라에서 제일 높은 해발 1,200m에 조성된, 세계 50대 골프장에 선정된 바 있는 유명한 곳이다. 고급 리조트와 함께 운영되므로 한국 골프광들이 가끔 찾는 곳이기도 했다.

올 초 국정감사 명목으로 이 먼 현장까지 들이닥친 국회의원들과 그들에게 잘 보이려고 간나위치는 떨거지 일행의 의전을 맡아, 반강제로 징집당한 현장 내 최고급 승용차인 현장소장의 일제 혼다 어코드를 몰고 다니며 이 골프장 접대를 했던 기억이 났다. 아마도 수도 자카르타의 외교 공관과 공기관 감사를 왔다가 천산지산 어설픈 구실을 대고 세계적인 휴양지인 발리를 유람차 방문한 듯했다. 윗선의 지시에 따른 코 아래 진상을 위해 덴파사르 시내 최고급 일식집인 아카사카에서 벌어졌던 채홍의 밤 문화 길라잡이까지. 상전, 종 할 것 없이 배때가 벗은 그네들의 기분을 맞추느라 속이 뒤집혔지만, 회사의 이해득실이 달렸으니 젊은 혈기를 애써

누르고 굽신거릴 수밖에 없었다.

끼일 데 안 끼일 데 가리지 않고 찾아다니며 남의 일에 덥적이고 격려사 하기 좋아하는, 지싯지싯 뒷손 벌리는 사시랑이 인사들과 핏대를 세워 가며 이들을 호위하는 심복인 들때밑 노릇의 앙가발이 데림추로 둘러붙어 다니는 소사스러운 모리배 곁방석들. 눈허리가 시어 못 볼 푼수데기로 떠세와 언구럭을 부리고, 게트림하고, 어험 기침 소리 터트리며 세상 희한한 데까지 쉬파리 끓듯 헤집고 다니는, 한 푼어치도 되지 않는 권력의 탐이란….

선착장을 찾아 소형 모터보트를 빌려 타고 최종 목적지인 뜨루난 마을로 향했다. 입산 허가를 받아 가이드와 함께 가야만 했다. 호수의 바람에 거슬려 화치는 보트로 십여 분쯤 달려 도착한 정방형 목조 선착장에 배를 묶고 풍장의 실체를 만나러 발길을 뗐다. 인적이 전혀 없는 외딴 곳이었다. 온통 울창한 숲으로 둘러싸인 호숫가 주변의 갈맷빛 녹음을 배경으로 수변에 나떠 있는 선착장은 바로 옆 개울의 된여울에서 흘러드는 물갈기에 밀려 마치 아이들의 놀이 딱지처럼 조그맣게 근덕거리고 있었다. 운전자 겸 가이드 청년은 발리 전통 의상인 황금색 바틱을 말끔히 떨쳐입고 도숙붙은 이마에 금색 띠를 꿍쳐 둘렀다. 검숭한 색의 피부를 휘감은 금빛 장식물이 어색하지 않은 대비로 느껴져 인상적이었다. 선착장에서 기다릴 테니 풍장 구역에서 오래 머물지 말라는 등의 몇 가지 금기 사항을 일러줬다. 손가락으로 진입로 쪽을 가리키며, 루틴한 일상이 다소 무료한 듯 통나무 기둥에 기대서서 먼 산을 바라보았다.

선착장을 벗어나자 곧바로 충충한 숲속의 휘휘한 작은 오솔길로 접어들었다. 선착장이 화사한 햇살을 내리받고 있는 양지의 상징처럼, 음습한 기운이 확 내뿜어지는 듯한 음침한 풍장지 진입부는 망자의 세계로 접어드는 양지와 음지의 경계선이었다. 마치 이승과 저승의 갈림길처럼. 본국 시골 마을 어귀의 후미진 곳에 으스스하게 홀로 서 있던 상엿집이나 동구 밖 너머 인적이 드문 공동묘지를 지날 때의 수꿀함이 발걸음을 뗄 때마다 나지막이 내려앉았다. 멀지 않아, 푸르스레한 기가 서린 듯한 인적 없는 대숲 길 양옆에 댓가지로 기둥을 세우고 쥐대기로 흑죽학죽 우덜거지를 덮은 삼각형 초막 아래 시신 이십여 구가 줄지어 버려져 있었다. 영혼은 차치하고 이미 육탈해 광대뼈만 앙상한 것도 보였다. 하 많은 시간이 흘러야 비바람에 쓸려 흙 속으로 육신이 썩어 들어…, 무로 돌아갈까. 소름이 돋을 정도로 살천스러운 기운이 확 뿜어져 나오는 초막 뼈대는 대부분 썩거나 삭아서 난작난작했다. 서너 구의 날송장은 최근 옮겨온 듯 보였지만 대나무 향기가 그런대로 고약한 냄새를 막아주었다. 서늘한 바람의 산중 날씨와 건조한 습도가 한 부조하고, 시신을 훼손할 만한 짐승이 없는 곳이라 선택된 장소인 듯했다.

초막 앞에는 생전 망자가 사용하던 집기나 식기 따위가 널브러져 있었다. 평소 구경거리를 보면 참지 못하는 성격인 황보 대리가 막대기를 주워, 어금니를 악문 채 여기저기 휘라들이며 신기함을 표했다. 직업상 들고 다니는 카메라에 풍장 전경과 주변 경관을 몇

장 담았다. 어느 시신에 이르자 장사 지낸 지 얼마 되지 않은 듯 평상시 복장을 걸친 게 생전 모습처럼 생생하게 인식되었다. 끼고 있는 굵은 테의 안경을 보는 순간 호기심이 발동되어 허리를 굽혀 망자의 얼굴 모습을 클로즈업해 한 장 찍었다. 망자의 영혼이 안경을 통해, "네, 이놈!" 하며 냉갈령을 부리며 서릿발치는 눈씨로 쳐다보는 것 같아 고개를 드는 순간 온몸을 휘감는 섬쩍지근한 무서움에 소름이 끼쳤다.

꼬질꼬질 뒤틀어진 오금드리 잡목으로 덮인 오솔길이 끝나는 지점에 이르러 대숲을 꿰질러 나가자 너른 들판이 펼쳐지고, 뜨루난 마을 전경이 먼발치 시야로 들어왔다. 청량한 바람을 쐬며 사람 사는 밝은 세상 쪽에 발을 딛게 되자 뭔지 모를 덩어리에 짓눌려 맥맥하던 가슴이 확 트여 왔다. 깊은 산속 우거진 숲속 인간이 근접하기 힘든 절벽 바위 어디쯤 신비의 세계에 숨겨져 있을 것으로 상상했던 기대와는 달리 평범한 시골 숲길의 풍장이라 다소 실망하며, 선착장을 향해 뒷걸음질로 늘쩡늘쩡 자리를 떴다.

숙소로 돌아오는 길에 현장 부근에서 유일한 꾸따 비치의 사진관에 들러 필름을 맡겼다. 자전거 여행 중인 미국인 청년 한 명이 할아버지가 삼십여 년 전 발리 여행 중 필름을 맡기고 사정상 못 찾고 떠났는데, 혹시 찾을 수 있냐고 호주머니를 뒤져 낡은 영수증을 꺼내 보였다. 반백의 주인이 아무런 망설임 없이 까치발로 선반 위 해묵은 봉투들을 매지매지 뒤적이더니 해당 묵정이 사진 뭉치를 꺼내 돌려주었다. 삼십 년 세월을, 마치 삼 일 평소처럼 대하는 장인 정신이 경이로웠다.

　퇴근 후 숙소에 머물던 중 전화기 너머로 서울에 있는 아내의 다급한 목소리가 들려왔다. 아침에 일어났더니 안면 마비인 구안와사가 심하게 와 눈과 입이 돌아가는 바람에, 밥을 못 먹고 양치질도 못 하고 있다고 울먹였다. 부랴부랴 병원으로 달려갔지만, 태아에 위험을 주기 때문에 약물이나 전기 충격 치료를 못 하고 물리 마사지만 해야 한다는 의사의 말에 걱정이 태산이었다. 산부인과 불임클리닉을 거칠 정도로 어렵사리 얻은 아이라 아내 못지않게 불안감이 엄습해 왔다. 난데없이 과거 국내 어느 시공 현장 근무 때 장애인 딸을 키우며 늘 의기소침해 있던 현장소장의 침울한 표정이 떠올랐다. 뒤숭숭한 근심으로 뒤척이다 종내 눈앞이 캄캄해졌다. 풍장 사진도 기이했다. 경관 채집을 주로 하는 전공 성격상 사진 촬영에는 일가견이 있다고 자부해 왔는데, 여러 사진 중에 유일하게 풍장 구역 사진 예닐곱 장만이 물체를 알아보기 힘들 정도로 열기에 눌어붙은 것처럼 끈적거리는 형상을 보였다. 화상 입은 사진이었다. 망자의 분노 표식일까, 아니면 발리 신의 저주의 내림일까….

　때마침 대형 사건이 터졌다. 황보 대리가 행방불명됐다. 움도 싹도 없이 갑자기 사라져 버렸다. 실종 신고에 따라 현지 경찰이 현장에 들이닥쳤고, 본국 영사관 직원도 들랑날랑 분주했다. 이 나라가 북한과의 수교국이라 대공 혐의점에 따른 본국 안기부 요원까지 출동해 현장이 난리판이었다. 줄밑걷기 위한 며칠간의 초동 수사에도 별다른 단서가 잡히지 않았다.

  정신이 가물거리며 숨이 막혀 왔다. 손을 뻗어 뭐라도 잡고 싶었지만, 몸을 전혀 갱신할 수 없었다. 허우적거리는 마음을 육체가 따라잡지 못했다. 도대체 어쩌란 말인가. 몸 안 DNA가 악살박살이 나 산산조각으로 부서지는 듯한 갑갑함에 이제 가야만 하나라는 생각이 설핏 스쳤다. 더부러지는 의식 속에 생의 회한이나 집착을 느낄 거를은 전혀 없었다. 마침 평소 단춧구멍 같은 눈을 깜빡거리며 매사 눈치가 남달랐던 경리과장이 사무실 복도를 지나가다 의자에 기대앉아 백지장으로 변한 안색을 거니채고, 어깨를 잡고 흔들었으나 반응을 보일 수가 없었다. 곧바로 현장 승용차에 실려 덴파사르 종합병원 응급실을 향해 득달같이 달렸다. 한참을 가다 흔들리는 차체의 진동에 실눈을 뜨면서 서서히 의식이 돌아왔다. 평소 혈기 왕성하게 왕복 운전할 때 언뜻언뜻 내다보이던 거리의 풍광들이 응급차 신세에서 처다보노라니 새퉁스레 아름답고 소중하게 와닿았다. 잠시나마 생의 회귀를 생각하게 했다. 병원에 도착할 무렵에는 정상으로 완전히 복귀했다. 그래도 심폐기능을 비롯한 여러 검사를 했고, 결국 별다른 이상이 없다는 결과가 나왔다. 아마도 일시적 심인성 공황장애였던 듯했다.

  아내는 제대로 된 치료를 받지 못한 채 병세가 호전되지 않아 며칠째 애를 먹고 있었다. 신체 고통 못지않게 마음을 늦먹지 못하고 감정 조절에 갈피를 못 잡는 정신 불안(mental collapse)이 더 큰 문제였다. 처가 식구들이 총 비상사태였지만, 뾰족한 대책이 서지 않아 진퇴양난이었다. 가장(家長) 첫것이 먼 이국땅에 떨어져 있어 속수무책이니 바질바질 속이 타들어 갔다. 최근에 일어난 일련의 궂긴 사태들. 임신 중인 아내의 갑작스러운 안면 마비, 게접스러운 사진 인화, 생전 처음 겪어 본 심장 마비 증세, 황보 대리의 뜻밖의 실종…. 언뜻 생각해도 마장스러운 풍장 공동묘지 망자의 저주임이 틀림없었다. 안경 사진만은 찍지 말아야 했었나? 시신에 바투 다가가지 말라는 가이드의 주의 사항도 있었는데, 이적에야 망자에게 점직스러운 기분이 들었으나 이미 옆지른 물이요 깨진 독이라 후회막급이었다. 볼썽사나운 악마에 지배된 풍장 답사의 발떠퀴·손떠퀴였다. 인도양의 변경에서 태평양 건너 천만리 머나먼 한반도까지 뜬귀신의 영혼은 이동해 빙의하는가 보다. 악의 수렁에 빠진 저주의 화살은 시공을 초월한다는 철칙이 가슴속에 각인됐다.

백사장에 길게 쳐진 양철 펜스 중앙쯤에 통나무 기둥으로 세운 공사용 3층 전망대가 있었다. 현장에는 시공자·감독자·감리자란 세 개 조직이 분주히 움직였다. 서로 다른 분야라 현장 내에서 조우할 일이 거의 없지만, 이들이 유일하게 공유하는 물체가 바로 전망대였다. 준공 후 철거할 가설물이라 다소 열없기는 했지만, 공사 진척 현황을 보암보암으로 한눈에 살펴볼 수 있어 종종 이곳 마룻바닥에서 어깨를 부딪쳤다. 가끔은 힘들고 지친 엔지니어들이 반대편 망망대해 인도양을 꿰뚫고 밀려오는 물너울을 바라보며 정신적 위안을 얻는 곳이기도 했다.

작금의 우환에 따른 에너지 부족과 함께 불면증에 휘달렸다. 속잠에 빠져들었던 게 언제였나 싶었다. 심지어 삐친 컨디션에 더해 평소 안 오던 뱃덧까지 찾아왔다. 촉기가 가신 뇌래진 얼굴로 느른해진 삭신을 가누고 전망 타워에 올라 인도양을 향해 벋디려 서서 혼자 윈새끼를 꼬면서 마냥 한숨만 쉴 수는 없는 노릇이었다. 특단의 조치가 필요했다. 한가한 일요일 오후, 풍장 시신에 대한 잘못을 후회하며 불안 속에 바장이기만 하던 마음을 접고 마을에 사는 라이사를 찾아 앞세우고 다시 족장을 찾았다. 불량 사진들을 보여 주며 자초지종을 말했다. 어떻게 썰레놓을 방안이 없는지, 조닐로 저주를 풀어 달라고 애원했다. 접때 만남에서 좋은 이미지를 보였던지 의외로 즉석에서 흔쾌히 긍정적 반응을 보였다. 하늘이 무너져도 솟아날 구멍이 있었다.

야자수 숲으로 둘러싸인 마을 인근 한터로 인도했다. 나비물을 바닥에 끼뜨린 후 빗자루로 땅을 쓸고 성수를 뿌려 대지를 정화했다. 정성을 다해 씻부신 세숫대야에 물을 채운 후 아주먹이 한 줌을 집어 물에 넣은 뒤 쌀을 씻으며 손을 씻게 했다. 저주의 해매가 쌀 물에 의해 씻겨 나간다고 했다. 씻은 물은 흙 땅에 나비물로 끼얹어 버렸다. 그러고는 태양 쪽을 향해 무릎 꿇고 앉아 족장이 불러 주는 주문을 세 번 외우고, 몸을 굼닐며 세 번 절했다. 문제의 사진은 족장이 하루 동안 차갑고 깨끗한 물에 담가 두었다가, 다음 날 말린 후 천에 소금과 함께 회매히 묶은 검은 양초로 태워 소지를 올린다고 했다. 발리 힌두 최고신 아신티아(acintya)의 자비로 안경 쓴 풍장 망자의 저주를 해소하는 액풀이 절차라고 했다. 자연과학을 전공했지만, 눈앞에 닥친 우주 질서의 영적 체험에는 도리가 없어 어리눅게 굴며 동곳을 빼고 순한 양인 양 신심으로 늙은 족장의 지시를 따를 수밖에 별도리가 없었다. 현재 칼자루를 쥐고 있는 그를 돌팔이 주술사로 치부할 수만은 없었다. 공수 내리는 무당처럼 접신을 위해 인도네시아 전통 기악 합주곡인 가블란(gamelan)에 쓰이는 북(kendang)과 징(gong)을 얼러치면서 주문을 외웠다. 얼마간 흰 머리칼을 추켜올려 열십자로 십여 차례 반복해 흔들더니, 알아들을 수 없는 말을 중얼거리며 이렁수하던 족장이 돌연 한 차례 대갈일성을 터뜨리고는 이내 평온을 되찾았다. 그리고는 양어깨를 지그시 눌러 짚으며 신령의 메시지를 전했다.

"그대의 오염된 영혼은 온전히 정화되었노라!"

적도의 열기 속에 한차례 찬바람 휘추리가 귓전을 스치자, 연이어 한 줌의 빛덩이가 허공으로 헤싱헤싱 퍼져나갔다.

다음 날 밤저녁 아내의 국제전화를 받았다. 아픈 현상이 감쪽같이 사라졌다며 기뻐했다. 저주받은 일이 마침내 귀정이 나서, 탈출하기가 매우 살살했던 그녀의 병증이 사라진 모양이었다. 절실히 기대하던 낭보를 내심 짐작은 하고 있었지만, 의외로 빨리 입증된

효능에 앓던 이가 빠진 것처럼 눈앞이 환해 왔다. 일대 위기 상황이 쩍말없이 해결되었다. 풍장 저주의 푸닥거리 속죄 의식은 기독교 신자인 아내에게 평생 말하지 않으리라 속다짐했다. 골칫거리를 휘갑친 그날 밤은 밤새껏 개운하게 통잠을 잤다.

시절인연이란 거스를 수 없는 우주 질서인가, 조물주의 조화인가. 청춘 이별에 백발 재회라…. 요만이 어머니의 부탁이라며 호텔 근처 자택으로 초대했다. 넓은 잔디밭의 고급 2층 저택이 의외였다. 지붕이 씌워진 큼직한 대문 안쪽 한편에는 신에게 바치는 공물 제단이 벽감 형태로 만들어져 있었고, 거기 막 올려놓은 듯한 울긋불긋하고 싱싱한 카낭사리의 자태와 짙은 향내가 눈과 코를 자극했다. 고급스러운 철제 현관문을 밀치고 들어가자 질번질번한 전통 가구들로 앙그러지게 장식한 슬거운 거실이 나타났다. 거실에 인접한 세련된 주방 식탁에는 요만과 그와 같은 호텔 로비에서 근무한다는 아내, 모친인 라이사, 장모가 앉아 있었다. 아득히 멀어진 옛 추억을 불러내기라도 하려는 듯 라이사가 틀어 놓은, 그 혈기 왕성하던 시절 직원 회식 때 가라오케에서 즐겨 합창했던 당시 인도네시아 최고 유행곡 'Hati Yang Luka(상처받은 마음)'의 애절한 가락이 잠시 감회에 젖어 들게 했다. 되직하게 소스를 뒤바른 푸짐한 해산물이 주재료인 저녁 식사 요리가 구미를 당겼다.

세월 이기는 장사 없는 게 진리라고들 하지만 근 삼십 년 만에 만난 오십 대 중반 라이사의 오묘한 미모는 여전히 타의 추종을 불허했다. 그냥 인사치레로 말하는 미인 수준이 아닌, 중국 전한 시대 미녀 왕소군급이었다. 그녀는 토포이 호텔 건설 현장 근무를 마치고 짐바란마을에 정착해 아들 요만을 키우며 유치원 선생으로 일생을 보냈다고 했다. 신산한 삶의 그늘이 서린 듯한, 와인잔 두어 순배로 얼쩍지근하게 불콰해진 얼굴의 그녀는 입가에 엷은 미소를 띠며 마치 남 얘기하듯 애증의 세월에 묻힌 옛일을 담담히 풀어나갔다. 가슴속에 묻어난 슬픔과 회한이 서린 음성이었다.

철없이 순진했던 20대의 라이사가 사랑에 눈멀어 애틋이 찾아다니던 부잣집 아들 김상수는 한국에서 가정을 이루고 살다, 오십대 중반에 혈액암으로 죽었다. 그가 살아생전 라이사와 재회를 했는지는 알 길이 없으나, 유언으로 인도네시아의 피붙이 요만에게 서울의 5층 건물을 유산으로 남겼다. 이복형제인 한국의 아들 내외가 십여 년 전 발리를 방문해 배다른 형 요만 모자와 상봉한 뒤 부친의 유지에 따라 현재의 집과 노후 자금을 장만해 주었다. 요만의 모친과 장모는 안사돈끼리 서로 의지하며 자식들과 함께 한집에서 의초로이 살고 있었다.

이야기가 당시 풍장 귀신의 저주에 대한 아신티아의 자비를 청하는 푸닥거리를 해주었던 족장 안부에 이르게 되자 라이사가 한가지 오래된 비밀을 털어놓았다. 비밀의 주인공은 뜻밖에도 황보 대리였다. 미제 실종 사건으로 현장이 발칵 뒤집혔던 삼십 년 전 기억이 아직도 눈에 선한데…. 그가 마을 처녀를 건드려 임신시키는 바람에 원로회의에 비밀 소환되었다. 발리 힌두교의 율법과 고래의 마을 관습에 따라 결혼하라는 판결이 났다. 그러나 그가 완강히 거부함으로써 사형 선고가 떨어졌고, 쥐도 새도 모르게 목덜미에 독침을 맞고 살해되었다. 범죄자의 살을 묻으면 땅이 더럽혀진다는 부족민들의 종교적 믿음에 따라, 숲으로 둘러싸인 마을 외곽의 구중중한 늪지대 라군(lagoon) 한복판에 널빤지를 띄워 풍장을 시켰다. 풍장을 구경한 지 며칠 만에 풍장 신세가 된 황보 대리의 기구한 운명이었다.

발리 유람을 마무리하고, 호텔 체크아웃을 위해 찾은 프런트 데스크에서 요만의 아내인 젊은 여성과 시선이 마주쳤다. 구면이라 반갑게 인사하며 무심히 쳐다본 그녀 가슴의 이름표에는 놀랍게도 "Asri Hwangbo"라는 이름이 반짝이고 있었다.

검정 가방

　　　　그는 뎅겁하여 왼손에 쥐고 있던 빗을 거의 놓칠 뻔했다. 일평생 그의 속뜰 근저에 돌덩이처럼 박혀 있던 그녀가 마술처럼 눈앞에 시현(示顯)한 것이었다. 평생 클클하게 품어 왔던 그의 의문이 마침내 풀릴 것인가….

*

　　내 이름은 없다. 호적에 올리기는새로에 누군가에 의해 불릴 일도 없다. 그냥 검정 가방이다. 풍채로 보나 때깔로 보나 남들과 견줄 바가 못 되는 그저 그런 존재이다. 그래도 빛깔 하나는 제대로이다. 가로·세로·높이가 30·20·20cm인 아담한 사이즈의 직육면체로 옥스퍼드 코팅 원단 외피와 나일론 안감으로 만들어졌다. 어깨끈을 포함해 전체가 먹물처럼 새까맣지만 몸체 전면에 가로로 큼직하게 새겨진 GUY&KEY라는 흰색 글씨가 그런대로 키포인트 역할을 해준다. 내 몸속에는 이것저것 소품들이 골막하게 들어차 있다. 이발용 가위와 빗, 면도기, 바리캉, 드라이기, 이발 가운, 미용 앞치마, 커트보, 수건, 머리카락 털이개, 도래 거울, 일회용 밴드 등속이 주인공들이다. 어쿠, 요새는 코로나 난세의 끝물이라 하나 KF94 마스크가 필수적으로 한두 장 들어 있다. 이것저것 쇠붙이를 쑤셔 넣었으니 덩치에 비해 제법 묵직하다.

아 참, 나의 주인 이름은 백병록이다. 어떻게 알았냐고? 지퍼로 여닫는 사이드포켓 속에 넣고 다니는 이용사 국가기술자격증에 적혀 있으니까. 이 양반이 시방 백수 신세라 마땅한 호칭이 없으므로 앞으로, 아니 영원히 백 선생이라 부르겠다. 한국산업인력공단에서 발급한 기능사 자격증의 합격 연월일로 보아 한 5년쯤 전에 자격을 취득했고, 생년월일 난에 의하면 올해 만 65세다. 자격증 오른쪽 위에 박힌 칼라 증명사진을 보니 머리가 허연 노신사이지만, 실제로 보면 조쌀한 편이라 그리 처지는 노틀 같지는 않다. 겉볼안이라, 겉은 늙수그레해도 짐작한 대로 속은 아직 새파란 모도리다. 다만 눈이 거시시하여 껌뻑거리며 눈물을 훔치기가 예사였고, 잔글씨의 책을 읽을 때 돋보기를 손에서 놓지 않았다.

백 선생이 자격증 취득하고 바로 나를 구입했으니 나와 만난 인연도 꽤 시간이 흘렀다. 중국 광둥성 광저우시 외곽의 어느 이미용품 제조 공장에서 태어나 어두컴컴한 창고에 엄청 큰 부룻으로 노박힌 뭇바리들과 함께 쓸쓸히 대기하던 중 운 좋게도 백 선생이 먹은금으로 나를 불러 줬다. 덕분에 가방 신세치고는 나름대로 출세해 비행기까지 타보고 서해 건너 인천공항으로 넘어왔다. 공항

관세 창구를 거쳐 택배 차량에 실려 며칠간 대한민국 산천을 이리 저리 까질러 다니다 최종 보금자리를 찾아 안착했다.

지난 몇 년 동안 별 이동 없이 주인의 서재처럼 보이는 방구석 한편에 처박혀 있다 올봄 들어서야 나도 세상 구경하며 분주히 여행하고 있다. 이 늙숙한 양반이 구청 자원봉사센터 직원과 하는 통화를 엿들어 보니 정년퇴직하고 늘마에 본격적으로 이발 봉사를 하려는 모양이다. 서재 벽에 그럴듯하게 표구해 걸어 놓은 액자를 처다보니 교육계에 한 35년 정도 봉사하고 사부주가 들어맞았는지 국가로부터 받은 녹조근정훈장이 상장과 함께 박혀 빈쩍거렸다. 훈장 옆에 걸린 '굽힐 줄 아는 자가 펼 수도 있다'라는 의미의 "能屈者能伸(능굴자능신)"이란 액자로 미루어 보아 백 선생이 기본적 보법을 갖춘 듬쑥한 인사일 뿐 아니라 스스로 자기를 굽히는 마음인 자굴지심(自屈之心)의 소유자인 듯해 내가 주인 하나는 잘 만난 것 같다. 요 며칠 사이에 지켜보니 성미도 설설해 앞뒤가 꽉 막힌 꽁생원은 아니었다.

백 선생은 올해 2월 말 은퇴와 동시에 중구자원봉사센터에 전화해 이발 봉사할 곳을 소개해 달라고 부탁했다. 며칠 후 담당 직원이 전화를 걸어 와 두 개 요양병원 중 한 곳을 선택하라고 권유했다. 그는 자택에서 엎드리면 코 닿을 데 있는 큰사랑요양병원으로 정했고, 바로 병원의 담당 사회복지사의 전화를 받고 봉사를 시작했다. 첫 봉사 때는 새잡이로서 다소 긴장도 했으나 그동안의 인생 경험의 축적이 잘 커버해 주어 무난히 치렀다. 다만 어느 80대 할아버지 환자의 머리를 깎으며 이태 전 요양병원에서 임종도 못 보고 궂기신 부친 생각이 나 꼭뒤까지 울컥 치밀어 오르는 감정을 추스르느라 잠시 심호흡을 해야만 했다. 지워진 부친도 돌아가시기 전 뒷장 채소처럼 시들어 버린 노구를 이끌고 봉사실로 끌려 나와 이발을 했을 것이라는 생각에 미치자 느꺼운 가슴이 더욱 뭉클해졌다. 그러나 그는 앞으로 봉사 중 그런 뜬생각은 하지 말자고 굳게 다짐했다. 나이 이길 장사 없으니 어찌 보면 그의 몇 년 후 모습이 될 수도 있지 않겠는가? 지금의 백발과 조만간의 결별과 영원한 상실….

인간이란 태어나서 처음으로 배내똥을 싸고, 죽을 때 최후로 한 번 더 배내똥을 싸고 원점회귀의 인생을 마무리하는 존재이다. 촉기 없는 검버섯 핀 얼굴을 찡그린 채 저퀴 들어 골골거리며 종합병원 중환자실에 입원해 얼마간 병마에 벋대다 요양병원으로 전원(轉院)한다. 몇 년을 심드렁하게 보낸 후 요양원으로 이동해 출면못하며 비영비영 약두구리로 묵새기다 때가 되면 사망해 장례식장으로 옮겨지는 것이 고령 환자들의 일반적인 생사 과정이다.

"똑바로 서라, 아니면 똑바로 세워질 것이다."

로마 황제 마르쿠스 아우렐리우스가 명상록(The Meditations)에서 이천여 년 전에 이미 예고한 사실이다. 의역하면 "일어나라! 그렇지 않으면 누군가에게 의존해 일으켜 세워질 것이다."라고 할 수 있다. 늘그막에 건강하지 못하면 대소변을 가리기 위해 간병인이 일떠세우기 마련이다. 과연 그는 철학자 황제일 뿐 아니라 오늘날의 요양병원

시스템을 예측한 예언자 황제였음이 틀림없었던 성싶다.

이 일반적 계제를 밟지 않고 병마를 다스리기 위해 고급 실버타운으로 비접을 가 웰다잉을 추구하며 특별 과정으로 생을 공글리기 위해 영력하는 일부 노인들도 있지만, 백 선생이 생각건대 극소수 인원에 지나지 않을 듯했다. 주변 사람들에게 자리보전의 추한 모습을 보이지 않고 깨끗이 사라지고 싶지만, 속세를 떠난 스님이나 신부가 아닌 이상 불가능해 보였다. 결론은 늙바탕에도 아프지 않고 건강하게 지내다 한순간에 생을 마감할 수 있는 행운을 누릴 수 있도록 조물주에게 비는 수밖에 별도리가 없을 듯했다. 어쩌면 잘 보존된 몸으로 안전 운전을 해 무덤에 도착하기보다 흐트러지고 닳은 몸을 비틀거리며 자신의 묏자리로 찾아드는 것이 영원한 안식의 바탕인 흙과 좀 더 일찍 친숙해지는 방도가 아닐는지….

환자 중에는 본태가 신성일만큼이나 미남인 할아버지, 최은희만큼이나 미녀인 할머니도 있고 옹종하고 뒤웅스러운 생김새의 추남, 추녀의 탯덩이 노인도 있지만, 이젠 모두 찾을모 없는 맞갖는 몰골의 똥주머니로 변해 버렸다. 병원 침상에 점령당한 채 화려했던 젊은 날의 추억을 밀어내고 가슴속 열기를 식혀 가며, 땅보탬을 위해 천천히 다가오는 삶의 종착역만을 무료히 기다리고 있을 뿐이다.

백 선생이 이발 봉사에 입문한 큰사랑요양병원은 제법 급수가 높은 대형 병원이라 별도의 깨끗하고 조용한 봉사실에서 질서를 지켜 가며 머리를 깎았다. 이후 찾아간 병원들은 급수가 들쭉날쭉해 저급 병원이면 주로 복도 빈 곳에서 어수선하게 작업을 했다. 심지어 교회에서 운영하는 어느 노인주간돌봄센터에서는 이미용 도구를 놓을 탁자가 준비되지 않았고 커트보조차 없었다. 백 선생은 내 몸체에 보관 중이던 커트보를 꺼내 사용했지만, 통상 커트보를 휴대하지 않고 다니는 여성 미용사들은 센터 내 주변을 뒤장질해 급히 구한 대형 타월을 어르신 몸에 둘둘 말고 투깔스럽게 작업을 했다.

혼잡한 주차장을 뱅글뱅글 돌다 겨우 생긴 한 자리에 차를 끼워 넣은 후 서둘러 건물 쪽으로 발걸음을 재촉했다. 큰사랑요양병원에서 이발 봉사의 스타트를 끊었지만, 알음알음의 소개로 중구 내 다른 병원을 찾게 되었다. 팽팽한 도래의 따개비모자를 바드름히 눌러 쓰고 어깨에 나를 둘러멘 백 선생이 스마트요양병원이라는 간판이 정면 외벽에 큼지막하게 붙어 있는 덩실한 건물의 현관문을 밀고 들어섰다. 한 두어 평쯤 돼 보이는 대기소에 미리 나와 있던 사회복지사가 반겨주었다. 직원용 출입 카드를 갖다 대야만 열리는 본문을 통과하려면 첫대 코로나 신속검사를 해야만 했다. 대여섯 명이 앉을 수 있는 의자에 나를 팽개치더니 이마에 내 천(川)자를 그려 오만상을 웅그리며 직원이 주는 자가 키트 검사봉을 콧속에 밀어 넣어 돌렸다. 검사봉을 시약통에 넣어 흔든 후 키트에 몇 방울 떨어뜨려 두 줄 여부를 확인하던 지난번 병원과 달리 잉크병에 만년필을 꽂듯 검사봉을 시약통에 꽂아 넣기만 했다. 그새 더 간편한 기기를 누군가가 또 고안해 낸 모양이다.

자동문이 열리고 여성 간병인이 코에 호스를 달고 누운 노파의 침대를 밀고 대기실 옆의 면회실로 들어갔다. 좀 전 코로나 검사를 마쳤던 딸인 듯, 며느리인 듯한 중씰한 여자가 무표정한 모습으로 홀로 의자에서 일어나서 맞았다. 긴 병에 효자 없듯 오랜 병구완 수발에 지쳐 떼꾼하고 시틋해진 면회인의 식어버린 정성이 그녀의 몸짓에 역력히 묻어나 보였다. 얼핏 본 환자의 상태로 보아 이승에서의 끝점을 찍는 만남일 수도 있겠다는 생각이 들었다. 함께 세 시간 동안 이미용 봉사를 할 운꾼인 여자 미용사 세 명이 임의로운 사이의 너나들이 친구인 듯 호들갑을 떨며 검사 결과를 기다리고 있었다. 다직해야 4학년 정도의 중년 여성으로 보였다. 6학년 중반인 백 선생이 처음 보는 젊은 여성들과 어찌 어울려 가며 이발을 할지 내심 안심찮기도 했다. 그러나 길마 무거워 소가 드러누울까, 이미 서너 차례 봉사 경험을 쌓은 그의 표정은 대체로 담담해 보였다.

코로나 키트에 표시된 분홍색 한 줄을 확인한 후 굳게 닫힌 출입문을 열고 로비로 들어가 엘리베이터를 타고 2층 사회복지사 방으로 올라갔다. 잠시 환담한 후 복도 끝 편에 마련된 봉사실로 이동했다. 탁자에 이용 도구를 가지런히 펼쳐 놓고 이용 가운을 걸친 후 오전 열 시경부터 본격적인 봉사활동에 접어들었다. 백 선생은 주로 남자 환자들을 맡고 여자 환자는 여성 미용사들이 상대했다. 그 혼자 남자 환자들을 대했기에 휴식 없이 계속 이발을 해야만 했다. 이발보를 씌우고 분무기로 머리카락에 물을 뿌려 수건으로 훔친 후 이발 행위를 시작했다. 마지막으로 드라이기로 대충 건몰아 머리카락을 털어낸 후 너슬너슬한 털이개로 얼굴 전체를 최종 정리하고 이발보를 벗기면 한 사람의 이발이 끝났다. 사회복지사 실습생이나 병원 행정직원으로 보이는 앳된 젊은이가 잽싸게 다가와 바닥에 넘너른한 머리카락을 쓰레기통에 쓸어 담아 버리고 나면, 쉴 새 없이 바로 다음 환자를 맞이해야만 했다.

봉사 시작 두 시간쯤이 지나자, 코에서 단내가 나며 허리가 욱신거리고 온몸에 피로감이 확 밀려왔다. 한 사람 이발을 끝낸 후 잠시도 앉질 못하고, 심지어 목조차 한 번 돌릴 여유가 없었다. 선 자세로 빙빙 스텝을 밟으며 간단없이 작업하다 보니 이게 보통 노동이 아니라는 생각이 들었다. 명색이 큰 부담 없는 봉사활동인지라, 능놀아 가며 쉬엄쉬엄하리라는 애초의 생각은 완전한 오산이었다. 반나절 일정 봉사의 잔판머리에 접어들자 백 선생은 예상 밖의 시역으로 인해 거의 파김치가 되었다. 육십 대 중반인 백 선생은 그 자신도 봉사를 받아야 할 나이인데 불요불급의 일까지 안아맡아서 이 무슨 사서 고생인가라는 의문이 들기도 했다. 하지만 봉사에 무슨 조건이 있고 불만이 있어야 하나라는 생각에 이르자 이를 악물고 가위춤을 계속 춰 나갔다. 더구나 같은 지역 사회 내에서의 이 환자들이 어쩌면 백 선생이 그동안 가르쳤던 천 명 이상 제자들의 부모 또는 조부모일 수도 있다는 생각에 이르자 그 정신적 보람감이 육체적 피로감을 상쇄시키고도 남았다. 다만, 차제에 이미용 봉사 시에 작업 효율성 제고를 위해 봉사자들에 대한 휴식 시간 제공의 법제화가 필요하겠다는 생각이 설핏 들었다.

환자들의 헤어스타일은 몇 종류 되지 않았다. 제법 앞뒤 머리털이 남아 있는 상고머리가 대부분이고, 스포츠형이거나 박박 머리도 간혹 있다. 백 선생은 이발 순서를 나름대로 정해 시종일관 밀고 나갔다. 짧은 시간에 여러 명을 상대해야 했기 때문에 어떤 스타일로 할 것인가 망설일 수 없이, 공식에 대입해 문제를 풀 듯 진행했다. 물론 머리숱의 다소에 따라 필요 없는 중간 과정은 과감히 생략했다. 우선 빗과 커팅가위로 앞과 옆머리를 지간잡기로 돌아가며 모짝모짝 자른 후 숱가위인 틴닝(thinning) 가위로 동일 방향으로 숱치기를 했다. 지간잡기란 손가락 사이에 모발을 끼워 들어올리는 것을 말한다. 다음으로 집게뺨 정도의 빗과 2mm 바리캉을 이용해 목덜미와 귀 부분을 올려친 후 1mm 바리캉으로 최종 다듬었다. 이후 커팅가위로 바리캉으로 밀어올린 부분과 그 윗머리의 경계 부분을 일매지게 연결하는 그레이딩 작업으로 마무리했다. 간혹 환자가 요구하는 경우 길게 치뻗은 눈썹이나 바룩한 코의 밖으로 삐져나온 코털, 쪼그라든 귓불 주름에 난 털을 눈썹 가위로 자를 때도 있다.

잠깐 긴장을 늦추고 아차 하는 순간 가위 끄트머리로 왼손 중지 손가락등을 찔렀다. 피가 바로 솟아올랐지만 백 선생은 남들이 보면 놀랄까 봐 바로 조치를 못 했다. 한편으로는 초짜 이발사로 치부될까 창피하기도 했다. 사실 생무지 초보 이발사인 그는 석수장이 눈깜작이부터 배우듯 쉽고 낮은 기술부터 연마해 나가며 점차 고급 기술을 익혀야겠다고 다짐했다. 아직 이발 기술이 미천해 억짓손 일솜씨야 서름해서 좀 머줍었지만, 내 주인의 봉사 정성만은 도저했다. 한술 밥에 배부르랴, 포배기를 거듭하다 보면 실력이 늘

것이라 자위하며, 다른 가위를 집는 척 내 몸체 속 비닐봉지에 든 일회용 밴드를 꺼내 사람들이 눈치 못 채게 잽싸게 싸매었다. 앞으로 가끔 찌를 텐데 이를 어쩔꼬, 걱정이 밀려왔지만 대대로 해야지 어쩔 도리가 없을 듯했다. 한 번 실수는 병가지상사라 했으니, 밴드나 낫잡아 준비해 놓고 매사 조심하는 수밖에는 별다른 방도가 없을 것 같았다.

봉사가 끝나면 백 선생은 탁자나 이동식 트레이(tray)에 오롱조롱 펼쳐 놓은 가위, 빗, 바리캉 등의 이발 도구를 소독용 스프레이를 뿌려 소독하고 건중그러 내 몸체 속으로 쑤셔넣은 후 화장실에 가서 비누로 손을 씻었다. 그러고는 다시 사회복지사의 방으로 가서 봉사확인서에 이름, 생년월일, 전화번호, 봉사 시간을 기재하고 서명했다. 오전 내내 봉사를 하면 보통 4시간의 봉사 시간을 인정해 주었다. 사회복지사가 봉사확인서와 봉사 현장 사진을 첨부해 행정안전부에서 운영하는 1365 자원봉사포털에 신고하면 심사 후 며칠 뒤 실적확인서가 발급됐다. 물론 주간돌봄센터 같은 영세 기관의 봉사는 1365 실적을 받을 수 없다.

백 선생은 이제 시작 단계라 몇 시간 되지 않지만, 한 40대 여성 봉사자는 오롯이 근사모은 결과 막 세 번째 100시간을 채웠다고 자랑삼아 말했다. 일정 봉사 시간을 초과하면 지자체별로 경제적 인센티브(성과 보수)를 주는 모양이었다. 우리 백 선생이야 봉사 시간은 두덮었지만 그래도 실적확인서에 시간이 차곡차곡 쌓여 가는 것이 신기했다.

이미 지레챘을 수도 있겠지만 내 정체를 밝히겠다. 나는 한낱 가방에 지나지 않지만, 주변 사물의 형체를 보고 상황을 파악하고, 사람들의 행동을 접하고 그들의 기분을 대중할 수 있다. 그러나 그들 속마음을 읽을 수는 없다. 하지만 창조주가 나에게 한 가지 큰 혜택을 선사해 내 주인의 마음만은 읽을 수 있게 해 줬다. 백 선생의 외적 행동뿐만 아니라 내적 생각, 즉 그의 머리와 마음속에 들어 있는 과거의 기억과 현재의 모든 것을 인지할 수 있는 재간을 가졌다. 백 선생과 함께 있지 않더라도 그의 행적과 그가 만난 사람의 말까지 알아차릴 수 있다. 심지어 그의 성적 취향까지 알고 있다. 한마디로 말해 그의 분신이라 해도 과언이 아니다.

오늘 봉사는 처음 가보는 참빛요양병원이다. 내비게이션 화살표에 따라 4차선 도로를 달리다 대형 교량이 보이자 바로 우회전해 강변도로로 꺾어 들었다. 차창 아래로 내려다보이는 확 트인 넓은 강 둔치에 조성된 수변공원의 자전거길에 청년 몇 쌍이 느긋하게 자전거 라이딩을 즐기고 있었다. 시 정중앙을 관통하는 무량강 북쪽의 한갓진 도로를 달렸다. 2차선 도로이나 차량 통행이 뜨음한 강변 언덕로였다. 강변 주위에 주택이 없는 것으로 보아 이 땅들은 주거용지가 아닌 산업용지로 보였다. 드문드문 나타나는 목재상과 건재상, 고물수집상, 가내 공장 사이를 황량한 나대지와 사방에 널린 지저분한 허섭스레기와 헝클어진 궤지기, 흉내만 낸 듯한 어설픈 숲들이 외딴 공간을 메꾸고 있었다. 마치 쓰레기처리장을 방불케 하는 도심 속 버림받은 황무지처럼 보였다. 더욱이 면바로 쳐다 보이는 과녁빼기의 파헤쳐진 야산 허리의 벌겋게 노출된 절개사면 (깎기비탈면)이 검붉은 혀를 날름거리며 국토 훼손의 불량 경관으로 와닿았다. 한술 더 떠서 그 전면에 두 개의 높은 타워 크레인이 새로운 도심 흉물을 탄생시키려 붐대를 마주하고 도열해 있었다. 맞받이 강변을 끼고 간잔지런히 늘어선 초고층 아파트 단지와 강변 이쪽 너머 저만치 보이는 길고 세련된 고층 빌딩군들과는 정반대의 게저분한 경관이었다.

몇 분이 채 지나지 않아 길가에 우뚝 솟은 녹색 그물로 둘러싸인 낯익은 철구조물이 눈에 띄었다. 삼사십 대 젊은 시절 집 주위에 골프연습장이 없어서 좁다란 간이 교량을 바드럽게 건너다니며 멀리까지 와 이용했던 강변 골프연습장이었다. 백 선생은 약속 시간에 여유가 있어 주차장에 잠시 멈춰 내렸다. 출근 러시아워가 끝날 무렵의 시간대에 서너 명의 골퍼가 연습구를 날리고 있었다. 녹색 그물 너머 티 박스를 보노라니 지금은 골프를 접었지만 저 자리에서 땀을 흘리던 한창 혈기왕성했을 때의 시절이 눈에 선히 떠올랐다.

그는 젊은 시절 한때 골프에 푹 빠진 적이 있었다. 대학에 오기 채 전에 한 십 년간을 국책 연구소의 동남아 해외지사에서 근무했으므로 일찍 골프에 입문할 수 있었고, 열심히 필드를 들락거렸다. 당시 해외 근무 시 직원 건강을 위한 복지 프로그램이 있었다. 직원들이 즐기던 테니스는 주로 호텔이나 유명 리조트의 코트를 사용하는 수밖에 없었는데 그 이용료가 꽤나 비쌌다. 거기에 비해 골프장 이용료는 비교적 저렴했기에 연구소 측에서 골프장 연회원권을 끊어주었다. 골프장에 출입할 때마다 골프백에 매달고 다닌, 회원 번호가 음각된 마패처럼 생긴 갈맷빛 플라스틱 패가 큰 위력을 발생해 극히 저렴한 가격으로 라운딩을 했다. 주말마다 동료 직원들과 라운딩했으므로 실력도 부쩍 늘었다. 국내 대학으로 전업한 백 선생은 그 위세를 몰아 한동안 부지런히 골프장을 찾아다녔다. 교수골프회 총무를 맡아 대학 내외 친선 골프대회를 치르며 봉사하기도 했다.

그러던 그가 어느 한순간 골프를 단칼에 끊었다. 농약이 살포된 페어웨이를 걷다 문득 득도한 때문이었다. 골프장의 잔디는 죽은 잔디임이 퍼뜩 뇌리를 때렸다. 잔디 속에 꼬물거리는 지렁이·개미·땅강아지, 깍지벌레·무당벌레·권연벌레·톡토기·노래기 따위의 각종 벌레와 메뚜기·풍뎅이류의 곤충들을 비롯한 생물과 세균·효모·곰팡이 같은 모든 미생물이 독한 농약에 의해 초토화됐다. 애오라지 골퍼들의 굿샷을 돕기 위해, 독약에 중독된 버슬버슬한 흙을 뚫고 모도록이 싹을 틔운 잔디가 새파랗게 잔다듬어졌다. 그것도 일 년 내내 한 번도 골퍼의 발길이 닿지 않는 곳이 대부분인 더 넓은 페어웨이 지역에. 환경생태학과 교수인 그가 평소 학생들 상대의 강의에서 생태 보전을 그루박았으면서 생태 훼손의 주범인 골프장 잔디를 밟고 다닌다는 것에 크디큰 회의를 느꼈다. 강의 내용과 페어웨이를 휘젓고 다니는 처신이 명확히 두동졌고, 그 이율배반적 행위에 양심상 학생들을 대할 수가 없었다. 농약이 토양 속에 스며들어 인근 지역의 식수나 농업용수를 오염시킬 것은 불을 보듯 뻔했다. 물론 무농약 골프장이 대부분인 영국, 캐나다 등의 선진국 링크스 골프장의 야생 잔디에서는 지금도 얼마든지 티샷을 날리고 싶지만, 그가 냉철하게 생각건대, 이제는 허리가 굳어 그것마저 불가능해 보였다. 기념으로 보관 중인 골프채도 지금쯤은 삭아 비틀어져 휘두를 때마다 벅벅이 동강 날 것만 같았다.

백 선생이 생각하는 국내 골프장에서의 과도한 농약 살포 이유는 단 한 가지이다. 골프장 측이 연말 세금 정산을 할 때 일반관리비로 소득공제를 받는다. 타 항목의 비용 처리는 까다롭고 한계가 있지만, 농약 살포 대금은 단순 계산으로 뿌리는 내로 만판 어숭그러하게 관리비를 증액시킬 수 있는 땅 짚고 헤엄치기 식의 먹을알이기 때문이다. 약국에서 사 먹는 감기약으로 그칠 비용을 폐수술까지 하는 비용으로 조련찮게 지불하는 격이다. 정부가 농약 처리비용의 상한선을 규정하지 않는 한 골프장에서의 죽은 잔디의 운명은 지속될 것이리라.

날씬하게 빠진 젊은 여자가 레슨 코치의 손 부축으로 몸을 비틀며 자세 잡기에 열중인 모습을 한참 감상하던 백 선생이 요양병원의 약속 시간이 임박함을 알아차리고 급히 핸들을 돌려 주차장을 빠져나왔다.

참빛요양병원은 골프 연습장에서 병원 5층 건물이 쳐다보일 정도로 가직한 거리에 있었다. 이곳은 한 단계 급수가 낮은 병원인지 1층 로비에서 코로나 검사가 없었다. 안내해 주는 사회복지사도 눈에 띄지 않았다. 데스크의 안내 직원에게 물었더니 3층으로 올라가 보라고 뒤퉁스레 말했다. 엘리베이터를 타고 3층에 도착하니 바로 앞 공간이 수떨했다. 간호사 데스크 앞의 휴게실로 보이는 공간에 긴의자가 두 줄 놓여 있었고, 그 사이에서 이미 이미용 봉사가 한창 진행되고 있었다. 약속 시간이 한 십 분 정도 남았는데도 불구하고 여자 미용사들 서너 명이 일찍 와서 먼저 전을 펼치고 봉사를 하고 있었다. 온이로 마스크를 했기 때문에 누가 누군지 잘 알아볼 수가 없었다. 잠시 맹꽁징꽁 뒤떠들고 있는 복잡한 광경을 실뚱머룩이 바라보며 뻘쭘히 서 있었더니 사회복지사로 보이는 젊은 여성이 다가와 무슨 일로 왔냐고 물었다. 사전에 백 선생이 간다는 연락이 됐을 텐데도 담당자가 모르고 있다니. 그가 약간 화가 나려는 순간 안면이 있는 여자 봉사자 한 명이 달려와 직원에게 그를 소개해 주자 머쓱해진 그 직원이 일감을 안내했다.

휴게실에서 남녀 고령 환자들이 의자에 혹은 휠체어에 앉아 머리를 깎고 있었고, 대기자들이 순번 종잇장을 쥐고 의자에 앉아 기다리고 있었다. 머리를 깎을 환자, 잡담하는 일반 휴게실 이용 환자, 간병인, 간호사, 일반 직원들이 어겹되어 둔치고 있었다. 병실 간의 협소한 샌드위치 공간은 인파라면 인파로 옴나위없이 붐비며 주위가 마치 도떼기시장처럼 무척 소란스러웠다. 어느 고부장한 할머니 한 분이 원장 의사라는 사람에게 다랑귀를 뛰며 지악스레 무슨 약을 처방해 달라고 더럭더럭 왜장질을 치자 그 의사는 머리를 흔들며 곤란한 모습을 내비쳤다. 진료실도 아닌 휴게실 복도에서 의사가 옴니암니 지싯거리며 맨망을 떨어 대는 찌그렁이 환자에게 납치당한 모양새였다. 무람없이 오지랖이 넓은 막무가내 치매 환자가 많으므로 졸지에 검뜯기며 자꾸 쫍치는 새줄랑이 환자를 치다꺼리해야 하는 의사들의 고민도 클 듯 보였다.

걷거나 휠체어로 기동이 가능한 환자의 이미용 봉사는 이미 여자들이 질서를 잡고 시행 중이므로 백 선생에게는 와상환자를 상대하라고 권유했다. 그는 얼핏 와상환자가 뭔지 알아차리지 못했다. 이전까지 주로 의자나 휠체어에 앉은 남자 어르신들이나 간단한 커팅 위주의 할머니들을 상대로 이발했기 때문에 큰 어려움이 없었는데, 느닷없이 와상환자 운운하니 순간적으로 당혹감이 밀려왔다. 아직 뒷귀가 밝아 순발력이 살아 있는 백 선생은 와상(臥床)이 문자 그대로 침대에 누워 있음을 이내 직감할 수 있었다. 이발 가운을 걸친 후 이발 도구를 꺼내 올려놓은 허리 높이의 이동식 트레이를 밀치며 여성 간병인의 안내로 병실을 향해 출발했다. 과거 대학 생물학 실험실에서 가끔 보았던 이 가슴높이의 회색 플라스틱 재질의 트레이는 간호사, 간병인, 이미용 봉사자들이 몰고 다니며 용도에 맞춰 편하게 사용할 수 있는 두루치기 만능 기구였다.

저번 병원에서 간병인이 침대를 밀고 봉사실로 온 남녀 와상환자를 이미용하는 여성 봉사자들을 옆에서 지켜본 적이 있었다. 와상환자는 대부분 거동이 불가능한 중환자라 머리 손질하기가 어렵다. 침대를 비스듬하게 일으켜 세운 후 커트보 2개를 누운 몸 앞뒤에 대고 간병인 두서너 명이 몸을 잡고 있어야만 가위질과 바리캉질이 가능했다. 그 어려운 일을 백 선생에게 감내하라니 황잡을 일이 아닌가. 그러나 무일 수 없는 일이라 짐짓 모른 체하고 병실로 따라 들어가 커팅을 하기 시작했다. 병실 냉방 장치가 온전하지 않아 후덥지근함을 느꼈다.

처음 한두 명의 할머니들은 약간 메뜨긴 해도 휠체어 이동만 안 될 뿐 비교적 정신이 온전한 분들이라 침대 위에 일으켜 세운 채 머리를 다듬었다. 그러나 몇 군데 더 들른 병실에는 염라대왕이 제 할아비라도 어쩔 수 없는 완전 중환자들이라 의식이 오락가락한 듯 보였다. 심지어 한 환사는 퀭한 눈으로 천장을 올려다보며 마디숨만 몰아쉬는 의식불명 상태였다. 이런 경우는 가위질할 필요도 없이 양손으로 바리캉을 갈마줘어 가며 감연히 밀기만 하면 됐다. 간병인들은 최대한 다밭게 밀어 달라고 비바리를 치는 편이었다. 이미용 후 시트를 갈고 목욕을 시켜야 하므로 와상환자 간병인들은 일쩌운 일거리가 늘어난다며 어깃장을 놓고 대체로 시무룩한 낯꼴을 지었다.

물론 암 정상이 깊어져 사망을 앞두고 코에 호스를 꽂고 연명 치료를 하는 집중치료실의 노환자들은 픅신한 침대 쿠션에 깊숙이 파묻혀 정적의 공포 분위기를 자아냈다. 한두 사람의, 가래 빼는 호스에서 나오는 갸르릉 소리나 밭은 숨을 몰아쉬며 엷게 터져 나오는 신음 소리만 없다면 모두들 이승잠의 귀잠이 들어 다시는 깨어나지 않을 듯 만귀잠잠한 침묵의 대양으로 침잠했다. 위층 일반 병동 환자들의 요란한 괴음 수준의 앓는 소리와 대조되는 아래층의 꺼져가는 작은 신음들…. 자물쇠로 채워진 삶의 자투리 공간 암흑 속에서 힘겹게 내뱉는 목멘 애소이리라. 이들의 모든 의식과 몸짓은 거의 정지된 상태였다. 그러나 자연의 섭리에 따라 끊임없이 자라 더부룩이 일어난 덩덕새머리의 엉성궂은 머리카락은 주기적으로 잘라주어야만 했다.

이곳 이미용은 젊은 봉사자들이 들어가길 꺼리므로 노인 축에 드는 백 선생의 단골 몫이 됐다. 코나 목에 호스를 꽂은 환자는 시중 드는 간병인의 도움을 받아 작업하지만, 산소호흡기를 단 환자는 비상사태에 대비해 간호사가 직접 머리를 잡아 준다. 백 선생은 이곳을 들락거릴 때마다 각자의 직책에 길속이 트인 전문 의료인이나 간병인도 아닌 문외한이 이런 험한 병실에 출입해 이런저런 험한 모습들을 봐도 되나 하는 의구심이 들곤 했다. 야다하면 자리를 박차고 병실을 뛰쳐나가는 수밖에 없을 듯했다. 건물 일 층 안침진 곳에 자리 잡은 집중치료실을 보면서 그는 병원 내에서 사망한 환자를 바로 장례식장으로 옮길 수 있는 가장 빠른 동선이라 선택된 장소가 아닐까 하는 허망한 생각이 들었다.

한 할머니 와상환자 앞으로 안내됐다. 환자 침대 명찰을 얼핏 보니 88세의 환자였다. 이미용에 참고할 만한 것은 기껏해야 나이 정도였으므로 환자의 성명이나 성별, 병명, 입원일에는 아랑곳없었고, 주로 연령 칸에만 눈이 갔다. 커트보를 씌우기 전 환자복 밖으로 삐죽이 드러난 한쪽 다리가 고자리 먹고 자란 호박 꼴로 뼈와 가죽만 남아 있었다. 못 볼 걸 본 듯한 기분이 들었지만 그 역시 언젠가는 저런 몰골사나운 누에늙은이의 철골로 변하리란 생각에 사로잡혔다. 그 순간 미세하나마 두렵고도 무서운 감정이 밀려와 얼른 시선을 다른 데로 돌렸다.

치매기가 심하다는 그녀는 미용하던 내내 저녁 굶은 시어미 상으로 뭔가 모를 주문 같은 소리를 대고 중절댔다. 볼맞추어 같이 일하던 간병인이 통역해 준바, "주여, 주여…" 였다. 크리스천인지 간병인에게 물어봤더니 며느리가 목사라고 했다. 아들이나 딸이 아니라 며느리가 목사 정도면 확실히 신실한 교인이 틀림없으리라 짐작됐다. 일반적으로 고부간에 종교가 다르면 고부 갈등이 치명적이다. 목사 며느리라면 시모의 신앙심 깊이야 뻔한 일일 테니 망(望) 구십 할머니가 아무리 정신이 오락가락하더라도 평생 며느리와 함께 입에 달고 다니던 '주여'를 쉼 없이 외치는 것은 당연지사로 보였다. 옆자리로 이동해 다른 할머니를 미용하고 있을 때도 그녀는 고개를 까닥거리며 쉴 새 없이 주문을 외우고 있었다. 불교 신자이면 치매 환자치고는 비교적 긴 글자인 나무아미타불이나 관세음보살을 외칠 텐데 두 글자에 불과한 '주여'를 외치는 기독교 신자가 훨씬 복 받았다는 생각이 들어 백 선생은 속으로 쓴웃음을 지었다.

간병인들이 요청하는 순서대로 병실을 이동하던 중 샤워실로 보이는 방을 스쳐 지났다. 문을 열어 놓은 상태에서 할아버지 환자 한 분이 발가벗은 채 바닥의 납작 의자에 털썩 주저앉았고, 그 앞에서 환자들 상대로 단맛 쓴맛 다 보아 왔을 여성 간병인이 목욕을 시키고 있었다. 전라의 환자 옆모습을 보게 된 백 선생은 처음

보는 광경이라 순간 흠칫했다. 그러나 여기가 노인요양병원이라는 사실을 깨닫고 이내 진정이 됐다. 뒷날 그가 들은풍월로는 남자 간병인이 여성 환자를 목욕시킬 수는 없으나 여성 간병인이 남자 목욕을 시키는 것은 가능함을 알 수 있었다. 마치 여자 청소원이 남자 화장실을 들락거리는 것처럼.

이발 봉사 정리를 재바르게 마치고 막바지 미용을 매조지고 있는 동료 봉사자들을 기다리며 휴게실 빈 의자에 앉아 있었다. 젊은 여자 사회복지사가 곁으로 다붙어 앉더니 꼬깃꼬깃 접은 만 원짜리 지폐 한 장을 백 선생의 손에 쥐어 줄 듯 뚜벙 내밀었다. 음료수라도 한 잔 사 드시라고 했다. 순간 순수 봉사의 마음으로 한 일인데 대가를 받을 수 없다는 생각이 들어 단호히 거절했다. 사람들 보는 앞에서 채신사납게 현금을 받기가 께끄름하기도 했고. 옆에 외어앉아 있던 여자 미용사가 자기도 받았으니 어서 받으라고 슬쩍 한마디 께꼈다. 사회복지사가 다소 의아한 듯 한두 번 더 권하더니 매개가 어려운지 포기하고 돌아섰다. 교수 시절 교외 행사에 참석해 거마비(교통비) 명목으로 얼마씩 뜬돈을 챙겨 받은 기억이 떠올랐다. 병원 봉사활동에도 비록 소액이나마 손씻이 셈의 거마비가 있다는 사실에 사람 사는 곳은 어디나 똑같음을 새삼 인식했다. 이후 이 거마비 지급은 대형 요양병원보다 한 단계 낮은 급수의 병원에서 해오는 관례임을 알게 됐다. 며칠 후 들른 병원에서는 미처 채변할 틈도 주지 않고 숫제 흰 봉투에 넣어주었다. 백 선생 역시 다른 사람과 달리 유난 떨 머리가 없을 듯해 가욋돈이라

할 수 없는 일금 만원을 부담 없이 받았다. 고추밭을 매도 참이 있다는 옛말이 딱 들어맞았다. 아예 대못박이가 아닌 이상 누구나 깨달을 수 있는 인류 역사상 유일무이한 만고불멸의 진리, 세상에 공짜는 없다(TINFL: There is no free lunch).

오늘 봉사는 중구를 떠나 인접 동구에 있는 온누리요양병원이다. 지난번 봉사 때 함께 했던 여성 봉사자의 권유를 퇴박 놓을 수 없어 참여하기로 했다. 세 명이 한 팀이 되어 여기저기 병원을 돌아가며 이미용 봉사를 하는 모양이었다. 몇 팀들이 함께 모여 울력다짐으로 하는 사품에 봉사 능률이 오른다고 말했다. 병원 지하 주차장에 차를 주차하고 1층 로비로 올라갔다. 아직 병원 측과의 약속 시간이 얼추 십여 분 남아 있어서 여성 미용사들이 병원 정식 출입문과는 분리된 로비 한편의 대중 커피숍에 모여 앉아 너스레를 부리고 있었다. 백 선생을 보더니 아이스 아메리카노 한 잔을 가져 왔다.

제일 막내인 듯 보이는 한 40대 중반으로 보이는 말총머리의 젊은 여성이 커피를 홀까닥대다가 느닷없이 백 선생을 보고 교수님이라고 불렀다. 지난번까지는 상호 간에 선생님이라 불렸는데, 갑자기 호칭이 바뀌었다. 순간 조금 당황했으나 교수 지친것으로 반평생을 교수님으로 불렸으니 별 거부감은 없었다. 전번 봉사 때 봉사확인서 난에 신상을 써넣으면서 백 선생의 이름을 본 그 여성이 인터넷을 뒤져 바로 백 선생의 신분을 파악했단다. 졸지에 나이를 비롯한 신상이 털린 백 선생이 서름한 분위기를 털어 내고 허탈하게 웃으며 마뜩한 눈길로 그녀를 일별했다. 한술 더 뜬 것은 이날 봉사를 마치고 병원 구내식당에서 점심 식사를 함께하는 자리에서 일어났다. 백 선생이 작년 이맘때쯤 발간했던 '갯벌의 함성'이란 수필집 세 권을 그녀가 아닌 밤중에 홍두깨 격으로 불쑥 내밀더니 저자 사인을 부탁했다. 환경생태학 전공 교수였던 그는 이십여 년 전에 수필가로 등단해 지역의 환경 관련 문인 단체를 이끌어 왔었지만 이마저 은퇴 몇 년 전에 손을 놓았다. 호도깝스레 구는 그녀의 돌발적인 행동이 댕가리지고 약간 또라지게도 와닿았지만, 그래도 순수한 마음에서 우러나온 듯해 세 명의 여성 이름을 확인해 가며 흔쾌히 사인을 해주었다. 봉사란 좋은 일이므로 봉사자도 좋은 사람이 아니겠는가. 그는 긍정적 사고로 그녀들과 이성과 나이를 떠난 동질 의식을 느꼈다. 쓴맛의 대명사인 아메리카노가 얼음에 중화된 들큼한 맛으로 변해 혀끝에 맴돌았다.

2층 사회복지사 방으로 올라가 코로나 검사를 마친 후 3층으로 올라갔다. 간호사 카운터 앞 빈 곳에 머리를 깎을 환자들이 대기하고 있었다. 네 명의 봉사자들이 각자 자리를 잡고 일을 시작했다. 저번 봉사 때까지는 이용 자격증 시험을 볼 때 필수적이라 구입했던 흰색 위생복을 착용했었다. 오가는 사람들의 말을 흘려듣던 중 누군가 의사 가운으로 착각했다는 핀잔의 말이 어렴풋이 귓결에 들리는 것 같아 이날은 인터넷에서 구입한 흑색 비닐 미용사 앞치마를 걸쳤다. 처음에는 한 장에 몇백 원 하는 일회용 비닐 앞치마를 구매할까 생각도 했지만, 매번 버리면 그것도 쓰레기 공해에 일조할 듯해서 만원 남짓의 반영구적 앞치마를 구입했다. 병원 복도에서 의사 가운과 똑같이 생긴 흰색 이발사 가운을 입고 진료 행위를 모뜨는 듯 비치며 서성거리는 것이 꼴불견 같아 무안했다. 그나 나나 제 할 일 찾아서 제 일을 하는 별반 차이 없는 한 인간일 진데도…. 비정상적인 노인 환자들이 이발사를 의사로 혼동할 수도 있을 것 같아 자라목 오그라들 듯 면구스러운 생각이 들기도 했다.

접때 한번 거추장스러워 이용 가운을 입지 않고 작업했다가 머리카락이 상의 티셔츠를 뚫고 들어가 러닝셔츠 곳곳에 박혀 치도곤을 당한 적이 있고 난 뒤부터 반드시 가운을 착용했다. 머리카락이 수직으로 바로 떨어져 신발 속으로 들어가 귀가 후 백 선생이 신발 등과 양말에 박힌 희고 거무숙숙한 머리카락을 떼 내느라 넌더리를 치는 모습을 지켜봤었다.

이미용 하기 힘든 환자 중 하나는 뇌질환에 의해 머리를 계속 좌우로 흔드는 체머리, 소위 말하는 도리도리 환자였다. 돌아가는 고개에 맞추기 위해 스텝을 좌우로 밟아 가며 가위질하기가 여간 신경 쓰이는 게 아니었다. 바리캉이 졸지에 제 선을 넘어 엇깎게 되거나 이발사에게는 가장 수치스러운 일인, 하얗게 좀먹은 것처럼 보이는 쥐파먹은 자국을 만들 수도 있다. 간혹 보호자인 간병인이 머리를 꽉 잡아 주는 때도 있지만 극히 드문 경우였다. 첫돌 무렵 도리도리하고 인생 황혼기에 다시 도리도리하는 것이 늙은이 아이 되는 인생의 묘미인가? 백 선생은 행위의 대전제가 봉사였기 때문에 모든 것을 수긍하고 긍정적으로 받아들였다. 인상을 찌푸리거나 시답지 않게 불만을 드러내는 자체가 봉사 정신에 위배되기 때문이다. 마스크를 항상 착용하고 있으므로 이발사의 표정이 환자들이나 병원 직원들에게 들키지 않는다는 게 그나마 장점이라면 나름의 장점이란 생각이 들었다.

70대 중반쯤인 할머니의 머리를 깎았다. 미용 중에는 새물거리기만 할 뿐 별말이 없더니 끝나고 나서야 주변을 이리저리 끄지르며 혼자 혀아랫소리로 중중거렸다. 옆머리를 잡고 머리를 말 수 없게 됐다면서 계속 귀먹은 푸념을 주섬주섬 내셍겼다. 백 선생이 3층에서 봉사활동을 하는 내내 그녀는 걸레를 씹어 먹은 것처럼 사람들을 잡고 열퉁적게 깨죽거리며 콩팔칠팔 야기부렸다. 옆 여성 봉사자에게 머리를 만다는 게 뭔 말인지 물었더니 머리를 짧게 잘라 위로 꼬부라지게 말아 올릴 수 없다는 것이었다. 머리를 자른 사람에게 직접 와서 말하는 게 아니라 주위를 빙빙 돌며 게정꾼처럼 구시렁거렸다. 상황을 인지한 사회복지사가 백 선생에게 다가와 그 할머니가 괴덕스레 담방거리기 좋아하고 남의 말이라면 쌍지팡이 짚고 나서는 가납사니로 치매 중증 환자이니 개의치 말라고 귀띔으로 비틈히 찔러줬다. 그제야 속으로 피식 웃음이 나왔다. 철들자 망령이라, 노인요양병원 내에서의 환자들의 행동은 비정상이 정상을 지배하고 있음을 실감했다. 그는 다시 한번 내 판단의 잣대를 접고 모든 상황을 있는 그대로 받아들이며 봉사에 임해야겠다고 다짐했다.

대살진 몸피에 뼈만 앙상히 남은 할머니가 휠체어에 앉은 채 고개를 연신 숙이고 뭐라고 숙설거렸다. 얼굴 정면을 향해 조심스레 머리를 깎던 중 그녀가 다따가 고개를 번쩍 치켜들었다. 지그시 감은 듯, 뜬 듯한 눈 속의 게게 풀린 눈동자를 굴리며 기어들어 가는 음성으로 "아들이야?"라고 말했다. 아마 치매 환자인 듯 백 선생이 아들로 보였나 보았다. "아들 누구요?" 했더니 "김용식."이라고 했다. 그는 하리망당한 치매 환자라도 아들 이름은 잘 기억하는구먼 하고 속으로 생각했다. 계속 몸을 흔들어 가위질이 힘들어지자 엇달래는 의도로 "아들 보고 싶어요?"라고 한마디 했더니 "응, 이수철⋯."이라고 어렴풋한 목소리로 잉두덜거렸다. 성마저 다르게 대며 아들 이름이 오락가락하는 중증 치매 환자인 거로 보아 더는 대화가 필요 없을 것 같아 백 선생은 입을 닫았다. 정신줄을 놓고 혼미한 미망의 와중에도 아들의 존재에 대한 애착을 버리지 못하고 있음은 확실한, 한 가엾은 버커리 여인이었다. 그녀를 대하며 다시 한번 인생 비극의 막장을 체험한 그의 가슴은 미어지도록 쓰렸다.

거친 수염으로 뒤덮인 깡마른 얼굴에, 코에 호스를 꽂은 채 휠체어에 앉은 늙직한 노인의 머리를 깎았다. 눈을 감고 고개를 숙이고 있어 의사소통이 불가능한 환자였는데, 여자 사회복지사가 다가오더니 스님처럼 빡빡 밀어 달라고 했다. 5분도 채 안 걸려 바리캉 작업을 마치자 복지사가 휠체어 앞에 무릎 꿇고 나쪼아 앉아 이발보를 치우고 환자복을 매만지다가 백 선생을 향해 위로 올려다보았다. 20대 중반 여자의 맑고 큰 눈에 설핏 눈물이 서린 듯해 보였다.

"할아버지예요. 제 친할아버지…"

비죽배죽 울먹이듯 말하는 그녀에게 백 선생은 잠시간 무슨 말을 해야 할까 생각했다. 기껏 한다는 말이 할아버지가 손녀를 알아보느냐는 물음뿐이었다.

"치매가 심해 잘 알아보지 못해요."

백고머리를 가누지 못하고 얼굴을 가슴에 묻은 채, 마치 수행자의 마지막 가는 길처럼 무념무상에 잠겨 손녀가 끄는 휠체어에 의지해 병실로 사라졌다. 어린 꼬맣이 손녀딸을 무릎에 앉히고 다솜을 주었을 할아버지의 건강했을 때 모습이 눈에 선히 떠올라 가슴이 먹먹해졌다.

3층 봉사 작업이 끝나자 이동식 트레이를 밀어 엘리베이터에 싣고 5층으로 올라갔다. 휴식 없는 강행군에 진땀이 나기도 했으나 정력적인 중년 여성 봉사자들의 꽁무니를 따라다닐 수밖에 없었다. 봉사 내내 단 10초간이라도 앉아 쉴 수 있는 의자가 주변에 없으므로 두서너 시간을 계속 서 있어야 하는 게 가장 곤혹스러웠다. 그러나 백 선생은 노인이라는 낙오자의 모습을 보여 주긴 싫어 마음을 잡죄고 가위질 스텝을 밟아 나갔다. 노동의 대가를 받는 근로자가 아니니 근로기준법을 들먹이며 봉사 환경 개선을 외칠 수도 없는 일이었다.

복도 끝 구석 공터에 전을 펼치고 작업에 착수했다. 이즘에야 이발에 어느 정도 관록이 붙어 여유를 갖고 다소 시위적거리며 일을 할 수 있었다. 대기 번호표를 든 환자들 간에 서털구털하는 순서

다툼이 약간 있었으나 간호사가 지날결에 한소리 하자 모두들 군소리 없이 든손으로 오돌막스러운 분위기로 바뀌었다. 마치 군 병원의 정신질 입원 환자들이 시끌벅적하다가도 평소 개울리고 떠받드는 간호장교의 혼쭐나게 내뱉는 불호령에 자라목이 되어 찍소리도 못하고 일시에 고자누룩해지며 고양이 앞에 쥐처럼 온순해지는 것처럼. 시간도 많고 할 일도 없을 고령의 환자들이 머리 손질을 위해 그깟 한두 차례에 연연하는 것을 보며, 백 선생은 아무리 의식이 하리타분한 사람이라도 평생 줄서기에 익숙했던 인간의 본능은 어찌할 수 없다는 것을 실감했다. 맥쩍은 기분을 그렇게 해서라도 잠시 떨쳐 버리려는 충동도 작용했겠지만.

여자 간병인이 휠체어를 밀고 온 환자의 푸수수한 머리카락 숱이 유난히 많았다. 봉사활동 중 처음 접한 젊은 남자 환자였다. 이삼십 대로 보이는 군턱이 진 유순한 환자를 바라보는 순간 요양병원에 배젊은 환자도 받아 준다는 새로운 사실을 알게 됐다. 어떻게 깎아드릴까 하는 루틴한 질문에 옆머리를 쓸어 올리며 입짓으로 이렇게 하라는 시늉을 했다. 말을 제대로 못하고 쉬지근한 목소리의 발음이 어눌해 거의 알아들을 수 없었다. 한눈에도 빙충맞은 심한 더더리임을 알아챌 수 있었다. 아마 지체장애인이자 심신장애자인 듯했다. 숙붙은 이마를 덮은 부수수하게 부푼 도가머리라 산만하기는 했지만 좀처럼 대하기 어려운 검고 풍성한 고수머리라 빗질 담이 좋아 모처럼 이발하는 맛이 났다. 특이하게 내민 뒤통수 아래의 푼더분한 제비초리도 바리캉 컷을 위한 빗 찌르기를 수월하게 했다. 이발 내내 눈을 감고 꿰다놓은 보릿자루처럼 한마디 말도 없이 직수굿이 침묵을 지켰다. 삶에 별 관심이 없는 듯 심드렁한 표정으로 귀마저 닫고 있었다. 가끔 조는 듯 고개를 숙이는 바람에 가위질이 멈춰지곤 했다. 생되게 손놀림하던 봉사 초기에는 극도로 축난 고령 환자들을 보고 마음이 짠해 먹먹하기도 했지만, 이제는 판수익어 별 감정의 진동이 없었다. 그러나 자식 또래의 젊은 어리보기 환자를 대하고 보니 다시금 기분이 울적해졌다. 한편으로는 조물주의 불공평에 반기를 들게 했다. 이 원망의 감정에도 언젠가는 적응해 현실에 충실하게 되면(Carpe diem.), 이 또한 지나가리라(This, too, shall pass away.).

난데없이 몇 칸 건너 인접 병실에서 "쨍그랑!" 유리창 깨지는 자그라운 소리와 함께 "우웨~엑!" 하는 비명 소리가 터져 나왔다. 연이어 간호사와 간병인들이 허겁지겁 복도를 뛰어다녔다. 얼마 후 팔다리가 묶여 발버둥 치는 환자를 실은 침대를 건장한 남자 직원들이 밀고 황급히 복도 맞은편으로 사라졌다. 생사의 문고리를 잡고 다니는 그들에게는 비일비재한 일상이겠지만 낯선 방문객의 눈에는 못 볼 것을 본 듯 지극히 불안하고 우려스러운 풍경이었다. 마침 옆자리에 서 있던 젊은 남자 사회복지사에게 어떤 일이 벌어졌는지 물어봤다. 그는 가끔 접하는 환자와 직원 간에 드잡이를 놓는 광경이라며 태무심한 듯 보였다.

창문가에 의자를 놓고 올라서서 저기 보이는 우리 집으로 데려다주지 않으면 뛰어내리겠다고 덜컥부리며 으름장을 놓는 정도의 환자는 약과라고 했다. 이중 삼중 창틀 보안을 철저히 하므로 원천적으로 투신은 불가능하다고 했다. 문제는 의자를 창문으로 내박쳐 유리창을 깨는 것인데, 간병인이나 직원이 잠시 한눈파는 사이 순식간에 일어나는 행동이라 속수무책이라고 했다. 정신병동으로 가기 일보 직전의 정신 착란증이나 신경이 붕괴된 환자들의 소행이라 이런 경우 병원 측이 바빠진다고 말했다. 떠들썩하던 복도 분위기가 진정되고 다시 잔자누룩한 정적에 휩싸이게 되자 마치 아무 일 없었다는 듯 각자 제 역할에 충실하며 봉사활동이 이어졌다.

병실 창밖 맞바라기로 보이는 나날이, 시시각각 변화하는 한 폭의 풍경화들. 비를 머금고 좌우로 흐르는 흘레구름, 맞받이 독메를 우련히 내리덮는 새벽 실안개, 동녘의 아침놀 조양과 서녘의 저녁놀 석양, 먼 산에 뽀얗게 싸인 바람꽃, 추적거리는 진눈깨비, 바람비에 거풀거리는 나뭇가지, 가끔씩 창공을 가로지르는 비행기, 바삐 혹은 느긋이 움직이는 자동차의 질주, 세차게 내리꽂는 천둥 번갯불, 창문을 두드리는 작달비의 빗줄기, 물마에 잠긴 보차도 경계석, 비거스렁이에 옴츠러들어 외투 깃을 세운 사람들의 종종 발걸음, 밤하늘을 수놓는 초승달과 보름달, 화려한 빌딩 불빛의 야경, 삐뽀삐뽀 사이렌 소리 요란한 앰뷸런스, …. 주어진 삶에 치여 바삐 움직이는 병실 밖의 건강한 사람치고 이 창밖 경관을 헝그럽게 음미하며 가슴속 깊이 간직하는 자가 과연 몇이나 있겠는가. 선겁고 삭막한 병실을 살롱으로 여기고 자연이 선사하는 바깥 풍광의 수채화를 찬찬히 감상하는 것도 쏠쏠한 복이라고 생각하며 병실 생활의 무료함을 달래는 환자가 있기는 할까. 여기저기 환자들의 표정을 보건대 없다고 장담은 못 할 것 같다. 거지가 모닥불에 살찌듯 아무리 생사의 기로에 선 오무래미 고령 환자라도 쇠털같이 하고많은 날에 뭔가 한 가지는 사는 재미를 붙여야 하지 않겠는가. 하다못해 그네들끼리 나누는 맛적은 하소연의 귓맛이라도….

"가장 아름다운 여행은 창문을 통해서 하는 것이다."

'미친' 자보다 '더 미친' 자가 전쟁(제1차 세계대전)을 일으키고 있는 사람이라는 생각에 접어들게 하는, 보암직한 영화『왕이 된 사나이 (King of hearts)』의 마지막 장면에서 정신병원 탈출 후 바깥세상의 여행에 환멸을 느끼고 자진 재입소한 어느 정신병자가 커튼 깃을 움켜쥐고 깨금발을 딛고 서서 창밖을 내다보며 했던 너털거림이었다. 병실 창문을 쫍쳐 버리는 환자를 바라보는 이 시점에서 백 선생이 한 번쯤 음미해 볼 만한 말이었다.

봉사를 끝내고 1층 로비로 내려왔다. 전동 출입문을 열어 주려 함께 내려오던 사회복지사가 걸음을 멈춰 서더니 한 할머니를 붙잡고 타시락거리며 실랑이를 벌이기 시작했다. 스카프로 머리를 감싸 매고 립스틱을 진하게 바른 말쑥하게 뼈문 할머니였다. 다소 세련되고 맵자한 옷차림에 굽 높은 분홍색 구두까지 새참하게 신었는지라 얼핏 보기에 병원 직원이나 외부 방문객으로 착각할 수 있지만, 실제로는 뒤웅박 차고 바람 잡는, 게걸음을 쳐 가며 병원을 탈출하려는 환자라고 했다. 누군가 열어 주는 출입문을 통해 잽싸게 밖으로 나가려 기회를 엿보던 중 풋낯을 알아본 사회복지사에게 발각된 상황이었다.

요양병원 병실은 격리 병동이 아님에도 불구하고 1층 현관문은 물론이거니와 환자들의 층별 이동을 막기 위해 격리벽 운용이 철저했다. 엘리베이터는 당연하고 계단 출입문도 직원 신분증을 태그하지 않으면 열리지 않는다. 환자들은 창살 없는 고급 감옥에 감금된 것이나 진배없었다. 백 선생도 봉사 초기에는 당황한 적이 한두 번이 아니었다. 봉사를 마치고 3층이나 5층에서 1층으로 내려가기 위해 무심결에 엘리베이터 버튼을 눌렀다가 먹통 반응에 아차 하고 멈춰 서서 복지사나 간호사가 오기를 기다리곤 했다.

나가서 단골 미장원에 머리하러 갔다 와야겠다고 이지렁스레 발싸심하며 자분자분 우기는 그 땅파기 환자를 설득해 다시 병실로 올려보내느라 진땀을 빼고 있었다. 서울까투리처럼 수삽스러움이라고는 전혀 찾아볼 수 없는, 잔생이 말을 안 듣는 숫기 좋은 할머니였다. 급히 연락을 받고 내려온 직원에게 환자를 인계하고 출입문 쪽으로 온 복지사는 가끔 발생하는 일이라고 똥겨 주며 쓴웃음을 지었다. 몇 단계로 잠겨진 병원 시큐리티(보안) 시스템이 쥐알봉수 같은 일부 노환자들의 청처짐한 잔꾀에 둘릴 리가 없었다. 그러나 죽이 맞아 호시탐탐 기회를 노리는 몇몇 자발없는 말재기 동료 환자들끼리 병실에 모여 앉아 두선두선 괘사를 떨며 씨알머리 없는 사전 탈출 모의도 열심히들 한다고 했다. 새수날 리 없이 기껏해야 되양스럽게 달걀가리나 쌓는 것처럼 바지랑대로 하늘 재기식의 터무니없는 꼼수나 까딱수에 지나지 않지만, 누르면 부풀어 오르려고 하는 것이 인간의 배냇버릇이리라. 불쌍도 다시 한번 기회가 주어진다는 게 인생의, 아니 요양병원의 매력인가? 얼마나 바깥세상을 구경하고 싶어 마음이 바자웠으면 변복을 하고 성공 확률이 거의 제로라는 탈출 시도를 굴침스레 했을까 하는 생각에 이르자 또 다른 빠삐용이 여기 노인요양병원에도 존재함을 실감할 수 있었다. 다만 탈출에 실패한 빠삐용의 죄수에게는 가혹한 단죄가 따랐지만, 이곳 탈출 실패자에 대한 문책이나 혼뜨검은 없고 오히려 눙치고 달래야만 하는 것이 두 탈출의 차이점이었다. 그나저나 빠삐용은 악마의 섬 절벽에서 뛰어내려 탈출에 성공했지만, 환자들도 언젠가 이 병원 탈출에 성공해 삼도천 건너 영혼의 안식처로 돌아가지 않겠나.

한 달에 한 번씩 가는 큰사랑요양병원은 백 선생이 처음 이발 봉사를 시작했던 곳이다. 2층 봉사실로 들어서니 사회복지사와 그의 곁꾼인 신입 행정직원이 실쌈스레 이미용 작업 준비를 하고 있었다. 벽체에 붙여져 놓인 탁자에 이미용 기구를 세팅하고 앞치마로 갈아입자, 고령 환자들이 들어서기 시작했다. 간병인의 부축을 받고 저축대며 걸어 들어오는 환자와 휠체어를 타고 오는 환자가 반반 정도 됐다. 남자 환자는 우선적으로 백 선생의 차지였고, 간혹 남자 환자를 기다리는 동안 단순 커팅만 해도 되는 여자 환자를 받기도 했다.

각양각색의 환자를 대하는 백 선생은 그 환자의 과거 신분이 뭐

였을까 궁금하지 않을 수 없었다. 병원 마크가 찍힌 환자복이라는 유니폼을 입혔으니 외모나 자태로 봐서 구별하기는 불가능했다. 다만 몸에서 발산되는 뭐랄까, 아우라(aura) 같은 분위기로 보아 겉잡아 추측해 볼 따름이었다. 그처럼 교수? 장·차관, 고위직 공무원, 법관, 국회의원, 직업군인, 시장, 군수, 사업가, 예술가, 과학자, 운동선수, 전과자, 불한당…, 아니면 오사리잡놈. 확실한 건 재벌이나 의사가 이런 곳에 올 리는 없다는 사실이었다.

이발하던 드레져 보이는 노인 한 분이 이발사가 병실까지 와서 이발을 해주다니 세상 참 좋아졌다면서 이발사의 사 자가 스승 사(師)자라면서 부추겨 주었다. 평소 이 사 자에 대해 별 의식을 못 했었는데 그 말을 듣자, 백 선생은 평생 선생으로 살아온 몸이 은퇴 후 되곱쳐 선생 반열에 끼었으니 참 이상한 팔자라는 생각이 들었다. 그가 얼떨결에 감사하다고 하자 그 노인 환자가 참 예의 바른 이발사라고 중얼거렸다. 넘느는 말솜씨로 보아 이분은 아마 중고등학교 교장 선생님쯤 반열의 출신이 아니었을까. 벽에 죽 둘러앉아 잡담하며 대기 중인 동료 환자 중 누군가가 약으로 수명이 20년쯤 연장됐다고 말했다. 약값이 주수입원인 의사들 배만 불려준다고 투덜대면서, 환갑은 아예 말거리가 안 되고 칠순 고개와 이마받이해도 명함을 내밀 수 없으며 백 살 언저리에 맴돌아야만 노인이라 할 수 있단다. 이 말을 귀담아듣다 당사자를 힐끗 처다본 백 선생은 듣고 보니 의료 체계에서 과연 약값이 세기는 세겠다는 생각과 함께 카랑카랑한 그의 걱센 말투로 보아 이 노인네가 지자체장이 방문해 주는 백수 잔치를 벌일 가능성이 크겠다는 느낌이 들었다.

한눈에 봐도 살거리가 좋고 투덕투덕한 얼굴에 땟물이 훤한 밥 풀눈 할아버지가 이발 도중 자식 자랑과 함께 과거 기억을 정확히 되살리며 유창하게 말했다. 팔자가 사나운지는 알 길이 없으나 청승살이 확연히 드러난 노인이었다. 고급 인생을 살았다고 뻐기며 야스락거리는 이 자가 과연 환자가 맞나 하는 의구심이 들었다. 혹시 나이롱환자? 그러나 그 의혹은 바로 풀렸다. 한참 두서없이 맛부리고 미주알고주알 얘기하더니 갑자기 감정이 복받친 듯 입을 비죽배죽하다가 눈물을 글썽이며 한바탕 울음을 터뜨렸다. 복지사에게 물어봐도 환자 병명은 프라이버시 문제라 가르쳐 주지 않았지만, 누가 봐도 이성을 잃어 매대기질 치는 텡쇠인 정신질 중환자라는 것을 직감할 수 있었다.

봉사실 주위 천장과 벽을 통해 탁하고 둔한 소음이 쉴 새 없이 드그렇게 으르렁거렸다. 백 선생은 사는 아파트로 가끔 들려오던 인접 군부대의 포사격 연습인가 여기다 지속적인 굉음에 그럴 리는 없다는 생각이 들었다. 마침 옆에 서 있는 사회복지사에게 물었더니 위층에서의 침대 끄는 소리, 휠체어 굴러가는 소리라고 대답했다. 아마 차음 장치가 제대로 되지 않은 위쪽 서너 층 건물에 걸친 층별 수십 개의 병실에서 발생하는 소음이 동시다발적으로 울려 대니 마치 전쟁터를 방불케 하는 육중한 소음으로 오해할 만도 했다.

성긴 쑥대강이 머리카락이 부스스 뻗쳐 머리 위와 귀를 덮은 할

아버지가 간병인의 부축을 받으며 저적거리며 걸어와 의자에 앉았다. 모발을 바투 깎아 다듬고 가려진 귀를 파 단정하게 깡그리는 이발이 무른 땅에 말뚝 박기처럼 헐한 편에 속했다. 순서에 따라 커트 시술을 하던 중 귀 주변을 바리캉으로 밀기 위해 왼손가락을 이용해 습관적으로 귓바퀴를 잡으려는데, 한쪽 귓바퀴가 손에 잡히지 않았다. 잘못 봤나 싶어 귀를 덮고 있는 헝클어진 머리카락을 헤치고 자세히 살펴보니 귓밥을 포함한 귓바퀴가 없었다. 선천적 기형인지 사고로 생긴 흔적인지 조그마한 귓구멍만 희미하게 보일 뿐 밋밋한 살점만 보였다. 유도, 레슬링이나 헤드기어를 끼는 태권도, 아마추어 권투에서 종종 생긴다는 만두귀, 양배추귀란 말은 들어 본 적이 있었지만, 이처럼 귓바퀴가 옆에서 누른 것처럼 얼굴에 바짝 붙은 납작한 귀는 생전 처음 보았다. 두부에 드리없이 생긴 크고 작은 흉터나 모발과 연결되는 부위의 노인성 흑색 종양은 가끔 대할 때마다 민 살쩍을 최대한 살리고 땜통처럼 들쑥날쑥한 머리털을 헤쳐 가며 조심스레 커트 작업을 했었다. 이 특이한 환자는 구레나룻을 살리며 한쪽 귀는 파지 않고 모발이 귀 부분을 완전히 덮게 처리했다. 젊은 시절에는 이용원 이발사에게 귀를 보여주며 조심하라고 한마디 했겠지만, 지금은 늙고 병들어 그런 말을 할 의지는커녕 그럴 만한 기력도 없어 보였다. 백 선생의 가슴속으로 동정심과 애처로움을 넘어선 참담함이 아르르 저며 왔다.

봉사실 천장 스피커에서 잔잔한 음악이 흘러나왔다. 머리를 깎을 희망자는 몇 시까지 2층 봉사실로 오라는 이미용 안내 방송이 주기적으로 반복해서 들렸다. 백 선생은 이발에 열중하느라 음악에는 별 신경을 쓰지 않고 있었는데, 뜻밖에 귀에 익은 팝송 한 곡이 들려와 귀를 쫑긋했다. 대학 시절 이후 지금까지 가끔 들어 온 추억의 노래, 브라질 싱어송라이터 모리스 알버트가 1974년에 발표한 '필링(feelings)'이라는 팝송이었다.

『~Trying to forget my feelings of love (내 사랑의 감정을 잊으렵니다)~ I wish I've never met you girl (차라리 당신을 만나지 않았기를)~ You'll never come again (다시 돌아오지 않을 당신이여)~~』

서울에서 대학에 다니던 백 선생이 1학년 겨울 방학 때 고향인 대구시에 내려가 절친으로부터 소개받았던 어느 젊은 간호사가 떠올랐다. 고향 땅의 의과대학 예과 일년생이던 중고교 동기생 한 명이 미팅에서 만난 여자인데 감당하기가 버겁다면서 그에게 인계해 줬다. 지금은 그녀의 이름조차 까마득히 잊었지만, 당시에 시내 다방을 전전긍긍하며 몇 차례 만나 이런저런 인생 얘기를 나눴다. 그 간호사가 정성을 다해 간호하던 한 어린 소년이 병실에서 사망하자 큰 충격을 받았는바, 이 '필링'이라는 노래를 들으면 마음이 안정돼 그녀의 18번 곡이 됐다고 했다. 그 간호사와는 서로 머슬머슬한 감정을 극복하지 못하고 얼마 못 가 헤어졌었으며, 당시에는 이 노래에 별 관심이 없었다. 그러나 나이가 차 가면서 이 곡의 가사를 음미해 보노라니 백 선생의 첫사랑 러브 스토리와도 기가 막히게 겹쳐서 머릿속에 애창곡으로 간직해 왔다. 노래를 들을 때마다 일찍 세상 떴다는 그 소년의 비극적 운명에 대한 애잔함도 가슴속 한편에서 얼비쳐 튀어나오곤 했고….

"You'll never come again"이라는 가사를 무심코 듣고 있던 순간 눈앞에 "finally come again"의 '마침내 돌아온' 기적이 펼쳐졌다. 백 선생이 독신을 고수하며 이제껏 혼자 살아가게 만든 장본인인 그 엄청난 존재의 여자가, 꿈인가 생시인가, 그의 얼굴을 쳐다보고 있는 것이 아닌가! 마지막으로 본 지 45년이란 장찬 세월이 흘렀지만, 그의 뇌리에 각인된 그녀의 인상과 외모는 변할 수가 없었다.

요양병원의 간병인은 간병인협회와 소개소를 통해 파견된 전문 직업인과 남자 환자의 부인으로 대별된다. 여자 환자의 경우는 주로 전문 간병인이 맡으며 남편이 간병인 역할을 하기는 거의 불가능했다. 노출된 공간에서 남자가 전라의 여자를 목욕시키는 게 금지돼 있으므로 아무리 부부라 해도 원내에서는 있을 수 없었다. 백 선생이 이들 두 부류를 가름하기는 간단했다. 전문 간병인은 병원에서 제공한 유니폼 앞치마를 둘렀고, 병든 남편을 고수련하는 부인 간병인은 그냥 일반 옷을 입었다. 물론 청소나 잡일을 하는 여자는 일반인 복장이었으므로 봉사 초기 시절 어떨 때는 청소 용역 직원인지 간병인인지 혼동되기도 했다. 그러나 봉사 경험이 쌓일수록 바로 구별되었다. 입성이 날개라, 술명히 차려입은 청소 직원보다 부인 간병인의 옷차림새가 더 양간하고 장신구가 두드러졌기 때문이었다.

검소하고 회매한 옷차림의 60대 중반쯤의 여자가 남편의 휠체어를 몰고 백 선생 앞으로 다가왔다. 막 갈아입은 듯 새물내가 물씬 풍기는 매끈한 환자복을 입고 있었다. 얼굴에 푸석살이 쪄 핏기가 없었지만, 환자치고는 준수한 용모에 거의 삶을 체념한 듯한 표정이 담겼다. 가량가량한 몸매의 풀죽은 간병인의 얼굴을 보는 순간 백 선생은 벼락을 맞은 듯 놀랐지만, 마스크를 끼고 있었기에 상대방 여자의 낯꽃은 담담했다. 남편 머리를 쓰다듬으며 이래저래 해달라고 주문을 했다. 꿈에도 잊지 못할 낯익은 경상도 억양의 옹골진 예전 목소리 그대로였다. 한길 가다 두 갈래 길로 헤어지고, 먼길 돌아 외나무다리에서 다시 만났다. 생게망게한 백 선생은 마스크를 벗고 한쪽 눈썹을 위로 치뜨며 그 여자를 똑바로 쳐다봤다. 애증이 엇갈리는 표정을 애써 감추며 어색한 미소를 지었다.

'은혜경!'

마주 바라보던 그녀 역시 흠칫 놀라 해바라진 입과 고리눈이 되며 얼굴색이 변했다. 걷잡을 수 없이 타오르는 감정의 격발을 억누르며 그녀의 남편 머리를 손질하기 시작했다. 조물주가 선사한 그녀와의 충격적인 시절인연에 만감이 교차했다. 하필 필링 노래를 듣는 순간 이 신비한 인연의 끈이 이어지다니. 필링의 가사처럼, 당신을 만나지 않았기를 바라며 사랑의 감정을 잊은 채 다시는 돌아오지 않을 당신으로만 여기고 살아온 한평생. 잊을 만하면 떨쳐버리고 싶었던 뒤둔 감정이 솟구쳐 올라 다시 되짚어 보곤 하던 그녀와의 흘러간 추억의 그림자. 평생 의문이었던, 그녀가 그를 거부하고 돌아섰던 이유. 끝도 갓도 없어 이승에서는 알 수 없다고 단념하며 살아왔건만, 이 좁은 병원 방에서의 이발 봉사로 그 의문이 마침내 풀릴 것인가.

순간적으로 아련히 떠오르는 그녀에 대한 옛 추억이 얼기설기 얽혀 자개바람이 일 만큼 재빠르게 뇌리를 스쳤다. 그러나 희미한 기억일지라도 설핏 희망의 등대를 품게 했다. 이발을 끝낸 백 선생은 바지 주머니 지갑 속에 든 명함을 꺼냈다. 휠체어를 끌기 위해 옆으로 바투 다가온 그녀의 윗도리 주머니에 슬쩍 찔러 넣었다. 아무도 이 둘의 행동 고리에 관심을 가지는 자가 없었다. 그녀는 옆구리로 전해지는 그의 감촉을 아는지 모르는지 깊은 침묵 속에 잠긴 채 남편의 휠체어를 밀며 봉사실 문밖으로 사라졌다. 내심 한번 등넘이눈으로 희뜩 뒤돌아보기를 원했지만….

백 선생은 1970년대 후반에 고향인 대구에서 고등학교를 졸업하고 서울의 명문대에 진학했다. 대학 3학년 하계 방학을 맞아 학군단 1년 차였던 그는 성남의 문무대에 입소해서 한 달간의 병영훈련을 마치고 잔여 방학 기간을 보내기 위해 대구 본가로 내려왔다. 땡볕 아래서의 고된 군사훈련에 대한 보상이라도 받으려는 듯 일 년 전에 만나 사귀어 온 혜경이라는 고향 아가씨와 연일 데이트를 즐기는 중이었다. 그는 의외로 여성 문제에 대해서는 극히 흩지게 생각했다. 손쉽게 서로 의기투합해 속전속결로 저어 나가 먼 장래를 약속하리라 마음을 다져 먹었다. 사랑이란 누군가가 던져 주는 게 아니라 스스로 쟁취하는 것이라고 다기지게 믿었다.

푸수한 경상도 억양으로 뭇사람들을 튕겨 버릴 듯한 연삭삭한 말씨와 일거수일투족의 품새에 배인 건들멋이 그의 마음을 사로잡았다. 성격 역시 푼하고 여낙낙해 만날 때마다 푸근함을 발산했다. 객지 생활에 찌들어 메마른 심성에 갇혀 있던 백 선생에게 성긋거리며 다독이는 그녀의 신신한 자태는 경외심과 신비감의 아우라를 자아내면서 얼어붙은 눈을 녹이는 한 자락 봄바람같이 포실히 그를 감쌌다. 아무리 제 눈에 안경이라 하지만 건밭에 부룻동처럼 늘씬한 외모 역시, 비록 타인의 평가는 들어보지 못했지만, 주연급 여배우 뺨칠 정도로 한미모한다고 생각했다. 백 선생보다 두 살 어린 그녀는 대구 S 여고를 졸업한 뒤 대학에 진학하지 않은 채 부모가 경영하는 인쇄소에서 일하고 있었다. 대학이야 조추 안정이 되고 여유가 생기면 들어가서 졸업할 수 있으리라고 피차 같은 생각을 가졌다. 그동안 만나면서 학기 중에는 편지를 주고받으며 서로의 심정을 토로했고, 방학 기간에는 대구에서 만나 여러 얘기를 나눴다. 백 선생은 자연과학도답게 남녀 간의 사랑 문제도 정해진 방정식을 통해 풀려고 했다. 사랑의 정의, 사랑의 큰 틀과 작은 틀, 결혼론과 행복론 등 사랑과 얼큰한 서적도 독파했다.

"사랑이란 서로를 이해하는 과정이 아니라 상대방에게 나를 이해시키는 과정이라고 봐요. 내가 상대방을 빗보아 잘못 이해하면 사랑이 끝날 수도 있겠지만, 상대방이 나를 완전히 이해할 때까지 기다려 준다면 서로 해피해진다고 봅니다. 전자는 실패한 사랑이지만, 후자는 성공한 사랑이 아닐까요? 사랑했다 헤어진다는 것은 일방적으로 상대편을 잘못 이해해서 생긴 결과라고 봐요."

다소 언뜻 이해하기 힘든 모호한 말이었지만 백 선생은 사랑에 대한 자신의 개똥철학을 털어놓았다. 한마디로 말해 자신만만하게 돌진해 나갔고, 녹진한 성격의 혜경도 다부닐며 그런대로 맞장구를 쳐 주는 편이었다.

그해 여름 방학이 끝나 갈 무렵 둘은 옛 대구 감영 자리에 조성된 시내 중앙공원의 연못가 벤치에 앉아 열나절이나 심각한 얘기를 나눴다. 개학하면 직접 만나기가 어려워질 것 같아 백 선생은 그녀와 본격적으로 장래 문제를 의논했다. 시쳇말로 그녀에게 그의 일생을 맡기겠다는, 프러포즈와 거의 맞먹는 말을 풀어나갔다. 세상 그 어느 커플도 따라올 수 없는, 부부가 누릴 수 있는 최고의 행복을 선사하겠다고 장담했다. 말꼬를 튼 혜경도 연삭삭한 자태로 별 반대 의사가 없는 듯 가끔 고개를 주억거리며 긍정적 반응을 보였다. 백 선생은 그간 사랑의 감정 표현을 누차에 걸쳐 해 왔기에 만사가 잘 풀릴 줄 굳게 믿었다. 작금의 교제로 보아 그녀가 밀막아 서로 뒤쪽될 이유가 없어 보였기 때문이었다. 다만 아직 손목조차 한 번 잡아보지 못했던 게 꺼림칙하기는 했다.

발치 아래 멀지 않은 연못 가장자리의 한쪽 수면이 계속 넛살을 일으키며 유난히 파닥거렸다. 그 광경을 눈을 가라뜨고 물끄러미 내려다보던 혜경이 말했다.

"어머나, 병록 씨, 저 물 위가 우째 사시나무 떨듯 저래 뽀글거릴까예."

"수면 아래 잉어들이 구애 작업을 하느라 서로 치열하게 부대끼다 보니 그 물결파가 위로 올라와 수면이 저렇게 요동치는 모양입니다. 쟤들은 물 아래에서 우리는 물 위에서, 사랑 놀이하는 게 어째 비슷하기도 하네요."

평소 연못에 잉어가 노니는 모습을 봤던 백 선생이 우스갯소리 말휘갑으로 두루뭉술하게 대답했다. 사실은 물고기들이 물 밑에서 수초를 뜯어 먹느라 생기는 고기와 수초의 움직임에 의한 파동으로 물 위가 출렁거리는 현상이겠지만. 그때 흔들리던 물결이 잠시 전주르는 듯하더니 수면 위로 잉어 한 마리가 불쑥 뛰어오르며 몸통을 휘둘렀다.

"엄마야! 자는 와 또 혼자 저리 튀어 올랐을까예?"

"유혹에 실패하고 암놈에게 차여서 악다구니를 치며 두 손 털고 나선 수놈 잉어가 아닐까요. 하하."

"뭐, 설마 그럴 리가…"

혜경은 하던 말을 끝맺지 못하고 수줍은 듯 말꼬리를 흐렸다.

둘은 3일 후 중앙통 거리에 있는 음악다방 거목(巨木)에서 만나 그들의 장래 언약을 최종적으로 확인하기로 했다. 그야말로 큰 나무 밑에서 그 울창한 기를 받고 대사를 치르고 싶은 남자의 켯속이었다. 백 선생은 금년 대학의 가을 축제 때는 집고 서울로 초대해 함께 하리라 속다짐하며 자리에서 일어났다. 멀지 않은 거리에 있다는 혜경의 집 가는 길처까지 바래다주기로 하고 둘은 어깨를 맞대고 거리를 걷기 시작했다. ROTC 단복을 입고 수럭수럭 걸어가는 틀진 그를 행인들이 부러운 듯 힐끔힐끔 쳐다봤다. 이를 본 그녀가 빙그레 뜻 모를 미소를 지었다. 만경관 극장을 돌아 나와 대로변으로 접어든 후 반월당 사거리까지 죽 걸었다. 사거리 남쪽 언덕길 고팽이로 올라 얼마 가지 않아 골목길로 꺾이는 곳에서 작별 인사를 나누고 헤어졌다. 돌아서는 그녀의 얼굴에 찰나의 그늘이 설핏 스쳐 가는 듯한 감을 받았지만, 그는 네뚜리로 무심히 넘겼다. 뒷눈질 한번 하지 않고 찬찬히 걸어가는 그녀의 어깨를 한참 바라보다 그의 시야에서 사라질 무렵 발길을 돌렸다. 뭔가 모를 서운·착잡한 기분에 휩싸여 정처 없이 발밤발밤 발씨 익은 약전골목 거리를 소요했다.

제시간에 대가려고 평소보다 서둘러 거목으로 나갔다. 다방 안으로 들어가 설레는 마음을 가라앉히며 주위를 둘러봤으나, 약속 시각보다 일렀기에 그녀는 아직 보이지 않았다. 창가 자리에 앉아 클래식 음악을 들으며 그녀와의 만남을 그려 보았다. 찻집의 기다림을 노래한 어느 유행가 가사처럼 기다리는 그 순간이 꿈결처럼 감미로웠다. 그의 인생에 있어 장차 가정을 이루고 살아갈 여자 짝지의 문제는 오늘로써 확연히 매듭짓고, 위대한 포부를 안고 간사위를 발휘해 희망찬 삶의 행로를 헤쳐 나가리라 다짐했다. 사랑하는 여자를 얻고 천직을 얻으면 세상을 얻는 것이라 했는데, 한 가지는 가졌다는 안도감이 밀려왔다.

손목시계에 나타난 약속 시각에 딱 맞춰 다방 카운터 쪽에서 손님을 찾는 안내 방송이 나왔다. 바로 백 선생 이름을 부르며 카운터의 전화를 받으라고 말했다. 혜경에게 무슨 일이 생겼나 걱정스러운 표정으로 급히 달려가 전화기를 들었다. 수화기 너머로 예상 외의 낯선 여자 목소리가 들려왔다. 그녀는 상대방을 확인한 후 지극히 간단한 도막말을 던지고는 일방적으로 전화를 끊었다. 잠자코 듣고 있던 그의 낯꼴이 서서히 굳어지더니 완전히 핏기를 잃고 말았다.

"저는예, 혜경이 언니 친동생인데예. 언니가 오늘 못 나간다고 전하라 캅니더. 그라고 며칠 전 공원에서 나눴던 말은 모두 없었던 거로 하자고 전하라 캅디더. 아 참, 다시는 안 만나겠다는 말도 전하랍니더. 그럼 이만 끊심니데이."

야나차게 자빡을 맞았다. 순간 머릿속이 백지처럼 새하얘졌다. 앞을 가로막는 뭔가 모를 캄캄한 벽체에 부딪혀 여성에 대한 청운의 꿈이 와르르 무너져 내렸다. 이런저런 소원이야 이루어지지 않아도 섭섭한 정도로 끝나겠지만 꿈은 아니었다. 꿈은 깨지면 치명적이었다. 그간 내면의 안식처를 보듬기 위해 써내려 오던 장중한 청춘 드라마의 시나리오가 예고편도 없이 한순간에 그의 뇌 속에서 삭제당해, 하얗게 공중으로 산산이 분해되고 물쿼져 무의 세계로 귀향해 버린 느낌이었다. 뭔가 잘못 타들어 간 냉과리 숯불에서 확 뿜어져 나오는 매캐한 연기에 중독이라도 된 것처럼 한동안 몸이 오그라들어 솥발내기로 멍하니 서 있었다. 떡심이 풀리며 찾아온 실망의 시간이 지나자, 예기치 못한 여인의 냉갈령에 피를 토하는 분노의 섥이 일기 시작했다. 감히 나에게 이럴 수 있나 하는 심정마저 들었다. 직접 만나 헤어질 결심을 말하기는커녕 동생을 팔 밀이꾼으로 등장시켜, 그것도 전화상으로 최악의 일방적인 결별, 영원한 이별 통보를 하다니…. 그는 아직 별로 오래 살아오지는 않았지만, 인생 최대의 허망함을 느꼈다. 마른하늘에 날벼락을 맞아 하늘이 캄캄했다. 마음이 고통을 받으니 몸이 불편함을 호소해 오기 시작했다. 하늘을 향해 다 틀렸다고 크게 한 번 뻥등그린 후 어슷거리는 비틀걸음을 이끌고 향촌동 골목의 술집으로 향했다. 막걸리 서너 사발을 연거푸 들이키며 그녀와 함께 나눴던 추억과 그녀에 대한 미련을 단호히 접었다. 그의 성격상 비라리를 쳐 다시 붙잡고 미대며 애걸복걸할 생각은 전혀 들지 않았다. 이왕 벌어진 일, 여자의 변심에 가슴앓이하며 흘미죽죽할 마음은 추호도 없었다.

  술집에서 나온 백 선생은 갑자기 대구 땅에 발을 딛고 있기가 실큼해졌다. 무너진 사랑탑에 뒤통수치고 극도의 허탈감에 젖어 들었다. 부모 형제가 기다리는 본가로 가야 할 발길을 돌려 취기로 옹송망송해진 정신을 양 귓전을 헤갈라 스치는 밤바람으로 다잡으며 대구역을 향해 저적저적 발걸음을 옮겼다. 야간열차를 타고 방학이라 잠자리도 변변찮은 서울로 올라가야겠다고 결심했다. 대구역 플랫폼에서 기차를 기다리던 중 역내 방송에서 이즈음 한창 유행 중인 딕훼밀리의『흰 구름 먹구름』이란 노래가 흘러나왔다.

"차라리 만나지나 말 것을~ 만난 것도 인연인데~ 마지막으로 보는 당신~."

어쩌면 이 순간의 백 선생 심정을 대변해 주는 듯한 가사였다. 눈은 만경되고 가슴에는 술기운이 알알하게 차올랐지만, 머릿속 정신은 더없이 또렷해졌다. 이것이 정녕 외기러기의 값싼 짝사랑에 불과했단 말인가? 플랫폼 가로등의 흰 빛 아래 오글거리는 하루살이 떼를 쳐다보면서 하루살이 애인과 영원히 작별했다. 칠흑 같은 밤하늘의 북극성을 향해 그는 피를 토하며 일생일대의 맹세를 했다. 큰 꿈이 사라지며 패인 그 충격의 깊은 골을 메우려면 그 꿈의 대상과도 완전한 이별을 고해야만 했다. 다시는 여자를 만나 사랑에 빠지지 않으리라! 오만한 여인 혜경에 대한 사나이의 절절한 복수심의 발로였다. 온 생명 다 바쳐 사랑했으나 결별을 선언한 여인의 아파트 창틀 아래 뜰에 백만 송이 장미를 던져 놓은 뒤, 복수의 칼을 빼 들고 피울음을 삼키며 영원히 사라진 어느 러시아 청년의 심정이 그의 핏대줄 속으로 침투해 붉은 피를 끓이며 감때사납게 요동쳤다.

경부선 서울행 밤열차의 칸막이 승강구 벽에 홀로 기대서서 인생 최대의 패배를 맛보고 모질음을 쓰며 퇴각하던 백 선생의 오장육부가 다시 한번 뒤집혔다. 그러나 그 패배의 굴욕이 그의 삶을 지배하게 둘 수는 없음을 다짐하며 두 주먹을 불끈 쥐었다. 그는 인간 군상들이 사갈시(蛇蝎視)해져서 기차가 달리는 내내 객실에 들어가지 않았다.

세월이 흘러 불혹과 이순을 넘겼지만, 철저히 독신으로 홋홋이 살아온 백 선생은 아득한 기억 속의 그녀가 가끔 떠오를 때마다 그녀 자체에 관한 호의나 염의는 일어나지 않았다. 기억의 칼날이 자신을 벨 수 없도록 애써 그 기억을 억눌렀다. 다만 왜? 그녀가 그를 매몰차게 찾는지에 대한 의문은 또바기 가슴 한편에 간직해 오고 있었다. 볶은 콩에서 싹이 날까, 죽기 전에 그 해답을 찾기란 불가능해 보였다. 딱히 알아보고 싶은 흥도 일어나지 않았고….

요양병원 봉사실에서 혜경을 본 지 이러구러 2년의 시간이 흘렀다. 예의 이발 봉사에 열중이던 백 선생에게 실낱같이 기대하고 있던 카톡 문자가 왔다. 혜경으로부터의 문자였다. 경기도 오산의 지하철 세마역 근처에 있는 명장이라는 카페에서 모일 모시에 기다리겠다는 내용이었다.

백 선생은 승용차를 몰고 대전시 유성구의 C 대학 근처의 아파트를 출발해 오산으로 향했다. 고속도로 유성 나들목으로 진입하여 얼마 가지 않아 경부고속도로로 꺾어 들어 달리다 어느 휴게소에 들러 점심을 해결했다. 이후 내비게이션이 일러주는 대로 운전해 어렵지 않게 약속 장소에 도착했다.

주차 후 심호흡을 한 번 크게 내쉰 후 둔중한 카페 문을 밀치고 들어갔다. 다소 고전풍이 나는 아늑한 카페였다. 혜경이 저만치 창가 자리에서 일어나 손을 흔들었다. 둘은 마주앉아 한동안 말없이 서로를 쳐다만 봤다. 20대 청춘에 만나 헤어지고 60대 후반의 백발에 재회했다. 혜경이 먼저 말문을 열었다.

"그간 별고 없으셨는지요?"

인사치레로 몇 마디씩을 주고받았다. 삽삽한 표정을 띤 그녀의 경상도 억양은 여전했지만, 양간한 말씨는 같은 경상도 사람이 아니면 구별하기가 힘들 정도로 거의 서울말에 가깝게 바뀌었다. 들찬 기세로 천방지축 풍운의 꿈을 휘젓던 청년 시절, 볼 때마다 백 선생의 마음을 글뛰게 했던 혜경의 얼굴은 여전히 환하고 결곡했다. 망(望) 칠십의 나이지만 오십 대처럼 젊젊어 보였다. 그녀는 오산 땅에서 거의 삼십 년을 살아왔다고 했다. 남편은 오십 대 중반에 뇌출혈로 쓰러져 반신이 마비됐고 꾸준한 재활치료와 정성 어린 혜경의 병석 바라지로 한때 병세가 호전됐지만, 다시 신경이 더쳐 알츠하이머병에 걸렸다고 했다. 증세가 악화하자 시조카가 의사로 근무 중인 대전의 요양병원으로 옮겨 요양 치료를 받던 중 원내이발 봉사실에서 상상조차 못 했던 백 선생과 마주쳤다고 말했다.

남편은 그 후 병의 차도 없이 내치락들이치락하다 반년쯤 지난 어
느 날 그 병원에서 급성 심장발작으로 세상을 떴고, 그녀는 오산의
자택으로 돌아와 홀로 여생을 보내고 있다고 했다.

"예전 우리가 자주 만났던 대구 역전 건너 명작 다방 기억나세
요. 거기가 생각나 주변에서 비슷한 이름을 찾다 여기 명장 카페
가 있어 이리로 오시라 했습니다. 어때요, 분위기가 괜찮습니까?"

"예, 장쾌한 명칭과는 걸맞지 않게 분위기가 고즈넉한 게 우리
같은 노틀이 앉아 있기에는 딱 십상이네요. 그리고 보니 옛날 20
대 그 시절 뭔지도 모르고 분주히 쫓아다니던 동성로 골목길의 풍
광들이 어렴풋이 떠오르네요. 당시 명작 다방은 지하라 음침한 편
이었지만, 그래도 젊은이들의 아지트로 유명했었지요. 그나저나
옛 추억을 소환시켜 주신 세심한 배려에 감사드립니다."

백 선생은 현재 자신의 근황을 간단히 설명하고, 일생 간직해 오
던 의문점을 듣고 싶다고 잔잔히 운을 뗐다.

"왜, 그게 그리도 궁금하셨습니까? 인자 세월이 많이 흘렀으니
다 말씀드리지요. 살다 보니 이런 날도 다 오네요. 세상사 참 희한
얄궂기도 합니다."

그녀는 그 옛적 처녀 시절을 회상해 아슴푸레한 과거 기억을 버
르집으며 일생일대의 말빚을 갚아 나가기 시작했다. 중앙공원에서
헤어지고 귀가하던 그 운명의 날 밤에 전 가족이 모여 백 선생과의
장래 문제를 의논했다고 했다. 두 사람의 미래에 큰 걸림돌이 예상
됐다. 그녀의 부친은 해방 후 공산주의 사상에 심취해 대학 생활

을 중동 치고 지리산으로 들어가 남부군 빨치산 활동을 했단다. 빨치산 토벌 과정에서 구사일생으로 살아남아 광주형무소에서 감옥 생활을 하던 중 전향서를 제출하고 풀려났지만, 그에게 씌운 공산주의 빨갱이의 굴레는 오랫동안 그를 옥죄었다고 했다.

그녀의 삼촌, 오빠들이 연좌제에 걸려 한동안 사회 활동을 할 수 없었다고 했다. 심지어는 서울의 최고 명문 S 대를 졸업하고 굴침스럽게 공부한 결과 행정고시 1·2차 필기시험에 너끈히 합격한 사촌 오빠도 연좌제의 덫에 치여 3차 면접과 신원 조회에서 두 번씩이나 떨어지고 결국은 반사회적 낭인이 되고 말았다고 했다. 학군단 장교로 임관해 반공을 수칙으로 군 복무를 마치고 전역해 힘찬 사회 출발을 할 백 선생의 인생에 빨치산의 자식인 혜경이 끼어든다면 그 역시 연좌제의 고리에 걸려 피해를 볼 것이 눈에 뻔할 것으로 판단했다. 혜경도 어렸을 때부터 제반 집안의 매개를 보고 자라왔기에 가족들의 염려에 따라 한 남자의 장래를 위해 사랑을 버리기로 결심했단다. 이왕 헤어질 바에야 꽤꽤떼는 게 좋을 듯해 동생을 시켜 몰강스레 절교 선언을 했다고 했다. 왼새끼 내던졌음을 알려 상대방이 미련의 여지를 남기지 않도록, 숫제 정나미가 뚝 떨어지게…. 듣고 보니 그렇게도 서글서글하던 그녀가 그때 매정하게 돌변했던 이유를 이제야 이해할 수 있었다.

이후 그녀는 연좌제의 멍에와 별 관계가 없는 유통산업을 하는 가멸찬 집안의 재력가 남편을 만나 슬하에 딸 하나를 두고 남편이 병마에 휩쓸리기 전까지 있이 살면서 그런대로 행복했단다. 지금의 노후 생활도 남편이 남긴 큰 빌딩을 기둥 삼아 자식의 안받음 없이도 큰 불편 없이 호사바치로 하리며, 두렁에 누운 소처럼 즐겁게 상류계층의 나날을 보낸다고 했다. 딸이 미국에 살고 있어 손자들 보러 수시로 미국을 들락거린다고도 했다.

일생일대 의문의 답을 들은 백 선생은 자신의 엄지머리총각 인생이 결국은 민족 분단의 사상 대립의 희생물이었다는 사실에 만감의 회한이 서려 왔다. 굳게 닫힌 입을 떼기가 무서웠다. 주변에 사람이 없다면 한바탕 호읍이라도 터뜨리고 싶은 감정이 꼬약거렸다. 질끈 감은 두 눈 속에 비친 시뻘건 우주가 몇 차례 요동치더니 이윽고 일생토록 옹이졌던 심사가 풀리면서 마음이 진정되었다. 한참 후 그는 눈가에 함초롬히 옅은 이슬이 맺힌 그녀를 쳐다보며 여러 의미가 함축된 한마디 말을 내뱉었다.

"그라마, 인자 손목 한번 잡아 봐도 될까요?"

그건 그렇고, 이후 나의 운명은 어떻게 되었을까. 난든집이 난 가위질로 늦게 배운 도둑질 날 새는 줄 모르던 우리 백 선생은 옹근 칠순이 되자 끌끔한 잡을손이야 여전했지만, 눈이 침침해지고 손이 떨려 와 가위를 놓고 이발 봉사의 막을 내렸다. 1365 자원봉사포털에 봉사 실적 1,000시간을 채우고 대장정의 마침표를 찍었다. 이후 그는 별다른 병치레 없이 무난하게 살다 말년에 잠시간 고로롱거리며 구들더께로 살다 남의나이를 훌쩍 넘긴 망백(望百)에 세상을 하직했다. 죽기 전 유언으로 노년기에 덧정이 든 나를 손님

취급해 푸대접하지 않고 그의 무덤 밑에 함께 묻어 달라고 부탁했다. 느지막이 혜경을 만나 숙제를 풀고 가는데 나도 어느 정도 일조한 것 때문이 아닌가 짐작된다. 화장 후 도자기 납골함을 그의 김천 선산 발치에 마련된 가족 평장묘에 안치했다. 이때 그의 유지에 따라 땅속을 한 층 더 깊게 파서 그의 손때 묻은 이발 도구로 채워진 나, 검정 가방을 묻었다. 그 위로 두꺼운 흙을 덮은 다음 납골함을 덧묻었다. 그러고는 석판을 덮은 후 표지석을 설치했다. 고래 힘줄 못지않게 질긴 비닐로 만들어진 나는 아마 납골함 속 몽그라진 백 선생 유골의 원소가 붕괴되어 그 영혼과 함께 우주 깊숙한 은하계로 사라질 때까지 제 몸체를 유지할 듯했다.

세월이 물 흐르듯 흐르고 흘러 백 선생의 유골이 묻힌 지 어언 백 년의 시간이 좋이 지나 22세기 한반도 통일 세상이 되었다. 백 선생의 선산도 그사이 개발 압력에 밀려 주변 산천은 개력하여 그가 묻힐 당시의 옛 모습은 거의 사라졌다. 평장묘의 표지석도 그동안 몇 단계 층 아래로 내려가면서 올망졸망 자손들이 묻혀 대대후손 근검했다. 은색 도금한 음각 글씨의 백 선생 상석인 오석 표지석도 오랜 세월에 마모되어 지금쯤은 아마 구적이 일어났고 색깔도 희읍스름한 회색으로 변했을 것이다.

어느 화창한 추석날이었다. 보통은 성묘객이 3대조 증조부 대까지만 알아보고 살펴보기 때문에 내가 묻혀 있는 위층 5대조 단계까지에는 별 관심들이 없었다. 나는 땅속 깊숙이 묻혔으므로 후손들의 자태를 볼 수는 없으나 그들의 음성은 아직까지 들을 수 있다. 물론 내 위에 얹힌 백 선생의 표지석에 어떤 문구가 쓰여 있는지는 누군가 읽어 주질 않는 한 알 길이 없었다. 이날은 반갑게도 그 궁금증을 풀어 줄 한 후손이 내 자리까지 올라와 젊은 아들에게 말하는 걸걸한 음성이 또렷이 들려왔다.

"맨 위가 네 7대조 어른 상석이네. 식아, 너는 국문학과에 다니고 있으니 여기 5대조 할아버지 상석에 새겨진 한자를 읽을 수 있지? 이분은 슬하에 자식이 없었는지 상석 옆면이 끌끔하네. 이끼 긴 음각된 글씨가 백 년의 풍상에 닳아 희미해졌지만, 그래도 어디 큰 소리로 한번 읽어 보거라."

드디어 하고많은 세월 동안 품어 왔던 궁금증이 해소되는 날이 도래했다. 분루를 삼키며 영원히 작별하기로 맹세했던 하루살이 애인이, 영원한 살림살이 배우자로 바뀌어 석판에 새겨졌음을…. 위대한 운명! 한 남자의 순수 봉사가 고동이 되어 맺어진, 걸림이 없는 본래 사랑의 일체 맑은 완성이었다. 인간들의 삶이란 참으로 아이로니컬하구나! 그 젊은 후손이 읽어 내리는 낭랑한 목소리가 들려왔다.

"이학박사수원백공병록지묘(理學博士水原白公炳祿之墓), 배유인행주은씨혜경쌍묘(配孺人幸州殷氏惠敬雙墓)"

청산은 말이 없으나 여기 백 년 전 청춘을 담은 돌덩이는 아직도 태양을 향해 그날의 다사다난했던 인생을 발산하고 있었다.

생과
사

걸뜬 몸이 서서히 물 밑으로 가라앉아만 갔다. 중력이 부력을 앗았다. 일순간 이것이 내 생과의 마지막 하직 인사냐는 의식이 얼핏 스쳤다. 그러나 죽음에 대한 두려움이나 특별히 떠오르는 사람의 존재 같은 딴생각은 들지 않았다. 다만 전신을 심하게 버릇거렸다. 의식과 무의식 세계 경계의 금이 그어지려는 찰나였다.

유격대 함성의 열기가 중동부 전선 FEBA(forward edge of the battle area, 최전선) 지역의 암암한 산골짜기를 맴돌았다. "악이다! 깡이다!" 몸닭달질하며 땀바가지가 된 담찬 병사들의 악에 받친 새된 목청이 생동하는 군인의 기상을 더 높여 줬다. 간부들은 병사들을 조별로 인솔해 주어진 코스로 이동시키고 때때로 시범을 보이는 일만 했다. 기초 장애물 이틀, 산악 코스 이틀, 종합 PT(Physical Training) 체조 하루, 마지막 하루 화생방 가스 실습 등으로 교육이 시행됐다. 각 코스 이동 때마다 엄기열 중위의 눈에는 재작년 임관 후 보병학교 화순 옹성산에서 받던 유격훈련 장면들이 어슴푸레 떠올랐다.

가장 하이라이트 코스는 수직낙하 과정이었다. 이 코스에서 약 한 달 전, 병사 한 명이 훈련 도중 익사한 사고가 있었다. 한 병사가 뛰어내린 후 조교들의 통제 실수로 곧바로 다음 병사가 뛰어내렸다. 앞선 병사가 물속 깊숙이 가라앉았다 하침(下沈)의 반작용으로 위로 올라오는 순간 후속으로 뛰어내린 병사의 군홧발에 머리를 정통으로 맞고 뇌진탕을 일으켜 다시 가라앉고 만 사고였다.

낙하 훈련이 끝난 후 인원 파악을 하고서야 한 명이 없다는 것을 알았다. 부랴사랴 물속을 수색했지만 이미 사망한 지 꽤 시간이 지난 후였다. 얼마나 저수지 바닥을 할퀴었던지 사체 두 손의 손톱이 다 빠져 있었다. 그로 인해 엄 중위 부대의 유격훈련도 몇 주 드틴 뒤에야 참가하게 됐다. 부대 교체 전 엄 중위 중대 내 3소대가 유격대 소대였으므로 조교와 교관 모두 잘 아는 터였다. 따라서 병사들이 다른 기수보다 훈련받기에 다소 편한 편이었다.

엄 중위의 필승사단 유격장에는 10m 높이 타워에서의 수직낙하를 위해 댐을 쌓고 물을 근근하게 채운 소형 저수지를 만들어 놓았다. 2개 소대 병력이 한 조가 되어 유격 코스를 돌고 있었다. 1소대장인 엄기열 중위는 2소대장인 학군 1년 후배 고성철 소위와 함께 소대원들을 이끌고 코스 이동을 해 와 조교들에게 병력을 인계한 후 소대장 둘은 저수지 위로 올라왔다.

병사들은 저수지 댐 아래 평탄지에서 한참 동안 땅바닥을 뒹굴며 뒤재비꼬는 PT 체조로 정신을 빼앗긴 후 거의 탈진 상태로 둑방 위로 올라와 휘주근하게 늘어진 몸을 날려 수직낙하를 하게 된다. 인간이 가장 두려움을 느낀다는 높이에서 웬만한 강심장이 아니면 맨정신에 뛰어내리기가 조련치 않다. 엄 중위와 고 소위는 저수지 타워 주변에서 지난날 받았던 보병학교 동복유격장에서의 수직낙하 훈련에 대해 잡담하며 소대원들이 올라올 때까지 휴식을 취했다. 한참이 지나도 소대원들이 올라오지 않자 고 소위는 한창 담금질로 체력 단련 중인 소대원들을 보러 댐 아래로 다시 내려갔다.

혼자 남은 엄 중위는 어차피 소대원들이 올라오면 시범을 보여야 하므로 몸도 적실 겸 해서 유격 복장 그대로 저수지 안으로 들어가 가볍게 자맥질하며 수영했다. 어릴 적 시골 방죽에서 곧잘 헤엄을 치고 놀았기 때문에 수영엔 어느 정도 자신이 있는 터라 별생각 없이 모드레짚으며 이리저리 헤엄질을 했다. 그러나 결정적인 오류가 일어나고 말았다. 군화를 신은 상태에서 몸을 세웠던 게 큰 탈이었다. 예전에도 무거운 신발을 신고 수영을 했던 적은 없었으므로 그 위험성을 사전에 전혀 인지할 수 없었다. 일단 몸이 수직으로 세워지자 군화 무게의 중력에 의해 몸을 수평으로 누일 수가 없었다. 별로 떨어지지 않은 바특한 저수지 가장자리까지 가려고 애발스럽게 무던히 허우적거렸지만, 힘이 다 소진된 몸은 굳기어더는 수평 이동이 되지 못한 채 아래로 가라앉혀만 갔다. 양발은 이미 체력의 통제권을 벗어났기에 본능적으로 양팔만을 세차게 허우적거렸다.

'자, 이제 내 삶을 포기하자.'

아슴아슴 멀어져 가는 의식의 타래가 점차 풀려나갔다. 생에 대한 집착을 버리고 마지막으로 고개를 젖혀 하늘을 쳐다봤다. 일렁이는 물결이 푸른 하늘을 가로막았다. 그 순간 이태 전 세상 뜬 죽마고우 현태의 환한 얼굴이 흐늘흐늘 점점 커지면서 눈앞으로 다가왔다.

기열은 광복절이 되면 생각나는 게 있다. 어쩌면 그의 인생에서 가장 옴살 친구, 지음(知音)이라 할 수 있는 고향의 막역지우 남현태의 죽음이다. 벌써 2년의 세월이 흘렀다. 강원도 산골에서 일병으로 군 복무 중 산악구보 훈련 도중에 쓰러졌다. 헬기로 수도통합병원으로 후송된 후 일주일 만에 운명했다. 8·15 기념 대대 산악구보 대회에서 10명이 숨진 집단 사고로 희생됐다.

첫 휴가를 마치고 귀대한 지 며칠 지나지 않아 변을 당했다. 현태의 휴가 당시 기열은 여름 방학을 맞아 학군단 1년 차 문무대 병영훈련을 받고 있었다. 원래는 현태도 기열과 함께 학군단에 입단해 장교로 복무하기로 했으나 고약한 학내 사건에 휘말려 서로 딴길을 가게 됐다. 그들이 대학 2학년 2학기 때 피 끓는 대학생들의 유신 철폐를 위한 교내 데모가 우꾼우꾼하며 한창 고빗사위에 접어들었다. 기숙사 식당에서 점심을 하고 나오던 현태는 현관 앞을 쓸고 가는 시위 학생 무리 속의 룸메이트에 떠밀리어 얼떨결에 섞이게 됐다. 연일 들리는 데모대 구호 함성에 운달아 저도 모르게 인둘린 순식간의 일이었다. 탕약에 감초가 빠질까, 평소 여기저기 끼어들기 좋아하던 오지랖이 넓은 친구의 손길을 차마 홀뿌릴 수 없었다. 새도 날려면 움츠리듯 현태는 이 무렵 학군단에 들어갈 만반의 준비를 하던 때라 평소 남의 사위 오거나 말거나 데모대는 두덮은 터였다. "유신 철폐! 독재 타도!"를 외치며 대여섯 명이 어깨 동무하고 대열과 대열에 꼬리를 물며 캠퍼스 도로를 내달렸다. 교내에 진입한 전경들이 중무장을 한 채 진압봉을 들고 쫓아다녔으나 교내 지리에 익숙한 학생들을 따라잡기 힘들었다. 최루탄 가스에 눈물·콧물을 질질거리며 벌게진 얼굴을 두 손으로 감싸고 화장실 세면대를 찾는 것은 이 무렵 대학생들이 겪는 일상사였다.

그날 다저녁때 관할 역파(역전파출소)에서 기숙사로 현태를 찾는 전화가 걸려 왔다. 즉시 출두하라는 통보였다. 정신없이 뛰어다니다 쿨렁거리는 츄리닝 바지 뒷주머니에 넣어 두었던 월 정기 식권이 길바닥에 떨어진 것을 전경이 발견한 모양이었다. 다음날 시범 케이스로 불려가 심한 고초를 당한 후 즉시 병으로 입대하는 것으로 합의를 보고 풀려났다. 그때 식권만 떨어뜨리지 않았어도 현태의 죽음은 없었을 것이니 솜뭉치로 가슴을 칠 일이었다. 액운치고는 걷잡을 수 없는 겁운이요, 종내는 횡액으로 이어졌다. 한갓 종잇조각 하나가 전정이 구만리 같은 한 인생의 대망을 꺾고 말았다. 본의 아니게 불땔꾼이 되어 버린, 식권을 주워 넘긴 그 전경 덴둥이만 없었더라면…

조물주가 담보한, 앞길이 유망한 사람에 대해서는 헤살을 놓지 않는다는 방장부절(方長不折)의 철칙이 무참히 짓밟혔다.

운동장 중앙에 긴 횟가루 금을 그어 놓았다. 그 몽글디몽근 금단의 경계선을 거칠디거친 한민족 분단의 삼팔선인 양 살피로 해서 대학생과 전경이 마주 보고 섰다. 한쪽에서 학생들이 체육 수업을 하고, 다른 한쪽에선 전경들이 데모대 진압 훈련, 소위 말하는 충정훈련을 하던 암울한 시절이었다. 머잖아 복학하면 저도 끼어들게 될 캠퍼스의 동료 학생들을 상대로 진압봉을 찔러야만 하는, 대학 재학 중 입대한 전경들의 심정은 어떠했을까. 며칠 전 저 친구들의 거나한 환송을 받으며 입영 열차를 탔었는데…. 세계사에 유례를 찾아보기 힘든 20세기 70년대 후반 대한민국 상아탑의 비극적 현실이었다.

현태가 죽고 기열이 처음으로 고향집에 방문했을 때 어머니가 말했다. 휴가 나온 현태가 군복 차림으로 기열의 본가에 방문해 반찬으로 마당 터앞 한편의 막불겅이를 따 된장에 찍어 삼키며 안다미로 담은 밥에 어머니가 끓여 준 콩나물국밥 한 그릇을 걸쌍스레 비우고 갔단다. 그때 어딘가 모르게 힘이 없고 얼굴 기색이 상당히 그무러져 보였기에 평소 현태의 아금받고 활달한 모습만 보아 왔던 어머니가 무척 의아스레 느꼈다고 했다.

현재 동작동 국립묘지에 잠들어 있다. 기열은 합동 영결식과 안장식 때 가까스로 연락이 닿아 참석했던 기억이 생생했다.

『기열 오빠. 현태 오빠가 더는 이 세상 사람이 아닙니다. 동작

동 국립묘지에서 영결식이 다음 주 수요일(9.28) 오후 2시에 치

러집니다. 아버지가 기열 오빠에게 연락하라고 해서 소식 전합

니다. 1979.9.19. 연화 올림.』

모든 편지가 기숙사로 오기 때문에 기열이 평소 학과 사무실에
갈 일은 별로 없었다. 우연찮게 들른 과사무실에서 현태 여동생에
게서 온 편지를 확인해 보니 영결식 시간이 바로 그날 오후였다.
청천벽력 같은 궂은소리의 충격에 더해, 13시부터 군복 착용의 학
군단 군사학 수업이 있으므로 조릿조릿 마음이 더 초조했다. 다행
히 학군단 본부로 올라가 교관에게 사정을 말했더니 수업에 신경
쓰지 말고 다녀오라고 했다. 단복을 꿰지르고 열고나게 전철과 시
내버스를 갈아타며 동작동 국립묘지 영결식장으로 정신없이 진둥
한둥 달려갔다. 이미 합동 장례 의식이 진행되고 있었다. 기독교
의례가 막 끝나자 천주교, 불교, 원불교 순으로 엄숙한 종교의식이
치러졌다. 군악대의 장송곡 연주에 맞춰 흰색 보자기에 싸인 10여
구의 유골함이 장병들 손에 들려 느린 걸음으로 치받이 길 중턱의
35동 묘역으로 옮겨졌다. 묘역에는 땅을 판 매장 인부들이 대기했
고, 검고 흰 조복을 입은 유족들이 서성이며 희읍하고 있었다. 묘
역 면적 중 반 정도가 묘비로 차 있었다. 조만간 꽉 들어차리라.
좌우 동 묘역은 이미 전 지역이 묘비로 점령돼 빈틈이 없었다.

유골함의 안장 의식 중 현태 어머님은 말라 버린 눈물을 훔치다

가도 아들의 생전 모습이 눈에 어른거리며 제 품에 달려들고 있다는 생각이 들자 몸서리쳤다. 유골함 밑자리에 현태가 입대 전 사용했던 낡은 영어 콘사이스 한 권과 대학 재학 시의 교련복 탄띠 그리고, 흰색 속옷(러닝·팬티) 한 벌을 내려놓고 가볍게 흐느꼈다. 파놓은 구덩이 밑바닥을 약간 더 파내는 게 매장 규정에 엇갈 수도 있겠으나 고인 모친의 애절한 부탁이라 머쓱한 굿일 인부들이 무일 수 없어 얼떨결에 삽질했다. 현태 여동생이 매장 인부에게 얼마간의 입막음 돈을 재빨리 쥐여 주었다.

인부들의 허토 권유로 안치된 유골함에 상제를 대신해 남동생이 흙 한 줌을 뿌릴 때 꺼이꺼이 청 놓아 오열을 쏟으며 "현태야!"를 연신 부르짖던 어머님의 원통한 절규와 "그 험악했던 6·25 전쟁의 전투에서도 살아남은 난데 자식이 군에서 먼저 죽다니…"라며 참전 용사인 현태 아버님이 애소하며 늘어놓던 애고땜이 내내 기열의 귓전에 맴돌았다.

죽은 후 한동안 꿈속에 자주 나타나 기열을 힘들게 했다. 생시모습 그대로 성글거리며 다가오는 그와 함께 행동할 때면 찰나에이 친구가 살아 있다는 착각으로 꿈속에서도 이상하다고 생각했지만, 깨고 나면 역시 그 친구의 부재에 실망하곤 했다. 아마 이러한현상은 향후 몇 년간은 지속되리라 본다. 생전 둘이서 뼈물고 다짐하던 생의 활로 개척에 대한 미련이 크게 남아 있음이런가. 기열이서울 있을 땐 현충일·국군의 날이나 울적할 때 꾀꾀로 찾아갔는데 이젠 군 복무 중이라 당분간 그것도 힘들 것 같다. 아무튼, 조용히 고인의 명복을 빌었다. 현태 영결식 당일의 헛헛한 소감을 적은 기열의 글과 추모시 한 편이다.

『1979.9.28.(수). 너무나 슬픈 일이다. 오늘 고향 친구 현태를 동작동 국립묘지에 묻었다. 중·고등학교, 재수·대학 시절. 또렷하게 추억들로 떠오르는데, 말없이 먼저 가 버리다니. 대학 휴학 후 군 복무 중 훈련 도중에 쓰러졌다(1979.8.23. 수도통합병원에서 순직. 국군묘지 35동 47507호).

故 육군 상병 남현태 前.

현태야! 같이 실레골 방죽에서 헤엄치고, 서천 길가 주점에서 막걸릿잔을 흔들며 앞날에 대한 청운의 꿈을 나누던 그때가 생각나느냐? 춥고 어둡고 길게만 느껴지던 재수 시절의 그 방황하던 몸부림도 잊지 않고 있겠지. 네가 일전에 보낸 군사 우편에서 우리 나중에 만나면 같이 한잔 술을 들자고 했지? 그런데 결국 네 휘휘한 무덤에 술을 따르는 신세가 되다니. 이제 영원히 네가 따라 주는 술 한 잔을 마실 수 없게 되었다. 아니, 훗날 언젠가 만나는 날 멋들어지게, 네가 바라던 대로 한잔하자.

안장식 묘지에서 네 어머님이 하시던 말씀이 귓가에 선하다.

"우리 현태는 언제나 다시 오려나. 오기는 올 텐데…" 나 역시 네가 불쑥 내 앞에 나타날 것만 같다. 비록 육신은 떠났지만, 정신만은 변치 않는 우정을 간직하자. 육신의 사귐이야 끊어졌지만, 정신의 인연이야 다함이 있으랴. 그 인연을 이어 줄 정이 남아 있는 한 사나이 우정은 굳게 지켜야 할 도리라고 본다. 보이지 않는 곳에 영원히 너를 간직하며 살겠다. 네가 못한 일, 네가 해야 할 일, 일생 내가 대신해 주마. 너의 웃는 모습이 자꾸 떠올라 날 괴롭게 만드는구나. 대근한 그리움에 아파 눈물짓는다. 넌 할 일이 정말 많았는데. 어떻게 그 많은 일을 남겨 두고 눈을 감을 수 있었단 말이냐. 너무나 애난 일이 많다. 아무도 모르는 너와 나만의 이야기들. 서로 의지하려고 힘쓰며 위로해 주던 때, 자취방을 전전하면서 웃고 울던 일들.

　조국을 위해 몸을 바쳤다고 자부해라. 동작동 인풍한 언덕에서 편히 쉬어라. 두 눈 합쳐 잠들었으니 삶의 번뇌는 완전히 사라졌으리라. 혹시 울적하고 술이나 한잔하고 싶을 때는 언제든지 연락해라. 기꺼이 찾아가서 밀렸던 얘기나 나누면서 회포를 풀어보게. 좀 외롭고 쓸쓸하더라도 꾹 참고 지내거라. 내가 가끔 찾아갈 테니….

　현태야! 정말 네 명복을 빈다.

　– 결코, 내 곁을 떠났다고 믿지 않는 다정한 친구 기열.』

〈넋이여, 부디!〉

우뚝 선 눈빛의 광채/나와 또 다른 나와의 틈 속/튕겨 나오는 빗물의 북받침//이글거리는 햇볕 아래/끝없던 헤엄! 그리고 생!//맑은 술잔에 비치는/큰 눈의 너를 보니/아하!/세월은 벌써/물처럼 서서히 흘렀구나//지리산가리산 어쩔 줄 몰라/방황하던 너와의 환상의 만남/"어허! 취한다. 너 한잔, 나 한잔"/먼길 소식이/채 반년도 못 가/영원이 될 줄이야//닳아 빠진 학창 시절 낡삭은 한 권의 책/너의 마른 품속으로 안겨지던 날/오열을 참았다//먼 훗날/다시 만날 그날/밀린 웃음 호탕하게 한번 터뜨려 보자//혼이여!/부디 편히 잠들라

(엄기열)

'현태가 저승사자를 대신해 나를 마중하러 왔나?'

흐릿한 의식의 찰나! 열렁거리는 검은 막대 하나가 현태의 너벳벳한 얼굴을 꿰뚫고 물결을 헤집으며 마치 하늘에서 떨어진 동아줄처럼 쑥 내려왔다. 현태가 저승사자가 아닌 이승사자로 재현한 셈이었다.

소대원들의 PT 체조가 마무리되어 가는 듯해 고 소위도 낙하 시범을 보일 준비를 위해 저수지 제방 위로 올라왔다. 그곳에 있어야 할 엄 중위의 모습이 보이지 않자 별로 대수롭지 않게 생각했

다. 유격장에서의 소대장은 행동상 운신의 폭이 넓으므로 인접 소대의 동기생을 만나러 갔거니 생각할 수도 있기 때문이다.

조물주가 아직 엄 중위의 생명을 거둬갈 생각이 없었던지 고 소위가 무심코 바라본 저수지 수면 위로 공기 방울이 뽀글뽀글 올라오는 것이 발견됐다. 평소 눈썰미가 좋고 머리가 비상한 고 소위라 순간적으로 섬뜩한 생각이 들어 거의 본능적으로 주변에 놓여 있던 대나무 간짓대를 공기 방울 쪽 물속으로 집어넣었다. 이 장대의 사용 목적은 병사들이 10m 높이 타워 로프에 매달려 공포심으로 인해 손을 놓지 않고 앙버티다 힘이 빠져 제출물에 떨어졌을 경우 조교들이 시간 지체를 괘씸하게 여긴 혼띔으로 물을 먹이기 위해 비치해 놓은 것이었다. 얼마간 거의 무의식 속에서 발버둥을 치고 있던 일순간, 머리 위쪽으로부터 희미한 빨대 같은 것이 흐느적거리며 내려오는 것이 보였다. 엄 중위는 본능적으로 그 물체를 낚아챘다. 그러고는 천천히 수면 위로 솝떠 몸이 끌려 올라갔다.

어쨌든 고 소위가 던져 준 장대기를 잡고 천우신조로 물귀신이 되지 않고 목숨을 건졌다. 물참봉인 상태로 저수지 가장자리에 드러누워 녹초가 된 채 잠시 혼을 잃고 있었다. 곧바로 소대원들이 올라와 그 얼없는 와중에도 시범을 보이기 위해 함씬 젖은 군복 차림으로 10m 높이의 낙하대로 올라가 뛰어내렸다. 지휘자의 책임감이란 대단한 게 아닌가. 막 죽음의 문턱에서 구사일생으로 살아왔는데, 득돌같이 또 진저리가 나는 그 원수 같은 물속으로 뛰어든 것이다.

만약, 그때 고 소위가 제방 위로 올라오지 않았거나, 올라왔더라도 엄 중위의 행방에 별 관심을 보이지 않았더라면? 그는 세상을 하직하고, 소대원들 수십 명이 그 시체 위로 곰비임비 뛰어내렸을 것이다. 아마 엄 중위의 존재 여부는 훈련이 아퀴가 나고 저녁 무렵에나 이슈가 됐으리라. 소대장이 안 보이니 어떻게 된 것인가? 주변 재건촌으로 내려가 막걸리라도 마시다 쓰러졌을까? … 등등. 시간이 지나 서캐 훑듯 고비샅샅 추적, 추적 끝에야 결국 구지레한 저수지 바닥에서 익사한 사체를 발견하게 됐으리라. 군인들에게 이야깃거리로도 남았으리라. 달포 전 동일 장소에서 익사한 병사의 물귀신이 제창 소대장 한 명을 잡아갔다고….

엄 중위는 속으로 외쳤다.

"생명의 은인 고성철 소위, 그 생에 영광 있으라!"

안동댁은 날마다 달구리가 되면 뒤란 장독대에 쌓은 돌 제단 위 자배기에 정화수를 떠 놓고 이울어지는 달빛에 몸을 적시며 자식들의 무탈을 빌었다. 집안 평안을 위해서는 안방 시렁 위에 진동항아리를 모셔 놓고 일 년에 한 번씩 돈과 쌀을 갈아 넣었다. 서울에서 대학 다니는 큰아들 기열과 대구 시내 여고로 버스 통학하는 둘째인 딸, 읍내 중학교에 다니는 셋째인 작은아들이 잘되라고 조상님께 저쑤우며 지극정성으로 치성 기도를 올렸다. 부처님·예수님께 드리는 기도는 타인과의 경쟁에서 누군가를 짓밟고 행복해지기를 추구하는 것이라 믿었다. 그녀는 철든 이후부터 본질적으로 남과 겯고트는 자체를 혐의쩍게 생각했다. 절이나 교회에서 드리는 수능 입시기도는 남 자식을 밟고 내 자식이 더 높은 점수를 얻게 해 달라고 비는 상대적 소망이 아닐까. 수많은 사람의 기도를 듣고 학생들의 능력과 운을 일일이 끊어 일도양단으로 단호히 점수를 분배하려면 부처님·예수님도 얼마나 고민이 되실까. 조물주가 인간을 세상에 내보낼 때 제가끔 분복이 판가름 나 있을 텐데…. 이미 정해진 시험 운을 당사자도 아닌 제삼자의 기복 신앙으로 과연 바꿀 수 있단 말인가.

기열 모친은 마냥 자식들의 성공을 바라고 그느르는 것은 오로지 조상신뿐이라고 확신했다. 조상의 볕뉘야말로 다툼의 여지가 없는 우군의 보살핌이리라. 오래전 기열이가 국민학교 들어갈 무렵 세상 뜬 시어머님과 5년 전 세상 뜬 시아버님, 그 윗대 얼굴도 모르는 조상님들께 비손하며 자식의 안녕을 잔생이 빌고 또 빌었다.

근자에 와서는 특히 기열이 학군단에 들어가 여름 방학 한 달간 문무대에 입소해 군사훈련을 받을 때와 임관 후 최전방 철책선에서 군 복무 중일 때 열심히 정화수를 떠 날랐다. 아들의 절친인 현태의 죽음을 접하고부터는 그 정성이 배가됐다.

유격장 구사일생 후 일 년여의 시간이 흘러 엄 중위는 전역을 앞두고 있었다. 떨어지는 낙엽도 조심하라는 제대 말년 어느 날, 뜻밖의 여자로부터 편지 한 통을 받았다. 죽은 현태가 끔찍이 사랑했던 여자 친구 지혜였다. 현태가 재수 시절부터 만났던 여자로 기열도 함께 어울려 다녔었다. 현태와 같은 대학, 같은 학과에 다니는 고향 중학교 동창으로부터 기열의 부대 주소를 알아내 편지를 보낸다고 했다. 꼭 한번 만나고 싶으니 휴가 나오거든 연락하라며 그녀의 전화번호를 적어 줬다.

대학 시절 기열이 현태, 지혜와 함께 서로 맥이 통하여 파안대소하며 길나장이처럼 섭슬려 다니던 서울의 거리들. 냅뜰성을 거리낌없이 발산하던 삼총사였다. 이리저리 뒤스럭스레 바장이며 미래를 꿈꾸고 자락자락 젊음을 불태웠던 명동 거리, 인생의 종재기와 함지박을 저울질하며 나번득이고 방황하던 종로 선술집 거리, 솔래솔래 주머니떨이하며 참새구이 안주에 소주잔을 기울이던 잠실 석촌호수의 헛가게인 날밤집 포장마차 거리, 지혜의 아지트였던 연극의 메카 동숭동 대학로, 고흐의 아웃사이더적 행동에 염의(廉義)를 품고자 하늘을 향해 입방정을 떨며 알량한 종주먹을 내지르고 조물주에게 코 큰 소리로 대거리해 대던 신촌 목롯집의 뒷골목길, … 돌격 대장 격이던 늠늠하고 든직한 인물의 현태가 졸지에 사라지자, 셋이서 쌓았던 그 많던 추억의 편린들도 일시에 허무한 신기루로 사라졌다.

제대 말년 휴가 중인 기열은 남대문 옆 롯데쇼핑 센터 분수대 앞에서 지혜를 만났다. 세찬 물숨으로 솟고라지는 워터 오르간의 물줄기 사이로 미군복을 검게 염색한 속칭 '스몰' 상의를 헹글헹글하게 걸치고 트레이드마크인 함박웃음을 지으며, 거엽스러운 몸가짐의 현태가 툭박지게 손을 흔들며 다가오는 듯했다. 예전의 익숙했던 선드러진 정경이었다. 바람도 술안주로 삼을 수 있고, 의기가 돋치면 구름조차도 남에게 선물할 수 있을 정도로 호방했던 젊은 풍운아 한 명이 지구상에서 종적을 감추고 말았다. 이즈음 기열에게는 꿈과 생시가 잘 구분되지 않았다. 풋고추 절이 김치처럼 현태와 함께했던 생시 모습이 꿈속에 그대로 나타나곤 했다. 누구 말처럼 삶과 죽음은 푼치를 다툴 뿐 결국 하나인가? 뿔 떨어지면 구워 먹지, 현태가 기열의 손을 다시 한번 잡아 주기를 기다리는 것은 이승에서는 도저히 불가능한 일이었다.

둘은 지하철을 타고 동작역에 내려 국립묘지로 향했다. 둘 다 짓궂은 운명에 복종하며 절망의 진구렁에 빠진 곤고한 상태라 걸어가는 내내 눈만 씀벅거릴 뿐 서로의 잔속을 내비치기가 거북했다. 버성긴 분위기 속에서 목하 지혜가 바라는 만남의 목적 외에는 별다른 말거리가 없었다. 지난번 왔을 때 묘비 성명에 오류가 생겨, 현태의 정상 크기의 '태' 자 밑에 오망부리로 'ㄱ' 자가 새겨져 현택으로 잘못된 걸 보고 관리사무실에 정정을 요구했었다. 바쁘다는 핑계로 아무 쓸모없이 권당질하는 것처럼, 되잖은 공무원이 빚은 어처구니없는 실수였다. 얼러방치고 넘어가려는 임시방편으로 언 발에 오줌 누기로 오류 부분을 시멘트로 거지발싸개같이 구저분하게 메워 놓기만 했다. 국가유공자 비석에 새겨진 신성한 이름 석 자의 훼손이라…. 언젠가 묘비석을 통거리로 갈아야 할 텐데. 기열은 전역 후 본격적으로 민원을 제기하리라 뼈물었다.

지난 현충일에 꽂아 둔 것으로 보이는 철제 화병 속의 빛바랜 조화를 윤기가 도는 생화로 갈아 꽂고 소주를 친 후 절했다. 사랑하는 애인을 여의고 무연한 지혜는 곱다시 꿇어앉아 만감이 교차하는 듯 속눈물을 글썽여 늘키며 어깨를 들먹였다. 여자는 사랑하지 않는 남자를 위해서는 결코 울지 않는다고 했는데…. 여자의 일생 중 한창 물이 올라 풋풋한 우아미와 범접할 수 없는 지성미가 돋보이는 청춘기에 접어들었다. 천주교 신자인 그녀는 작은 성경책을 꺼내 머리를 주억이며 목 안의 소리로 기도문을 읊조리기 시작했다. S 여대 불문과를 졸업하고 프랑스 유학을 꿈꾸던 그녀는 현태의 죽음으로 상성(喪性)이 나면서 인생의 큰 전환점에 봉착한 듯 보였다.

둘의 지고지순한 사랑을 인생이란 연극 무대에 올려 행복의 바퀴를 돌려 나가려던 원대한 미장센(mise en scéne, 연출)은 물거품처럼 사라졌다. 만사가 탐탁지 않게 여겨졌으므로 일상에도 무심해졌다. 열심이던 대학 동아리 모임도 베갈기고 연락마저 두절했다. 부모, 형제, 친구가 말을 걸어와도 관심을 끊고 배슥거리기만 했다. 핀란드어 중에 한국어로 번역하기가 모호한 시수(sisu)라는 단어가 있다. 용기와 무시무시한 결단력으로 주먹을 불끈 쥔다는 의미인 시수는 모든 희망이 사라졌을 때 그 모습을 드러낸다고 한다. 현태와의 장밋빛 인생을 꿈꾸며 미래의 희망에 부풀어 있던 지혜는 한순간에 허방을 치고 완전히 물이 내려 자닝스럽게 짓밟힌 생의 희원에 대한 시수로 여생을 살아가기로 옹골차게 결심했다. 작금의 상황을 관조해 오던 그녀의 진로는 마음을 짓누르는 비쌔진 본능에 따라 현실 도피가 확고히 육화(肉化)되었다.

삶과 죽음의 의미를 돌이켜 보게 하는 6·25 전쟁, 월남전, 대간첩작전… 등 수많은 전투의 전사자들. 기열은 동작동 언덕의 동서남북 전역을 점령한 수십만 개의 얼숭덜숭한 묘비를 보는 순간 어느 정도 마음의 위안을 얻을 수 있었다. 죽어야만 조롱을 나설 수 있는 사육 새처럼, 조롱 같은 험한 세상에 갇혀 한세상 사육되다, 끝판에는 가지 끄트머리에 매달린 가을의 마지막 잎새처럼 떨어질까 연연하다, 마침내 종말의 죽음으로 쇠창살에서 풀려나와 흙으로 돌아가는 가련한 인간의 삶. 그가 받은 위안은 죽은 자의 자유가 산자의 속박을 비웃을 수 있음에 말미암았다. 창공을 치달리며 유유자적할 현태 영혼의 자유가 돋보였다.

불의의 사고로 부친을 떠나보내고 충격에 휩싸였던 친구를 위로하기 위해 이곳 언덕배기에 함께 올라 끝없이 나열한 일망무제의 묘비들을 내려다보면서 휘영한 마음을 달랬던 대학 초년 시절 어느 날의 기억이 떠올랐다. 불과 몇 년 어간에 35동 묘역의 비어 있던 자리에 묘비석들이 꽉 들어찼다. 생과 사의 갈림목에서 사몰(死歿)의 길로 떨어진 낙오자들의 군상이었다.

기열은 중위로 전역한 후 바로 학군 장교 출신 특채로 서울 소재 국내 굴지의 대기업에 취업했다. 필기시험 없이 서류 심사와 면접만으로 채용되었다. 막 전역하고 회사의 고위 임원으로 취업한 어느 장군 출신-기열로서는 상상도 못 한- 면접관의 유도 질문에 걸려 군 보안 문제를 누설할 위기가 있었으나 가까스로 모면하고 통과했다.

취업 다음 해에 예비군 동원 훈련에 참여했다. 장교들에게는 유급 휴가나 다름없는 연례행사라 대체로 반기는 훈련이었다. 현역 병사가 타다 주는 밥이나 축내고, M16 사격이나 한 탄창 하면 그만이었다. 서울 외곽 불암산 북쪽 기슭에 있는 예비군 훈련장에 가 장교 막사에서 2박 3일간 머물렀다. 예비역 장교들은 대체로 통제 불능이라, 기간 장교가 와서 일집을 벌이지 말고 조용히 시간만 채우고 가라고 당부했다. 주간에는 주로 막사 안에서 빈둥대고 파니 놀면서 사담이나 독서로 무료한 시간을 때웠다. 야간이면 일 안 하고 쏘다니는 발록구니처럼 초록은 동색인 재바른 몇몇 임관 동기들이 의기투합해 승용차를 몰고 예전 근무지였던 전방 쪽 옛 단골 술집을 찾아가 끼리끼리 한잔하고 오는 분위기였다. 음주 운전이 별 문제시되지 않던 어두운 시절이었다.

엄 중위는 침상에 둘러앉아 포도청 문고리도 뺄 기세로 겁 없이 칼끝을 휘두르던 각자의 군 생활 무용담을 나누는 자리에 끼게 됐다. 말발 좋은 선후배 장교들의 휘뚜루마뚜루 헤집고 다녔던 옛 군문의 달근달근한 에피소드에 흠뻑 빠져들어 시간 가는 줄 몰랐다. 대화 도중에 말자루를 이어 잡은 학군 3년 선배로부터 뜻밖의 얘기를 들었다. 바로 현태를 포함해 10명의 목숨을 앗아간 강원도 산악 부대의 사고 정황을 상세히 접할 수 있었다. 유난히 캉캉하고 팔초한 얼굴에 약간 타목으로 나직이 집단 사망 사건의 벼리를 선연하게 설명했다. 그는 사고 당시 해당 대대의 작전장교였단다. 친구의 죽음을 새삼 곰파고 싶은 심정은 없었으나 군부대에서 맞은 애꿎은 시절인연이 기열의 애처롭고도 슬픈 과거를 들춰냈다.

부대 뒤 고지로 올라가는 산악구보에서 병사들이 열사병으로 기신없이 쓰러지기 시작했다. 출발 무렵 기온은 별문제가 없었으나 구보(뜀걸음) 도중 웅신한 정도였던 날씨가 갑자기 찌물쿠어지더니 기온이 급격히 상승해 통제관이 미처 손쓸 겨를이 없었다. 8·15 광복절 기념 소대 대항 구보 대회라 상위 등수면 포상 휴가가 기다리고, 등수가 떨어지면 부대 복귀 후 심한 얼차려가 기다리고 있었다. 이병·일병들은 되알지게 닦달질하며 재우치는 고참들의 귀뜀질에 주눅이 들다 보니 그들에게 나지리 보이지 않기 위해 애면글면 기를 서고 뛸 수밖에 없었다. 의식이 있는 상태로 쓰러지면 치명적인 탈은 없지만, 군인에게 필수적인 신상필벌 의식의 띠를 졸라매어 속바람이 일어날 때까지 필사적으로 뛰게 했다. 마침내 극한의 경계를 넘어 의식이 없는 상태로 픽픽 쓰러졌다. 결국 일사병보다 훨씬 생명을 위협하는 열사병의 덫에 걸려 10명의 병사가 사망에 이르게 됐다. 대대 연병장에 대대장을 비롯한 전 병력이 독살나 술렁거리며 사박스레 집어세는 유족들 앞에 꿇어앉아 주릿대를 안고 백배사죄했다. 하늘도 노했는지 세찬 빗줄기가 노드리듯 몰아쳐 내렸다. 물초가 된 군복 차림의 사백여 명 장병들이 무룷 꿇고 미동도 하지 않은 채 자의 반 타의 반의 속죄의 시간을 보냈다. 당연히 그 선배 작전장교도 비 맞은 생쥐 꼴로 곧추앉아 있었다. 이 사고 이후 특수군을 제외한 전군의 일반 부대에서 산악 구보가 폐지됐다.

실레골 깡촌 고갯길 마루에 세 인영(人影)이 드리워졌다. 양옆 그림자의 길이는 가외방하나 아창대는 중간 그림자는 턱도 없이 짧다. 대숲으로 에워싸인 좁은 후밋길을 얼마간 통과하자 둥그레 자리한 확 트인 동네가 나타났다. 마을 한복판의 조촐한 하늘바라기를 끼고 시골집들이 하루갈이 밭들이 널린 산기슭 주위로 빙 둘러쳐져 들쑥날쑥 박혔다.

이 마을에 쌀을 공급하는 유일 처로 보이는 논에는 밀짚모자를 눌러쓴 농부들이 한창 칼가래질에 열중이었다. 돌과 푸새가 뒤섞인 서너 무더기의 각담이 가장자리를 점령하고 있는 길턱 묵밭에는 지난해에 따지 않아 으둥그러진 대바라기 고추와 말라비틀어진 가느다란 덩굴에 간지게 매달린 주인 잃은 속 굵은 굴퉁이들, 째마리만 남은 숙수그레한 감자알들이 여기저기 나뒹굴었다. 골짜기 쪽 먼발치 산 중턱에 우뚝 선 방죽 뒤 들밭에 콩노굿이 일고, 거뭇거뭇한 녹음방초가 초록 깃발을 곤댓짓하며 산이마를 향해 뻗쳐져 올랐다. 먼 산 뻐꾸기 울음소리가 은연히 들려왔다. 기열이 힐긋 저수지 쪽을 올려다본 순간 해 지는 줄도 모르고 물이 근근한 방죽에서 헤엄치며 놀던 어릴 때 친구들 생각이 불현듯 밀려왔다.

길가에 바싹 붙은 마을 길나들이 모퉁이 외주물집 구멍가게의 고부장한 할머니가 낯선 외지인의 등장에 고개를 꺄룩 내밀고 빠끔히 쳐다봤다. 눈인사를 보낸 기열은 논들 가장자리 여기저기에 흩어져 있던 몇몇 친구들 집을 향해 뻗친 이 외길목 가게에서 라면과 주전부리 과자를 사던 옛 중학교 시절의 추억을 떠올려, 설면해진 동창 친구 아무개의 외목장수 할머니거니 어림해 볼 뿐이었다. 아버지가 인근에서 유명한 통매장이었던 그 친구도 중학교 졸업후 이때껏 본 적이 없으니 이름과 얼굴이 선뜻 매치 되지 않았다.

서너 살 돼 보이는 남자아이의 손을 잡고 일배지게 걷고 있는 여자는 초행길인 듯 초강초강한 얼굴에 긴장의 빛이 역력했다. 널찍한 마을 텃마당을 가로지른 기열은 익숙한 발걸음으로 온통 죽담으로 둘러싸인 고샅길을 두서너 번 꺾어 돌아 어느 막다른 돌각담을 낀 퇴색된 기와집 문간 앞에 멈춰 섰다.

"계십니까?"

빗장이 풀린 양철 대문을 사부자기 밀어내며 적요한 안채를 향해 인기척을 돋웠다. 집채 오른쪽으로 너붓이 펼쳐진 텃밭에 조잡들어 굴타리먹은 호박넌출과 지러져 깨깨 마른 남새 가시랭이가 두둑 여기저기 귀살스레 흩어져 있는 거로 보아 이 집 주인장이 집 안 밭농사에는 무감한 듯해 보였다. 그래도 바깥 논밭 농사에 필요한 거름은 문간방 옆 마당 귀퉁이의 두엄발치에 무드럭지게 쟁여 썩히고 있었다. 골걷이가 미뤄진 텃밭 너머 담벼락 한구석의 까대기 안 외양간에 갇힌 황소 한 마리가 구유 뒤에서 몬다위 근육을 불뚝거리고 연신 고추뿔을 치받아 고갯짓해 대며 뽑아내는 영각과 워낭 소리 외는 집 주위가 물을 뿌린 듯 정적에 휩싸여 있었다.

"밖에 누구신교?"

대청 유리창 미닫이문을 빠끔 열고 안주인이 강파른 얼굴을 내밀었다.

"어머님, 안녕하셨습니까. 기열입니다."

"아, 그래. 기열이 니가 어짠 일이고. 어이 들어오니라."

막 대문간을 넘어와 마당에 시 있는 기열 옆에서 주춤거리는 곱단하게 생긴 배젊은 여자와 어린애를 갈마보던 현태 모친이 마룻전 아래 댓돌을 밟고 선 채 만사가 구살머리쩍은 듯 둘된 목소리로 힘없이 말을 이었다. 예전의 괄하던 모습은 씻은 듯 사라지고, 못물 위에 떠 있는 검불 너겁처럼 힘이 하나도 없이 서리 맞은 구렁이로 변해 있었다. 집안 대들보였던 큰아들을 군에 바치고 구들장을 진 채 낙담의 세월을 보내고 있을 그녀의 침체된 분위기가 투상스러운 말본새를 살필 머리도 없이 한눈에 얼굴에 내발려 보였다.

"니, 언제 결혼해서 애까지 낳았노. 마루로 올라가자."

"아버님은 집에 안 계세요?"

"요 앞 개천 건너 논에 물꼴 살피러 잠깐 나가셨다. 옆집 애 시켜 오시라고 기별할게."

그녀는 중고등학교 때 주살나게 드나들던 아들 친구가 반갑기는 했지만, 한편으로는 죽은 아들 생각이 나 기분이 썩 좋지만은 않았다. 기열은 현태 모친이 그를 볼 때마다 훌쩍이기만 해 설날 세배 길 외에는 되도록 방문을 자제해 왔다. 넋을 잃은 듯한 손길로 삶은 땅콩을 담은 소래기를 마룻바닥에 내려놓으며 낯선 두 모자를 무심히 바라봤다.

그새 부쩍 야위어진, 헙수룩한 신관의 현태 아버님이 윗부분이 두려빠진 빛바랜 맥고모자를 쓰고 삽자루를 쥔 채 헛기침을 앞세우며 대문 안으로 들어섰다. 문간 옆의 잿간 벽체에 삽을 팽개치고 맞은편에 드러장여 놓은 나무 담불의 낟가리를 한차례 추슬러 올리더니 마당 한편 수돗가로 가 손을 닦았다. 몇 해 전까지만 해도 대추씨같이 검찬 분이었는데, 굴터분한 노인 냄새가 전에 없이 쇠잔해진 그의 기력을 직감케 했다. 두 분이 너렁청한 대청마루 안측에 나란히 앉자 기열이 너부시 큰절을 했다. 목에 걸친 하얀 목수건을 끌어당겨 얼굴의 땀을 훔치던 부친은 한 가족이면 함께 절하면 될 것이지 혼자 절하는 기열에게 설핏 의아심이 들었다. 이어 얼쯤 몸을 사리고 있던 여자와 아이가 함께 너푼 큰절을 했다. 어린애는 영문도 모른 채 휘뚱거리며 엄마를 따라 무릎을 꿇고 머리를 숙였다.

"명절도 아인데 어짠 일로 왔노? 그간 별일 없었고, 읍내 사시는 니 양친도 잘 계시제."

"예. 저는 서울에서 직장 생활하며 잘 지냅니다. 고향의 제 부모님도 잘 계시고요."

"그란데, 니 장가갈 때 연락하지 그랬나. 식장에 현종이라도 보냈을 낀데."

"아버님. 그건 오해십니다. 저는 아직 장가 안 갔습니다. 이 여자분은 제 아내가 아니고…."

순간 설움이 밀려와 잠시 말문이 막혔다. 곁눈질로 바라본 여자의 눈에는 이미 눈물이 글썽이고 있었다.

"아버님, 어머님. 놀라지 마시고 제 말 잘 들으시이소…. 이 아이는 현태 아들이고, 이분은 그 생모입니다."

기열의 말이 끝나기 무섭게 우두망찰한 모친이 무릎을 털고 벌쩍 뛰며 외마디를 질렀다.

"뭐시라! 무신 이런 일이 다 있노. 그라마 이 처자가 우리 집 며느리인 셈이가."

"예. 현태와는 대학 재수 시절부터 사귀어 왔고, 서로 사랑해 장래를 약속한 연인 관계였습니다. 그 시절 저도 가끔 함께 만났더랬습니다. 현태 죽고 이듬해에 아들이 태어났고, 그동안 친정집에서 키워 왔습니다. 이분은 곧 수녀원으로 들어갑니다. 그 전에 아들을 할아버지에게 맡기기로 하고, 오늘 방문했습니다."

여자는 소박데기인 양 다소곳이 도두앉아 속눈을 뜨고 쓰다 달다 말이 없이 꿀 먹은 벙어리처럼 침묵으로 일관했다. 그녀로부터 눈을 뗀 현태 아버님이 그제야 눈길을 돌려 제 어미에게 들엉겨 붙어 치맛단을 잡고 조몰락거리며 발싸심하고 있는 손자의 용모를 찬찬히 뜯어보았다. 얼굴이 나뱃뱃하고 대살이 쪄 오동보동 포시러운 게 어딘지 모르게 귀티가 나 보였다. 당신과 두 아들의 유전적 특징인 큰 눈과 긴 속눈썹이 예외 없이 아이의 조그만 얼굴에 또렷한 근터리로 자리 잡고 있었다. 모친은 얼빠진 눈으로 뜻밖의 방문자를 쳐다보며 쓰다 달다 말없이 침묵을 지켰다.

"제 생각으로는 올 초 결혼한 현태 동생 현종이 호적에 올려 키웠으면 합니다. 어쨌건 집안의 대를 이어 가야 할 듯해서…. 며칠 후 이분이 수녀원에 입회하게 되면 제가 손자를 다시 데리고 오겠습니다. 그리고…, 얘는 현역 장군의 외손자입니다."

현태와 지혜의 장래 꿈이 얼마나 창대했을까? 기열은 생각하면 할수록 현태의 생사를 갈라놓은 그 산악구보가 원망스러웠다. 한편으로, 그가 군 시절 유격장에서 구사일생으로 살아난 것은 이승의 뒷일을 부탁하려는 현태 혼백의 염력 덕분이라 확신했다.

현충일 오전 10시가 되자 전국적으로 1분간 추모 묵념의 사이렌 소리가 일제히 울려 퍼졌다. 전국 주요 도로의 차량도 일시 올 스톱이었다. 기열의 고향집 돌담길을 따라 참배객 인파의 물결이 끊임없이 이어졌다. 이 언덕길이 뒷산 충혼탑으로 올라가는 외길이기 때문이다. 기열은 유년기에 또래들과 함께 뭐가 뭔지도 모른 채 군수가 제관인 추념식을 신기하게 구경했었다. 태어나고 처음 들어보는 굉음인 조총 발사 소리에 깜짝 놀라 손가락으로 귀를 틀어막고 고개를 숙이곤 했다. 이해가 안 되는 이런저런 말을 얼뜨려 늘어놓는 몇몇 어른들의 장황한 연설이 끝나면 마지막으로 읍내 여

중학교 누나들이 느리고 슬픈 곡조의 노래를 합창했다. 탑이 건립된 이후로 바로 코앞에 인접한 천년 사찰인 청암사에서 순국 혼령들을 위한 제를 지내왔으므로, 현충일 추모 행사 내내 스님들이 제단 한편에 앉아 독경하는 모습이 눈에 띄었다.

울창한 솔밭의 비죽배죽한 아름드리나무들로 둘러싸인 너붓한 빈터에 삼단 잔디밭을 조성했다. 그 맨 위층에 대형 직육면체 콘크리트 제단을 만들어 총과 횃불을 든 군경 청동상과 삐죽이 솟은 오벨리스크 석탑을 세워 놓았다. 탑 전면에 세로로 새겨진 검은색 '忠魂塔(충혼탑)' 세 글자가 호국의 눈으로 산잔등에서 저 아래 휘돌아 가는 남천강을 끼고 펼쳐진 광활한 읍내 벌판을 굽어보았다. 탑체 뒷면에 현충 행사용 제기를 보관하고 위령패를 모신 석실 같은 공간이 있었으나 평상시 철문에 자물쇠가 굳게 채워져 있어 기열은 지나칠 때마다 으스스함을 느끼곤 했다. 볼 때마다 '저 안에는 뭐가 들어 있을까'라는 호기심이 동심을 자극했다. 해마다 현충일이 되면 수백 명의 인파가 떼관음보살처럼 몰려오므로 어린 마음에 사람 구경으로 하루해를 보냈다. 평소 동네 친구들과 신명지게 뛰어놀던 놀이터였으므로 별다른 관심이 없는 곳이었다. 그러나 차츰 자라면서 순국선열과 호국영령을 모신 충혼탑의 의미를 알게 된 후로는 지날 때마다 경건한 맘자리를 품게 됐다. 한적한 장소라 중고 시절 울적할 때면 찾는 단골 위안처가 되기도 했다.

대학 시절 방학 때 기열은 고향으로 내려와 미팅에서 만난 여자와 대구 앞산 충혼탑 앞 거리를 걸을 기회가 있었다. 그녀는 "내가 이 충혼탑과 관련이 있게 될 줄이야 꿈에도 몰랐어예."라면서 탑을 올려다봤다. 그녀 오빠가 학군 장교로 군 복무 중 전방에서 지뢰 사고로 순직했단다. 그 말을 듣는 순간 학군단에 지원하려 마음먹고 있던 그로서는 꺼림칙한 마음을 감출 수 없었다. 아무튼 기열은 녹록지 않은 학군단 교육 과정을 수료하고 소위로 임관해 중위 전역으로 군 복무를 마쳤다.

기열 모친 안동댁은 키발을 하고 돌담 갓돌 너머로 흘깃흘깃 집 안을 훔쳐보며 지나가는 무리의 눈길을 피해 일찌감치 안방에 머물렀다.

"기열이 엄마 계시는교?"

하얀 광목옷을 받쳐 입고 지친 대문을 밀치고 마당으로 들어서던 중년 여인이 주인댁을 찾았다. 인기척을 느낀 안동댁이 안방 뙤창을 통해 방문객을 확인하고는 바삐 털신을 지르신고 치맛자락을 칠떡칠떡 끌며 대청마루 아래 섬돌로 내려섰다.

"현태 엄마 아닙니껴. 어서 오시더."

현태 엄마는 현태를 굿히고 몇 년간은 현충일 때 아들 만나러 간다며 현태 아버지와 함께 서울 동작동 묘지를 찾아갔다. 십 년이 훌쩍 지난 요즘 새는 기력도 달릴 뿐만 아니라 서울로 시집간 딸네가 참배하므로 대신 이곳 청암산 충혼탑을 찾아오곤 했다. 서너 해 전부터는 기력이 조락해진 현태 아버지가 별 관심을 두지 않자 혼자 현충일 합동 추모식에 참석했다. 실레골에서 여기까지 오려면 걷고, 버스 타고, 걷고를 반복해야 하는 먼 길이었지만, 자식을 만난다는 기대 하나로 심한 오르막길을 도드밟아 올랐다. 가쁘게 숨을 몰아쉬며, 웨죽웨죽 비척거리는 발걸음을 떼어 나가면서…. 추모 행사를 마치고 내려갈 땐 기열이네 집에 들러 기열이 모친과 안부를 나누곤 해 왔다. 이날은 마침 읍내 오일장이 서는 날이라 장구력이 팔꿈치에 걸려 있었다. 아마 그 바구니에 소주 한 병을 꼬불쳐 담아 올라가 아들 영혼과 마주한 채 메마른 눈물을 짜내며 훌쩍훌쩍 다 비웠으리라.

"서울 사는 기열이는 잘 지내지예? 지난 설날 때도 백화수복(정종) 한 병 사 들고 세배하러 실레골 촌 골짜기까지 왔데예. 인자 안 와도 되는데. 그나저나 손자들도 마이 컸겠네예."

"예. 다들 별일 없습니다. 현태 아들은 중학생이겠네요. 공부는 잘하고요?"

"몰라예. 지 애비, 애미 닮았는지 성적은 상위권에 든다 카데예."

"손자 친모는 연락이 되니껴?"

"갸 에미야, 인정머리 없는 독한 년이지예. 넘 보기 남사시러워서 원 참! 옴딱지 떼듯 자식을 내버리다니…. 풍문에 듣자이 불란선가 어디서 수녀질 한다 카데예. 애 맡기고 난 뒤로 우리와는 완전히 인연을 끊었심니더. 강원도 포수 저리 가라라예."

현태 어머니는 손자를 맡기려 찾아와 지악스럽게 굴며 일언반구도 없이 얼굴 한 번 보인 게 다인 며느리 같지 않은 약스러운 며느리가 영 마뜩잖은지 흉하적 차원을 넘어 덧거리까지 붙여 가며 험한 말을 거침없이 뇌까렸다. 다만, 이제는 마음속에 타오르던 슬픔의 불길이 어느 정도 시그러져 사위었는지 몇 년 전까지 늘어놓던 죽은 아들에 대한 넋두리는 많이 숙어졌다. 세월이 약이라더니 곁에서 지켜보는, 탈 없이 도담도담 자라나는 손자의 삶이 아들의 죽음을 에껴 가는 듯해 보였다. 산 자의 어미인 안동댁은 죽은 자의 어미를 대하는 결결이 항상 뭔가 모를 서머함을 느껴 왔다. 괜스레 걸리는 마음의 부담이었다.

불혹의 나이를 막 넘어선, 틀스럽게 생긴 헌헌장부 남연철 중령은 뒷짐을 진 채 미렷한 턱을 연신 벌럭거리며, 대대장실 창문을 통해 연병장을 눈자리가 나도록 쳐다보고 있었다. 뒷산 중턱 작전도로 변에 서 있는 위령탑에 올라 대대에 고래로 내려오는 제사를 지내기 위해 당직사령을 뺀 대대 전 간부가 연병장에 집결했다. 남 중령이 태어나기 바로 전해에 본 대대 10명의 병사가 산악구보 중 사망하는 대형 사고가 발생했었다. 벌써 사십여 년 전 일이었다. 그 10명의 지실받이 병사 중 한 명이 남 중령의 친부 남현태였다.

연철은 삼촌의 아들로 거쿨지게 성장해 우람하고 도진 체격과 강한 의지를 소유한 직업군인이 됐다. 유년 시절 친모의 존재를 모른 채 또래들과 경쟁해야 했으므로 억척보두로 자랐다. 조부가 손자 이름을 지을 때 아랫대 돌림자가 철이었는데, 인생을 강철처럼 강하게 살지 말고 세상만사 연하게 살아가라는 의미로 연철이라 지었다. 죽은 아들이 너무 뻣뻣하게 서 있다 부러져 버렸다는 선입관이 그의 뇌리에 강하게 새겨졌기 때문이었다.

　연철은 외조부인 장군의 유전자를 이어받은 걸까리진 신체를 단련해 덩칫값을 하며 성장했다. 커 갈수록 덜퍽지게 낫자라서 조부의 기대를 한 몸에 받았다. 성격도 엄장 몸집에 걸맞게 우질부질했으나 결결함을 잃지 않았다. 고교 졸업 후 그는 총기와 헌걸찬 의기를 살려, 조부가 지어준 이름에 걸맞지 않게도 대한민국의 남자가 들어갈 수 있는 가장 강인한 집단인 육군사관학교에 입교했다. '智·仁·勇(지·인·용)'의 교훈 아래 문무를 겸비한 윤문윤무(允文允武)의 정신으로 4년간의 힘든 군사훈련과 엄한 생도 생활을 했다. 이 정신은 말에 올라 창을 휘두르고 말에서 내려서는 시를 짓는 것이 영웅의 참된 모습이라는 옛말과도 통했다. 그는 평소 수련해 온 태극권에서 말하는 강유상제(剛柔相濟)의 철학에 따라 강함의 와중에도 항상 부드러움을 극대화했다. 어쑷한 성격에 너울가지도 좋은 편이라 삭막한 학교 분위기 속에서도 주변에 따르고 밀어주는 선후배 생도가 많았다. 임관 후 초급 장교를 거쳐 고급 장교가 되어 가면서도 병장기를 껴두르는 뚝별씨의 맹장보다는 손에서 책을 놓지 아니하고 늘 글을 읽는 수불석권(手不釋卷)의 헌거로운 덕장을 추구함으로써 이름값을 해 왔다. 윗사람 아랫사람이 하고자 하는 바가 같다면 반드시 이긴다는 손자병법의 '상하동욕자승(上下同欲者勝)'을 마음자리로 뇌리에 새기며, 부하들에게 강요하지 않고 역지사지의 마음씨로 그들을 늘 습습하게 대했다.

　상부 명을 좇아 이리저리 떠돌던 그는 마침가락으로 부친이 순직한 부대의 대대장으로 부임해 위령제를 지내게 되었다. 강산이 네 번 바뀔 만큼 세월이 많이 흘러 매년 지내는 위령제에 유족들의 발길이 끊어진 지 오래됐다. 남 중령은 이참에 키워 주신 부모님과 구순을 바라보는 조부, 조모를 모셔 왔다. 연병장에 도착한 조부의 눈에는 사고 당시 비 내리는 연병장에서 물에 빠진 새앙쥐처럼 웅숭그리고 꿇어앉아 굽죈 채 석고대죄하며, 피울음을 삼키는 유족들에게 개개빌던 맷가마리 대대장의 젖은 얼굴이 아른거렸다. 이날은 아침나절 일찍 먼지잼만 지짐거리며 겨우 한두 방울 내리다 말고 비거스렁이도 걷힌 채 햇발이 퍼져 사위가 환했다. 근 반세기 전 보았던 담장 높이의 메타세쿼이아들이 기장차게 자라 하늘을 찌를 듯 거한 고목으로 변해 연병장 주위를 느런히 뒤덮었다. 골바람이 방향을 틀어 재넘이로 변해 계곡을 타고 연병장 쪽으로 내려와, 쓸려나간 겉흙으로 드문드문 드러난 돌덩이의 열기를 식혀 주고 있었다.

손자의 대대장 지프차에 올라 처처한 산기슭의 비포장 작전도로를 타기 시작했다. 그 옛적 사랑하던 아들이 이 길을 오르다 쓰러져 숨졌다. 그 아들의 아들 덕분에 그 비운의 길을 다시 접하게 된 조부의 울가망한 심정은 그 무슨 말로도 표현할 길이 없으리라. 처음에는 가슴을 쥐어짠 애통함에 망연자실하다, 갈수록 곱살긴 운명을 한탄하며 서리서리 쌓인 울분에 부르르 떨었는데, 이제는 남몰래 흘리던 그 회한의 눈물이 흐르는 물에 씻겨 내려 다 말라 버렸다.

삶의 의미를 한 번쯤 깊게 들여다볼 기회조차 가져 보지 못하고 더금더금 나이만 먹어 미수(米壽)를 넘긴 그는 자식을 가슴에 묻고 고통을 묵새기며 애상(哀傷)에 갇혀 산 부세(浮世) 인생의 종착지가 서서히 가까워지고 있음을 직감했다. 한평생 그의 뇌리에 똬리를 틀고 앉아 눈엣가시로 근대 왔던 두억시니, 그 불구대천의 찰원수와의 이별도 끝이 보였다. '죽지 못해 산다.'라는 말이, 젊은 시절의 그에게는 '세상이 험난하고 사는 게 힘들어도 어쨌든 살아가야만 한다.'라는, 죽음을 부정하는 도전적 삶의 의미로 통했지만, 구순을 맞이하는 지금은 완전히 다른 의미로 와닿았다. '죽음이란 인간의 의지대로 되지 않으므로 고달픈 생을 이만 하직하고 싶어도 못하고 억지춘향이로 살아간다.'라는, 죽음을 긍정적으로 수용하는 의미로.

『비호사단 산악훈련 순직 추모탑』

연철은 친부의 영전에 분향하고 묵배했다. 조모는 말라붙은 눈물샘이 되살아나기나 한 듯 손자의 손을 꼭 잡고 가볍게 흐느끼기 시작했다. 치맛자락으로 눈물을 닦으며 철부지 연철을 끌어안고 속살대곤 하시던 할머니의 예전 모습이 남 중령의 뇌리를 스쳐 갔다.

"연철아. 니 아부지 너무 불쌍하지 않냐?"

예전에는 아들의 죽음을 손자에게 말할 때 '너무 아깝지~'라고 했는데, 이젠 '너무 불쌍하지~'로 바뀌었다. 남 중령이 보아하니 아쉬움으로 점철됐던 할머니 일생의 '회한'도 세월의 강물에 거지반 희석되어 무덤덤한 '동정'으로 자리매김한 듯했다.

뒷짐을 쥐고 어기죽거리며 탈색해 희미해진 탑 뒷면의 추모글을 초군초군 읽어 가던 조부는 아들의 이름 '남현태' 석 자에 손을 얹고 묵도에 잠겼다. 그의 눈에서 닭똥 같은 눈물이 흘러내렸다.

'현태야! 인자 곧 아부지, 엄마가 니를 만나러 갈 기니 쪼매만 더 기다리거래이…'

전장 너머 시절인연

전신의 경혈에 시커먼 먹물이 스멀스멀 스며드는 듯한 묘한 기분이 들었다. 곤혹이 뇌파를 타고 뒤번져 왔다. 거칠게 구겨진 도화지 뭉치들이 가슴속 빈 구멍을 빈틈없이 틀어막는 듯한 갑갑증을 진정시키려 호흡을 가다듬었다. 시방 사태를 관조하기 위해서는 평소 익숙하지 않은 복식호흡이 절실했다. 들숨을 배 속에 가두고 찰나의 안정 시간을 가진 후 발가락 끝까지 내뱉는 심정으로 긴 날숨을 단전 아래로 내뿜었다. 특수한 성격의 안 교수였지만 요지경 속 세상살이에 열떠 잠시 정신이 어질했다.

지천명을 훌쩍 넘긴 안세진은 대학 연구실 책상에 놓인 서류 한 장을 멍하니 내려다보고 있었다.

'도대체 이런 종잇장이 왜 내 앞에 놓여 있지?'

몇 분간의 시간이 흘렀지만, 미동도 하지 않았다. 생면부지의 한 외국 여성이 멀리 필리핀에서 보내온 DNA 검사의 STR(Short Tandem Repeat, 짧은 염기서열 반복 구간) 유전자형 분석 결과지였다. X염색체인 유전인자 1과 Y염색체인 유전인자 2의 항목별 필수 유전인자 15개의 분석 데이터가 적혀 있었다. 서류 옆에 놓인 푸냥한 영문 편지를 재삼 다림 보니 이 여자와 그가 이복 남매이며, 내용으로 보아 그녀가 그보다 세 살 위의 누님이 되는 셈이었다. 편지 속에는 55여 년 전 젊은 시절의 안 교수 부친과 그녀의 모친이라는 여자가 함께 찍은 사진 한 장도 동봉돼 있었다. 아닌 밤중에 홍두깨라더니…. 재작년 작고한 부친에게 먼 이국땅에 숨겨 둔 튀기 딸이 있었단 말인가?

법조인으로 평생을 살다 가신 부친이 고교 휴학 후 맏이로서 형제를 대표해 일제 징용으로 끌려가 남태평양 어디쯤에서 전투 중 부상으로 군병원으로 후송됐고, 전쟁의 싸개판이 끝나자 풀려났다는 얘기는 세진이 어려서부터 들어온 얘기였다. 그러나 필리핀 간호사와의 병상 러브 스토리는 일체 함구했으므로 아내나 자식들이 알 리가 없었다. 실상인즉 부친 역시 살아생전 아련한 기억 속에 파묻힌 어느 젊은 한때 잠시 스쳐 간 신기루로만 여겼었다. 더욱이 그의 살붙이가 이국땅에서 자라고 있다는 사실은 상상도 못한 채 세상을 하직했다.

서울의 H 대 행정학과 교수인 세진의 고향은 경북 김천이다. 조부모 대로부터 물려받은 본가 한옥 저택은 은퇴한 부친이 노박이로 거주해 오다 그가 돌아가신 후부터는 결찌뻘 되는 젊은 부부가 어린 두 딸을 데리고 살면서 관리해 왔다. 부친이 현역에 있을 때도 너름새 좋고 미뻐 보이는 전문 관리인을 두었다. 진구덥을 치는 일상사 외에 본채와 아래채 사이의 넓은 잔디밭을 관리하는 게 이들 데림사람의 알짬 일거리였다. 무료로 본채의 큰 방을 사용할 뿐아니라 연간 얼마쯤의 관리비도 지급 받았다. 자식이 초등학교에 들어갈 때까지 머무르며 내집마련 자금을 장만할 수 있으므로 지원자가 끊어지지는 않았다.

현재의 들창눈이 관리인이 본가 주소로 배달된 국제우편 한 통을 안 교수의 대학 연구실로 등기우편을 통해 전달해 왔다. 수신인이 부친인 안형식으로 되어 있고, 발신인은 필리핀대학교(UP, University of Philippines) 영문학과 다니카(Danica) 교수였다. 다니카는 편지에서 생사를 모르는 친부를 향해 세상 뜬 모친의 소식과 교수가 되기까지의 그녀의 지난했던 삶, 동료 교수와 결혼해 남매를 키우고 있는 작금의 다복한 가정생활 등을 전했다. 모친의 유언이 있었기도 했지만, 50대 중반에 접어든 나이 탓도 있고 해서 가능하면 핏줄이 쓰이는 친부와 그 가족들을 만나 보고 싶다고 했다. 차제에 부계혈족 확인을 위해 필리핀 국립종합병원(PGH)에서 발급한 그녀의 유전자 분석 결과지를 동봉했다. 씨도둑은 못한다더니, 법조인 부친의 내림을 물려받았는지 그녀 역시 매사 불여튼튼이었다. 친부가 살아 있다면 부녀 관계가 확인될 터이고, 만약 돌아가셨다면 그 자식의 유전자 검사를 통해 같은 아버지의 이복 남매나 이복 자매임을 확인할 수 있으리라고 적시했다.

세진이 괴 편지를 받기 반년 전, 필리핀 마닐라의 괴괴한 자택에서 운명한 다니카의 모친 로리타(Lolita)는 임종을 앞두고 딸에게 일생 머릿속에 감춰 오던 생부의 비밀을 알려 주었다. 생의 파고에 휩쓸려 길을 잃지 않으려 돛대를 움켜잡고 맵차게 살아온 한평생. 이를 악물고 견뎌온 기나긴 삶의 전쟁터에서 그녀의 가슴 한편에 흐놀아 깊숙이 박혀 있는, 삭아 말라비틀어진 건포도 한 알 속에 숨겨져 왔던 야스나카 오장의 안반 같은 가슴팍과 엷은 미소. 그와 함께 나눴던 카비테 해변 야자수 아래에서의 사랑의 밀어로 달궈졌던 열정의 밤들. 그리고 한순간에 닥쳤던 별리의 고통. 50여 년 전 맛본 물질적 이별에, 드디어 정신적 이별마저 고할 때가 찾아왔다. 뜬세상의 종착역 앞에서 그 이름도 부르기 벅찬 야스나카 상, 천국에서나마 만나볼 수 있을까?

생부의 이름과 국적, 생년월일, 가족 관계, 키와 외모, 성격…. 로리타는 살아생전 평생 감춰 오던 치부를 죽음과 맞교환했다. 깐지고 바자윈 성격의 어머니가 기휘하며 굳게 걸어 잠근 철옹성의 성벽 안에 갇혀 버렸던 금지된 아버지의 실체. 그 겨레붙이의 실상을 엿볼 수 없었던 다니카에게 금단의 문이 열렸다. 생부는 한국인이며 이름은 안형식이었다. 그가 오래전 남태평양 전쟁 때 필리핀 마닐라 육군병원에서 모친과 이별하면서 전해 준 한국의 김천 본가 주소 쪽지를 딸에게 건네주었다.

"다니카, 그동안 이 엄마 많이 원망했지? 내가 죽고 나거든 이 주소로 편지를 띄워 코리아의 네 친부를 찾아보거라. 만약 그가 사망했다면, 네 이복형제라도 만나보렴. 옛날 마닐라 육군병원에서 이별할 때 네 아버지가 후일을 기약하며 나에게 채워준 손목시계 하나를 이때껏 버리지 않고 증표로 보관해 왔지만, 지금에 와서야 그게 다 무슨 소용이 있겠니? 그저 내 죽으면 관 속에나 넣어 주기 바란다. 먼 훗날 저 위 하늘에서 모두 만나 함께 회포를 풀자."

20대 초반의 앳동대동한 일본군 부상병이던 생부와 간호사였던 모친이 병원 앞 해변 야자수 그늘 아래에서 팔짱을 끼고 찍은 사진 한 장도 딸의 손에 쥐어 줬다. 희치희치 닳은 빛바랜 흑백사진 하단에 'Love, 1943. Christmas Eve'라는 흰색 글씨가 희미하게 새겨져 있었다. 뭔가 모를 신운(神韻)의 오라(aura)가 풍기는 듯했다. 두 사람의 애잔하고 처연했을 전쟁 당시의 연애 스토리가 그 사진 속으로부터 녹아내려 눈물을 머금은 다니카로 하여금 상상의 나래를 펴게 했다.

부친 사망 2주기 기일이었다. 민법상 부모 유산 상속 시 형제·남매간에 장남에게 돌아오는 혜택은 하나도 없다. 군이 하나를 들라면, 장남이 원할 때 집안에 대대로 퇴물림으로 내려오는 제기(祭器)를 우선적으로 물려받을 수 있단 점이다. 세진도 부친이 돌아가시자 김천 본가에서 지내 오던 윗대 조상 제사 때 사용하던 방짜 그릇과 쟁첩, 제상 차림 도구 등 제기 일체를 챙겨 서울 자택으로 옮겨왔다. 오래돼 낡아빠진 병풍이나 돗자리, 향로상 등 몇몇 사그랑주머니가 된 제기는 새것으로 교체했다. 큰맘 먹고 무형문화재 보유자인 등메장이 만들었다는 최고급 돗자리인 십장생 문양의 골

풀 등메를 구해 재산목록에 채워 넣었다. 제기의 상징물이라 할 수 있는 황동 촛대 한 쌍도 오랜 풍상에 찌들어 접속 부위가 삐꺽거렸지만, 조상님의 손길이 닿아 온 이것만은 버리기 아까워 당분간 여틀없이 그대로 사용하기로 했다. 작년 부친 제사 때는 수십 년간 사용하던 위패 지방틀이 파손돼 제사 도중 임기응변으로 때우느라 애를 먹었다.

모친을 모시고 사는 서울 방배동 세진의 조용한 아파트에 푸네기 형제들 내외가 들이닥쳐 집 안이 어런더런했다. 세진이 어렸을 때 할아버지가, 장성해 부친이 제주(祭主)였을 때는 자시(子時)가 시작되는 밤 11시가 지나서야 제사를 지냈지만, 그가 제주가 되면서 첫밤에 시간을 앞당겨 저녁 8시경에 지내기로 했다. 형제들이 다들 바쁜 관계로 편의상 일찍 아물리고 각자의 집으로 돌아가 다음날 출근해야 하기 때문이었다. 조부·조모 제사를 조부 기일에 함께 지내고, 부친 제사를 지내야 하므로 일 년에 두 번 제삿날이 돌아왔다. 제사상 차림이나 절차도 대폭 간소화해 아내의 부담을 줄여 줬다. 세진은 내심 '제사상차림' 업체에 주문해 배달된 숫음식으로 제사를 지내고 싶었지만, 부모 봉제사는 팔밀이하지 않고 간소하나마 본인이 직접 장만하겠다고 부리는 아내의 이짐에 그 끝 갈망이 염려스러워 못 이긴 척 물러섰다.

제사를 마치고 고인께 올린 묏밥과 떡을 나눠 먹었다. 모였다 하면 유난히 말발이 세지는 동생들 내외가 모처럼 뵌 어머니와 얘기를 나누느라 시끌벅적했다. 한동안의 시간이 흐르자 목소리를 낮

춰 가다듬은 세진이 정색을 하고 동생들을 향해 필리핀 마닐라에서 날아온 괴이한 편지를 꺼내 들었다. 그가 동부(同父) 확인 차 대학병원에서 유전자 검사를 받아 본 결과 편지를 보낸 여자와 세진이 이복 남매로 판명된 사실도 전했다. 세진이 방바닥에 펼쳐 놓은 편지지와 검사지를 저마다 들척거리며 내용을 귀담아듣고 있던 동생들의 표정에 놀라움과 호기심의 빛이 역연히 묻어났다. 모친에게는 세진이 이미 말씀을 드렸으므로 그녀는 무표정한 얼굴로 볼만장만 눌러듣고만 있었다. 잠시간의 침묵을 깨고 사건의 전후 사정을 파악한 막내 여동생이 샐쭉한 표정으로 두 눈을 깜빡거리며 발등걸이로 말꼭지를 뗐다.

"엄마! 엄마는 아부지 생전에 아부지한테서 외국에 살붙이가 있다는 이런 남사시러운 얘기를 들었능교?"

볼만하니 앉아 있던 모친이 멋쩍은지 자라목 오그라들 듯 말을 않고 뒷머리만 긁적이자 세진이 동생의 말을 받았다.

"세희야, 어무이가 알 리 있었겠냐? 아부지가 그 여자와 헤어질 때 배 속에 당신의 애가 있는 사실을 알았는지, 몰랐는지는 편지의 문맥상 알 길이 없다. 돌아가신 아부지께 물어볼 수도 없는 일이고. 어무이도 전혀 그런 얘기 들은 적이 없다카네. 저쪽 여자 모친도 돌아가시기 전까지 딸에게 친부에 관한 얘기는 전혀 안 했다 카드만. 내 생각으로는 아부지도 이국땅의 혼외자 존재를 모르고 사시다 돌아가신 듯해."

"그래도 그렇지. 우리 마음도 찝찝하고 거식한데, 어무이 기분은 어떻겠심니꺼."

내내 실뚱머룩한 표정을 짓고 있던 바로 아래 남동생인 안 중령이 형의 말에 말결을 달아 거쿨진 목소리로 한 말 거들었다.

"야들아. 나는 괜찮데이. 나이 먹고 배 맞아 들인 등글개첩도 아이고, 니 아부지가 결혼 전에 전장터에서 만난 뜬게집땜시 벌어진 딱한 일인데⋯. 내가 일전에 많이 얘기 듣고 곰곰이 생각해 봤니라. 당시 군병원에서 어느 정도 치료가 되면 또 전선으로 끌려가 죽을 게 뻔한 처지였을 텐데, 우째 여자 생각이 안 났겠노. 다행히 치료 중에 전쟁이 끝나는 바람에 운 좋게 살아 돌아오기는 했지만서도. 니 아부지가 김천 읍내에서 군인으로 징용 끌려가 살아온 유일한 사람이라는 거, 니들도 다 잘 알제? 그라이 마, 나는 니 아부지 원망 안 하고 이해한데이."

"⋯⋯⋯."

"그라마, 내가 이복 누님께 답장을 해 볼까? 인연이 되면 함 만나 볼 수도 있겠고⋯."

세진이 결론이 뻔한 제안 조의 도막말로 설뚱한 분위기 속의 가족 대화에 종지부를 찍으려 하자, 왈왈하고 수떨기 좋아하는 성격의 막내가 피가 켕기는지 끼어들면서 언성을 높여 설레발을 쳤다.

"큰오빠, 혹시 마닐라 가게 되거든 나도 끼워 줘. 평생 지켜 왔던 고명딸 타이틀을 단칼에 없애 버린 새로 생긴 그 혼혈 언니 함 보고 싶네."

야스나카 오장은 부하 대여섯 명을 이끌고 정글을 헤쳐나가 급양함의 보급품이 도착한 해변에 도착했다. 새까맣게 그을려 핏기가 사라진 그의 텁석나룻 낯가죽이 땀과 피곤에 찌들고 등가죽도 배에 붙을 정도로 바싹 말랐으나 반짝이는 두 눈의 정기만은 남달랐다. 비록 정글의 덤불 가시에 찢어발겨져 너덜거리고 땀국이 흐르는 빛바랜 군복을 걸쳤지만, 상의 윗주머니에 꽂혀 희뜩 빛을 내뿜는 만년필 두겁과 왼 허리에 찬 긴 닛본도가 오장의 권위를 상징하는 듯했다.

억만년의 해풍을 간직한 채 쉴 새 없이 일이 대는 메밀꽃이 하얗게 밀려오지만, 마지막 모래톱을 넘지 못하고 결국은 허무하게 작살나 흩어져 버리는 해변의 물보라! 전쟁으로 점철된 훼방꾼이 틀개 놓은 부비트랩에 걸려 허무하게 쓰러져 사라져 버리는 얼룩진 인간사를 보는 듯…. 몽돌이 구르고 산호 조각이 깔린 모래사장이 바닷물에 잠기는 쯤에 박힌 바위섬 주위로 밀려오는 이랑지는 물갈기 위로 눈부신 광휘를 발산하는 윤슬이 반짝이고 있었다. 멀리 크게 활처럼 구부스름하게 휜 물마루 끝에는 피아 구분이 불가한 군용선이 점점이 명멸하고 있었다. 수풀 속 땅을 파 튼 둥지의 알을 품으며 무심히 활갯짓하는 갈매기 가족 외에는 보아 주는 이 하나 없는 바닷가 저편의 험한 벼루 밑 바위너설 절경이 혼자 곤댓짓하며 그 자태를 뽐냈다. 전시만 아니라면 가히 세계적인 휴양지로 손색이 없을 정도의 자연경관이었다. 온통 적요에 잠긴 주변 야자수 해변에는 사람의 흔적을 찾아볼 길 없었고, 하늘에 깔린 비늘구름 무리만이 이글거리는 태양을 엷게 가리며 일망천리 대양의 정적을 덮어쓰고 있을 뿐이었다.

이즈음 굶기를 부잣집 밥 먹듯 하던 일본군들은 한 줌의 낟알기조차 구경하기 힘들 정도로 굶주림에 지쳐 있었다. 나무껍질이나 풀뿌리로, 운이 좋으면 뱀이나 도마뱀, 달팽이, 박쥐를 잡아 모지락스레 걸터먹었다. 거친 먹거리들이라 소화가 제대로 되지 않고 생목이 치밀어 올라 트릿한 속이 거북했지만 일상이 됐다. 그야말로 굴우물에 말뚝 쏠어 넣듯 하며 그악스레 연명하고 있었다. 끼니 잇기가 어려운 곤고한 터라 가물에 콩 나듯 어쩌다 매나니로 먹어보는 돌반지기로 지은 구들구들한 주먹밥에 잔모래나 흙이 자금거리는 것은 다반사였다. 재글거리는 남태평양 햇볕을 뒤집어쓰고 노자근하게 비슬거리는, 너나없이 미친년의 치맛자락같이 가년스럽기 그지없는 너울 쓴 거지꼴이었다. 너무 배가 고픈 나머지 곡두 현상에까지 시달리며 가지 나무에 목을 맬 정도로 삶의 극한에 몰린 일부 병사들은 명치 속을 도려내는 듯한 무두질이 한계에 이르자 전우를 죽여 인육을 게걸스레 거머먹기도 했다.

꽁지 빠진 장닭 같이 살이 밭아 비쩍 마른 몰골에 거덜이 나 남루한 끄레발의 굴터분한 검덕귀신 군인들이 휘주근한 홀태바지 군복을 꿰지르고 덤부렁듬쑥한 정글 속에서 작버리 해변으로 허정거리며 걸어 나왔다. 다들 초라하고 사나운 옷주제가 주접이 들어 마련이 아니었다. 헐쑥한 얼굴에 졸든 서리병아리처럼 축 처진 그들은 모처럼 얻은 식량을 움켜쥐고 나라지는 몸을 추스르며 오장을 따라 다시 정글 속을 향해 왜틀비틀 터덕거리며 걸어 들어갔다. 개중에 회두리에서 따라가던 허깨비처럼 배리배리한 한 짜발량이가 마치 자신의 기구한 운명에 한풀이라도 하려는 듯 멀리 수평선을 향해 마른 가래침을 한차례 곤두뱉었다. 그리곤 이제 다 글렀다는 의미를 담아 햇볕에 거슬려 번들거리는 짙은 갈색 됫박 이마를 가로로 두서너 번 흔들더니 들메끈으로 졸라맨 달창난 정글화를 질질 끌고 자춤거리며 힘없이 발길을 돌렸다. 몇 달째 자르지 못해, 줄때가 전 너덜거리는 군복 넝마 사이로 노출된 더수구니를 덮고 등히리까지 지란지란 길게 늘어뜨려진 머리카락이 칠칠한 초목에 가리어지며 열렁거렸다. 목구멍이 포도청이라 군대 규율이 무너진 지는 오래됐고, 뒤듬바리로 변해 추레한 꼴을 보이는 군영의 병사들은 분별력을 잃어버린 그야말로 벌타령에 젖어 든 뭇따래기에 불과했다. 1943년에 접어들면서 남태평양 전쟁에서 패색이 짙어진 뉴기니(New Guinea) 전선의 일본군 실상이었다.

1941년 12월 7일, 작전 성공을 알리는 암호 "도라! 도라! 도라!"를 외친 진주만 기습 공습으로 개전한 초기 일본군의 사기는 하늘을 찌를 듯 위세 당당했다. 일본군의 남태평양 작전의 목적은 미국과 호주 사이의 보급선을 차단하기 위해 올가미를 씌우는 것이었다. 이를 위해 1942년 초 뉴기니 작전이 실시됐고, 이어서 인접 솔로몬 군도 작전으로 확대됐다. 전쟁 초기에는 당대 최강 전투력을 보유한 미·일 맞잡이끼리 붙어서인지 팽팽하게 밀고 밀리는 전투로 서로 겨루틀면서 승부가 잘 나지 않았다. 그러나 몇 년 후 최종 결말은 전쟁을 먼저 부추긴 일본이 되레 녹록지 않은 미군의 올가미에 걸려 참패로 끝나고, 종당에는 패전국이 되고 말았다. 절대신 천황 휘하 군부가 마름쇠도 삼킬 놈처럼 창귀가 되어 탐욕의 정점을 찍더니, 되로 주고 말로 받는 안고진 셈이 되어 수많은 비극사를 쏟아낸 전후 7년간 전 일본 열도에 걸쳐 실시한 미군정의 치욕을 감내해야 했다.

하룻강아지 범 무서운 줄 모르고 진주만을 공격했던 나구모 중장의 함대가 공룡처럼 생긴 뉴기니를 점령했다. 호주와 미국의 병참선을 차단함으로써 호주를 고립시키는 작전에 돌입했다. 제8 방면군 사령관 이마무라 장군이 뉴기니 본토에 진입한 예하 부대 제18군을 지휘했다. 일본 해군 역시 남태평양 지역 공략 작전을 수행하여 호주를 고립시킨 후 뉴기니, 솔로몬군도, 사모아, 피지, 뉴칼레도니아 등을 점령했다. 일본군 기지가 있던 라바울은 뉴기니 동쪽 뉴브리튼섬의 동쪽 끄트머리에 있었는데, 일본군 보병 제144연대가 상륙하여 호주군을 격파하고 점령했다. 이때 연합군 포로들을 무참히 학살한 것으로 악명을 떨쳤다. 칼로 목을 베고 오장육부를 난도질하거나, 생매장해 버리거나, 야자수 마른 잎가지 불로 태워 죽이거나, 몽둥이로 때려죽이거나, …. 포로들을 일 열 종대로 줄느런히 세워 놓고 총알을 아낀다며 맨 앞 사람 전방에서 기관총 한 방으로 단숨에 몸통들을 관통시켜 몰살하기도 했다.

뉴기니 동남부와 호주 동북쪽, 솔로몬군도 서남부의 산호해(coral sea)는 세계에서 가장 아름다운 수역이었다. 여기서 1942년 5월, 5일간의 연합군과 일본군 항공모함끼리의 산호해 해전(The Battle of the Coral Sea)이 발발하여 바닷물을 핏빛으로 물들였다. 인류 역사상 최초의 항공모함 해전이었다. 조물주의 걸작에 쇠양배양한 인간들이 씻을 수 없는 오점을 찍은 셈이었다. 이 난바다 전쟁의 상흔은 역사의 생채기로 남아 영원히 지워지지 않을 비애에 젖게 했다. 미국의 항공모함 렉싱턴과 일본의 항공모함 쇼호가 침몰했으며, 양측 항공기 170여 기가 손실됐다. 양측 전사자가 1,700여 명에 이르는 이 전투는 결과적으로 미 항공모함에 큰 피해를 준 일본군의 전술적 승리, 주요 군사 기지인 뉴기니의 포트모르즈비(Port Moresby)를 지켜낸 미군의 전략적 승리로 평가받고 있다. 이 해전으로 미군은 일본의 주력 함대를 태평양 한복판으로 불러들이는 데 성공하고 이어지는 미드웨이 해전의 대승을 대마루판으로 삼아 전쟁의 승기를 잡게 됐다.

이 무렵 뉴기니 전선에서 전사한 어느 일본군 병사의 일본어 성경전서가 발견돼 후일 호주 군사박물관에 전시된 바 있다. 기독교인이 거의 없던 일본군에게는 의외의 일이었다. 성경을 품에 안고 갈마드는 하느님의 목소리와 포탄의 굉음을 동시에 들었을 당시 젊은 군인의 일그러진 초상이 눈에 선히 그려졌다.

야스나카 오장은 상부의 이동 명령에 따라 뉴기니섬 서부(현, 인도네시아 영토 이리안자야(Irian Jaya)) 정글 마을을 지나친 적이 있었다. 외부 세계와의 접촉이 전혀 없이 전통 방식대로 살아가는 원주민들과 마주쳤다. 이들은 전쟁 발발 자체를 모르는 듯 태평스레 살고 있었다. 원체 정글 속 오지라 양측 군인들의 관심 밖으로 밀려난 지역이므로 전쟁의 상흔을 체험하지 못했다. 무장한 일본군이 지나가도 터진 꽈리 보듯 무덤덤했다. 그들은 위험성을 전혀 느끼지 않은 채 이방인들을 호기심으로 힐끗힐끗 쳐다보고만 있었다. 이 마을에서 기이한 광경을 목격했다. 원주민 남자들이 속이 텅 비고 끝으로 갈수록 촉새부리 같이 뾰족한 조롱박 말린 고깔 모양의 막대기를 성기 끝에 덮어씌우고, 그 끝을 위로 올라가게끔 끈을 매어 목에 걸고 다녔다. 일종의 남성 생식기 가리개인 셈인, 이 끝 빤(끝이 차차 가늘어져 뾰족한) 왜배기는 '코테카(Koteka)'라고 부르는 원주민의 전통 옷이었다. 외지인에게는 거덕친 모양새는 차치하고 성적 자극으로 인해 보기에 민망했으나 원주민들에게는 수 세기 동안 남성의 상징을 가려 온 일상물에 지나지 않았다.

맥아더가 관할하고 있던 뉴기니 본토 부나(Buna)에 일본군 남해지대가 상륙하여 호주 침공을 준비했다. 이 본토 점령 전투에서 야스나카는 적 총알이 오른쪽 엄지와 검지 사이의 손바닥인 범아귀를 뚫고 지나간 관통상을 입었다. 정글 속에서 짙게 안개 낀 날은 적 저격병이 철수하므로 아군에게는 축제일이었다. 그러나 물에도 체할 수 있듯 방심은 금물이었다. 조물주의 혼돈이라고 외치며 지

독한 안개 속에서 발포한 미군의 탄환에 오장의 몸이 꿰뚫렸다. 다행히 된불이 아닌 선불이라 생명에 지장은 없었다. 그는 야전병원을 거쳐 바다 건너 점령지인 필리핀 마닐라의 육군병원으로 후송됐다. 여기서 징집 간호사인 필리핀인 로리타를 만나 로맨스에 빠졌다.

개미 쳇바퀴 돌 듯 뭉그적거리며 제자리걸음만 하던 뉴기니 전선의 일본군 전투력은 1943년이 시작되면서 급격히 떨어져 갔다. 부나에서 오늘날 파푸아 뉴기니의 수도인 포트모레즈비까지의 거리는 약 360km에 달한다. 도중에 코코다마을이 있는데, 한두 명이 간신히 지나갈 수 있는 산길을 당시 코코다 산길(Kokoda Trail)이라 불렀다. 미군에게 연이어 격멸되어 패전이 임박한 일본군 제20사단 부대원이 이 산길을 타고 이동할 때 끔찍한 일이 발생했다. 걸신들린 일본군 일부가 전사한 호주군 시체를 개감스레 먹고, 현지인도 휘뚜루 잡아먹었다. 당시 일본군 사이에서 백인을 잡아먹는 것은 흰돼지 사냥(白豚か이), 현지인이나 흑인 미군을 잡아먹는 것은 흑돼지 사냥(黑豚か이)으로 불렸다. 현대인이 상상조차 할 수 없는, 인면수심의 흉악성을 드러낸 통제 불능의 전시 행동이었다.

어쨌든 뉴기니에서 일본은 참패했다. 남태평양 전쟁의 핵심 인물이었던 아다치 중장은 전후 뉴기니에서 열린 전범재판에서 무기형을 언도받고, 1947년 9월 10일 뉴기니 라바울의 수용소에서 뺨 맞을 놈이 여기 때려라 저기 때려라 하며 사무라이 정신을 외치고 자결했다.

안형식의 고향은 경북 김천읍 성내동이었다. 마을 북쪽으로 서에서 동으로 흐르는 직지천이 흘러 어렸을 때 동네 꾀복쟁이들과의 강변 추억을 소소히 남겼다. 한반도를 식민지화하고 있던 일본이 피 묻은 발톱을 뻗치며 1941년 태평양 전쟁을 일으켰다. 이 무렵 일본은 조선인을 일본 왕에게 충성하는 국민으로 만들려는 황민화 정책을 펼쳤다. 그 전 조치로 1939년 조선인들의 창씨개명을 강요했고, 거부한 사람들을 '불령선인'이라 부르며 노골적으로 단압했다. 형식도 주변의 압력에 밀려 성씨와 이름 발음을 딴 '야스나카 에이쇼쿠'로 창씨개명 했다. 그는 어렸을 때부터 좌뜨고 수재 소리를 들을 정도로 두뇌가 뛰어났고, 친구 간에 부접도 좋은 편이었다. 부친이 교사로 있던 김천중학교를 졸업한 후 경기·평양고보에 이은 삼남 지방 최고 명문인 대구고보에 진학해 대구 시내 숙부댁에서 기거했다. 3남 1녀의 장남으로 두 남동생과 막내 여동생을 뒀다. 남태평양 전쟁이 한창 무르익자, 일본군 대본영은 국가 총동원법에 따른 국민징용령을 제정하여 조선인 젊은이를 상대로 지원병을 강제 선발해 죽음의 전쟁터로 내몰았다. 형식은 지원병으로 갈 수밖에 없는 고삐가 바짝 죄어 오자, 고등학교를 휴학하고 김천으로 돌아와 삼 형제를 대표해 1942년 3월 지원병으로 입대했다.

당시 일제가 화려한 환송식을 벌여주며 징병을 유도했다. 보통 한 차례에 열 명 남짓의 지원 청년이 환송식에 주인공으로 참여했다. 모두 덮개를 벗긴 헌병 지프차에 나누어 탑승한 채 읍민들을 상대로 김천 역전에 마련된 환송식장까지 시가행진의 퍼레이드를 벌였다. 머리에 흰색 두건을 두른 환송 인파는 길가에 도열하다 길라잡이 컨보이(convoy) 차량이 오색 천 가닥을 뒤집어쓰고 "애~애~앵~" 사이렌을 울리며 지나갈 때면 외어서서 일장기를 흔들며 무운장구를 외쳤다. 몇 년에 한 번씩 열리는 대구와 대전 간 역전(구간)마라톤 때나 드물게 구경할 수 있던 비포장도로에서의 먼지 풀풀 날리는 차량 행렬이었다. 일반 군중이 대체로 큰 호응을 보이지 않자 주로 관내 중·고등학생들을 길거리 환송객으로 동원했다. 나눠 받은 한껏 수수러진 고무풍선을 들고 흔들며 신이 나서 달뜬 철부지 코흘리개들만이 차량 뒤를 쫓아다녔다. "축 출정, 야스나카君"이란 대형 세로 현수막을 작성해 다른 지원병의 현수막과 함께 역전의 징용 환송식장 옆에 나란히 걸어 두었다. 인접 전신주에서 잇달아 터지는 폭죽 소리가 식장 분위기를 한층 고조시켰다. 환송객들은 주먹을 불끈 쥐고 『출정 병사를 보내는 노래(出征兵士を送る歌)』를 부르며, "덴노 헤이카 반자이(천황 폐하 만세)!"의 일본군 구호를 외쳤다.

"식아…, 저 수양버들 처진 실가지 보이제. 휘늘어진 버들가지가 바람에 꺾일까. 전쟁터에 가거든 그 옆에 말라 죽은 강대낭구처럼 너무 꼿꼿이 서서 버티지 말고, 나근나근 바람에 흔들리는 저 버덜낭구 이파리처럼 니도 이리저리 늘어지고 쓸리며 요령껏 몸을 굴려야 된데이. 남의 싸움에 칼 빼지 말고. 내사 마, 니 전사 통지서 받으면 그날로 세상 뜰 끼다. 알았제?"

"어무이, 염려 마이소. 지는 마, 지옥 불구덩이에 떨어진다 케도 꼭 살아서 돌아오겠심니더. 그동안 아부지하고 동생들이나 잘 돌봐 주이소."

사지로 떠나는 맏아들 손을 꼭 잡은 어머니의 희끗희끗한 머리카락 너머로 먼 서쪽 하늘 아래 옅게 깔린 황악산 마루금의 얼숭덜숭한 그리메 무리가 아물거리고 있었다. 징발로 전쟁터에 끌려가 살아온 자가 아직 한 명도 없다는 윈소리가 읍내에 자자했다. 어미로서 노파심에 조심하라고 당조짐을 하기는 했지만, 형식의 무사 귀환은 사실상 그믐날 밤 별따기였다. 사지(死地)로 가고 있다는 사위스러운 생각에 가슴이 도근거렸지만 자식에게 속종이 들키지 않도록 애써 태연을 가장했다. 그러나 아들 손을 놓고 뒤돌아서는 순간부터 좀전의 시치름하던 기색이 일시에 사라지고, 건몸을 달아 엉키기 시작한 그녀의 서리서리 눈물범벅이 눈시울을 짓이겼다.

이들 조선인 징집병들은 태릉훈련소(현 육사 인근)에서 목총으로 훈련을 한 뒤 남양군도로 이동하기 전 서울의 조선신궁을 단체 방문해 허리 굽혀 신사참배를 했다. 신사참배를 거부해 옥고를 치르고 있을 애국 인사를 떠올리며, 신격화된 남의 나라 천황을 위해 고패를 숙여야만 하는 자신의 처량한 신세에 속으로 치받치는 울분을 집어삼켰다. 형식은 고교 3학년 재학생 신분이라 입대 후 단기 하사관 훈련을 거쳐 오장(한국군의 하사에 해당)의 계급장을 달고 간부인 분대장 임무를 수행했다.

일본 이름이 야스나카 에이쇼쿠인 형식은 일본군 제20사단 제78연대 3대대 5중대 오장으로 2년 2개월 동안 뉴기니 전선에 참전했다. 그가 총상으로 후송되고 얼마 되지 않아 중대원이 거의 전사했다. '후송 아니면 전사'라는 대원칙이 존재했다. 가끔 살아남기 위해 총구를 서로의 신체로 겨냥해 방아쇠를 당기는 후송용 자해 소동이 벌어지기도 했지만 대부분 그 의도가 피새나 총살형에 처해졌다. 생명이 경각에 달린 그들에게는 이래 죽으나 저래 죽으나 마찬가지인 셈판이었다.

후일 일본의 항복으로 전쟁이 끝났을 때 78연대 소속 5,700여 명 중 100여 명만이 뉴기니 전투에서 생존해 본국으로 귀국했다. 강제 선발된 조선인 지원병은 대체로 일본 본토에서 징집된 일본군보다 신체 조건이 좋았으므로 정글에서 우통하고 아귀가 무른 일본인보다 재바르게 움직였다. "일본인이 죽으면 병사, 조선인이 죽으면 전사"라는 말이 횡행할 정도였다. 아무튼 뉴기니 전투에서 최소한 5,000명 이상의 한국 출신 병사들이 일본 천황을 위해 전사했다. 형식이 뉴기니에서 살아남은 것은 그야말로 천재일우의 기적이라 해도 과언이 아니었다. 당시 한밥이 감지덕지였던 한국인 병사들은 "김치와 밥을 먹을 수만 있다면 여한이 없겠다."라는 말을 남기고 정글 속에서 죽어 갔다. 그물에 든 고기였던 징용 조선인은 일본군의 시러베장단에 놀아난 허수아비 즉, 전장 소모품에 지나지 않았다.

이즈막 일본 당국은 전쟁터에서 병사들이 느끼는 죽음의 동요를 억제하기 위한 강력한 장치로 야스쿠니 신사를 이용했다.

"죽으면 신이 되어 야스쿠니에 갈 수 있고, 그곳에서 모두 전우들과 만날 수 있다."

영웅주의 정신 세뇌에 돌려 전쟁에 중독된 병사들은 "야스쿠니에서 만나자!"를 외치고 악장치며 죽음의 길을 헤집고 들어갔다. 직속 상관의 화력 시험 대상자 지원 명령에 거침없이 손을 번쩍 들고 자원해 악청 높여 "다이닛폰데이코쿠 반자이(大日本帝國 万歲)!"를 외치며 자랑스레 수류탄을 안고 폭사하는 오줄없는 병사가 있을 정도로 이 무렵 남태평양 정글 속 일본군들은 삶과 죽음의 경계가 모호했다. 내일의 죽음을 앞둔 오늘의 삶이 실감 나지 않았다. 오늘도 숨만 쉬고 있을 뿐 실상은 죽은 것이었다.

전쟁 말미 국운이 이울어 똥줄이 타자 일본군은 '일억총옥쇄', '일억총특공'을 외치며 1944년 10월 25일 첫 가미카제(神風) 자살 공격을 시행했다. 이 비행기 자폭 테러 전술은 연합군에게 타격을 주려는 의도보다는 연합군에 대한 저항의 상징으로 자국민과 일부 조선인 비행사들을 전쟁에 무모하게 동원하려는 목적의 벼랑 끝 전술이었다. 섶을 지고 불로 들어가려 하는 사망률 100%, 작전 성공률 6%의 단순무식한 바보 폭탄이었다. 24세에 소위로 전사해 2 계급 특진(대위)했던 학도병 출신 탁경현(미쓰야마 후미히로)을 비롯한, 신원이 밝혀진 조선인 가미카제 18명이 사쿠라꽃으로 허무하게 산화했다.

2007년 개봉된 일본 영화 『나는 당신을 위해 죽으러 갑니다(俺は, 君のためにこそ死ににいく)』. 조선인 가미카제 특공대 한 명(탁경현이 실제 모델)이 출격 전날 단골 식당을 찾아와 동료들과 회식한 후 혼자 남았다. 평소 부모처럼 자상하게 돌봐 주던 식당 여주인 앞에 무릎 꿇고 앉아 비록 서툰 가락이나마 목구성 좋게 고향의 돌아가신 어머니로부터 배웠다는 아리랑을 불렀다.

"아~리랑~ 아~리랑~ 아~라~리~요~오…. 나~를 버리고…"

조국과 가족을 흐놀며 지상에서의 마지막 노래를 눈물을 머금고 불렀다. 날이 새면 죽음의 길로 떠날 자의 처연한 심정으로…. 이때껏 수많은 조선인이 수없이 불러왔던 그 어느 아리랑보다 웅글고 애참한 곡조의 아리랑이 아니었을까? 아리랑에 스민 민족의 한과 복장이 터지는 분노와 슬픔으로 점철된 그의 피울음은 매한가지였다. 그는 다음 날 아침 가고시마의 치란 비행장 특공 기지에서 억지 미소를 강요받은 사진을 찍고, 천황이 하사한 술을 마시고, 담배 한 개비를 피워 물었다. 마지막으로 생청스레 "덴노 헤이카 반자이!"를 외쳤다. 산에 들어가 호랑이를 피하랴, 호전가가 강요한 우격다짐의 자살 전투기에 올라 그날 오전 중에 그는 전사했다. 수십 년이 흐른 먼 훗날 단골 식당을 거쳐 가미카제로 목숨을 잃은 수백 명의 동료 비행사들이 수백 마리의 반딧불이로 날아들어 고령의 식당 여주인을 맞는 것이 영화의 끝 장면이었다. 죽음의 출정 전날 밤 가마솥에 든 고기 신세의 젊은 비행사들이 그녀에게 죽은 후 반딧불이가 되어 돌아오겠다고 했던 약속을 그예 단체로 지킨 셈이었다. 손을 휘저으며 반딧불이 멀미에 취해 밤거리를 허영거리는 한 야윈 노파의 속뜰에는 과시 무엇이 휘몰아쳤을까?!

국가가 개인의, 그것도 항공 장교라는 고급 인력의 생명을 파리 목숨처럼 극단적으로 경시하고 자살을 꾀송거린 인류 역사상 유례를 찾아보기 힘든 최악의 전쟁 참상이었다. 하나를 보고 열을 알 수 있는 지상 최대 일본 군국주의 정책의 민낯이었다. 가미카제는 일본 위정자 중 지더린 군부 강경파가 나중에 삼수갑산을 갈지라도 저지른 일종의 범죄 행위였다. 낯바닥이 땅 두께 같은, 피근피근하기 짝이 없는 철면피한이 벌린 광기의 한 단면을 보여 주는 무섭고도 처연한, 지구 역사상 다시는 일어나지 말아야 할 사건이었다.

뉴기니 정글은 세계 최고의 험지로서 훗날 어느 이야기꾼은 "일본군·미군이 공히 미치지 않고서 어떻게 이런 곳에서 전투를 치렀을까?"라고 반문했다. 정글 안은 밖에서 보는 것과는 확연히 차이가 났다. 가시 돋친 이름 모를 나무와 넝쿨 가지, 기름 먹은 듯 찐득거리는 거미줄 뭉치, 습한 땅바닥을 기어 다니는 지네·거미·독개미 따위의 각종 해충, 치명적인 독을 내뿜는 뱀, 식사를 방해하는 왕파리·모기 떼, 궁뚱망뚱한 늪지대의 수렁, …. 당시 연합군과 일본군 양쪽을 대상으로 말라리아모기로 인한 질병으로 열대의 혹서 속에서도 온몸을 와들와들 뒤떨게 만드는 학질이 심각했다. 토종 모기에 연합군이 일본군 진영에 퍼뜨린 작은 모기까지 뒤섞여 모자에 방충망을 달지 않고는 군시러워 전투에 나설 수 없을 지경이었다.

만화가 '산호(본명 김철수)'가 전후 1960년대에 그린 만화 『제2차 세계대전 비화, 죽음으로 가는 길』에 뉴기니의 부나 전투가 상세히 묘사돼 있다. 일제에 의해 군 징집된 조선인 군인들과 징용으로 끌려온 900여 명의 언걸입은 조선인 노무자들에 관한 이야기였다. 일본인들이 노무자들에게 고생만 짓시키며 학대하자 조선 출신 군인들이 일본군을 사살하고 노무자들을 인접 미군 진지로 탈출시켜 주는 것이 만화의 주내용이었다.

뉴기니 동쪽 라바울의 일본군 기지에는 육·해군용 위안소 일곱 군데가 개설되어 운영되었다. 위안부 대다수가 한국 여성이었다. 처음에는 궤사를 부려 취업이라고 엉너릿손을 쓰며 꾀음꾀음 호렸다가 추후에는 그네들의 느문 본성을 여실히 드러냈다. '정신대'라는 이름으로 강제 연행해 등걸음치며 전선으로 보내 일본군의 성욕 처리 도구로 전락시켰다. 사막한 욕가마리 군국주의자들의 발거리에 놓여 넛보로 치부되어, 구차하게 생계를 떠맡아 유지했던 예전의 관가 매품팔이보다 더 비참한 신세의 품삯 없는 성노예로 전전했다. 조센삐 170여 명이 이곳에서 짐승처럼 몰강스러운 군인들의 강다짐으로 부리이며 이심스레 곤욕을 치렀다. 쓰다 버릴 일종의 '군용 소모품'으로 여겨질 정도로 인간 이하 따라지의 수모와 고통을 당했다. 후일 패전 당시 종군 위안부 수가 총 8만여 명 정도였는데, 이 중 대부분이 한국인이었다.

　1942년 1월, 갑작스러운 일본군의 공격을 알아방이지 못한 미군과 필리핀군은 후퇴에 후퇴를 거듭했다. 최후의 저항인 바탄 전쟁에서 많은 희생을 남긴 채 필리핀 전역이 일본군에 함락됨으로써 식민지화되었다. 수도 마닐라의 종합병원에서 간호사로 근무하던 20대 초반의 로리타는 마닐라 근교 고산 지역인 카비테(Cavite)의 육군병원에 강제 징집되어 종군 간호사로 일하게 됐다. 연일 쏟아져 들어오는 구저분한 일본군 부상병들을 처치하느라 심신이 부대꼈지만, 피점령지 국민으로서 되똔 짓을 예사로이 겪는 수치와 모멸감을 어찌해 볼 도리가 없었다. 병원 소속의 일본군 기간병이나 남태평양 전역 전장에서 실려 온 부상병들이 발막하기 그지없는 만무방으로 돌변해 필리핀인 징집 간호사들을 마치 하인 취급하듯 귀둥대둥 구접스레 다루었다. 승전국 일본의 오감스럽고 기고만장한 갑의 횡포를 업시름 받는 패전국 필리핀의 침체된 을의 터수에서 막아내기란 거의 불가능했다.
　로리타가 야간 당직으로 간호사실에서 새벽 근무를 서고 있던 어느 날, 출입문을 박차고 들어온 덩저리가 큰 부상병 세 명에 의해 시멘트 바닥에 나부라져 입에 재갈이 물린 채 윤간을 당하게 될 절체절명의 위기를 맞았다. 가슴패기를 떠다박질러 뒤로 넘어진 후 아갈잡이를 당하자 발버둥을 치며 몸을 빼치려고 안간힘을 다 써 댔지만 고양이 앞에 쥐처럼 속수무책이었다. 치뜨고 강팔진 치한의 억센 힘꼴에 제압되어 막 허물어질 고스락에 천우신조로 누군가가 나타났다. 강간을 도모하던 병사들보다 계급이 높은 오장의 출현에 모두 일순간 무르춤했다. 벌떡 일떠서서 직수굿한 차려 자세를 취한 채 긴장한 낯빛으로 눈을 씀벅거리며 상관의 지시를 하마하마 기다렸다. 그 오장은 방 귀퉁이에 내팽개쳐져 오들오들 떨고 있는 간호사를 힐끗 내려다보았다. 그러고는 다락같은 덩치의 병사들을 거방지게 좍 훑어보더니 그들 행위에 오금을 박으며 그녀로부터 즉시 떨어져 각자의 침상으로 돌아갈 것을 명령했다. 눈을 지릅뜨고 할기족족 나비눈을 흘기며 맞갖잖아 하던 감궂게 생긴 치한들이 오장의 단호한 말세에 시르죽은 목소리로 "하이!"를 외치고는 검쓴 표정이 되어 제자리로 물러나며 꽁무니를 사렸다.

그제야 그녀는 잔뜩 겁에 질린 눈으로 결딴나기 직전 수호천사가 되어 자신의 순결을 지켜 준 남자를 열없이 올려다봤다. 오른손을 붕대로 감싼 의문의 그 부상병은 사태 파악을 하려는 듯 잠시간 미동도 없이 엉버틈히 서 있었다. 이 무렵 베정적해 보지도 못한 채 강간이나 윤간을 당하는 간호사가 종종 눈에 띌 정도로 그네들 사이에서 이 더러운 행위가 별 죄의식 없이 암묵적으로 인정되는 추세였다. 로리타는 뜻밖의 구세주의 출현에 고맙기는 했지만, 한편으로는 내심 의아했다. 빨려 들어갈 것만 같은 그윽한 눈길로 쓰러진 그녀를 처다보며 준절히 손을 내미는 그 구세주가 바로 야스나카 에이쇼쿠 오장, 안형식이었다.

며칠 후 어슬녘에 저녁 식사를 마친 야스나카 오장이 산책을 위해 병실 앞 정원으로 나섰다. 날쌍하게 짠 카키색 야전 털 스웨터를 걸치고 병원 문을 밀쳐 나선 로리타가 한두 발짝 뒤에서 그를 따라왔다. 오장의 끌끌하고 세련된 풍모와 서그러운 마음씨가 그녀의 어린 마음을 단숨에 사로잡았다. 힐끗 뒤돌아보는 오장의 눈길을 피하는 듯 마는 듯 그의 뒤를 대서거니 물러서거니 뒤쫓으며, 땅거미가 어스레히 내려 젖는 잔디 정원을 서너 바퀴 돌았다. 산책로 옆 어느 벤치를 물색할 무렵에는 두 사람의 간격이 한층 밀착돼 갈서 있었다. 옆으로 빕더서서 글뜬 마음을 애써 숨기고 오장의 눈치만 보고 있던 로리타가 함께 나란히 벤치에 앉자마자 너누룩한 표정을 지으며 그녀의 도담한 어깨를 오장의 어깨로 살포시 포개어 왔다. 어느새 칠흑 같은 밤하늘에 무수한 별들이 총총거렸다. 한참을 말없이 별빛만 처다보던 오장이 한차례 짙은 눈썹을 꿈틀대더니 입가에 엷은 미소를 지으며 침묵을 깨고 상대를 베거리하는 의미의 말꼭지를 땄다. 거부가 아닌 환영의 미소였다. 둘 다자국에서 고등 교육을 받았기에 영어로 의사소통할 수 있었다.

"로리타 양, 여기까지 나를 따라온 이유가 뭡니까?"

"………."

몸을 가볍게 떨며 살근거리던 그녀는 입술만 자긋자긋 깨물며 일언반구도 없었다. 오장의 질문에 바로 대꾸를 못하고 여싯여싯 망설이기만 했다. 스스러운지 울기 오른 얼굴의 커다란 두 눈만 삼 박대며 살살한 양손 손가락을 위아래로 겹쳐 쥐고 연신 직신대기 만 했다. 우둔거리는 가슴을 부여잡고 가로등 불빛에 어른대는 오 장의 미추룸한 얼굴을 빤히 올려다봤다. 마주친 눈빛이 민망해 고 개를 돌려 쳐다본 밤하늘 중천에는 네 개의 십자형 별인 남십자성 이 보석상자처럼 반짝이고 있었다.

'오장의 마음을 집어내어 저 십자가 상자 안에 가두고 영원한 사 랑의 자물쇠로 채울 수만 있다면…'

얼마간의 시간이 흐른 후 로리타의 속마음을 아는지 모르는지 두 사람 사이의 침묵을 깨뜨리며 오장이 말했다.

"그러면, 내가 그 답을 말해 보겠소."

그러고는 와락 그녀를 끌어안으며 한차례 진한 키스를 했다. 그 의 알토란 같은 성애 한 방에 옹송그렸던 여인의 입술이 이내 활짝 열렸다.

서양 영화의 주인공 커플인 양 아리땁고 수련한 로리타와 훤칠 한 키의 미남인 야스나카 오장은 서로의 마음속을 뜨개질해 볼 여 유도 없이 득돌같이 사랑에 빠져들어 살을 섞는 관계로 발전했다. 애초에는 오장과 친분을 맺어 뭇 치한들의 모다기령에 방어막을 칠 수 있는 기반을 더위잡으려는 의도도 없지 않았다. 그러나 우련 한 달빛에 취하며 오사바사한 그의 정에 끌려 살맛에 젖어 들게 된 그녀에게는 전란 중에 연득없이 피어난 운명적 갑작사랑이었다. 병원 앞 넓은 잔디 정원에 우뚝 솟은 코코닛 트리 그늘 벤치에 앉아 지천으로 핀 열대꽃이 실어 오는 향훈의 꽃멀미에 취하면서 이들의 사랑은 완숙의 경지에 도달했다. 해변을 짓누르는 저녁뜸이 햇덧 풍경의 사위를 적막 속에 잠기게 했다. 나무와 모래와 바다가 어우러진, 그 정지된 만화경 정경을 뚫고 손에 쥘 듯 밀려오는 금빛 낙조가 두 청춘 남녀의 천년 언약을 담보했다. 병실 주위 사람들이 설핏 보기에는 유리알처럼 깨지기 쉬운 형이하학적 적과의 동침이었지만, 이들의 참따랗게 트인 교제는 그 누구도 넘볼 수 없는 형이상학적 존귀함의 동침이었다. 전쟁의 상흔 속에 피어오른 두 인간의 신성한 에로스적 사랑 의식이었다.

그러나 전쟁 막바지로 접어들면서 일본군이 필리핀에서 철군하면서 재회를 기약할 수 없는 두 청춘 남녀는 정들자 이별의, 애타는 갑이별을 맛볼 수밖에 없었다. 생초목에 불붙는다는 애간장 타는 살아생이별이었다. 이 무렵 그녀 배 속에는 그의 새 생명을 잉태하고 있었지만, 그녀는 그에게 알리지 않았다. 가톨릭 신자였던 그녀는 임신을 신의 축복으로 여겨 한없이 감사했지만, 재회가 아득한 한 이국 청년의 장래를 마음의 짐으로 옭아매기 싫었다. 하룻밤을 자도 만리장성을 쌓는 법인데 사랑의 흔적을 지우기 위해 활화산처럼 타올랐던 그녀 가슴의 불을 허무와 절망의 물꽃으로 꺼야만 했다. 물 밖에 나고 도마에 오른 고기 신세인 한 가련한 여인을 상대로 전쟁의 신이 할퀸 운명의 생채기런가?

결국 웬만큼 몸을 추선 형식은 자신의 씨앗이 그녀 안에 움트고 있음을 알지 못한 채 일본 본토로 철수했다. 얼마 지나지 않아 일본의 항복이 선언되자 그는 군복을 벗고 현해탄을 건너 여러 해포만에 꿈에 그리던 고국인 한국으로 귀환했다. 한동안 김천 본가에 머물면서 후탈 없이 부상 회복을 마무리했다. 징병으로 김천 읍민의 대대적인 환송을 받고 남양군도 전선으로 끌려갔던 조선인 병사 중 살아서 고향으로 되돌아온 자는 그가 유일했다.

"어무이요, 지가 죽지 않고 살아 돌아왔습니더. 그간 맘고생 많으셨지예?"

"아이다. 식아, 인자 다 끝났데이. 태풍에도 꺾이지 않은 저 야드르르한 버덜낭구 가지처럼 전쟁터에서 낭창낭창 잘 버텨 줬구마. 그새 이 어미도 무소식이 희소식이라 믿고 가슴 졸이며 살아왔니라. 거서 겪었던 안 좋은 기억은 싹 다 잊아뿌리고 장가들 생각이나 하거래이. 아부지가 그새 비라가(별러서) 참한 니 색싯감 점찍어 뒀다."

형식은 집안 장손이라 고향으로 돌아온 후 바로 삼삼한 반가 여식과 결혼해 다복한 가정을 꾸렸다. 일제 징병으로 휴학했던 대구 고보를 졸업하고 법대로 진학해 재학 중에 쉽사리 사법고시를 패스했다. 이후 판사로 경향 각지에서 일생을 보내고 대법관으로 서울에서 정년퇴직한 후 김천 본가 한옥 저택으로 내려가 수불석권(手不釋卷)하며 말년을 보냈다. 은퇴 후 그는 소일거리 삼아 '대한민국 뉴기니전쟁 동지회장'의 직을 맡아 몇 남지 않은 생존 전우들을 만나 회포를 풀면서 희미한 옛 전장의 추억을 이르집는 것을 낙으로 삼았다. 슬하에 2남 1녀의 자식을 두었으며, 장남의 이름은 세진이었다.

1944년 전세가 역전되어 일본군이 마닐라에서 퇴각할 때 몸이 달아 안절부절못하던 그들이 필리핀을 상대로 벌인 약탈, 강간, 학살의 만행은 중국의 난징대학살에 버금갈 '마닐라 대학살'이라 불릴 만큼 천인공노할 사건이었다. 당시 마닐라 인구 백만 명 중 10만 명이 사망했을 정도로 욱기에 찬 일본군의 돔바른 잔혹함이 극에 달했다. 엄청나게 많은 길송장을 만들어 방치한 것도 모자라 손에 꼽을 수 없을 정도로 많은 자연물과 인공 문화재들도 해찰스레 망궈 무용지물로 만들었다. 한마디로 말해 용서받지 못할, 인두겁을 뒤집어쓴 피에 주린 전쟁광이었다. 세상에 알려진 학살 장면도 빙산의 일각일 뿐 그 참상의 깊은 뿌리를 깐조차 할 수 없었다. 문명·문화 시절이 된 먼 훗날에도 그 앙금이 가시지 않아 일본인 관광객이 필리핀에서 썩 환영을 받지 못하는 실정이었다.

로리타는 전후 시국이 안정되자 국립 마닐라병원(Cardinal Santos Medical Center)에서 수년간 근무했다. 수간호사가 되면서 마닐라 케손시티의 재향군인 기념병원으로 옮겨 가 그곳에서 정년퇴직할 때까지 간호사로 봉직했다. 그녀의 외동딸 다니카는 장성하여 교수가 됐다. 1908년 미국 식민 정부에서 설립한 마닐라 광역수도권 위성도시 케손시티에 위치한 필리핀 최고 국립대학인 필리핀대학교의 영문학과 교수로 임용됐다.

필리핀 수도 마닐라의 니노이 아키노 국제공항의 여객터미널 입국장. 출입문을 나서자 수십 명의 환영객이 철제 난간을 둘러싸고 여행객을 맞이했다. 군데군데 안내 피켓을 든 사람들이 여행객들을 기다리고 있었다. 맞은바라기 천장 아래 벽체에 가로로 길쭉이 걸린 LED 전광판에는 "2000 Visit Philippines Year"라는 붉은색 글귀가 반복해서 옆으로 흐르고 있었다. 여행 캐리어를 끌고 느직이 출구를 나서던 안 교수가 주위를 둘러보더니 한쪽을 향해 손가락질하며 아내에게 말했다.

"여보, 저기 안세진이라고 큼지막이 적은 종잇조각을 들고 서 있는 저분이 다니카 누님인 모양이네."

로리타와 형식의 허깨비 세상은 가뭇없이 사라져 버리고, 다니카와 세진의 리얼 세상이 찬찬히 도래하고 있었다. 전장의 상흔 속에 마닐라에서 맺었던 어느 청춘 남녀의 시절인연 발자국이 반세기를 밀어내고 기이한 인연의 미소로 이들 두 이복 남매 교수에게 찾아들었다.

참고도서: 권주혁, 『헨더슨 비행장』, 2009, 지식산업사.

부활의 블랙박스

『사탄이 야수다가 여호와의 한눈을 틈타 홍산의 금서를 훔쳤
다.』

*

　한국진화학회 회장이자 H 대 생명공학과 원로 교수인 도창국이
죽었다. 인적이 뜨음해진 밤늦은 시간 서울지하철 뚝섬역 플랫폼
의 벤치에 비뚜로 앉은 채 허옇게 뒤어쓴 눈으로 입가에 가는 흰
거품을 머금고 머리가 모로 젖힌 모습으로 발견되었다. 뒷고대에
독침을 맞고 살해됐다. 철커덕거리는 쇳소리를 내뿜으며 폭풍처럼
밀려왔다 휑하니 사라지는 열차의 바람결에 이미 요단강을 건넌
그의 성깃한 은빛 머리칼 몇 올이 나풀거렸다. 새벽녘이 돼서야 역
청소원의 신고로 성수동 지구대의 경찰이 현장에 도착했을 때 멀
리 배봉산에서 울어 대는 뻐꾸기의 처량한 "뻐꾹~ 뻐꾹~" 소리만
이 주위의 밤공기를 가르고 있었다.

*

    허우대가 깍짓동만 한 하 교수가 뒷짐을 지고 서서 연구실 차창 밖을 물끄러미 내려다보고 있었다. 모국 캠퍼스의 교수 연구실에 비해 널찍한 평수에 턱없이 부족한 난방 시스템으로 인해 외투 깃을 올려야 할 정도로 실내가 싱경싱경했다. 엄동설한 한겨울에 모든 것이 말라붙어 캠퍼스 정경이 삭막했다. 교정을 가로지르는 보차도 변 가로수 비술나무의 스산한 가지에 오가리 든 이파리 몇 개씩이 간당거리고 있었다. 요 며칠 새 퍼붓던 눈발이 아침나절부터 어수룩해지더니 급기야 사위가 잠포록해졌다. 건너편의 저만치 떨어진 10층짜리 학생 기숙사 건물의 베란다 난간에 울긋불긋한 빨래들이 귀살쩍게 널려 있었다. 오전 강의가 끝나고 점심시간이 임박했는지 여기저기서 통터진 학생들의 잰 발걸음이 분주했다.

    광장(廣壯)한 광장 한복판에 설치된 야외 LED 전광판에서 휘뚜루마뚜루 뿜어 대는 붉은 문자들이 계절의 정취에 따라 더욱 또렷이 드러나고 있었다. 녹음이 우거진 여름 한 철보다 잎갈이로 앙상궂은 광대등걸만 남은 동절기 나목들을 배경으로 한 홍보 벽판의 프로파간다(propaganda) 광채 효과가 한층 더 강한 듯 다가왔다. 캠퍼스 내뿐만 아니라 이 나라 거리 곳곳에 조성된 사회주의 국가의 전유물이었다. 성능 좋은 최신식 전광판 앞뒤 면에서 번쩍거리는 실시간 뉴스나 공산당 홍보 소식이 길거리 주변 도처에서 국민을 에둘러 싸고 있다.

교원 숙소에서 그가 본국의 가족과 화상 통화를 하는 도중 간혹 학교 당국이 인터넷 라인을 차단시켜 버려 난처했던 경우가 한두 번이 아니었다. 학내에 예민한 이슈거리가 등장하거나 당 정책에 어긋나는 국내외 뉴스에 기숙사 학생들이 접근할 수 없도록 하는 일련의 조치였다. 어떨 때는 도시 전체 가구를 대상으로 몇 분간 정전을 시키는 일도 있었다. 대중이 광장이나 운동장에 모여 다떠위면서 민감한 집회를 할 것으로 예상될 경우 당이 경고 차원에서 취하는 조치였다. 이럴 때면 자기도 모르게 본능적으로 뼛성을 낼 수밖에 없었다. 외국인으로서는 뻔뻔스럽기 짝이 없는, 주눅이 좋게 언죽번죽하게 넘어가는 정부의 조치가 상당히 난감하고 불편했지만, 문제는 이곳 일반인이나 대학생들이 어렸을 때부터 흔히 접해 온 사태라 철면피한 국가의 통제에 별 불편을 못 느끼고 살아간다는 점이었다. 혹시라도 모를 입정 놀리는 민초들을 원천적으로 차단하려는 그 통제가 일상생활 속 사건·사고를 줄일 수는 있겠지만, 공산당과 국민 간의 소통과 융합에 큰 걸림돌이 될 것은 명약관화했다.

인제대 역사고고학과 교수인 하열은 중국 내몽고자치구 적봉시(赤峰市) 적봉대학 캠퍼스 내 한편에 자리 잡은 홍산문화연구원에 체류 중이었다. 홍산(紅山)은 적봉시 외곽에 있는 붉은 산이다. 적봉시에서 홍산문화를 소개하는 대표적인 장소로는 고구려식 성쌓기 기법을 이용한 삼좌점 산성과 홍산문명의 백미인 옥룡을 전시하고 있는 적봉박물관이다. 수많은 홍산 유적이 이 문화를 상징하고 있다. 홍산문명은 기존의 4대 문명 발상지인 황하문명을 최대 천 년이나 앞지르는 인류 문화 창시의 발상지에서 펼쳐졌다. 한민족의 고대 9,000년 역사상 국경 없이 내딛던 우리 조상의 광활한 유라시아 무대에서 발견된 유물이 모두 고대 조선의 것으로 판명되고 세계가 공인했다. 1963년부터 일본 고고학자들이 발굴한 홍산문화의 유물에는 고대 조선 고유 유물의 물증인 적석총, 석관묘, 제단, 정교한 장식의 의복, 여신상 등속이 포함됐다.

재직 대학에서 1년간의 연구년을 맞아 이곳으로 왔으나 애초 생각했던 얼안 외 맞닿은 광범위한 연구 테마 접근에 시간적 한계를 느꼈다. 급기야 휴직을 한 채 3년째 적봉박물관을 단골 삼아 홍산문화 유적을 끈덕지게 들고파며 논문 작성에 몰두했다. 과거 발해 연안 요하 지역에 해당하는 도시 외곽 지주산(蜘蛛山)에 올라 발굴한 크고 작은 여러 유물을 돋보기로 쳐다보고 조사표에 적바람하는 것이 그의 하루 일과의 대부분이었다. 대형 테이블에 엉기정기 펼쳐 놓은 각종 시료들이 어질더분했다. 물론 대학 연구원 측의 배려로 분석하는 데 종요로운 기구나 장비는 주저로움 없이 올목갖게 사용할 수 있었다. 출토된 화살촉이나 단추 장식, 손칼, 도끼 등의 정밀 성분 분석과 연대 측정을 위해 고고학 연구 장비의 백미라 할 수 있는 형광X선분석기(XRF)와 주사형전자현미경(SEM-EDX)을 친구 삼아 바쁜 일정을 소화했다. 기원전 3,500년 경 신석기 시대 홍산문화의 비파형 동검과 빗살무늬 토기, 타제·마제 석기와 돌호미·돌칼 등의 농경구가 무수히 출토됐다. 이 문화는 중국 중원 문화와 뚜렷이 구별되며, 고조선 등 한반도의 초기 역사와 거미줄 따르듯 밀접한 관련이 있음이 증명됐다. 이러한 역사적 사실이 하 교수로 하여금 이역만리 타국 땅에서 가족 친지와 떨어진 채 홀로 철록어미가 되어 골방의 외로움을 삼키며 현재의 연구에 심취하게 만들었다.

백물(百物)이 꽁꽁 얼어붙는 혹한의 동계 기간이라 현장 답사가 없으므로 이즈음 하 교수는 연구실 안에서 애벌레처럼 칩거 중이었다. 한국인을 전혀 찾아볼 수 없는 캠퍼스 생활로 인해 한국말을 해 본 지가 언제였던가 싶을 정도로 모국어를 잊고 살던 차, 퇴근 무렵에 연구실을 방문한 한국인 대여섯 명을 만났다. 적봉대와 자매결연을 맺은 한국의 모 대학 남녀 교수들이 특강차 왔다가 한국인 교수가 교내에 있다는 뜻밖의 반가운 소식을 전해 듣고 어렵게 나무말미를 얻어 인사차 찾아왔다. 커리큘럼을 중국 대학에 수출한 셈인데, 동계 방학을 맞아 해당 학과 교수들이 이곳으로 와서 한 학기 동안 강의할 분량을 2주간에 걸쳐 강의 시수를 채우고 학점을 인정해 주는 집중(intensive) 강의 과정이었다. 강의 일정이 적발라 캠퍼스를 둘러볼 생각조차 못 했단다.

토요 휴무에 익숙한 한국 교수들이 월요일부터 토요일까지 아침 8시부터 오후 6시까지 강행군해야 하는 강의에 혀를 차고 있었다. 설마 토요일은 어느 정도 융통성을 발휘해 여유를 가질 수 있지 않겠냐는 애초의 기대는 깡그리 무너지고 말았다. 더군다나 강의 시간에 단 몇 분만이라도 지각하든가, 휴식 시간을 초과하든가, 조금이라도 일찍 강의를 마친다거나 하면 어디선가에서 뚜벙나타난 김첨지감투 같은 야당스러운 감시인이 자드락대며 지적과 항의를 해 댄다고 했다. 그럴 때면 임자를 만나 해명을 하느라 진땀을 빼는 중국인 통역인을 안쓰럽게 바라보곤 했다면서 삘죽하니 불만을 토로했다.

2주 차 강의가 거의 끝나갈 무렵이라 아주 물이 내려 다들 목이 쉬고 피로에 지쳐 노그라진 기색이 내발려 있었다. 명색이 혼자 연구실에 노박혀 외롭게 연구에 참척하는 한국인을 위로하기 위한 방문이었으나, 오히려 하 교수가 격무에 휘달리고 있는 그들을 알심으로 위로해 줘야 할 입장인 듯했다. 퇴근 후 교수들이 머물고 있다는 다운타운의 국제호텔 옆의 상가 빌딩 3층에 있는 한국 식당으로 다 함께 이동했다. '가람'이라는 식당명과 한글이 작게 병기된 메뉴판을 통해서만 한국이라는 정체성을 찾아볼 수 있을 뿐 기실은 이곳 사장과 종업원 중에 한국인은 한 명도 없었다. 아무튼 실내에 울려 퍼지는 K팝 음악을 들으며 평소 지갑에 주머니밑천으로 넣어 다니던 중국 지폐를 통째로 털어 삼겹살과 소주 대접으로 거방지게 저녁 한턱을 냈다. 다들 점심을 대충 건너뛰어 허줄한지라 곯린 단배를 채우며 걸귀 들린 듯이 아귀아귀 먹어 댔다. 장건건이에 고기 꾸미를 넣은 맛깔스러운 된장찌개와 김치찌개를 곁들인 모처럼의 푸짐한 한식 만찬을 이드거니 얼러먹으며 즐겼다. 으슥한 골방 같은 연구실에 처박혀 느끼하고 짐짐한 중국 음식만 먹어 오던 하 교수는 몇 달 만에 접하는 제법 엇구수하고 매콤한 모국의 찌개류의 술적심이 펼쳐진 쌈박한 숫음식을 보는 순간 도리 깨침이 나왔다.

평소 별로 아는 바가 없던 빠른 템포의 K팝이 이국땅 식당가에 울려 퍼지자 마치 학창 시절 심취했던 외국 팝송을 들을 때 느꼈던 상큼함이 폐부에 와닿았다. 국내에서 별 히트를 치지 못하고 사장된 곡이라도 낯선 중국 땅 거리에 틀어 놓으면 산돌이처럼 보여 두루딱딱이로 중국 신세대들의 리듬 취향을 파고들어 영절스레 뭔가 흥미를 유발할 것 같다는 생각이 설핏 들었다. 하 교수는 모처럼 한국어 말문을 틔우며 그들과 함께 서리서리 크고 작은 망향의 회포를 풀었다. 주위 한족·몽골족들이 쳐다보는 신기한 눈초리를 외면하고 무시한 채 호떡집에 불난 것 같이 왁자지껄하게 오구탕을 치며 너스레를 떨었다. 옆에 밴드라도 있으면 어깨동무를 하고 덩드럭대며 한 곡조씩 부를 듯 영바람이 났다. 이국땅에서 맺은 드문 인연을 가슴속 깊이 간직이나 하려는 듯 담소를 나누다가 가무를 즐기던 배달민족의 후손답게 급기야 흥에 겨워 질탕거리며 먹은 음식이 자위가 돌기까지 앙그러진 시간을 보냈다. 지구촌 한 구석에 숨겨진 이 잠시 스쳐 간 짐벙진 소연은 과히 한민족의 표상이라 할 만했다.

하 교수는 특강을 마치고 떠나는 한국 교수들과 작별한 지 보름쯤 지난 주말을 맞아 동복치고는 비교적 쌍그렇게 보이는 가벼운 옷차림으로 혼자 홍산 등산길에 올랐다. 해읍스레 색이 바랜 낡은 백팩에 생수와 방한용 외투류, 비상용 구급파우치만 욱여넣고 길을 나섰다. 여러 전문가와 함께하는 복잡한 유물 답사 일정에서 벗어나 모처럼의 한가한 휴식을 접하려는 의도였다.

대학 숙소에서 잔입으로 일떠나 버스를 타고 다운타운으로 나왔다. 줄을 서서 기다려야만 들어갈 수 있다고 입소문이 짜하게 퍼진 어느 정가로운 맛집을 찾았다. 늦은 아침으로 날큰하게 잘 부푼 만터우와 자타가 공인하는 이 집 메뉴의 알천인 양꼬치를 먹었다. 고상한 맛매를 자랑하는 여기 음식의 들무새는 전날에 징기두었다가 사용하는 가게내기가 아니라 신선도를 위해 아침에 출근해서 직접 장만하므로 요리 시간이 길어지니, 주문 후 자연 대기 시간도 길어질 수밖에 없었다. 손님으로 답쌓인 점두에서 대기 번호표를 타고 기다리는 동안 주변 가로를 어슬렁거리다 요상한 간판을 발견했다. 중국에서는 드문 대중목욕탕인데, 건물 몇 개 층에 세로로 걸친 대형 간판에 여섯 글자가 선명히 박혀 있었다. 밤이면 더 찬란한 네온사인으로 바뀔 것이다. 그럴 일은 거의 없겠지만, 마기말로 한국인 단체 관광객들이 방문해 '신체 청결 유지'를 표현한 이 간판 글씨 '身體保持淸潔(신체보지청결/선티바오즈칭지에)'을 보고 그 뜻을 물었을 때 통역 가이드가 민망해 한글 발음을 못 할 것이란 생각이 들자 속에서 쓴웃음이 나왔다.

목욕탕을 보자 하 교수는 몇 년 전 남경 방문 때의 기억이 떠올랐다. 현지인에게 물어 홀로 어렵사리 찾아간 대형 목욕탕에서의 새라새 경험이었다. 한국처럼 입장할 때 목욕 요금을 내는 게 아니라 로비 카운터에서 신발을 뺏어 버리고 실내화와 탈의실 키를 내줬다. 업소 진입 단계부터 구석이 비는 데가 없이 두름성을 보여주는 중국 장사꾼의 논리적 이끗 상술을 접하는 순간 참 사회주의 국가답다는 생각이 들었다. 신발이 없으면 건물 밖으로 나갈 수가 없다는 점을 이용한 듯했다. 탕 입구에서 얄캉한 몸피의 종업원이 수건을 두 손으로 공손히 받들고 서 있었다. 참 친절한 업소구나 생각하며 자연스레 받아 들고 탕 안으로 들어갔다. 탕 안에는 전신 물고기 마사지, 정글 폭포 등의 유료 사용 공간들이 여기저기 자리 잡고 있었다. 사전에 접한 정보에 따라 이용 요금이 적힌 꼽재기만 한 팻말을 유심히 살피며 피해 다녔다. 탕에서 나와 국내에서의 습관처럼 젖은 수건을 바구니에 버렸다. 그러나 아뿔싸! 나중에 카운터에서 정산할 때 그 수건이 판매된 것이었고 모두 챙겨 가는 물품이란 것을 알게 되었다. 아무튼 목욕 후 종업원이 들고 있던 일회용 로션과 향수를 받지 않은 것만이라도 큰 다행이었다고 자위했다. 신발을 되돌려 받자마자 용케 더는 바가지를 쓰지 않았다고 가슴을 쓸어안으며 부리나케 목욕탕 건물을 탈출했다.

　하 교수는 아점 격인 맛바른 아침 요기를 게 눈 감추듯 한 뒤 다시 홍산행 시내버스를 타고 한참을 달려 종점에 내렸다. 버스에서 내리자 얼굴에 확 들이치는 매서운 겨울바람에 갑시어 잠시 돌아서서 호흡을 가다듬어야만 했다. 사통팔달 난달인 광장 주위를 아무리 둘러봐도 인접 농수로 옆에 덜름하게 서 있는 농가 한 채 외에는 사방팔방이 허허벌판이었다. 몇 발짝 떨어진 길가 공터에 뎅그레 박힌 빛바랜 홍산 양철 안내판이 삐끗이 쏠린 채 한적한 거리를 휘젓는 삭풍에 덜거덕거렸다. 길거리 화살표를 길잡이 삼아 황량한 시골길로 접어들었다. 천천히 걸으며 인적 없는 낯선 길을 조심스레 짚어 나갔다. 길섶 군데군데에 허옇게 서 있는 느릅나무 강대 꼴이 괴괴한 산자락 분위기에 을씨년스러움을 한층 더 부추겼다. 몽골 벌판의 살을 에는 냉랭한 꽁무니바람이 예사롭지 않아 백팩에서 꺼낸 덕석 같은 방한 외투에 털벙거지와 털목도리를 두르고 가죽 장갑을 끼었다.

20km 속도 제한의 도로 표지판이 세워진 아스팔트 길 주위의 넓은 초원에 양떼들이 건성드뭇하게 몰려다녔다. 몇 마리 양은 댓가지로 엮은 허술한 굽바자를 넘어 인도에서 어슬렁거리고 있었다. 살망한 바짓단의 몸뻬 차림으로 양을 찾아 나선 어느 앙바틈한 체구의 양치기 중년 여성이 딸로 보이는 어린 소녀와 함께 마주쳐 다가오며 빨쪽이 웃었다. 구릿빛 얼굴색 건강미가 넘치는 복성스러운 인상의 그녀에게 양을 한번 안아 봐도 되냐고 물었더니 흔쾌히 허락했다. 추위로 웅그린 가슴을 파고들며 들러붙는 야드르르한 양털의 촉감이 비단처럼 보드레했다. 몽골 초원의 함함한 양을 듬쑥 끌어안고 기념사진을 한 장 찍은 후 눈앞에 성큼 다가오는 홍산을 올려다보자, 서울의 관악산을 연상시키는 돌산이 스카이라인을 형성하고 있었다. 다만 짙푸른 바위산이 아니라 붉은 바위산이었다.

한참을 걸어 건설 현장이 끝나고 버림치로 내팽개친 것으로 보이는 무지렁이 철제 패널들이 무질서하게 답쌓여 있는 홍산 초입에 들어섰다. 길 한편에 흰색 바탕에 붉은색 글씨로 적힌 '紅山遺阯群(홍산유지군)'이라는 낡삭고 열브스름한 안내판이 바람에 들까불리며 삐걱거리고 있었다. 관리하지 않아 잦바듬해진 채 녹초로 내버려 둔 지 수년이 흘러간 듯 영 덴덕스러워 보였다. 두 사람이 어깨를 맞닿고 지나가기가 불편할 정도의 좁은 통로를 따라 나아갔다.

산발치의 자드락길 옆 궁뜽망뚱한 둔덕에는 유·불교를 비롯한 각종 무속 신앙의 상징물 자부레기들이 사금파리·이징가미와 함께 내버려져 헤갈스러웠다. 굴왕신같이 추저분하게 콩켸팥켸 버릇어 놓아 눈살을 찌푸리게 했다. 짚북데기로 둘러싸인, 팃검불이 어수선히 깔린 좁은 땅바닥에 붉은 천 보자기를 펼쳐 놓았다. 그 위에 돼지떡이 되게 늘려 어뜩비뜩 나뒹굴고 있는 잡동사니들. 붉은 천 끈으로 둘러 묶은 황금색 금박의 양철 향로와 술잔들, 진집 투성이인 희고 푸른 사기그릇들, 밑바닥에 길상부귀를 새긴 붉은 색 플라스틱 접시들, 퇴색되고 갈라진 두가리 너부렁이, 대글대글 박혀 있는 옹종망종한 유리구슬들, 나뒹구는 술병들…. 울긋불긋한 색감의 무른 질감으로 덧칠되어 사그랑이가 된 채 너더분하게 방치된 막치들이 이 토속 분위기에 판설은 이방인에게 경치게도 어지러움을 자아내게 했다. 오솔길에 굴러다니는 졸막졸막한 돌멩이들이 발길에 뒤채여 갈 길을 방해했다. 본격적인 등산로 입구 한편에는 콘크리트 기초 벽체에 흑색 오석판을 붙이고 흰색 글씨로 가로 음각한 '紅山國家叢林公(홍산국가총림공)'이란 글귀가 눈에 띄었다.

홍산은 그리 높지 않은 산이라 돌계단을 극터듬는 짓둥이로 몇 차례 급경사 된비탈의 바윗길만 허위단심 오르면 산이마의 편평한 능선상의 박석 포장된 샛길로 접어들게 됐다. 약초꾼으로 보이는 한두 명의 구럭을 짊어진 산객 외에는 거의 등산객을 만날 수 없었다. 삭막한 돌산임에도 그렁저렁 약초가 숨겨져 있나 보다.

산코숭이의 황금색 육모지붕의 정자에 올라 멀리 적봉시를 일망지하에 내려다보니 회색 난벌이 가없이 펼쳐져 보였다. 희뿌연 고층 빌딩군 사이로 높은 굴뚝에서 하늘로 치받치며 포실히 피어오르는 연기가 여기저기 상공을 점령했다. 검은색 심줄을 감싼 흰색 연기가 쉼 없이 뿜어져 나왔다. 겨울철 난방을 위해 석탄을 태우므로 도시 공기 오염이 심각했지만, 이를 의식하는 시민들이 별로 없는 듯 보였다. 당의 정책이니 반기를 들 염두가 아예 없었다. 게다가 겨울 화롯불은 어머니보다 낫다는 말처럼, 적봉 시민들은 연료야 무엇을 쓰든 따뜻하기만 하면 그만이었다. 이들에게 매연이니 철매 따위의 환경오염 문제는 겨울철 난방이라는 핵심 과제에 밀린 여줄가리에 지나지 않았다. 산 아래 황색 난들을 가로지르는 걸군은 황토 사이로 까칠한 건천이 에돌아 흐르고, 하늘에는 방사선 모양의 흰 구름 막대기가 푸른 하늘을 갈라놓고 있었다.

고개를 돌려 산속 쪽을 모모이 살펴보니 홍산이라는 이름에 걸맞게 이름다운 붉은색 토양의 마루금들이 꼬인 실타래처럼 이리저리 펼쳐졌다. 맨송맨송한 민둥산이라 산발의 땅거죽이 한층 더 벌겋게 물들어 있었다. 끝없이 드러나는 돌산 멧부리의 물결을 품은 가없는 주홍빛 돌덩이의 바다가 가히 한 인간을 땅 멀미 나게 했다. 여기저기 붉은 암사면에는 조물주가 정으로 쪼아 갈라놓은 듯한 좁은 틈바구니가 보였다. 마치 빙하 속 크레바스처럼 비뚤비뚤한 슬롯 스페이스(slot space)를 형성하고 있었다.

능선 아래 경사면 골짜기와 기슭에는 나무 한 그루 풀 한 포기 없이 온통 붉은색 암반 덩이들만이 울퉁불퉁 튀어나와 시야를 어지럽혔다. 붉은 바위 절벽 사이로 지 멀리 내려다보이는 고개 마루턱에 두 개의 정자가 외롭게 서 있었다. 그 한참 아래 광활한 논벌한편을 점령한 대규모 흰색 논공단지 건물들이 웅장한 자태를 드러냈다. 분명 황무지였을 저 판한 벌판을 논풀이해 농경지로 만들었을 적봉 선조들의 노고가 뚜렷이 헤아려졌다. 한눈에 짚어봐도 한국의 일개 면 면적 이상은 됨직했다. 저만치 펼쳐진 펀더기 끝부분에는 고만고만한 높이의 거무스름한 산들이 마치 공동묘지 봉분처럼 두두룩이 박혀 서로 도토리 키 재기를 하고 있었다.

한참을 정자 안 흰색 콘크리트 벤치에 앉아 주변을 구경하며 땀을 식힐 때까지 지나가는 사람이 없는 것으로 보아 이 산 등산이 적봉 시민들에게 별 인기가 없음을 실감할 수 있었다. 준비해 간 영양 간식거리를 꺼내 고수레를 한 다음 먹었다. 이곳 대학생들의 인기 주전부리 중 하나인, 캠퍼스 후문 쪽 골목길 노점에서 산, 해바라기씨를 한 줌 까먹었다. 처음에는 씨 까기가 힘들었지만 지금은 숙달이 돼 초스피드로 처리할 수 있다. 입씻이로 귤 하나를 까 먹고 보온병 속의 뜨거운 커피 한 잔을 마셨다. 정자 옆 돌 박힌 맨땅 귀퉁이에 조잡한 인조목으로 만든 원형의 쓰레기통이 댕그랗게 놓였고, 그 겉면에는 희미하게 퇴색된 과피상(果皮箱)이라는 글자가 새겨져 있었다. 과일 껍질 수거함인 것으로 미루어 짐작건대 중국인은 정상 등산 후 주로 과일을 먹는 모양이었다.

하산길에 올랐다. 비좁은 동굴을 통과하기 위해 수직에 가까운 강파른 콘크리트 돌계단을 조심스레 제겨디디며 천장의 돌덩이를 등 뒤로 하고 내려가기 시작했다. 올라올 때 기억으로 이러한 붉은색 콘크리트와 돌로 조성된 급경사 계단 코스가 서너 차례 더 있었던 것 같았다. 등산 때는 심한 에너지 소모로 숨이 막혀 컥컥거리는 정도였지만, 하산 때는 생명의 위협을 느낄 정도로 발걸음이 휘청거렸다. 까딱 잘못 발을 헛디디면 아래로 굴러떨어져 뼈도 못 추리고 세상을 하직할 것만 같았다.

양손을 등 뒤 계단을 짚다시피 하고 머리카락이 곤두설 정도로 긴장하며 내려가던 순간이었다. 갑자기 마른하늘에 우레가 치는 소리가 멀리서 들리더니 이내 가까운 곳 상공에서 구부러진 철선처럼 비틀린 새하얀 불꽃 낙뢰가 동굴 위쪽으로 내리꽂혔다. 그야말로 천지가 뒤눕는 듯한 전광석화의 뇌성벽력이었다. 벼락이 바윗덩이 윗부분을 쳤는지 천장의 바위 표면 사이에 금이 가더니 곧바로 틈이 벌어지기 시작했다. 지지러지게 놀란 그는 혼비백산이 되어 엉겁결에 벽체 한편의 움푹 팬 공간으로 뛰어 들어가 몸을 피했다. 경황이 없어 발을 헛짚는 사품에 바윗덩이 위로 뒤둥그러져 한쪽 발목을 겹질렸지만, 종짓굽 살갗을 약간 제쳤을 뿐 다행히 큰 부상은 아니었다. 뒤이어 부수질러진 천장의 돌들이 와르르 쏟아져 내렸다. 경외심을 불러일으키는 생급스러운 자연 현상에 자신도 모르게 동공이 확대되고 몸이 잔뜩 웅송그려졌다. 돌 폭포를 연상시키는 돌덩이 바스라기 사이로 얼숭덜숭한 검회색 물체 하나가 섞여 떨어지는 것이 그의 시야에 잡혔다. 그것이 계단 아래 등산로에 튕겨 구르다 옆 수풀 속 굵은 소나무 밑둥치에 닥뜨려서 멈춰 선 모습이 어슴푸레 내려다보였다.

벼락 치기는 오래가지 않고 바로 멈췄다. 잠시간 충충하던 하늘은 언제 그랬냐는 듯 그지없이 맑고 푸르렀다. 어마지두에 혼겁해 놀란 가슴을 쓸어안고 계단을 기엄기엄하며 내려가 몸통이 외틀린 소나무 쪽으로 발걸음을 옮겼다. 급경사지라 하마터면 그 괴물체가 저 아래 깊은 계곡까지 떨어져 내려갔을 텐데 다행히 등산로 주변 소나무에 걸렸다. 하 교수는 잠시 숨을 고른 뒤 소나무에 다가가 돌 천장에서 떨어진 그 물건을 자세히 확인했다. 몰한, 사과 상자만 한 댕돌같이 야무진 정육면체 흙감태기 궤짝이었다. 시커멓게 찌든 표면에는 엉겁이 된 흙덩이와 금속 땟국이 닦은 이물질이 덕지덕지 덮어씌워 있었다. 휴대용 손칼로 말라붙은 흙 더버기 일부를 긁어 봤더니 딱딱한 바탕에 얼비치는 푸르스름한 녹 빛이 얼핏 보이는 게 청동 제품인 듯했다. 튕겨 떨어진 충격으로 태를 먹어 표면에 미세한 금이 가 있었으나 사면이 쩸없이 치밀하게 밀봉되어 있었으므로 매나니로 궤짝을 연다는 것은 불가능했다. 드다루기가 어렵지 않을 듯해 두 손으로 들어 올리니 안이 비어 있는 느낌을 받을 정도로 갭직했다. 그는 표면 흙을 건뜻건뜻 털어낸 후 궤짝을 가슴에 받쳐 든 채 들뜬 마음을 진정시켜 가며 절뚝걸음으로 하산길을 재촉했다.

적봉대 연구실의 너부죽한 탁자에 며칠 전 발견한 푸른 청동빛의 괴물체가 놓여 있었다. 그라인더 브러시와 사포로 표면의 이물질과 겉더께를 완전히 털어 낸 후 주방 세제로 말끔히 닦아내니 궤짝 본래의 제 모습을 나타냈다. 정육면체라 상하 구분이 없었지만 한 면에 십자가 문양이 쇠로 양각된 것으로 보아 그 면이 덮개인 듯 보였다. 하 교수는 쇠톱을 이용해 십자가 문양이 있는 면 가장자리를 쓸기 시작했다. 전문가가 아닌 그가 청동을 톱질하는 게 녹록지 않아 개봉에 꽤 오랜 시간이 걸렸다. 전문가를 부른다면 단번에 한 면을 분리시킬 수 있겠지만, 마치 하늘에서 떨어진 듯한 왠지 비밀스러운 궤짝의 정체를 남에게 보이고 싶지 않았다. 본시 일이 터지면 발밭게 처리하는 스타일의 그였지만, 본업인 루틴한 일과와 병행하느라 든손에 끝내지 못하고 틈을 들이다 개봉하는데 좋이 사흘 템이나 걸렸다.

일자 드라이브를 지렛대 삼아 꽂아 넣어 궤짝의 네 가장자리를 열어젖혔다. 안쪽에는 낡고 구겨진 파피루스 조각들로 꽉 채워져 있었다. 그 흐슬부슬한 조각 뭉치들을 걷어 내자 궤짝 한복판에 길이 한 자 정도의 가죽끈으로 곁질러 묶은 파피루스 두루마리 두 개가 나타났다. 에멜무지로 묶은 끈은 오랜 세월에 헐어져 손을 대자 바로 형체를 잃고 바스러졌다. 떨리는 손으로 조심스레 두루마리를 펼치자 질깃한 기름 먹인 낡은 종이에 고대 인도어인 산스크리트어로 된 상당한 분량의 글씨가 가로로 적혀 있었다. 인터넷을 뒤적여 모음이 자음에 달라붙은 난해한 데바나가리 문자가 산스크리트어임을 확인했다. 불자인 그가 즐겨 암송하는 관세음보살 육자진언인 "옴 마니 반메 훔(ॐ मणिपद्मे ᳱूं)"의 원어 표기가 산스크리트임이 새삼 뇌리에 떠올랐다. 일단 두 장의 고문서를 간지펴 각각을 두꺼운 마분지 사이에 끼워 넣어 보관했다.

하 교수는 산스크리트어에 문외한이었으므로 적봉대 고고학과 학과장의 추천으로 산스크리트어에 능통한 인도 출신 학자를 찾아 고문서 해독에 들어갔다. 약 한 달여에 걸친 해석 결과 드러난 이 알쏭달쏭한 문서의 정체는 예수 사후 어느 선지자가 기록한 복음서와 홍산기행문이었다. 지금으로부터 2천여 년 전에 작성된 오래된 고문서였다. 영문 해독문을 하 교수가 한국어로 번역해 개개 문장을 나름대로 심혈을 기울여 조탁한 내용은 다음과 같다.

〈발타시르서〉

1. 태초에 여호와 하나님이 억만 겁의 세월(천국의 시간으로는 6일) 동안 천지를 창조하시고, 근세에 동방의 에덴동산에 아담과 하와 두 인간을 창조하시니라.

2. 아담 이후 인간 세상에 죄악이 넘쳐흐르자 구세주 예수 그
   리스도를 보내시니라.

3. 이교도인 동방박사 3인이 천사를 통해 예수 탄생에 관한 하
   나님의 계시를 받으니, 이슬람교도인 이들은 예수의 왕권을
   상징하는 황금을 바친 노인 모습의 현자인 아라비아왕 멜키
   오르와 예수의 신성·사제를 상징하는 중년 모습 현자인 페
   르시아왕 카스파르시르와 예수의 미래 수난과 죽음·부활을
   상징하는 몰약을 바친 청년 모습의 현자인 인도왕 발타시르
   (Balthasar)이니라.

4. 하나님이 천사를 통해 몽골 계통 황인종인 발타시르에게 예
   수의 수난·죽음과 부활·승천을 계시하시며, 그에게 이 일을
   행하도록 명하시니라.

5. 하나님이 천사를 통해 발타시르에게 말씀하시길 예수가 로
   마 제국 헤로데 왕국 베들레헴에서 요셉과 동정녀 마리아의
   일란성 쌍둥이 아들로 태어날 것이니라.

6. 하나님의 계시에 따라 발타시르는 동방박사 2인과 함께 베
   들레헴을 방문하여 각자의 예물로 찬미하고, 요셉과 성모
   마리아에게 하나님의 뜻을 전하노라.

7. 발타시르는 쌍둥이 동생 예수를 데리고 하나님의 계시에 따
   라 인도로 건너와 키우니라.

8. 하나님이 천사를 통해 발타시르에게 말씀하시길 여호와는
   만물의 운행에 전지전능하고 인간의 영혼을 불러 천국으로

인도하지만, 육신의 죽음을 되살리는 것이 사탄의 모방 악행에 이용당할 중요한 결과를 초래할 수 있음을 알고 계시므로 몸의 부활이 초름하다 하시니라.

9. 발타시르는 예수가 빌라도에게 박해받아 골고다 언덕에서 십자가형을 받아 처형된 후 무덤에 찾아가 시신을 거두어 인근 언덕으로 옮기니라.

10. 죽은 예수는 그 육신과 영혼이 승천하여 천국으로 올라가 하나님의 오른편에 앉으시니라. 이는 천사가 전한 하나님의 말씀이니라.

11. 발타시르는 예수 탄생 때 하나님의 계시에 따라 인도에서 데리고 온 쌍둥이 동생 예수로 하여금 복면을 벗고 형 예수 사후 사흘 만에 인간에게 부활의 역사를 실행하여 막달라 마리아에게 처음 나타나시니라.

12. 하나님이 천사를 통해 발타시르에게 말씀하시길 산 자(동생 예수)로 하여금 보인 하나님의 부활은 죽은 자(형 예수)에게 보이는 부활과 동등하다고 하시니라.

13. 하나님이 천사를 통해 발타시르에게 신체의 중력을 절연시키는 공중부양술을 일러 쌍둥이 동생 예수로 하여금 예수 부활 기적 후 40일 후에 열한 제자가 보는 가운데 빛 속 승천의 모습을 보여 주시니라.

14. 동생 예수는 인도로 돌아가 발타시르의 수양아들이 되고 이후 서방에 나타나지 않았노라.

15. 하나님의 명을 모두 수행한 발타시르는 예수 사후 1년에 예수 관련 하나님의 계시가 땅에서 그대로 이루어짐을 발타시르서로 기록하니라.

16. 하나님이 천사를 통해 발타시르에게 말씀하시길 하나님이 계시한 예수 부활의 과정은 인간에게 알려지지 않도록 하라 하셨으므로 이 복음서는 깊은 땅속에 묻혀 영원히 빛을 보지 못할 것이니라.

〈홍산기행문〉

1. 나 발타시르는 인도 왕을 장남에게 물려주고 한나라 광무제의 초청으로 친선 사절을 이끌고 동방으로 여행하던 중 중국 북방의 붉은 산(紅山)에 이르렀노라.

2. 그 산 정상부 능선에 올라 10큐빗 깊이의 땅을 파고 드러난 암반 위에 파피루스에 적은 발타시르서와 홍산기행문을 담은 궤짝을 묻어 두었노라.

3. 발타시르서 궤짝의 매장 장소는 꿈속에 나타난 여호와의 계시에 따름이니라.

4. 여호와가 나에게 이르시길 동생 예수가 천수를 누리고 사망하면 발타시르서 궤짝의 매장 장소로부터 북극성을 향한 방향으로 100큐빗 되는 곳에 그 무덤을 만들라고 하셨니라.

5. 동생 예수의 무덤 위치는 비밀리에 인도 왕에게 전하여 후대가 그대로 실행할 것을 명하였노라.

발타시르서에 의해 부르터난 예수 부활과 승천의 진면목을 접한 하 교수는 상당한 내적 갈등에 휩싸였다. 이는 정통 기독교에서 볼 때 엄청난 이단이 아닌가! 물론 구약이나 신약에 죽은 자를 살려내는 부활의 역사가 몇 군데 나오고, 그 이전의 이집트나 그리스, 인도의 신화·전설에도 부활이 명시되어 있다. 불교에서도 달마 대사와 관련된 부활의 얘기가 나오는 등 역사의 연대기표에 다수의 부활이 언급되고 있지만 예수의 부활은 다른 예와는 차원이 다른 기독교의 절대적 총체라고 볼 수 있다.

　막달라 마리아와 베드로를 비롯한 여러 사도가 목격한 부활은 마태복음, 누가복음 등의 신약에 묘사되어 기독교 신앙의 근원이 된 신성불가침 영역의 일대 사건일진대, 지금까지 신도들이 철석같이 믿어 온 예수 부활의 실체를 부정하고 새로운 부활의 전모를 피력하는 복음서의 등장은 과연? 예수 승천의 실체가 미칠 여파 역시 그 파장이 엄청날 테고. 이 괴 복음서의 내용은 기독교사를 격동할 만한 선거운 사건임이 확실했다. 독실한 불교 신자인 그로서도 경천동지할 사안이었다. 교황청이 이단으로 취급하는 몇 가지 예수 부활의 반박론 중에 예수 쌍둥이설이 있다더니 그의 목전에 불쑥 튀어나온 셈이었다. 애초의 하나님 말씀에 팔팔결 어긋나게, 이 숨겨진 복음서가 벼락을 통해 퉁겨져 발견된 것도 혼돈의 인간 세상을 굽어본 하나님의 깊은 뜻이 아닐까? 아니면, 하나님이 잠시 한눈판 사이를 틈타 인간 세상을 혼돈에 빠지게 해 파멸시키려는 사탄의 술책이었으리라.

하 교수는 일단 발굴된 고문서를 해독·분석하기 시작했다. 학자 본연의 임무에 충실하여 모든 사실을 소롯이 기록하고 분석하는 연구 논문 작성에 착수했다. 잠시 홍산문화 연구를 접어두고 이악스럽게 이 일에 전적으로 매달렸다. 연구 목적과 분석의 틀을 짜고, 그 분석 기준에 따라 예수 부활과 승천에 관한 연구의 속성을 파헤쳐 나갔다. 물론 결론 역시 객관적 자료에 근거한 학술적 의견을 피력했다.

논문 작성이 일단락되자 또 다른 고민이 엄습했다. 과연 이 논문을 어느 학회에 발표 의뢰를 할 것인가였다. 일도양단으로 선뜻 결정하기가 망설여졌다. 고대 유물 발견 사실에 근거한다면 고고학회가 마땅하겠지만, 예민한 종교 문제를 다루고 있으므로 기독교학회나 기독교육학회를 생각해 볼 수도 있다. 아니면 서양 역사와 문화를 다루는 세계문화사학회도 고려의 대상이 될 수 있겠고….

'어느 학회에 발표하더라도 그 소식은 이슈화되어 종교 단체에 전달될 것이 분명하다. 학자의 순수한 양심에 따른 연구 결과물이지만, 기독교의 정통성에 도전하는 내용이다. 즉각적으로 이단 이론으로 낙인이 찍힐 터이다. 기독교의 배교죄, 가톨릭교의 독성죄, 성령 훼방죄의 신성 모독죄에 휘말려 극우 기독 단체로부터 강한 항의성 해코지를 당할 수도 있으리라. 세속 국가인 한국에서 신은 형법상 명예훼손죄나 모욕죄의 보호 법익 대상이 아니어서 신성 모독이 범죄가 될 수 없으므로 적어도 징역살이의 염려는 없다. 자유주의 국가에서 헌법에 명시된 표현의 자유에는 신성 모독과 종교 비판의 자유가 포함되어 두 자유가 서로 미묘하게 충돌하고 있다. 그러나 이슬람 국가나 파키스탄·나이지리아 같은 종교법원이 존재하는 국가에서는 신성모독죄가 선고된다. 종교 의무 국가인 인도네시아도 종교 모욕 시 징역형의 처벌을 받는다. 특히 1978년 영국에서는 예수를 동성애자로 묘사한 출판사가 벌금형을 선고받은 적도 있었다.

무종교인이 해당 종교와 신을 무시하거나 그 존재에 왼고개를 치며 비난하는 행위도 종교인들에게는 신성 모독으로 비칠 개연성이 충분하다. 하물며 일정 종교의 존재 근원 자체를 부정하는 연구 논문에 대해 피도 눈물도 없다는 기독교의 이단 심문소나 사정 기관에서 귓불만 만지며 가만 보고만 있겠는가. 아무리 학자의 관점에서 간고른 이론일지라도 종교적 패드립(패륜+애드리브)으로 치부한 극우 비밀 기독 조직의 흑책질 마녀사냥 때문에 생명의 위협을 받지 않는다고 누가 보장하랴.'

생각의 동심원 파고가 외각으로 크게 번져 나갈수록 사위스러운 생각으로 재글거리던 하 교수의 머릿살이 아파 왔다. 범의 꼬리를 잡고 놓을 수도 없는 꼴이었다. 섶을 지고 불로 들어가려 하는 꼴이 연상되자 잠시간 더넘에 휩싸인 망단(望斷)의 시간 속에서 멈칫거렸다. 발표를 접어야만 하나?

발타시르서를 발굴하여 메지댄 후 학계에 발표한 지 1년의 세월이 흘렀다. 우려했던 기독교계의 특별한 항의나 위협은 없었다. 다만 가까운 지인 중 개신교와 천주교 신자들이 적봉대 연구실로 이

메일을 보내 불만을 표시하는 정도였다. 그리고 신비로운 궤짝에 들어 있던 홍산기행문은 아직 세상에 공개하지 않았기에 하 교수 외에 아는 사람이 없었다. 해외 체류 신분으로 시공의 제약을 받는 그는 두 번째 숙제를 을밋을밋 미루어 오다 더는 문치적거릴 수 없어 발굴팀을 꾸려 동생 예수의 무덤을 발굴하기로 작정했다.

전날 벼락을 맞고 지반이 붕괴돼 궤짝이 떨어졌던 지점을 기준으로 삼아 그 상단 능선부를 수색했다. 아니나 다를까 어느 지점에 이르니 충격으로 인해 푹 파인 직경 5m 남짓의 웅덩이가 나났다. 발타시르의 기행문에 따라 여기서 북극성 방향으로 약 100 큐빗 즉 44m쯤 되는 곳을 찾았다. 과거 발타시르 시대의 고대 점성술에 의한 북극성 방향이란 현대 측량 이론에 따르면 방위각(azimuth) 0도에 해당했다. 나침반을 이용해 방위각 0도를 맞춘 뒤 그 방향으로 50m 줄자를 펼쳐 44m 되는 지점에 말뚝을 박았다. 다행히 급경사이거나 낭떠러지 지형이 아닌 비교적 평탄한 지역이었다.

수많은 세월의 흐름에 따른 지형 변형인지 주변에는 대형 바위들로 둘러싸여 있었다. 말뚝을 기준으로 주위를 훑어 나가자 반대편 암반 지역에 작은 집채만 한 둥근 바윗돌이 세워져 있었다. 홍산기행문에서 밝힌 무덤의 위치가 과연 핍진하게 그려졌음이 판명되었다. 바위 가장자리를 짯짯이 살펴본 결과 이 돌이 동굴 입구를 막고 있는 듯했다. 문득 요한복음에서 밝힌 골고다 언덕의 예수 돌무덤 생각이 떠올랐다. 아마 발타시르의 손자쯤 됐을 인도 왕도

형 예수의 돌무덤을 떠올리고 조부의 명에 따라 이곳 동굴에 동생 예수의 시신을 안치했을 거라는 생각이 들었다. 돌무덤을 대신한 자연 동굴에 많은 병사를 동원해 굴림돌로 좁은 무덤 입구를 봉인해 둔 듯 보였다.

며칠 후 수십 명의 날삯꾼을 동원해 다시 홍산을 찾아 동굴 입구의 봉인돌을 제거하는 작업에 들어갔다. 꺽짓손이 센 편인 하 교수였지만 산등성마루에서의 수월찮은 놉겪이를 치르느라 고생이 이만저만 아니었다. 평지라면 굴삭기를 동원해 쉽사리 움직일 수 있었겠지만 산 정상부라 중장비 이동이 불가능했다. 그렇다고 장비 이동을 위해 헬기를 이용하기에는 그 비발을 갈망할 엄두조차 낼 수 없었다. 지렛대 쇠파이프와 밧줄을 사용해 수십 명의 인력으로 떠둥그뜨리면서 반나절 동안 끌어당기자 직경 7m 정도의 육중한 돌덩이가 음산한 기운을 풍기며 옆으로 비켜 밀려났다. 작업 부산물로 지꺼분한 주변을 말쑥이 갈무리한 하 교수는 동굴 안 내용물의 비밀 유지를 위해 입구에 가설 비닐막을 치고 인부들을 모두 철수시켰다.

다음 날 적봉대 소속 소수의 고유적 발굴 탐사대를 이끌고 다시 올라 동굴 안 정밀 조사에 들어갔다. 비닐막을 걷어 내자 컴컴한 동굴이 어둠을 밀어내며 시야를 흔들었다. 고성능 랜턴을 여기저기 설치해 불을 밝히자 오랜 세월 방치된 십여 평쯤의 추접지근한 내부가 훤히 드러나 보이기 시작했다. 동굴 안쪽 가장자리에 직육면체의 큰 바위가 있고, 그 위를 너럭바위가 덮고 있었다. 한참 동안 땀을 흘리며 이 너럭바위를 밀어제쳐 바닥으로 떨구자 움푹 팬 인공 돌덩이에 미라가 누워 있었다. 애초 목곽에 넣은 듯했으나 이 천년의 세월이 흘러 곽과 관의 나무 조각들은 삭아 내려 밑바닥에 뒹굴고 있었다. 드디어 동생 예수의 시신을 발견했다. 역사적인 가치를 떠나 모두가 경외심에 놀라 벌린 입을 다물지 못하고 몸을 떨었다. 하나님이 발타시르에 계시했던 무덤을 오늘의 후손들이 덧드러내도록 한 것도 인간이 점칠 수 없는 하나님의 이유 있는 뜻이었을까? 아니면 사탄의 유혹에 빠져 그 뜻을 거스른 무따래기 인간의 도전 행위란 말인가!

어쨌든 발타시르서와 홍산기행문을 발견한 하 교수가 해야 할 과업은 모두 끝낸 듯했다. 모든 것이 마치 귀신에 씐 듯 얼결에 일사천리로 진행됐다. 이후 이 두 선거운 발굴물에 대한 고고학적 평가와 논쟁은 세상의 후학들과 종교인들이 해결해야 할 숙젯거리로 남을 것이리라.

**

　하열 교수가 주인공인 이상의 글은 기독교의 창조론을 부정하고 다윈의 진화론을 숭상하는 도창국 교수의 단편소설『부활의 블랙박스』전문이다. 인터넷에 은근히 떠돌아다니는 예수 부활에 대한 여러 반박론(사기설, 날조설, 기절설, 쌍둥이설, 시신 절취설, 환상설, 무덤 착오설, 영혼설, 신화설, 외계인설 등) 중의 하나인 '예수 쌍둥이설'을 줄밑 삼아 착안한 픽션 작품이었다. 물론 소설의 얼개에 담은 중국 홍산문화가 배달겨레의 유산임을 대중들에게 알리려는 부수적 목적도 무시할 수 없었다.

　부산 지역 최고 명문인 K 고 1학년생이던 도창국은 영도의 봉래산 기스락에 얼기설기 붙어 있는 달동네 낡은 집에서 부산 명물인 영도다리를 건너 시내까지 버스 통학을 했다. 너나 할 것 없이 근근이 입에 풀칠이나 하던 70년대 중반쯤의 억판의 애옥살림 시절이었다. 가랑이가 찢어지도록 찰가난에 찌든 유년 시절이었지만, 그는 비상한 두뇌를 소지한 덕분에 같은 또래의 지질한 쟁퉁이 무리에 섞이지 않고 섬 내 국민학교와 중학교에서 군계일학으로 또바기 수석을 독차지했다. 6·25 전란 후 뒤숭숭한 사회 질서 속에서 여중을 졸업하고 결혼 전까지 격오지에서 기간제 소학교 교사를 했던 모친의 자식 교육열에 힘입어 당시로서는 드물게 국민학교 입학 전에 한글을 깨우쳤다. 더욱이 국민학교 입학식 날 운동장 흙

바닥에 막대기로 영어 알파벳을 써 내려가며 오구작작 둘러선 주변 동갑내기들의 기선을 제압했다. 아마 이를 본 선생님이 그를 눈여겨보고 입학 후 학업 면에서 승승장구할 수 있도록 지도했던 모양이었다. 어린 소년의 장래를 결정짓는 첫 싹을 피우기 위해 선생님의 힘이 압도적이었던 시절이었다. 도시 변두리의 달동네 어린이를 대상으로 한 그 여파는 더욱 크게 미쳤다.

선생님의 일부 학생에 대한 편애를 아이들은 그때 찜이라고 불렀다. 오죽하면 성적표에 표기된 등급인 수우미양가에 찜을 더해 과목별로 "씸씸우미~찜"이라고 근대곤 했을까. 담임 신생들로부터 찜을 받았는지는 모르나 덕분에 창국은 1학년 때부터 줄곧 반장을 했고, 미술·글짓기·웅변 등 여러 예능 활동에도 두각을 나타냈다. 6학년 때는 전교어린이회장이 되어 매주 전교생이 운동장에 도열해 서서 실시하는 조례의 교장 훈시 때 학생 대표로 맨 앞에 나가 차렷·경례 구호를 외치곤 했다.

창국이 대여섯 살 무렵이었다. 부활절이나 크리스마스 같은 교회 축일 때면 교회에서 나눠주는 빵조각이나 은박지 입힌 외국 그림엽서(대부분 그림이 '타샤의 정원'의 주인공 여류 작가 '타샤 튜더'의 작품) 등을 받거나 벙어리 활동사진을 보기 위해 동네 형·누나들을 따라 밤낮을 가리지 않고 시골 교회 문턱을 불풍나게 들락거렸다. 유교 집안으로 조상 제사를 모시는 가정이었지만, 입 한술이라도 덜기를 바라던 당시의 부모 대부분이 그랬듯이 어린 자식의 교회 출입을 막지는 않았다. 교회 사택에 살면서 주일 예배 때 열정적인 설교로 교인들에게 인기가 많았던 오만천 목사님 성함이 특이해 아이들의 얘깃거리가 되기도 했다. 목사님 세 딸 중 한 명이 창국의 국민학교 동기생이었는데 남자 친구들이 그 아리잠직한 애를 만날 때마다 "느그 아부지 월급이 오만천 원이냐?"라고 놀려먹어 대곤 했었다. 그러면 놀림가마리가 된 그 애는 오도발싸한 성격답게 "뭐, 이런 종내기(어린애의 경상도 사투리)가 다 있노." 하며 죽방울을 받는 애를 때리려 운동화를 벗어들고 쫓아다녔다. 훗날 초로의 불혹을 훌쩍 넘긴 창국이 여태 그 교회에서 봉사하고 있는 모태신앙 고향 불알친구인 장로로부터 당시 오만천 목사의 사모 성함이 남편보다 비교 불가할 정도의 높은 수치인 육억만이었다는 얘기를 듣고 둘이서 한바탕 파안대소했던 적이 있었다.

국민학교 고학년과 중학 시절 때는 학업에 전념하느라 교회 출입이 거의 없었다. 크리스마스 촌극 발표회 때나 한번 들르는 정도였다. 그러나 명문 고등학교에 입학하게 되자 교회 측에서 콜이 왔다. 동네 옆집 누나가 반강제로 교회로 끌고 갔다. 당시 영도에서 최고 부자인 안 부잣집 2년 선배인 딸이 관심을 보이며 대갓집으로 초대해 게감정, 생선 조치, 똑도기자반, 외보도리, 아감젓이나 쇠고기 저냐·너비아니 같은 듣도 보도 못한 정갈하고 훈감한 음식을 덜퍽지게 내놓을 때마다 눈이 휘둥그레지곤 했다. 조촐한 외모의 그녀 역시 부산 최고 명문인 K 여고를 다녔는데 가끔 통학버스 안에서 만났다. 옆집 누나와 함께 독실한 기독교 집안인 안 부잣집에 풀 방구리에 쥐 드나들 듯하며, 두둑한 주머니를 꿰차고 상상도 못 할 용돈을 흔전만전 설체하고 다니는 이 집 외동딸의 꾐을 톡톡히 받았다. 그녀의 간곡한 권유로 그간 두남받으며 얻어먹은 밥값이라도 해야 도리일 듯해 하는 수 없이 영도교회를 다닐 수밖에 없었다. 일요일이면 약방에 감초처럼 교회에 나가 성경책을 뒤적이며 주일 예배에 참석하고, 유년반 교사 활동을 했다.

그러던 어느 날이었다. 평소 존경하던 선임 전도사의 주관으로 교회 2층 구석방에서 청년반 성경 수업이 실시됐다. 얄푸른 잎사귀로 치장한 버즘나무 고목의 애채가 남실바람에 실려 연신 창틀을 때려 대는 음침한 방이었다. 동정녀 마리아와 예수의 부활과 승천을 비롯한 성경에 나오는 여러 기적에 평소 의구심이 들고 있던 창국은 전도사에게 모세의 기적에 대해 질문했다. 한참 고교 수업으로 물리·화학·수학 등의 과학 이론을 접하던 그에게 전도사의 때군때군한 대답은 의외의 충격을 주었다. 이스라엘 민족이 파라오의 박해로 이집트 엑소더스를 시도하여 약속의 땅으로 가던 중 하나님의 역사로 홍해 바다가 갈라진 사건이었다. 일말의 과학적 터무니라도 기대했던 그에게 전도사가 해준 답변은 지극히 간단하면서 단호했다.

"성경 속의 모든 기적은 과학적으로 접근해서는 안 되고, 무조건 신앙의 힘으로 믿어야만 한다…"

믿음은 조건을 달고 의심하면 이미 믿음이 아니라며 토를 달 여유조차 주지 않고 믿음의 절대적 만능만을 일장 설파한 그 전도사의 애매한 두루뭉수리 답변이 미쁘게 보이지 않았다. 하나님 외는 모두를 경계하라라며 소리 나지 않는 것을 듣고, 보이지 않은 것을 보라니, 더구나 하나님을 믿는 자는 모두 죄인이라니…. 지엽말단적 질문을 했더니 도리어 풀기가 봉사 문고리 잡기보다 어려운 수수께끼를 냈다. 익은 밥 먹고 선소리하는 성싶은 전도사의 경위에 닿지 않은 말을 접하고 어린 마음에 믿음을 사라지게 한 그가 되양되양하다는 생각이 들어 크게 실망했다. 창국은 마치 입속에 자분거리는 잔모래라도 씹은 듯 기분이 상하고 무연해졌다. 더 궁금했던 예수 부활과 승천과 같은 그리스도론 밑절미의 질문은 엄두도 내지 못했다. 앞으로 남은 긴 삶에서 곁가지 않고 초지일관 이러한 믿음을 맹목적으로 수용할 수 있을지 자신이 없었다. 아니, 간장이 시어지고 소금에 곰팡이가 나기 전에는 불가능하리라 생각했다.

신앙생활에 시쁘게 된 그는 이후 주변의 끈질긴 권유에도 불구하고 덧정 없는 교회 활동을 완전히 둘러엎고 다부지게 학업에만 전력투구했다. 그 전도사와 서로 생각이 귀났던 충격의 여파가 어느 정도 영향을 미쳤는지 고교 졸업 후 국내 최고 명문인 S 대 생명공학과로 진학했다. 교수가 되어 환갑을 맞은 이날 이때까지 과학자로서 학계의 여러 요로를 거치면서 진화론의 선봉에 서 왔었다. 꿩 잡는 게 매라는 속담에 걸맞게 창국은 명실공히 국내에 단벌가는 생명공학자로 인정받았다.

도 교수는 지천명의 나이에 경향일보의 신춘문에 단편소설 부문에 과학과 종교 철학의 심오하고 웅숭깊은 접점을 묘사한 '정교한 여신'이 당선되어 문학에 천트며 늦깎이 소설가로 등단했다. 강단에서의 말발에 더해 원고지에서의 글발까지 더한 새로운 삶이 시작됐다. 생명공학 연구와 소설 집필을 겸하며 분주히 보내던 그는 환갑을 기념하기 위해 여섯 편의 단편과 한 편의 중편을 엮어 단편소설 중 한 편의 제목인 '부활의 블랙박스'라는 표제의 소설집을 발간했다.

소설이 발표되자 잔잔한 파문이 일기 시작했다. 전국 규모 학회의 회장인 도 교수의 위상이 의외로 컸으므로 시중에 회자되면서 그의 노작은 많은 독자를 확보하기 시작했다. 급기야 한 달여 만에 재판을 찍을 정도로 소설집이 일대 회오리바람을 일으키며 천세나게 팔려나가자 기꺼움을 부추겼다. 물론 급진 기독 단체의 항의성 글도 각종 언론과 페이스북·인스타그램·유튜브 등의 SNS상에 올라오기 시작했다. 마치 조리돌리듯 비소를 흘리며 그들이 뿜어내는 망신살이 무지갯살 뻗치듯 했다. 특히, 예를 들어, 학위 취득 축하연에서 "올 한해 보람 있었던 일은 박사학위 취득과 천주교우회 정기 모임에서의 기도였습니다."라거나 인터넷에 풍경 사진을 몇 장 올릴 때도 꼭 어디엔가 십자가가 보이는 성당 건물을 포함시키는 식으로-강한 전도의 사명감으로- 매사 종교와 연결하는 천주교 지인들의 거부 반응이 상당했다. 이들은 소나기 맞은 증상으로 으깍이 난 채 얌심을 부리며 도 교수의 일을 탐새기줄 기세로 씨식잖고 고깝게 흘겨봤다. 개신교보다 천주교 신자들이 기독 교리에 대한 자부심과 어긋난 교리에 대한 불쾌감 표시가 훨씬 크다는 것을 실감했다.

도 교수가 보기에 천주교는 신부, 수녀와 스님이 서로 허심탄회하게 교류하는 것처럼 타 종교를 인정하고 수용하는 추세였지만, 천주교 교리에 대한 타인의 비판에는 결사 항전의 태세를 보이는 듯했다. 반면, 개신교는 타인의 교리 비판에는 관대한 듯하나 타 종교인을 배척하고 그들과의 접촉이 거의 없는 듯했다. 특히 불교에 대한 거리감이 컸다. 예를 들어, 목사·신부처럼 '님' 자를 안 붙이고 용어를 사용하기도 하는데 왜 스님은 항상 '님' 자를 붙이냐면서 일부 과격한 개신교 신자는 스님을 칭할 때 '스'로만 부르기도 했다.

창세기 1장 1절에 "태초에 하나님이 천지를 창조하였다."라고 밝힌 기독교의 창조론이 그리스도교 신앙의 믿음 안에서 확립됐다. 창조론은 "아무도 모르고, 신만이 알고 있다."라는 의미의 GOK (God Only Knows)로 불렸다. 어쩌면 이 세상의 삼라만상을 원소로 쪼개면 45억 년의 지구 역사 속에서 새로 창조된 것이 없는 듯하다. 새로운 원소나 그로 인한 물질을 찾아볼 수 없으므로, 아직 발견하지 못한 원소가 있을진 몰라도, 하나님이 무수한 원소가 포함된 빛을 창조하고 연이어 물과 하늘, 흙과 식물, 천체, 물고기와 새, 동물, 기는 것, 인간의 순서로 6일간에 걸쳐 창조하신 후 지금까지 세상에 새롭게 생겨난 것이 없는 게 현실이다. 쉽게 말해 이 세상의 모든 종류별 원소의 총량은 태초나 지금이나 변함이 없다는 것이다. 다만 기독교에서는 천지창조 이후 하나님이 유일하게 새로 만든 피조물, 즉 추가 원소가 가미된 창조물이 예수 그리스도이며, 그 창조 작업이 인류 구원의 실체임을 주장하고 있다.

그러나 찰스 다윈이 그의 저서『종의 기원』에서 주장한 진화론이 창조론을 반박했다. 진화의 메커니즘인 자연 선택을 통해 긴 시간을 두고 공동 후손의 점진적 개체 생성이 이루어진다는 것이 그 핵심 골갱이었다. 신학과 점점 멀어져 가는 과학이 이를 뒷받침해 주고 있다. DNA 추출, 세포배양, 유전자 돌연변이, 생명체 돋되기(진화)·졸되기(퇴화)에 대한 직접 증거들을 통해 모든 물질의 진화적 관계성을 분석하는 것이 생명과학이다. 과학을 근간으로 하는 생명공학 전공의 교수와 진화학회 수장의 입장에서 신앙적 창조론을 거부하고 과학적 진화론을 부각하려는 의도로 관련 자료들을 잘 엉구어서 '부활의 블랙박스'라는 단편소설을 집필했다. 인문학을 도구로 사용해 후학들에게 자연과학 분야에 대한 학술적 면치레를 한 셈이었다.

*

경찰이 살인자 추적에 나서 여러 각도로 수사를 했으나 범적은 커녕 살해 동기마저 모호했다. 독침을 사용했다는 것은 어느 개인이 아니라 범죄 조직의 소행임을 짐작게 했다. 아니나 다를까 독성분을 분석한 국과수 결과 국내에서는 찾아볼 수 없는 희귀한 맹독으로 판명됐다. 우발적 범죄가 아니라 찜없이 세운 치밀한 계획에 따른 완전 범죄의 살인 행위로 보였다. 진화론을 대표하는 도꼭지, 엄박(淹博)한 원로 교수의 독살은 사회 전반에 큰 충격을 주었다. 현 정부 초기에 과학기술부 장관으로까지 거론됐던 될뻔댁 유명 인사라 도창국의 죽음은 국내외를 막론하고 애도의 강도가 배가 되었다.

H 대 병원 장례식장에서 치러진 고인 장례식의 조문 행렬이 줄을 이었다. 도 교수의 유해는 한 줌의 흰색 가루로 변해 그가 평생 진화의 소용돌이 속에서 연구 대상으로 삼았던 자연의 품속으로 뿌려졌다. 지난한 삶의 소용돌이 속에서 원대한 꿈을 향해 발버둥치고도 그가 종당에 이른 것은 액살을 걷지 못한 비극의 희생자로 뭇사람들에게 각인됐을 뿐이었다.

장례를 치르고 어느 정도 심기를 진정시킨 도 교수의 부인이 막 군에서 전역한 아들을 앞세우고 짐 처리를 위해 그의 생전 대학 연구실을 찾았다. 평소 도 교수의 성품을 반영이라도 하듯 연구실은 깔밋하게 정리·정돈되어 있었다. 수많은 전공 서적과 논문집, 책상·책장·의자·탁자 등속의 사무용 가구는 일단 이삿짐센터를 불러 양평의 시골집 거실로 옮기기로 했다. 출입문 쪽 귀퉁이에 굳게 잠긴 철재 캐비닛이 하나 놓여 있었다. 설정된 비밀번호를 알 길이 없었으므로 문고리를 부수고 문을 열었다. 고가의 소형 실습

장비와 여권, 신용카드, 현금, 인감도장, 자격수첩 등 이런저런 주요 소지품들이 칸칸이 놓여 있었다. 맨 아래 철제 서랍 문을 열자 누런색 서류용 대봉투 하나가 보였다. 겉면에는 붉은색 매직으로 그려진 큼직한 별표가 표시돼 있었다. 봉투 속에는 A4 용지에 몸 달아 써 내려간 듯한 망자의 자필 글이 적혀 있었다. 미망인이 무심결에 그 종이를 펼쳐 들고 읽어 내려갔다. 그녀로서는 땅띔도 못 했던 글이었다.

『위협의 변

작금의 본인 소설 "부활의 블랙박스"가 발간되고 독자의 호응을 얻던 중 감정이 극도로 딩딩해진 일련의 집단으로부터 뜻밖의 위협을 받았다. 막해도 각종 모바일 SNS를 통해 입길에 오르내리는 언어폭력에 시달리는 정도겠지 했던 예상이 완전히 빗나갔다. 신원 불명의 자칭 기독 심판자라는 사람들이 울력성당으로 하나님과 예수님의 신성을 모독한 죄를 심판하기 위해 살해하겠다는 끔찍한 협박을 가하고 있다. 대학에서의 현 직위와 전화번호, 집 주소는 물론 가족 신상까지 파악해 끈질기게 뜯적거리고 있다. 심지어 주민등록번호 등의 개인정보도 낱낱이 밝히며 협박의 강도를 높여 갔다. 해당 소설집을 즉시 회수·절판시키고, 전국기독교총연합회를 상대로 사과문을 발표하라며 식칼 이모콘을 올렸다. 말과 글의 행간을 읽건대 이들이 국내뿐만 아니라 해외 상급 기독 단체의 지시를 받는 듯하다.

대한민국 헌법 제21조에 자유주의 원리에 입각한 자유권적 기본권인 언론·출판의 자유, 즉 표현의 자유가 보장되어 있다. 자연과학자이며 소설가인 저자가 순수문학으로 창작한 픽션 소설이다. 이를 읽은 기독교인들의 반발을 예상은 했으나, 일부 과격 신자가 작가의 의도를 과도하게 곱새기고 도깨비장난 같이 잡죄며 그악스레 보이는 민감한 반응은 내 간각으로는 이해할 수 없다.

만에 하나 내가 살해된다면 이 자들의 소행임이 분명할 것이다. 이 글이 타인에게 읽히는 일이 일어나지 않기를 원망(願望)하며….

심란의 강변에서 토심스레 서성이며, 도창국』

성동경찰서 강력과장인 굴때장군 L 형사가 맞보기 갈색 안경을 벗어 정수리에 걸친 채 인천공항 제1여객터미널 안의 101번 탑승구 벤치에 걸터앉아 스마트폰을 열심히 두드리고 있었다. 평소 살인범 추적에 일가견이 있는 그였지만 일그러진 안면에 긴장된 기색이 역연했다. 주위에는 베테랑 수사관인 거쿨지게 생긴 부하 형사두 명이 해외 출장 일상을 약약하게 느끼는 듯 무덤덤하게 시간을 죽이고 있었다. 이젠 탑승 대기 시간도 서릇하고 지루한지 장거리를 배회하는 맥장꾼처럼 해찰스레 보딩게이트 주위를 서성거렸다. 도창국 살인 사건의 범인 색출 임무를 띠고 이탈리아 로마 경찰청과 공조 수사를 하기 위해 출국을 기다리는 중이었다. 국내 살인 사건 수사 역사상 이제껏 한 번도 체험해 보지 못했던 전무후무할 수사 기록을 남길 성싶었다. 핵심 수사 대상은 교황청의 신앙교리성성 이단심문국의 K 심문관이었다.

갓끈을 플며

　　　　　　강의동 고층 건물의 1층 현관문을 밀치고 들
어서자 로비를 휘저으며 되돌고 되나는 군상들이 분주히 복대기
를 치고 있다. 정신은 맑은 편이나 주변이 뿌옇게 흐려 보인다. 아
무리 생각해 봐도 올라가야 할 교수 연구실의 층수를 기억해 낼
수 없다. 수십 년을 오르내리며 불풍나게 들락거린 곳인데. 갑자기
급성 치매가 왔나? 옆 건물인 것 같기도 하고…. 홀 한편의 소형 강
당 문 앞에서 흐리마리 불안에 싸여 궁싯거린다. 누군가 고개를
획 돌리더니 거적눈을 말아 올리고 빤히 쳐다본다. 이십여 년 전
정년퇴직한 같은 학과 원로 교수다. 성품이 너글너글해 대학 구성
원들이 모두 좋아했었다. 듬성듬성 박힌 흰 머리카락에 까칠한 흰
수염으로 덮인 하얀 얼굴이다. 인사받을 겨를도 주지 않고 거쿨스
레 도막말을 던진다. "신 교수. 열심히 공부하세요." 다 털어 버리
고, 내일모레면 교수 인생을 졸업할 후배 교수에게 밑도 끝도 없이
더 공부하라니. 정문일침인 듯도 했으나 뒤대는 듯한 대중없는 말
을 도대체 종잡을 수 없다. 평소의 점잖던 말투와는 어울리지 않

게 궁따듯 싱겁게 내뱉는 그의 언사에, 코를 떼는 듯해 뭔 말인가 따지려 고개를 돌렸으나 말갈망도 하지 않고 휑하니 사라지고 없다. 귀신 곡할 노릇이다.

키 높이 정도 한 단 높은 층의 안내 데스크로 오른다. 낯익은 직원에게 조경학과가 몇 층이냐고 묻는다. 그 역시 평소와 달리 고달을 피우는 듯 새퉁이처럼 손가락으로 밉살스레 가리키며 제법 긴 너비의 칸살 저쪽 어디 다른 건물이란다. 그리고 보니 점심을 먹으러 다니던 유리창 너머 건너편 거리의 산책로가 아스라이 짚인다. 임박해 오는 강의 시간이 떠오르자 안달이 나서 겉보리 단 거꾸로 묶은 것 같은 어설픈 발걸음이 허우적거리며 각단을 못 잡는다. 좁은 폭의 계단을 내려가려 한 발을 내딛자, 종잇조각 계단이 구겨지며 와르르 내려앉는다. 낙장거리로 몸통이 거꾸로 허공에 떠 천장에 박힌 대형 LED 전등을 잠깐 의식한다. 모들뜨기로 한 바퀴 돌아 콘크리트 바닥으로 세차게 꼬라박힐 순간! 두 팔을 허우적거리고 침대에서 벌떡 일어나 앉으며, 설깬 눈을 한 번 깜박였다 마른침을 삼켰다.

갓끈을 풀게 될 정년퇴직 전, 마지막 학기를 끝맺는 마당에 본 어지럽고도 용천맞은 꿈이었다. 며칠간 사위스러운 기분을 떨치지 못한 채 늦이 좋을지 나쁠지 해몽에 분주해질 것 같다.

휴대폰 진동음을 벨소리로 바꾸자마자 마치 기다렸다는 듯이 슈베르트의 달큼한 멜로디의 『세레나데』가 묵직이 울려 퍼졌다.

"신 교수님, 막 끝난 조경재료학 기말고사 감독하시면서 잠깐 강의실을 비웠습니까?"

다급한 쉰 목소리가 심상치 않았다. 1학기 기말고사의 마지막 시험을 마치고 교수 연구실로 돌아와 시험 답안지를 한갓지게 정리하던 중 교무처 수업학적과 권 계장의 전화를 받았다. 얼핏 생각해 보니 시험 초반에 잠깐 강의실을 비웠던 게 떠올랐다.

"예, 그런데요."

"교수님, 고약한 일이 생겼습니다. 시험을 치른 학생 중 한 명이 교수님이 밖으로 나간 사이 학생들 간에 커닝이 있었다고 대나무숲에 익명으로 올린 글을 총장님이 보셨습니다. 불만을 토로한 학생이 재시험을 요구하고 있고요."

대나무숲은 트위터, 페이스북 등의 SNS(소셜 네트워크 서비스)에 대학 재학생의 제보를 익명으로 올려주는 페이지로 전국 대학 대부분이 운용하고 있다. 학생 상호 간의 유익한 정보 교류에 일조하지만, 간혹 불만·선동·날조 같은 부정적 제보와 교수 부조리 고발도 있다. 그 내용과 댓글은 전국적으로 일시에 뜨르르 퍼져나가므로 파급 효과가 막강하다. 30년 교수 인생에서 이런 돌출적인 학생은 꽃등이라 잠시 덩둘했다.

시험 문제지와 답안지를 막 나눠 주고 교탁에 정자세로 섰는데, 강의실 뒤쪽 벽체로부터 뎅걸뎅걸 웅성거리는 소음이 들려왔다. 대학 본부 교무회의실이 신축 건물로 옮겨 가고 그 큰 방이 일반 강의실로 대체됐다. 이 강의실 한쪽을 칸막이벽으로 막아 재료실습실로 사용했다. 구조 벽체가 아니라 방음 효과가 미미해 실습실 학생들의 떠지껄한 소리가 바로 전달됐다. 강의실 문을 열고 잠간 그곳으로 건너가 큰소리로 웃고 노닥이던 서너 명의 실원들에게 옆방에서 시험을 보고 있으니 조용히 하라는 주의를 주고 돌아왔다. 강의실을 비운 시간은 불과 1분 남짓했다. 시험 방해 요소를 제거하려던 칠칠한 감독 교수의 당연한 조치가 야기부리는 어느 고부장한 학생의 농간으로 불협화음을 불러일으켰다.

전후 형편의 해명을 들은 권 계장은 피치 못했을 공칙스러운 사정은 이해하지만, 그래도 일이 더 커지기 전에 빨리 재시험 조치를 할 것을 요구했다. 데면데면한 엇조로 군색하게도 총장 지시라는 언턱거리를 잼처 들먹였다. 평소 섬서하게 지내는 사이인 교무처 직원과 교수가 얽힐 일은 거의 없었으므로 짜증 반 걱정 반의 게적지근한 마음을 금치 못했다. 더욱이 벗바리가 좋은지 주변에서 생파리라는 별명을 얻을 정도로 교수들에게 쓸까스르는 듯 벋버듬하게 굴며 고리타분하고 산망스럽기로 소문이 자자한 찰짜인 권 계장과 길게 말을 섞고 싶지 않았다. 마침 1학기 15주 차의 기말고사 기간 중 마지막 날인 목요일에 본 시험이라 재시험 일정을 잡기가 곤란했다. 통상 학생들은 시험 일정이 끝나면 바로 긴장이 풀려 흩어져 버린다. 귓등으로 흘리고 허투루 처리해서는 뒷갈망을 못할 것 같은 난감한 가리새에 봉착하자 비로소 머릿살이 아파져 오기 시작했다. 괜히 일을 키워 대두리판이 벌어지면 더 크게 황그릴 수도 있겠다는 생각이 들었다.

시험권 확보를 위한 이익의 상충에, 잠시 혼란스러웠다. 사정이야 어쨌든 짧은 시간이나마 교수가 시험 감독 중 강의실을 비운 것은 일단 규정 위반이다. 그렇다고 시끄러운 상태에서 시험을 진행할 수도 없는 교수 입장은 규정을 떠난 보편적 관례로 볼 수 있다. 규정이 먼전가 관례가 먼전가? 모든 교수가 다 따를 것만 같은 관례가, 한 학생의 오기로 인해 깨어지고, 규정으로 덮어씌워질 수 있단 말인가.

본능적인 방어기제가 발동되어 벌레 씹는 맛의 뜨악한 기분을 너누룩이 가라앉혔다. 폐로운 일이긴 하지만 부득불 전자출결 앱의 쪽지 보관함을 통해 다음 날인 금요일에 재시험을 본다고 공지를 띄었다. 쪽지 소식이 나가자마자 여러 사정으로 인한 시험 불가 통보가 휴대폰 문자 난을 두들겨 댔다. 시험 종료 후 불과 한 시간도 채 되지 않았음에도 별별 사유가 찍혔다. 여름휴가 차 지금 부모님 차로 3박 4일간의 설악산 여행을 가는 중이라, 내일부터 주간 아르바이트가 시작돼 계약 파기가 불가하므로, 친구끼리의 해외여행을 위해 현재 공항으로 이동 중이라, … 등등, 사연도 제각각이었다. 시험이 끝나기 무섭게 우선해진 학생들의 별쭝난 각자 행보들이 분주했다. 다들 교정 엑소더스를 위한 순발력과 기동력 하나는 남에게 뒤질세라 발밭았다. 권 계장에게 여차한 덧거친 사정을 간곡히 말하며 재시험이 곤란하다고 전화했지만, 느물대는 말투를 써 가며 막무가내로 다조겼다. 몇 명이 참여할지 의문이었지만, 하는 수 없이 다음 주 월요일에 재시험을 보니 꼭 응시하라고 최종 통보했다.

재시험을 결정하고 나자 슬슬 익명 신고 학생이 누구인지 궁금해졌다. 시험 대상자는 조경학과 3학년 38명이었다. 시험이 끝나고 학과에 남아 있는 몇몇 학생에게 물어본바, 그 바특한 시간에 커닝한 학생은 없었다고들 말했다. 상식적으로 생각해도 시험 문제가 전부 주관식이라 커닝하기가 힘들 뿐 아니라, 누가 감히 그 순간에 몸을 움직여 커닝했으리라고는 믿어지지 않았다. 그렇다면 본 과목 강의에 불만을 품고 생뚱맞은 이의를 제기해 담당 교수를 골탕먹이려는 누군가의 의도임이 틀림없었다. 자연히 학기 초부터 문제 학생이 있었는지 되짚어 보았다. 간혹 강의 형식과 내용에 꼬투리를 잡고 날카롭게 질문하는 학생은 한두 명 있었으나 크게 하자가 보였던 자는 선뜻 떠오르지 않았다. 지난 학기들의 성적표를 확인해 F나 D 학점을 받은 학생들의 면면도 훑어보았지만, 특이 사항은 발견할 수 없었다. 허면 평소 학과에 대한 불만자이거나 정신이 온전치 못한 학생일 수밖에 없었다. 입학 사정 때 비면접 과정으로 들어온 학생은 학과 교수가 정신 상태를 파악할 길이 없으므로 가끔 맞이하는 무녀리 꼴의 문제 학생 때문에 골머리를 앓곤 했다. 생각이 여기에 이르자 속종으로 긴가민가 의심 가는 학생이 짚였다. 그러나 누구인지 심정은 가나 여차한 증거가 없으므로 확인은 불가했다. 설령 확인한들 무슨 소용이 있으랴. 수사나운 일진이었다고 자위하고 마는 수밖에….

재작년 11월 말경에 사개가 어긋난 막무가내식 문제 학생들에게 졸경을 치러야만 했던 한 씨식잖은 사건이 언뜻 떠올랐다.

신성한 대학 캠퍼스 내 강의실에서 마치 노사 협상하듯 4학년 남학생 3명과 교수 3명이 테이블을 마주하고 앉았다. 학과 세미나실에서의 침통한 대면이었다. 답치기를 놓고 있는 학생들이 대나무숲 차원이 아니라 여차하면 교육부에 투서를 넣겠다고 힐난조로 교수를 협박하며 볼강스레 게먹는 중이었다. 그래도 일말의 양심은 남아 있는지 대화 내내 교수들을 똑바로 바라보진 않고 눈을 가라뜨고 씀벅대며 탁자 바닥만 내려다봤다. 졸업시험에 불합격하여 제때 졸업이 불가능해진 학생들이었다. 졸업시험에 통과하지 못해 한 학기 정도 늦게 졸업하는 사례가 이전에도 왕왕 있었기에 별다른 특별 사안은 아니었다. 그런데 올해 유독, 대여섯 명의 불합격자 중 3명이 소사스럽게도 신들신들 갸기를 부리며 학과로 태클을 걸어왔다. 수십 년간의 교수 생활에서 경험해 보지 못한, 학생이 교수를 소환하는 생뚱맞은 사태에 교수들은 허탈하기만 했다. 그러나 욱기를 부리고 쥐어치며 무람없이 엄포를 놓는 학생들 입장이 워낙 강경해 흘으로 보거나 오죽잖게 생각할 수만은 없었다.

졸업시험은 3시간에 걸쳐 전공 6과목을 테스트했다. 객관식 4지 선다형의 문제로 평균 60점 이상이어야 하고, 한 과목이라도 40점 이하이면 과락으로 불합격이다. 세 학생의 주장은 단순했다. 졸업시험에 대한 예상문제나 기출문제에 대한 정보(소위 말하는 족보)가 학생들 간에 대대로 전해 내려오는데, 본인들은 학우들로부터 왕따를 당해 그 족보를 입수할 수 없어 불합격했으므로 불공정하다는 것이었다. 문제지는 답안지 제출 때 매수를 확인하며 철저히 회수하지만, 간혹 문제가 노출되는 모양이었다. 하기야 마음먹고 휴대폰으로 촬영해 버리면 될 일이었다. 그것까지 시험 감독이 잡아내기란 간대로 되지 않았다.

학생들이 학과장과 4학년 지도교수, 졸업시험 주관 교수 3명을 상대로 면담 신청을 해 왔다. 주관 교수라 더 신경이 쓰였다. 주관 교수는 문제지·답안(채점)지, 합격 사정표 및 교수 회의록 등의 서류를 10년까지 잘 보관해야만 한다. 말밥에 오르게 될 교내 감사도 신경 쓰이는데, 만에 하나 학생들의 강수로 교육부 감사라도 나와 학사 자료를 쑤석거리고 다닌다면 골치 아픈 일이 벌어질 게 뻔했다. 간혹 워낙 점수가 저조해 대거 탈락될 경우는 학과 교수회의에서 점수를 상향 조절해서 어느 정도 구제를 해 줬다. 이것도 규정에 없는 사안이므로 원칙적으로 따지면 위법이다. 이 경우 근거 서류를 남기더라도 감사 지적 사항이 될 수 있다.

이런 건잠을 아는지 모르는지, 어기뚱한 학생들이 교육부 신고를 운운하며 딱장뗄 서슬로 뒤넘스레 교수들에게 맞섰다. 앞뒤 말가리를 가리지 않고 도섭을 떨며 휘뚜루 들까부는 그들의 흥어운 행동거지로 보아 뻔뻔하기가 양푼 밑구멍 같았다. 세 명 다 입대휴학 후 군 복무를 마치고 전역한 복학생들이었다. 군에 다녀온 복학생들은 대저 학업에 충실했다. 군에서의 통제 생활 중 자유로운 자기 계발의 가능성을 깨치고 사회로 복귀하기 때문에, 시간의 소중함을 절실히 느끼고 촌음을 조리차했다. 다만 극소수 위각(違角)난 복학생이 있지만, 같잖게 여든대는 이 학생들처럼 희떱고 얄망궂은 무리는 거의 찾아보기가 힘들었다.

대학 현장에서 아무리 교권이 약해졌다손 치더라도 교수를 맞상대로 하여 마치 갑을 관계의 노조 투쟁 현장처럼 노(학생)와 사(교수)가 대치하는 듯했다. 얼핏 무질서한 깍두기집안이 학내로 옮겨온 듯한 감이 들었다. 학생이 교수를 상대로 학사 과정에 관해 이래저래 가래는 몽니 행위 자체가 말살에 쇠살 같은 구성없는 짓이라 도대체 납득되지 않았다. 순간 실망과 분노를 넘은 심한 자괴감으로 콧등이 부은 교수들은 온몸이 그닐거렸다. 사제간에 '벽'은 없을지언정 '격'은 있어야 한다는 말이 무색했다. 지난날 신봉했던 "군사부일체"나 "제자는 스승의 그림자도 밟지 말아야 한다."라던 동동촉촉(洞洞燭燭)의 말이 오늘날 무참히 허물어지다니, 격세지감에 치를 떨 수밖에 없었다.

순한 말로 잘 궁굴리려 학과장이 낯놀림을 하며 뼈들게 설득에 들어갔다. 저간의 켯속을 들어가면서 차분히 설명했지만, 원체 용통한 친구들이라 뼈물기만 할 뿐 담벼락하고 말하는 셈이었다. 이미 믿지 않고 생먹기로 작정한 잔밉고 얄미운 학생들의 숨소리는 거칠기만 했다. 반부새로 물색없이 시퉁머리 터지는 소리를 해 대는 발만스러운 이들의 검은 심보는 강팔진 인간의 표상이었다. 본인들이 공부를 안 해서 불합격한 것은 돌아보지 않고, 막무가내로 황당무계한 주장을 내대며 교수를 걸먹이는 것에 흥미를 붙인 듯했다.

후일 노동 분쟁 현장의 사측과의 격돌에서 빡빡이에 붉은색 머리띠를 싸매고 주먹질을 해 대는 노측의 격한 자태가 이 학생들 얼굴에 오버랩되었다. 교수 입장에서는 있을 수 없는, 민망할 정도로 초라떼고 남우세스러운 일이었지만 일이 더 크게 확대되지 않도록 진드근하게 참을 수밖에 별도리가 없었다. 되바라지고 강파리하나, 어찌 보면 이들도 사랑해야 할 제사임은 분명하니까. 부디 남을 헐뜯고 중상모략을 일삼는 아귀다툼 무리에는 섞이지 말아야 할 텐데…. 무연히 침묵을 지키던 몬존한 성격의 학과 최고 원로 교수인 임 교수가 결을 삭이며 한마디 말을 던졌다.

"4년 동안 지도교수로서 세 학생과 누차 상담하며 정신적 교류도 했었는데, 이런 사태가 벌어져 심히 유감스럽습니다. 일견 섭섭하기도 하고…. 하지만 한편으로 역지사지해서 생각해 보면, 한창 혈기 방장의 시기인 제군들 심정을 충분히 이해할 수도 있어요. 애벌레 처지에서 보면, 진로를 막아서는 꽃이나 나뭇가지나 돌덩이 등은 모두 문젯거리입니다. 그러나 나비에게는 이 모든 것이 구경거리요 포근한 안식처입니다. 결국 애벌레가 나비로 변하는 것이지요. 여러분이 처한 현실이 이와 같을 거예요.

옳고 그름이나 선악의 잣대도 시간의 흐름에 따라 바뀌게 마련입니다. 현실을 잘 파악해서 곱아든 마음들을 녹이고 현명한 판단을 내리길 바랍니다. 학생들이 우리 교수진을 원망하고 더 나아가 증오하고 있을진 몰라도 결코 경멸하고 있다고는 믿지 않아요. 인생을 살다 보면 증오할 만한 적은 가질 수 있겠으나 경멸스러운 적은 절대 피해야 하니까요. 전자는 자신에게 더 가치 있는 적이 될 수 있으나 후자는 자신을 파멸시킬 게 확실해요. …."

슬며시 에둘러 나무라며, 존조리 가르쳐 타이르는 '풍유(諷諭)'의 말씀이었다. 쓰담쓰담한 말맛으로 보아 역시 구관이 명관이었다. 평소 지켜봐 온 대로 몸에 밴 넘늘이성을 십분 발휘해 비사치는 그는 과시 훌륭한 사표(師表)였다. 학생들 분위기를 설핏 재어 보니 말뺌하는 듯한 다소 수굿해진 느낌을 감지할 수 있었다. 매실매실하게 행동하며 어쭙잖게 티적거리고 큰소리치던 학생들이 갑자기 무구포의 꿀 먹은 벙어리로 변한 걸 보자 종전까지의 자글거리던 마음이 걷히면서 적이 안심됐다. 지리멸렬할 뻔하던 대화에 봄비에 얼음 녹듯 해결의 물꼬가 트였다.

월요일 재시험에 참여한 학생은 어느 정도 겉가량은 했지만, 수강생 38명 중 17명에 불과했다. 지난주 목요일을 기해, 마치 팥을 던지면 확 흩어져 버리듯, 하계 방학을 맞아 일제히 캠퍼스를 빠져나간 학생들로 교정은 텅 비었다. 쇳가루가 자석에 확 들러붙듯 학생들이 시험실로 일제히 밀려오는 것은 불가능했다. 미처 본국으로 귀향하지 못한 중국·베트남 유학생 몇 명만이 드문드문 보일 뿐이었다. 주차장을 벗어나 한적한 오솔길을 따라 연구실로 향하는 마음이 착잡하기 이를 데 없었다.

재시험 감독 내내 점수 산정을 어떻게 해야 분대질을 치지 않을까에 온통 생각이 쏠렸다. 어떤 돌파구를 동원하든 이의 제기할 학생은 나타날 것 같았다. 학생의 개인 사정, 시험의 난이도 등 여러 변수가 기다리고 있기 때문이다. 원시험을 잘 본 학생은 재시험으로 손해를 본다고 생각할 것이다. 재시험에 응하지 않은 학생은 원시험 점수를 반영할 수밖에 없다. 재시험을 본 학생은 재시험 점수를 일괄 반영하거나 원시험과 재시험 성적 중 좋은 점수, 또는 두 시험의 평균 점수 등을 반영할 수 있다. 피치 못할 개인 사정으로 재시험을 보지 못한 학생은 재시험을 본 학생들을 상대로 본인의 점수 업그레이드 기회를 잃었다고 앵하며 불평할 수도 있다. 시험 시간을 코앞에 두고 불참 예정인 몇몇 학생이 나름대로 곤고한 처지의 문자를 보내오기 시작했다. 해외여행 중인데 재시험을 보지 못해 불이익을 받는 건 아닌지, 재시험 문제가 쉽게 나오면 피를 보는 게 아닌지, 최종 점수 산정을 어떻게 하는지 등등….

일단 원시험과 재시험 채점을 마쳤다. 처음 겪어 보는 사태라 어디 참고할 만한 게 있나 네이버 따위를 이리저리 톺아보았지만 별무였다. 동료 교수들에게도 물어봤지만 역시 일도양단할 만한 뾰족한 방안을 들을 수 없었다. 학사 일정상 기말고사 종료 날이 하루라도 뒷날이었으면 아무런 문제가 되지 않을 사태였다. 하필 시험 기간 마지막 날 시험인 바람에 옹이에 마디처럼 일이 꼬이고 만 것이다. 한참을 고민하다 결론을 내렸다. 난이도를 비교하기 위해 먼저 원시험의 평균 점수를 산출했다. 다음 재시험의 평균 점수를 산출해 원시험과 맞쥐어 보니 두 평균 점수 차가 제법 났다. 따라서 단순히 원시험과 재시험 점수를 최종 점수로 결정할 수는 없었다. 그래서 재시험 본 학생들은 재시험 점수와 원시험 점수의 평균을 낸 점수를 가지고 다시 전체 평균을 냈다. 빙고! 그 평균 점수와 원시험 평균 점수가 신이하게도 소수점 첫째 자리까지 일치했다. 그렇다면 학생들의 이의 제기에 디펜딩(방어)할 수 있는 명분을 마련한 셈이었다. 두 경우 난이도가 정확히 같으므로 공정한 평가가 될 듯했다. 즉시 전자출결 앱의 쪽지함에 그 내용을 기재했다.

"조경재료학 기말고사 성적은 전 학생 원시험 평균 점수와 개인의 원시험·재시험 평균 점수로 산출한 전 학생 평균 점수가 같으므로, 재시험을 보지 않은 학생은 원시험 점수로, 재시험을 본 학생은 원시험과 재시험의 평균 점수로 산정합니다."

공지가 나간 후 혹시라도 의견 제시를 하는 학생이 나올까 우려했다. 굿 뒤에 날장구 치며 항의하는 학생이 있을 수 있으니까. 그러나 이 또한 신기하게도 답글을 올리는 학생이 한 명도 없었다. 모두 수긍한다는 의미였다. 며칠 후 성적이 게시되고, 성적 정정 기간이 경과할 때까지 이 과목에 대한 아무런 이의 제기가 없었다. 혹시나 두벌일해야지 않을까 조바심쳤는데, 성적 처리가 아퀴 짓게 되자 한시름 놓을 수 있었다. 그야말로 긴 교수 인생 중 잠시 스쳐 간 해프닝이었다.

재시험 소동이 벌어진 다음 해 동계 방학을 맞았다. 음력 10월 중하순을 맞아 올해에도 외상없이 뭇사람들을 상대로 털목도리를 휘감게 만드는, 살을 에는 듯한 매섭고 추운 손돌바람이 불어와 올 겨울 처음으로 살짝 내려 쌓인 자국눈 덮인 대지를 뒤흔들었다. 털 빠진 강아지처럼 삭막한 겨울 캠퍼스에도 날이 득하여 코끝이 시린 한기가 되알지게 밀어닥쳤다. 여름철의 시푸름을 짓누르고 철찾아 소슬하게 황달이 들었던 가을 교정 잔디밭의 이파리도 겨울맞이를 하느라 바짝 말라비틀어져 그 형체를 알아보기 힘들었다. 프리즈 외투 깃을 일껏 세우고 일상 음용하는 뜨기운 보이차 찻잔을 감싸 쥔 채 7층 연구실 창문을 통해 졸가리만 앙상궂게 드러내고 있는 금룡강변 캠퍼스 언저리의 키 큰 버드나무 우죽에 걸린 얼숭덜숭한 초대형 까치집을 내려다봤다. 이 방에 입주한 이래 노박이로 보아 왔으니 적어도 30년은 넘은 둥지였다. 기나긴 세월, 비록 보아 주는 이는 곱다시 나 하나였지만, 그간 수많은 까치 가족이 생식을 거듭하며 보금자리를 거쳐 갔을 것이다. 인간 삶과 대비되는 날짐승 소멸의 결정체였다.

금룡강 건너 저 멀리 서평공단 건물들이 낮게 깔렸다. 공단과 강 사이 펼쳐진 너른 벌판의 사랫길로 변두리 야산을 파헤쳐 건설 중인 국토 경관 훼손의 아파트 현장으로 드나드는 레미콘 차들이 곰틀대는 벌레처럼 기어가고 있었다. 강물 도처에 쌓인 풀등 위의 황갈색 성긴 갈대숲 사이로 희끗희끗 보이는 해오라기들이 배턴을 이어받아 곤댓짓하며 창공을 오르내렸다. 어녹이치는 강물에 지핀 채 떠다니는 덧물 위 살얼음판에 내리꽂은 빛발의 충돌이 눈부신 광채로 튕겨 올라 여기저기 번뜩였다.

버드나무 아래 데크에는 밤색 목재 널벽으로 세워진 조류관찰대의 횅한 구멍들을 꿰뚫은 빛기둥 뭉치들이 인적 없는 널빤지 바닥에 어른거렸다. 월류보(越流洑)에 가득 찬 강물의 푸른 수면을 배경으로 겨울나기를 그려 보는 덩치 큰 길냥이 한 마리가 데크 난간 기둥 꼭대기에 웅크리고 앉아 해바라기를 즐기며 깜빡거렸다. 혹독한 추위가 몰려오기 전 어느 하오의 스산하고도 한적한 정경이었다. 불원간 맵짠 눈보라가 밀려와 겨울나무를 품은 강변 온 천지를 은빛 설경으로 선연히 물들일 것이다.

강의로 분주했던 학기 중에 미뤄 두었던 연구 과제를 챙길 요량으로 중국 윈난성 명물 보이차 한 잔을 달여 마시며 PC 파일을 점검하고 있었다. 노크 소리에 출입문 쪽으로 시선을 돌리자 제비턱이 돋보이는 허우대가 헌칠한 남학생 한 명이 연구실 안으로 들어왔다. 이번에 졸업하게 될 4학년 조성관이었다. 방학을 맞아 학과 내에 학생을 찾아보기 드물 때 찾아온 학생이라 내심 의아했다. 성적이 썩 좋은 편은 아니었으나 평소 별문제 없이 학업에 충실한 학생이었다. 출입문을 잠그더니 앙가조촘하다가 뜬금없이 시멘트 바닥에 털썩 꿇어앉았다. 의외의 거추없는 행동이 마음에 설차 속으로 '별 희한한 놈도 다 있네. 시답잖게 무슨 꿍꿍이셈이지.'라고 생각하며 일어나 소파에 앉으라고 했다. 한참을 머무적거리다 일어선 그가 능청을 떨며 말했다.

"교수님, 대학원에 진학해 석사 과정에 들어가고 싶습니다. 지도 교수님이 되어 주십시오."

"그만한 일로 무릎까지 꿇을 일이 뭐 있나. 아욱장아찌처럼 싱거운 친구군. 대학원 입학시험이나 잘 보게."

"한데…, 먼저 교수님께 고백할 게 있습니다. 죽을죄를 지었으니 용서해 주십시오."

"뭘 고백하고, 뭘 용서하라는 거야?"

"작년 1학기 조경재료학 기말고사 때 본교 대나무숲에 글을 올려 재시험 소동을 일으켰던 장본인이 바로 접니다."

"뭐라고!? …. 그땐 왜 그랬나."

"예, 당시 군 전역 후 막 복학해 시험장 분위기를 잘 파악하지 못한 상태에서, 비록 잠시지만 시험장을 이탈한 교수님의 행위가 불합리하다고 판단했습니다. 교수님에 대한 개인적 악의는 결코 없었지만, 어쨌든 제 불찰로 불편을 끼쳐 드려 대단히 죄송스럽습니다."

"자네 딴에는 정의의 사도를 자청했었구먼."

"부끄럽습니다. 제 기준으로만 판단했던 그때의 섣부른 행동을 곧바로 깊이 반성했습니다. 교수님을 실망시켜 드린 점을 만회하기 위해서라도 석사 과정에 들어가 열심히 공부하겠습니다. 내친김에 박사 과정까지 이어 가서 교수님의 수제자가 되겠습니다."

"그래? 그러면 그때 일은 없었던 거로 눙칠 테니, 개의치 말고 열심히 공부해 훌륭한 학자가 되게나. 본시 대학에서 시끄럽게 공부하는 것이야말로 마음자리 수련에는 도움이 된다는 말이 있긴 하네. 학위 받을 때까지 군눈 돌리지 말고 초지일관 밀고 나가 보게. 요새 보면 공부하기 힘들다고 반둥건둥 끝내고 돈 벌러 나가는 대학원생들이 제법 있네. 자네는 뒤내고 사그라지는 그런 중도 포기의 반거들충이 신세가 되지 않기를…."

그의 돌출적이고 왜퉁스러운 언사에 어이가 없었으나 죄다짐을 운운하는 용기가 가상해 보였다. 겁나는 감정을 조정하며 독수리의 눈으로 심연을 들여다보는 것이 용기라 했는데, 그가 긴 호흡 끝에 불안의 티를 걷어냈는지도 모를 일이었다. 물론 거탈만 본 보암보암으로는 용기인지 만용인지 선뜻 판별하기는 곤란했으나 얼핏 살펴본 표정으로 미루어 저름하는 태도를 보여 주는 듯해 얼마큼 미뻐 보이긴 했다. 지난 사달이 떠올라 마뜩잖긴 했으나 한편으로는 잘 가르치면 좋은 인재가 될 수도 있겠다는 생각이 들어 그의 괘씸했던 짓거리를 풀치기로 했다.

이 학생을 대하다 보니, 문득 한 칠팔 년 전쯤의 일이 떠올랐다. 본질은 다르지만 빌밋한 맥락의 사건이었다. 그때도 중간고사 시험 감독을 할 때였다. 시험 종료 직전에 그냥 노파심에서 넘겨짚고 한마디 했다.

"시험 도중 양심불량(커닝)하는 학생이 보이던데. 명단을 적어 두었으니 내 연구실로 찾아와 실토한다면 죄를 묻지 않고 선처해 주겠습니다."

이런 경우 지난 수십 년 교수 생활 동안 찾아온 학생이 한 명도 없었으며, 애초에 에멜무지로 엄포만 놓았을 뿐 기대도 하지 않았다. 그런데 뜻밖에도 한 학생이 찾아와 커닝 사실을 털어놓았다. 그것도 진지한 얼굴빛으로 직전 행위를 초들며 조곤조곤 용서를 구했다. 그 학생도 결국 학부를 졸업하고 재료실습실에 들어와 석사와 박사 학위를 취득한 뒤 지방의 모 대학 교수로 임용되었다. 춘치자명(春雉自鳴)이라, 교수 인생 중 스스로 찾아와 커닝을 자수한 유일무이한 학생이었다.

30대 초반에 수도권 사립인 K 대학 조경학과 교수로 임용됐다. 국내 굴지의 건설회사 조경 부서에서 10여 년간 국내외 현장을 종횡무진으로 헤집고 다니며 실무를 익혔다. 담당 임원의 배려에 힘입어 주경야독으로 석·박사 과정을 마쳤다. 신임 교수 시절 학과 내에 사오십 대 교수가 주류를 이루고 있어 학생들의 군기 잡기 담당이었다. 물론 청년 시절 해병대 학사사관으로 임관해 서해 최북단 도서에서 팔각모에 5만 촉광 다이아몬드 계급장을 뽐내며 해병 특수수색대 소대장 임무를 수행했던 경험이 은연중 말투와 겉틀에서 배어 나오기도 했다.

교수 생활한 지 한 5년쯤 되던 해 졸업작품전시회 때 일이다. 조별로 지도교수의 지도하에 한 학기 동안 심혈을 기울여 완성한 설계 작품을 패널로 제작해 전시장에 거는 연례행사였다. 최근에야 교내에 전시 공간이 마련되어 교내 전문 전시장이나 학과 내 전시 공간에서 주로 하지만, 90년대 초였던 당시에는 교내 전시 공간 시설이 열악하여 대부분 교외 전시장을 이용했다. 시내에 있는 학생 회관이나 도서관, 박물관 등을 이용하다 보니 일반 관람객도 늘채게 모이는 편이었다. 삼사 일간의 전시 기간 중 특히 개막일 행사에는 졸업생의 학부모와 친구들이 참석해 북적대며 축하의 꽃다발을 안기곤 했다. 전시일이 임박해 오면 학생들은 대체로 밤샘 작업을 했다. 심지어는 전시 당일 아침까지 때꾼해진 눈을 슴벅거리며 작업을 투깔스레 두손매무리하는 경우도 있었다.

업무를 공변되이 처리하려는 젊은 교수의 혈기가 발동했다. 전시일 이틀 전 오후 9시까지 강의실에 완성 패널을 입고시켜야 하며, 그 이후 제출하는 작품은 개막식 때 걸지 않겠다고 선언했다. 그러고는 입고 마감 시간이 지나자 강의실 문을 잠가 폐쇄해 버렸다. 다음 날 전 학년 학생들이 동원되어 작품을 교외 전시장으로 옮겨 배치한 후, 비교적 시간을 능두고 행사 잡도리를 마쳤다. 문제는 개막일 당일, 행사를 준비하면서 일어났다. 총 열한 개 조 중 두 개 조가 마감 시간을 넘겨 개막식 때 작품 전시를 못 하게 됐다. 두 작품은 개막 행사가 끝난 후 걸 수밖에 없었다. 학과 원로 교수가 너무 겨우른 처사가 아니냐며 좀 봐주자고 했지만, 해마다 되풀이되는 일부 학생들의 흘근거리다 헤갈을 하는 악습을 이 기회에 타파할 수 있는지를 깐보는 시금석으로 삼아야 한다며 정중히 퇴짜를 놓았다.

두 조 중 한 조의 조장 격 남학생이 그악스레 쫓아다니며 걸게 해 달라고 애원했다. 부모님이 개막식 때 전시장에 오시기로 했는데 자식의 작품이 안 보이면 되겠냐며 결나서 설쳐 댔다. 괜히 건드려 동티나 나지 않을까 잠시 심기가 흔들리기도 했다. 그러나 헤실바실히 늑장을 부리다 갑자기 부처님 다리를 껴안는, 대대로 내려오는 일부 학생들의 벼락치기 버릇을 뿌리 뽑기 위해서는 이를 악물고 자빡을 대야만 했다. 복학생으로 평소 성질이 괄괄하고 거칠한 편인 그 학생은 개막 시간이 다가오자 노가 실이 되도록 진피를 부리며 추근추근 오복조림을 했다. 바로 앞으로 다가오더니 흘깃할깃하며 거머리같이 졸졸 따라다녔다. 급기야 잭나이프 칼날을 폈다 접었다 하며 글컹거렸다. 배우는 학생의 상성(喪性)이나 쌩이질 차원 이상의 궤란쩍은 무언의 협박 시위였다. 사제지간이 아니라 조폭 떼전에서나 있을 법한 을러방망이에 내심 섬뜩하기도 했다. 동기생들이 그의 팔을 잡고 참으라고 설득해도 계속 우줅이며 성질을 부렸다. 교수가 피해 다니는 것을 보고 학생들이 다가와 끌탕하며 말했다.

"교수님, 저 친구 눈빛을 보니 무슨 일을 저지를지도 모를 것 같습니다."

개막식 행사의 테이프 커팅을 위해 사람들이 모여들자 붉으락푸르락해진 얼굴의 그 학생은 가살을 쓰고 고양이 쥐 노리듯 얼굴을 되들어 모들뜨며 험악한 눈동자를 굴렸다. 막무가내식 끙짜를 놓고 천둥벌거숭이의 살똥스러운 태도로 진망궂게 지드럭대며 앞길을 막아섰다.

문득 옛 전방 해병대 수색 소대장 시절 야간사격장 이동 간에 한 엄발난 문제 사병을 악패듯 구타했던 일이 떠올랐다. 사선에 올라가 총부리를 소대장에게 돌릴 수도 있다는 사실을 예상할 수 있었지만, 소대원들의 군기 확립을 위해 위험을 무릅쓰고 모험을 감행했던 사건이었다. 여기서 물러나면 또 몇 년간 개막일 당일 아침까지 패널 제작하느라 허둥지둥하다, 개막 시간 임박해서야 겨우 날림치 작품을 걸게 될 조가 생길 것이 분명했다. 대를 위해 소를 희생한다는 생각으로 밀고 나갔다. 결국 그 학생 조는 개막식 때 작품을 걸지 못하고 인파들이 빠져나간 후에야 걸 수 있었다. 이후 부모님이 와서 축하 꽃다발을 진하고 뒤늦게 건 작품 앞에서 기념사진을 찍었는지는 알 길이 없으나, 학생 군기 담당 교수답게 본때를 보여 준 사건이었다.

학과 교수 다섯 명이 초하의 주말을 맞아 모처럼의 거늑한 여유를 가졌다. 경기도 양평의 시골 마을 뒷산의 물 좋은 고샅을 찾았다. 학과 내 제일 후임이라 운전대를 잡고 약도를 보아 가며 무너미를 지나 자드락길을 굽이굽이 돌아 목적지에 도착했다. 나지막한 언덕을 잇는 다리를 건너 멍에목의 길 한편에 차를 세우고 계곡 쪽으로 들어가자 저만치에서 하얀 연기가 자오록이 피어올랐다. 바위짬에 무쇠솥과 운두 높은 냄비를 걸어 놓고 불을 지펴 뭔가를 끓이고 있었다.

한쪽 무릎을 꿇고 소맷동을 걷어 올린 채 나무 부지깽이를 쥐고, 벌겋게 달친 달밑을 에워싼 불꽃 속의 솔가리를 뒤스럭거리던 젊은이가 교수들 앞으로 달려왔다. 지난해 졸업작품전시회 때 제때 작품을 걸지 못해 달뜬 마음을 가누지 못하고, 새수빠지게 잭나이프로 욱대기며 대지르던 바로 그 문제 학생, 용진이었다. 졸업 후 부모님이 경영하는 큰 조경농장을 물려받아 본격적인 조경 사업을 펼치고 있었다. 올봄에는 조경기사 자격증도 취득했단다. 졸업 후에 보이는 의외의 행실머리로 봐 상시 지분거리는 습성을 지닌 허릅숭이는 아닌 듯했다. 학과 교수들을 농장 인근의 인적 드문 계곡으로 초대했다. 지난번 일을 사죄하는 뜻에서 농장에서 기르는 흑염소를 잡아 수육과 탕으로 흔연대접하겠다고 제안을 했었다. 주변에는 호스트와 같은 학번 졸업생인 베프(best friend) 대여섯 명이 양념통과 각종 야채와 찬거리를 들고 나르며 와짝와짝 요리 장만하느라 한창이었다.

"교수님, 그때 제가 교수님 면전에서 고시랑대며 무례한 행동을 해 죄스러움을 금할 길 없습니다. 전시회 끝나고 곧바로 많이 반성했습니다. 앞으로 가르침을 잊지 않고 은사님들 실망시키지 않도록 열심히 살겠습니다."

"그래, 인자 철들었는가 보네. 햇비둘기 재 넘을까, 부지런히 경험을 쌓고 실력을 기르거나. 부지런한 물레방아는 얼 새도 없고, 구르는 돌은 이끼가 안 끼는 법이니까. 교수에게 결기를 부리고 대거리할 푼수의 용기면 앞으로 큰일 할 수도 있을 거야. 풀풀한 성질만 좀 줄인다면야… 자네 성격이 본래 씨억씨억하잖아. 사람이 잘나다 보면 그럴 수도 있지. 그러고 보니 자네 훤한 얼굴이 알랭

들롱과 견줄 만한 미남이네. 여자들이 줄을 설 테니 장가갈 걱정
은 안 해도 되겠어. 하하.”

“원, 별말씀을요. 이따 식사 끝나고 내려가 저희 농장 구경 한번
하시죠. 제가 안내하겠습니다. 낙락장송을 비롯해 희귀종 수목도
상당히 식재돼 있습니다. 조경식재공사에 추가해 조만간 조경시설
물설치공사 면허도 낼 작정입니다.”

“그러지. 어쨌든 부모님 실망시키지 말고, K 대학 조경학과 졸업
생답게 활짝 활개를 펼쳐 보이게나. 자아, 다들 졸업했으니 학점
문제로 속썩일 일도 없을 테고, 오늘 학과 교수님들이 잘 대접 받
고 놀다 가겠네. 가끔 모교에서 벌어지는 동창회 모임에도 꼭 참석
해 서먹해진 동창들도 만나 보고. 내년이면 학과 창설 40주년인데
선후배가 서로 끌어주고 밀어줘야 모두가 해피하지 않겠나.”

“예. 동창회 활성화는 저희가 책임지고 이뤄나갈 테니 염려 마십
시오. 40주년 기념행사 준비도 현 학회장 후배와 협조해 잘 진행하
고 있습니다. 지난 30주년과는 비교도 안 될 만큼 대대적으로 벌
릴 작정입니다.”

“신 교수님, 혹시 동창생들 사이에 떠도는 교수님에 대한 소문 들
어 보셨습니까?”

소주잔과 갬상추를 양은 쟁개비에 담아 너럭바위로 나르던 졸업
생 성우가 대뜸 말꼬를 텄다. 대형 건설회사에 입사해 인근에서 조
경현장 소장을 맡은 진드근한 제자였다.

“뭔 소문? 내 면전에 대놓고 말하는 걸 보니 그리 나쁜 소문은

아닐 것 같고."

"'신내림' 교수라고요."

"뭐라고! 내가? 구꿈맞게 뭔 소리야? 난 작두 탄 적도 없는데…"

"교수님이 그동안 우리 과 졸업생 다섯 쌍의 결혼식 주례를 섰잖습니까. 그들 모두 신기하게도 첫아들을 낳았다고 붙여진 별명입니다."

"그래? 별일도 다 있구먼. 신 교수에게 신내림 교수라, 그것참, 말되네. 은퇴하고 돗자리 한번 깔아 볼까? 하하."

과거 백령도에서 해병 중위로 근무할 때 평소 따르던 동네 총각이 하도 대고 오복조르듯 부탁해 얼결에 주례를 섰던 특이한 경험이 있다. 깡촌 섬마을이라 주례 구하기가 힘들기도 했다. 아마 국내 최연소 주례가 아닐까 싶다. 교수 임용 초기에 학생들에게 무용담 삼아 이 얘기를 했더니 한 학생이 주례 부탁을 해 와 무이기가 뭣해서 못 이긴 척 들어주었다. 한두 번은 몰라도 다섯 차례나 부탁해 와 의아했었는데, 이제야 그 연유를 알게 됐다. 저도 모르게 피식 웃음이 나왔다.

"첫아들 얻었으면 전화라도 해야지, 서운하네. 그나저나 다음 주례 때 첫딸을 낳게 되면 그 후로는 주례 부탁이 안 들어오겠네. 계속 첫딸 전통이 이어질 거라면서 말이야. 하하."

"그리고 교수님, 주례 사례비로 봉투를 드리면 열어 보지도 않고 돌려줬다고 하데요."

소댕꼭지를 집어 든 채 솥단지 안에 시래기와 곤대를 집어넣고 된장을 푼 뒤 국자를 휘저으며 아직 덜 익어 날내 나는 툽툽한 염소탕 국물의 간을 맞추던 서울시청 조경직 공무원인 태열이가 빨쪽대며 말추럼을 들었다.

"내가 무슨 영화를 본다고 제자들 쌈짓돈까지 뺐을 건가. 결혼해서 잘들 살면 그만이지."

"한데, 다섯 번째 주례 때 교수님 연구실로 인사하러 갔던 과 CC 출신 찬용 형과 연희 누나가 소문 듣고 시험 삼아 빈 봉투를 한번 내밀어 봤다고 하데요. 혹시나 해서 진짜 봉투도 준비하긴 했고요. 결국 빈 봉투를 돌려받았다고 하데요."

"그래? 그런 발칙한 놈이 있나. 흐둥하둥한 도치기 같은 괘씸한 친구가…. 사분사분하고 얌전한 연희 얼굴 보고 기꺼이 주례를 허락했더니만. 굼벵이도 구르는 재주가 있다더니 트릿한 뒤틈바리 찬용이 그놈이 조조같이 용빼는 수를 부려 감쪽같이 나를 속였구면. 다음부터는 능갈맞은 학생들의 암수거리에 넘어가지 않게 얼마만큼 성의를 보이는지 봉투 안을 확인하고 돌려줘야겠군, 하하!"

태열이 시망스러운 선배 애기를 해 무안쩍었는지 말을 멈추고 헤식게 웃으며 고개를 숙였다.

"주례사 할 때마다 강조한 양행(兩行) 정신만 잘 실천하며 살기를 바랄 뿐이지. 온 누리의 삼라만상은 모두 같은 존재니 내남없이 서로 조화롭게 지내야 한다는 장자의 사상 말이야. 천도교에서 말하는 '내 마음이 곧 네 마음'이라는 오심즉여심(吾心卽汝心)과도 일맥상통하고. 동양조경사 강의 때도 늘 강조했었지. 너와 나가 아닌,

나와 나인 옆지기끼리 서로 엇서며 아근바근하는 부부싸움은 아무 실익이 없잖아. 자연 존중 사상도 그렇고."

"교수님, 그러면 저 무쇠솥 안에서 몽글몽글 끓고 있는 염소와도 다툼 없이 잘 조화하기 위해, 오늘 이지게 먹고 영양 보충 제대로 한번 해야겠네요."

스페어 냄비 속에 나뭇개비로 겅그레를 걸쳐 놓고 염소 수육을 말씬하게 찌고 있던 과대표 출신 영필이도 활짝 웃는 낯꽃을 보이며 한마디 곁들였다. 눈이 얼마쯤 치째진 이 해납작한 친구는 학창 시절 덥절덥절한 성격으로 얄개처럼 신소리를 곁들어 가며 언거번거한 수작을 곧잘 떨어 학과 분위기를 업시킨 장본인이었다.

"그야 두말하면 잔소리지! 삼삼한 염소 수육과 얼쩍지근하게 달인 염소탕, 모처럼 약비나게 함 먹어 보자고. 그렇다고 아주(我酒) 동일체라며 임주무퇴(臨酒無退), 두주불사하지는 말고."

"하하하! …."

계곡 상류의 말갛게 피어오르는 아지랑이 물결들이 유쾌하고 선량한 낯선 방문객들의 한바탕 호걸웃음 소리에 한여름의 문턱을 열어젖혔다. 밭두렁의 영각 메아리와 먼 산 뻐꾸기 울음소리를 뒤세우며…. 폭신폭신한 카스텔라 구름이 녹음 속에 갇혀 오물거리는, 화려한 먹거지에 술잔을 돌리며 계곡을 덮은 청록빛 산그늘에 취한, 인간 군상을 저 높은 곳에서 물끄러미 내려다보고 있었다. 이들이들한 풀떨기를 헤집어 가며 쉼 없이 몸뚱이를 뒤스르는 사제 간의 행복 소풍을.

33년간 교육·연구·봉사 속에 파묻혔던 긴 교원 인생을 망단하는 정년퇴직을 앞두고 있다. 교수의 3가지 책무 중 핵심은 교육일 것이다. 임용 초기 교육의 정의에 대해 깊이 생각해 본 적이 있었다. 교육(敎育)의 사전적 의미는 지식을 가르치는 것이지만, 그 원뜻은 효(孝)에 있음을 인지했다. 가르칠 '敎(교)'는 '孝(효도)'와 '父(아버지)'의 합성어로 '효를 어버이로 한다.'라는 의미이며, 기를 '育(육)'은 '亡(망할)'과 '月(달)'의 합성어로 '달을 잊어버린다.'라는 의미였다. 즉, 교육의 의미가 '효도는 죽을 때까지 실천한다.'라는 의미와 일맥 상통하므로 자신의 부모께 평생 효도하는 마음으로 학생들을 가르치는 것이 교육이란 점을 일찍이 깨단했다. 이 대원칙에 따라 그간 학생 위에 군림하지 않고 섬김의 자세로 교단을 지켜 왔다. 가르침은 배움의 반이라, 그동안 가르칠 교(敎)를 통해 배울 학(學)도 제법 얻었다. 이제 나름대로 격물치지해 오던 교와 학의 알맹이를 도파니 내려놓을 때가 왔다.

　오랜 세월 동안 한순간도 가르치는 것에 주니를 내지 않았다. 강의 라이선스가 허여(許與)된 대학교수직이라는 벼슬의 갓을 쓰고 어찌 보면 게꽁지만 한 지식을 구워삶아 가며 말발 목소리 하나로 견뎌 온 고급 노동자의 삶. 시절인연으로 새 갓끈을 매고 교단에 선 후, 때가 되어 긴 세월 마디게 닳은 헌털뱅이 갓끈을 풀고 그예 선생 퇴물이 되어 교단을 동떠나게 됐다. 뇌 전두엽에 저장됐던 사고와 욀총(기억력)의 에너지 용량이 삼십 성상의 가르침으로 인해 거의 소진되어 간댕간댕해졌다.

불청객처럼 찾아든 지꺼분해진 시력을 한탄하고 하얗게 세어 버린 머리카락을 처량히 쓰다듬다 보니 어느새 황혼에 접어들었다. 현대판 딸깍발이 골선비의 엄배덤배 엉켰던 기나긴 여정이었다. 무양무양했던 선비 생활 동안 자주 생기던 몸과 마음의 병이 집 안에서 쉬게 되면 더는 찾아오지 않으리라는 희망을 품어 봤다. 마주할 곳 모두가 푸른 산처럼 싱그러울 테니…. 의외로 가져 보는 큰 희망이었다. 과연 그렇게 될까? 녹록지 않은 신병(身病)이야 어쩔 수 없겠지만, 적어도 심병(心病)으로부터는 해방될 듯해 보였다.

　교단에서 강의하다 제자들 면전에서 쓰러져 응급차에 실려 가는 것도 그 또한 선생쳇것으로서 명예로운 일이 아니겠냐는 실없는 생각을 해 보곤 했다. 그러나 긴 시간 동안 그런 일은 일어나지 않았다. 다만, 교탁에서 정면을 보고 강의하던 중 한 20초간 목구멍이 막혀 말문이 막힌 적이 딱 한 번 있었다. 교수의 본분이 결락된 아찔한 순간이었다. 학생들에게 눈치 채이지 않게 칠판 쪽으로 뒤돌아서서 다달대며 얼버무리느라 진땀을 뺐다. 목거리에 걸린 것도 아닌데 갑자기 성대에 이상이 생겼는지 전혀 발음할 수 없는 전무후무의 기이한 체험이었다. 교단에서 막 강의를 시작하려던 차에 재장바르게 갑자기 머리가 하얗게 되고 말문이 막혀 학생들에게 미안하다는 말 한마디만 남기고 열없이 강의실을 나섰다는 예전 박사 과정 중 지도교수의 말씀이 떠오르기도 했다.

　십여 년 전쯤 대학 소강당에서 이뤄진 전체 교수회의 때 평소 강건하던 체육학과 동료 교수 한 명이 갑자기 쓰러져 응급차가 도착하기도 전에 숨진 사건은 있었다. 그러고 보니 삼십 년여의 교수 인생에서 병사나 사고사, 돌연사 등 이런저런 사유로 유명을 달리한 동료 교수분이 열 손가락 넘게 셀 수 있을 정도이다. 모두 함께했던 교정의 추억을 불러일으키는 좋은 분들이었는데…. RIP, 고인의 명복을 빈다.

그동안 남대되 하는 학생들과의 친교를 맺지 않으려 내심 노력했다. 정이란 완전히 드러내는 것보단 어느 정도 남겨 두어야만 감칠맛이 있다는 그럴싸한 근터리를 앞세웠다. 갑과 을 관계인 사제지간의 만남으로 학생들에게 부담을 주지 않으려는 배려였다면 배려였다. 물이 깊어야 고기가 모이고, 물이 깊을수록 소리가 없듯이 본인이 쌓은 덕으로 인해 내심 붙따르는 학생이 많으면 그뿐이지, 책거리 관습조차 진즉 사라진 시절에 강의실 밖 장소를 정해 잔사설을 늘어놓으며 신둥부러지게 먹고 마시고 헛장을 치기 위해 모여라, 말라 하고 싶지는 않았다. 학점과 학위 수여권이라는 생살여탈권을 쥔 교수가 학생들을 상대로 바싹 다잡기와 늦줄 주기를 반복하며 그들을 긴장하게 만드는 게 과연 옳은 일인가? 연구실 출신 제자들을 거느리고 그네들의 초청을 빌미잡아 국내외 각지로 찾아다니며, 입찬소리 더 높여 조작거리고 내풀로 떡 주무르듯 세를 과시하는 교수 사단의 까칠한 사단장이 되고 싶은 마음은 눈곱만큼도 없었다. 그러나 막상 홋홋하게 교직에서 물러나려니 일말의 감연함이 밀려오기는 했다. 학생들과의 사적 교류 수효의 흠결로 그네들이 소위 말하는 문찐(문화+찐따)으로 말보지는 않았는지 의구심이 들긴 했다. 우환에, 퇴임의 작별 순간 눈앞에 나타나서 눈물을 머금으며 손 흔들어 배웅해 줄 쌈박한 학생이나 해마다 돌아올 스승의 날에 꽃 한 송이 보내줄 제자가 뚜렷이 떠오르지 않았다.

마지막 강의를 마쳤다! 지금까지 살아오면서 '마지막'이란 단어를 좋아하진 않았다. 물론 철들고부터 말로는 입 밖에 낸 적이 없었다. 사람이 죽기 전 최후로 남기는 말에만 사용될 단어라고 여겼다. 문맥상 이 단어가 들어가야 할 타임이면 애써 '끝으로'라는 말로 대체했다. 오늘 '끝'나더라도 내일 다시 시작할 수 있지만, 종결을 의미하는 마지막은 내일이 없기 때문이었다. 초등학교 국어 교과서에 실린 알퐁소 도데의 『마지막 수업』의 아멜 선생과 30대 초반에 봤던 영화 『마지막 황제』의 푸이의 비극적 마지막 스토리가 은연중 가슴 한편에 박혀 '마지막'이란 말을 밀어내고 있었을지도 모를 일이다.

보람찬 강의를 마무리하고 징검징검 느린 걸음으로 정들었던 복도를 걸어와 연구실 문을 열었다. 정일한 보금자리로 들어서는 결결이 느끼던 훗훗한 기운의 쾌미를 다시는 체험할 수 없다는 사실에 목덜미가 저절로 움츠러들었다. 창문을 열어젖혀 청신한 바람 한 자락을 마시며 생수 한 잔으로 마른 목을 축였다. 의자에 앉아 부라질하며 창밖 멀리 펼쳐진 금룡강변의 사계절 신운(神韻)의 풍광 변화를 감상하는 낙도 거두어야만 한다.

누군가가 지었다는 교수 연구실 예찬 글을 떠올려 본다. 강산이 세 번 바뀌는 동안 간직된 추억의 공간을 이제는 내주어야만 한다. 대학이 베푼 동고동락의 안식처, 크게 화려하지는 않았지만 그래도 아름차게 받은 생의 선물이었고 참 염치없이 넘나게 누린 사치였다는 생각이 들었다. 앞으론 평일에도 마음대로 다방골잠을 잘 수 있고, 아침마다 면도와 빗질을 위해 들여다보던 거울을 대하지 않아도 된다는 사실을 그나마 위안거리로 삼았다. 요식을 위해 울며 겨자 먹기로 뭔가를 억지로 차리는 눈비음과도 이별이다.

치과의사로부터 노환으로 흔들리는 치아라 발치해야 한다는 말을 듣고 잠시 충격에 빠졌지만, 건들대는 어금니 하나를 그대로 둔 채 몇 달을 배겼다. 나이가 들면 모든 게 허룩하게 줄어든다곤 하지만 한낱 이빨마저 줄어들어 제자리를 메우지 못하고 드레난 나사못처럼 흔들리다니…. 앞으로 매사 얼마만큼 더 흔들리며 여생을 살아갈까. 만만찮은 임플란트 비용의 의료보험 적용을 위해 만 65세가 되도록 기다리다 두어 달 전에 결국 임플란트 시술을 마쳤다. 불고기와 시금치 무침을 거침없이 씹을 수 있다는 게 소확행(小確幸) 이상의 행복에 젖게 했다.

사람뿐만 아니라 물질의 노후화도 따라왔다. 30년 이상 혹사당한 연구실 소파 앞의 덧방붙인 탁자 다리. 그 실팍하던 버팀대가 언제부턴가 아래 목질이 썩어 문질러져 일긋일긋 뒤놀더니 무게를 지탱하지 못하고 어스러져 마침내 삭아 내려앉았다. 퇴직까지 남은 두어 달간은 봉충다리를 책으로 괸 거우듬한 썩정이 탁자로 버텨야 할 것 같다. 유리 덮개로 무장한 탄탄한 수평 탁자 면을 발판으로 산 정상에 우뚝 서서 반평생을 보냈는데, 이제 내리막 경사면으로 조용히 하산하라는 조물주의 거부할 수 없는 성금이었다. 매사 마지막이 힘들고 마무리가 중요함을 역설한 중국 고전 속의 지혜인 "행백리자반구십(行百里者半九十: 백 리를 가는 자는 구십 리를 반으로 여긴다)"이란 말을 좇아 퇴직 매잡이 당일까지 마음을 지어먹고 교수 본분의 마음가짐을 허수로이 풀지 말아야만 하나? 아니면 심지를 풀어헤치고 말년의 여유를 누려도 될까? 어쨌든 남들로부터 덤거리라는 손가락질은 받지 말아야 할 것이며, 우선 나 자신이 스스로 판단컨대 덤거리가 아님을 자각하리라 다짐했다.

탁자 유리 아래 끼워 넣은, 가로·세로 십 센티 정도의 흰색 켄트지에 흑색 유성 펜으로 쓴 글귀가 작별 인사를 고해 왔다.

"오직 죽은 물고기만이 강물을 따라 흐르는 법!"

교수 임용 때부터 그 오랜 세월간 연구실을 드나들던 학생들에게 던졌던 화두였다. 이젠 학생들이 아니라 인생 2모작을 앞둔 퇴직 교수에게 더 절실한 문구라는 생각이 들었다. 30여 년 전 타인들이 새겨들으라고 이 쪽지를 작성할 당시 먼 훗날 교직을 떠날 때 본인에게 꼭 긴요한 말이 될 줄이야 가량없는 일이었다. 이젠 허방을 짚지 않도록 정신줄을 도슬러 먹고 생동하는 물고기처럼 물살을 가로질러 강 상류를 향해 돌진하리라 다짐했다.

마지막 성적 마감을 하고 보니 서른 해 동안 동고동락해 온 연구실의 온천한 짐을 갈무리하는 게 피부에 와닿았다. 보관할 공간도 마땅치 않아 과감히 다 서릇고 싶지만, 그래도 몇몇 개는 챙겨야 할 듯했다. 비닐 책가위를 씌운 손때 묻은 학부와 대학원의 교재인 두꺼운 책술의 교과서와 얇은 책술의 강의 노트는 차마 버릴 수 없어 이리저리 펼쳐 보았다. 잘 가르치기 위해, 학생들의 수준을 너무 높게 잡지 않고 그들이 잘 따를 수 있는 수준에 맞혀 강의하느라 신경을 썼던 삼십 성상의 교수 흔적이었다. 또한, 사람을 가르치되 그 방법만 가르치고 스스로 지식의 고갱이를 터득하게 유도했다. 즉, 활시위를 당길 뿐 놓지 않는다는 인이불발(引而不發) 정신을 구현하려고 지머리 노력했다. 조고각하(照顧脚下)라, 어시호 찰찰히 살펴보니, 더 많이, 더 자세히 가르칠 기회를 깝살렸다는 후회가 밀려왔다. 그러나 하루살이에게 내일이 없듯, 지식의 전수는 오늘로 끝내야만 한다. 다만, 내일에도 울어 댈 매미의 자유분방한 여유를 찾아 향유하자.

교내 교직원 식당에서 마지막 식권으로 마지막 점심을 먹었다. 전임강사로 임용될 무렵 20대 초반의 음전한 아가씨였던 총무과 여직원이 50대 중반의 아줌마로 변해 옆자리에서 애리애리한 여직원들을 상대로 너스레를 치고 있었다. 요새 젊은 여성들 사이에 유행한다는 은은하게 그려진 안개눈썹 문신이 확 비춰 사람들의 눈길을 끌 만했다. 화장발에 가린 나부죽한 얼굴의 옅은 잔주름과 희끗대는 머리카락에 그 옛날의 부잣집 맏며느릿감이던 앳되고 끌밋한 처녀 얼굴이 오버랩됐다. 잔칫날에 국수를 먹는다는데 떠나는 사람에게 걸다란 양념의 비빔국수가 웬 말인가. 알싸한 매운맛

보고 정신 바짝 차리라는 식당 조왕신의 석별 충고인가? 역겨운 기분이 들자 목구멍에서 거위침이 나오며 속까지 느긋거렸다. 식당 창문 너머 적요한 숲속 언덕의 눈 덮인 청솔 사이로 울대를 높여 그르렁 왜자기는, 칼깃을 들고 내리며 퍼덕거리는 해오라기 가족의 요란한 날갯짓도 머잖아 그리워질 날이 오리라.

석 달 전 받아 든 전무이사(전철을 무료로 타는 의상한 사람) 직함으로 보건복지부 예산 지원 혜택도 톡톡히 누리고 있다. 그간의 교육 경력을 셈해 정부가 하사하는 훈장도 마다할 터수가 아니다. 훈장 노릇을 아물리니 훈장이 생겨났다. 주어진 글자 수를 채우기 위해 공적조서를 써 내려가며 그동안의 수많은 흔적에 새삼 놀랐다. 얼추잡아 천 명 이상의 제자를 배출했다. 개중에는 군계일학, 기린의 뿔이나 봉황의 털처럼 만나기 힘든 극소수의 탁월한 수제자도 있었다. 물질(재산)이나 이름(명예)을 남긴 게 아니라 사람(인재)을 남겼다는 도리만천하(桃李滿天下: 어진 제자를 많이 배출한 사람)의 자부심이 교단을 떠나는 이별의 서운함을 상쇄하고도 남았다. 이만하면 그런대로 상급 인생을 산 것 같기도 했다.

물론 겸연쩍고 창피한 꼽꼽수도 있었다. 정년을 3년 정도 남긴 어느 날 교무처 직원으로부터 전화가 왔다. 교무처장이 몇 날 몇 시에 개인적으로 찾으니 처장실로 오라는 전갈이었다. 평소 교무처장이 교수 개인을 부르는 일은 거의 없었으므로 뭔가 꺼림칙한 기분이 들었다. 처장실에 갔더니 원로 교수 서너 명이 미리 불려 와 있었다. 미처 예상 못 한 일이었지만 과연 교수업적평가 점수 최하

위 교수들이라며 찡찡하게도 트적지근한 총장 서면 주의장을 내밀었다. 정년퇴직 2년 전부터는 업적평가가 면제되므로 대학 측에서 최후의 일격을 가해 온 듯했다. 업적평가 점수로 승진을 비롯한 여러 인센티브나 제재가 가해지므로 이 제도는 교수들에게 상당히 부담스러운 연례행사였다. 일반적으로 젊은 교수들에게 점수를 양보하는 측면에서 퇴직을 앞둔 교수들이 최하위 그룹을 형성하는 게 두말할 것도 없지만, 대학 측에서는 교육부 평가 시 교수 1인당 논문 발표 실적이 중요하기 때문에 대체로 못마땅하게 여겼다.

전임강사로 임용되어 조교수, 부교수, 교수로 승진해 오면서 정년보장(tenure)을 받기 위해 그동안 수십 편의 논문을 발표했다. 사실 더 쓸 연구 주제를 찾기도 힘들어 논문 생산의 화수분은 진즉 그 출입구가 폐쇄되었다. 여하튼지 핑계 없는 무덤 없다더니 총장 핑계를 대며 논문 제출을 요청했다. 일종의 징계 의미가 담긴 총장 주의장을 주면서도 곤혹스러운 태도를 보이며 논문 작성을 부탁하는 교무처장의 민둥한 환대의 차 대접을 받고 나왔다. 물론 그해에는 민주고주지만 찾값 하느라 미력이나마 코허리로 흘러내리는 돋보기를 고쳐 잡고 결사 분투하여 학회지에 논문 한 편을 발표했다. 교수 인생 중 처음으로 초라떼며 짓쩍게 받아 본 주의장 종잇조각에 마치 화풀이라도 하는 듯이….

십여 년 전에 마련한 북한강 상류 강변 숲속의 '휴헐산방'에 묻혀, 허정(虛靜)의 견지에서 자연을 음미하고 관조하며 한가하게 지내는 산려소요(散廬逍遙)의 생활과 독서·명상·노동으로 인생 2막을 펼칠 기대에도 부풀어 있다. 무릇 세상사 모든 일에는 이익과 피해가 있기 마련이지만, 피해는 조금도 없고 이익만 있는 것은 오직 이 독서·명상·노동 세 가지뿐이리라. 손바닥에 번뇌를 부여잡고 고뇌하면서 청정의 연못 속으로 걸어 들어갈 것이 아니라, 이제는 그 번뇌를 물속으로 놓아주어, 물고기가 물속에 놓여나듯, 홍야항야하는 세속의 간섭에서 벗어나 자유롭게 흩어지게 해야겠다. 그리하여 도심으로부터 탈출하여 물질에 돈단무심한 편하고 속박 없는 대자유인의 신분이 되어, 사람이 주는 자유가 아니라 자연이 주는 참자유를 찾아서 혼자 가뿐히 강변의 품속에 안기리라. 게서 가수 정태춘이 '북한강에서'에서 설파했던, 해가 뜨는 새벽강에 홀로 나와 그 찬물에 얼굴을 씻고, 산과 산들이, 나무와 새들이 얘기하는 신비한 소리를 들어보리라. 세상만사 뜻대로만 되겠냐마는 이제는 모든 것을 내려놓고, 열구름처럼 마음 내키는 대로 인생을 보다 헐그럽게 살다 가자.

텃밭 언저리 지겟등태에 걸터앉아 막걸리를 마시며 첫눈을 기다리는 소탈한 시인의 설렘으로, 외딴 섬 누옥 들마루에 동그맣게 앉아 자연의 숨소리에 귀기울이며 은퇴 후 모토로 외롭고·쓸쓸하고·초라한 '외쓸초' 인생관을 설파한 어느 80대 명예교수의 어성꾼 삶을 벤치마킹하며…. 다만 이 노장(老長)이 추구해 왔을 정신적 초라함이 물질적 초라함으로 내비치어 타인에게 거부감을 줄 수도 있으므로 '초' 대신 행복을 의미하는 '행'의 '외쓸행' 인생은 어떨까?

누군가의 말처럼 변화될 수 없는 것을 잊어버리는 것이 행복이라는데, 변화가 수반될 새로운 낙을 찾지 않고 현실에 만족하며 올차게 살아야겠다. 영원히 바꾸지 않고 그 안에 살고 싶을 때가 행복한 때란 말을 명심하면서….

다가올 2막 인생에서 과연 어떤 사람이 될지는 모를 일이지만, 적어도 어떤 사람이 되고 싶은지는 확실히 알 것 같다. 몇 년 전에 구메구메 노력하여 어렵사리 취득한 이용사 자격증을 십분 활용해 농어촌 독거노인과 노인요양병원 환자를 위한 이발 봉사도 열심히 하리라. 박사 학위와 기술사 자격을 가진 현직 교수가 이용기능사 자격을 취득한 예는 추측건대 국내에서는 전무후무한 일이 아닐까? 기술사, 기사, 기능사의 세 종류 국가기술자격을 다 가진 것도…. 타인이 못 할 일을 할 수 있다면 그 삶이 헛되지 않을 것이다. 혹자는 지금까지 해 보지 못한 것을 하는 것이 직업이라고 했는바, 비록 무보수지만 이용사라는 새 직업(?)에 자부심과 사명감을 가져야겠다.

지금까지 뇌 용량을 채워 왔던 모든 지식과 삶의 방편을 풀어 떨어지게 하고픈 해리(解離)의 시간이 다가왔다. 학문을 떼걸어 그 많던 지식을 지워 버리고, 그 지식의 전제 조건으로 수반되던 겸손마저도 내려놓자. 지식을 풀어헤칠 객체가 사라졌으니…. 한때 돋난 인물도 못 되면서 내보였던 개 발에 편자 격의 지나친 겸손이 학생들에게 야비다리 치는 위선으로 비치기도 했잖았던가. 모든 것을 내려놓는 마당에, 이제는 새로운 것을 찾을 게 아니라 허투루 대해 왔던 기존의 것을 새롭게 보는 자세로 살아야겠다. 시시콜콜 따지며 치열하고 분주했던 인생에서 내버려뒀던 헛헛한 삶의 여백을 채워 나가며, '쉬고, 더욱 쉬고, 한없이 쉬는', "휴헐(休歇)"의 철학을 실천해 보자. 긴 세월 동안 논리적 사고(legal mind)에 따라 세세히 학문 연구에 몰두해 온 바빴던 인생도 이제는 노루글 철학을 받아들여 늦장을 부리며 띄엄띄엄, 느릿느릿 걸어가야겠다.

촌로가 품은 마음의 검으로 번뇌를 일소하면서, 형상이 있는 듯 없는 듯한 무아의 상태인 장자의 상망(象罔)을 추구하리라. 장자의 소요유(逍遙遊)와 조선조 큰선비 허균이 누렸던 '숨이 사는 즐거움'도 소유하면서…. 할당된 소중한 시간 일부를 호랑이에게 개 꾸어 주듯 조물주에게 빌려주고 당내에 돌려받을 생각을 말자. 그 시간, 하늘에 적선한 셈 치고 죽은 후 천극락행 여행 때 영혼과 동반케 하자.

불현듯 이태 전쯤 지었던 자작시 한 편이 떠올랐다.

〈교수 인생〉

힐끗 별을 흔들어 관야헌(觀野軒) 둥지치고 닦은 앞//고해 뭉치 웅그리고 문 열고 나간 오발/가며 오며 길목 돌아 백발 되어 내려앉네//청운의 꿈 초롱초롱한 눈망울/못내 대껴 설핏 차린 매무새//수불석권 사리물어 구름 뿌리 캐내려다/목청 돋워 흘려보낸 삼십 성상 나달//밤새 짜던 비단보 온데간데없어지니/진리의 황금 덩이 언제 담아 묶어 보나!//아! 베리 타스 룩스 메아(진리는

나의 것) …/망각의 슬픈 꿈이여//청출어람 고른 머드러기 인재
남녘으로 가버리고/텅 빈 자리 차 한 잔에 그 먼 하늘 올려다보
네/아쉼도 병이라! 세한도에 서린 아름다운 사제 재회의 움/한
여름 설화에나 터지리//사람, 사교, 사색, 사슬 …/그리고 사랑의
소풍이여

평소 물에 물 탄 듯 술에 술 탄 듯 별다른 감정 변화가 없는 편
이었지만, 간밤의 잠자리에서는 밤이 이슥토록 고상고상 잠을 못
이루고 전전반측할 수밖에 없었다. 두만강보다 긴 밤을 궁싯거리
며 지새우다 샐빛이 스며드는 새벽녘에야 잠깐 눈을 붙여 풋잠이
들었다. 내일 상아탑을 떠나는 마지막 강의 때 학생들에게 어떤 얘
기를 해 줄까. 평소 간직하던 인생철학 얘기를 역설해 볼까. 장자
의 '빈 배(虛舟)' 이야기나 해 줄까. '카르페디엠(Carpe diem)' 같은 용
기와 희망을 불러일으키는 일반 덕담으로 때울까. …. 최근 화두
에 오르내리는 챗지피티(ChatGPT) 앱인 뤼튼(wrtn)에게 물어보니
"제군들은 이미 충분한 잠재력과 역량을 고루 갖추고 있으므로 자
신을 믿고, 잠재력을 최대한 발휘해 자신감을 가져라."라는 답변을
예시했다. 좋은 말이었다. 아무튼 오늘 오전 고별 강의 때에는 뭔
가 학생들이 오래 기억할 만한 멋진 말을 해야 할 듯했다.

성크름한 바깥 공기로 설친 잠을 진정시키며 학교로 출근했다.
겨울답지 않은 푹한 날씨가 출근길 발걸음을 가볍게 옮기며 이런
저런 상념에 잠길 여유를 갖게 했다. 아파트 보행로를 걸으며, 승

용차를 운전하며, 캠퍼스 길목을 스치며 쳐다본 물체들이, 심지어 9층 창조관 옥상에 매달린 통신 안테나의 디룽거리는 모습마저, 허전함으로 다가와 가슴 한편을 뒤눕게 했다. 주차장에서 연구실로 향하는 다붓한 샛길 옆의 앙상한 층층나무 휘추리를 흔들며 재잘대던 참새 수십 마리가 뭔가 좋은 목표물을 발견했는지 일제히 파드닥 자리를 찼다. 그러고는 순식간에 손에 잡힐 듯한 거리의 눈앞 시야를 점점이 가린 채 여럿 바람칼로 날파람을 일으키며 쏜살같이 날아갔다.

새들은 출발할 때는 속도의 완급 조절이 불가능하다는 실없는 생각이 문뜩 떠올랐다. 인간은 출발점에서 서서히 속도를 올려 전속력으로 달린 후 도착점에서 속도를 줄일 수 있다. 하지만 새들은 도착점에서는 인간처럼 속도를 조절해 연착륙할 수 있으나 출발점에서는 무조건 전속력으로 가지를 박차고 날 수밖에 없는 존재임을 이제야 알아차렸다. 눈앞을 스치는 새들의 요란한 날갯짓이 교수 인생의 첫 출발점에서 예열 없이 저들 새처럼 너무 강렬하게 달아오르지나 않았는지 되짚어 보게 했다.

날카롭게 벼린 각오와 투지가 풍차에 뛰어들다 망상의 후림불에 휩쓸려 날아가 버린 돈키호테처럼 민춤한 꼴이 되지는 않았는지, 자아도취에 빠진 우집고 붚단 언행으로 남들로부터 힐난을 받지는 않았는지, 설익은 젊음의 처신이 주체를 못 하고 외쪽생각으로만 일을 부전부전 처리해 남들에게 당돌하고 시먹은 개다리질로 비치지는 않았는지, 이리저리 일만 뒤슬러 놓고 매듭짓지 못하지는 않았는지, 망석중처럼 남의 부추김에 태깔스레 용춤을 춰 동료 교수나 학생들에게 생먹고 잘난 체하며 쟁퉁이처럼 소락소락 떠죽거리지는 않았는지, 타인의 승승장구에 가리를 틀며 공연히 미워하고 싫어하는 샘바리로 치부되지는 않았는지, 인생을 데알고 물색없이 덤비다가 되뜨거나 행망쩍은 행동으로 웃음가마리가 되지는 않았는지, "덕불고 필유린(德不孤 必有隣: 덕이 있는 자는 외롭지 않고 반드시 이웃이 있다)"이라 했는데 그 덕이 모자라지는 않았는지….

강의동 현관으로 오르는 계단 옆 돋을양지에 자리 잡은 솔보굿 위로 비단풍뎅이 한 마리가 아침 햇발에 번득이는 푸른색 등딱지를 자랑하며 기엄기엄 기어오르고 있었다. 그 영롱한 때깔이 사파이어 보석 저리 가라 할 정도였다. 조만간 새벽호랑이 신세로 전락해 귀한 보석 자리를 내주고 허접스러운 돌멩이로 강등될 자신의 처지가 그려지자 허수한 속뜰에 설움이 복받쳤다. 인생은 보아 주는 이 없는 한 편의 드라마라 했던가, 그 삶의 각본마저 막을 내리려고 마지막 매듭을 풀고 있었다. 쫌맞게도 주변 숲속 스피커에서 고즈넉이 흘러나오는 교내 아침 음악 방송. 리스트의 『위로 3번(Consolation No.3)』 피아노곡이 그나마, 아카데미의 신에게 서리서리 맺힌 퇴장의 한을 비대발괄해 본들 보기 좋게 퇴짜를 맞을 한 노장의 설움을 위로나 해 주려는 듯 귓전을 간질였다.

연구실에 들어가면 판에 박은 것 같은 루틴한 행동이 자동으로 이어진다. 외투를 벗어 걸고, 창문을 열어 환기하고, PC 전원을 켜고, 세면대로 가 비누로 손을 씻고, 의자에 앉아 실내화로 갈아 신고, 강의 노트를 펼쳐 당일 강의할 내용을 점검하고…. 그러고는 컴퓨터 화면을 열어 본격적인 교수 일과로 접어든다.

어젯밤 어지럽게 고민하며 건목을 쳤던 마지막 강의 내용을 잠시 떠올렸다. 그러나 강의 전 습관적으로 들르는 화장실 소변기 앞에 선 순간, 마지막 강의를 빙자한 그 철학적 얘기가 다 무슨 소용이냐는 생각이 번뜩 들었다. 게 등에 소금 치기인 양 쓸데없는 군가락일 것 같았다. 어찌 보면 교수의 일방적 내밀힘을 나름대로 인생관이 정립된 학생들에게 강요하는 것은 아닐까. 갖은소리에 지나지 않을 뿐이었다. 갑자기 자신의 존재가 지체가 좀 낫다고 되룽거리는 나무거울처럼 느껴져 주리팅이와 치기(稚氣)가 동시에 밀려왔다. 주제넘게 하려던 말을 국으로 접으리라. 화장실 볼일을 끝내고 돌아서기도 전에 마음을 번드치기로 단칼에 슴베를 박았다.

'학생들에게 하나라도 더 전공 지식을 전수해 주자. 예정된 강의 진도야 다 나갔지만, 과목과 관련된 추가 내용을 찾아 한 시간 동안 열심히 강의하자. 뚝배기보다 장맛이라, 겉모양보다 내용이 훨씬 나아야지. 그게 학생들을 위한 길이지. 옳거니, 공학적 흙 분류 방법인 통일분류법(USCS)이 좋겠다. 다이를까 동산바치(조경가의 순우리말)에게는 뭐니 뭐니 해도 밥 중에 흙밥이 최고라는 걸. 마지막 강의라는 센티멘털한 기분의 주제에 무슨 알량한 철학을 설파하겠다고?'

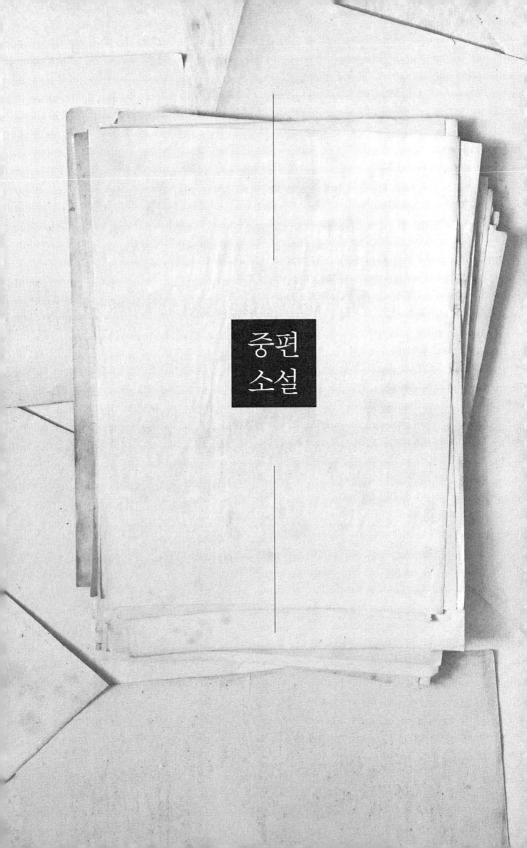

중편
소설

지리산 쌍골죽

가파른 언덕길을 헐금씨금 휘돌아 오르자 고로롱팔십의 고삭부리로 살다 이태 전 세상 뜬 점례 할배의 무덤이 사성(莎城) 뒤 주위를 에워싼 도래솔의 호위를 받으며 나타났다. 한창 초목 빛깔이 변해 가는 초하의 숲으로 둘러싸인 둥그러미 무덤가에 야생화가 이들이들 즐비했다. 노란색 망종화·금계국, 보라색 할미꽃·제비꽃과 함께, 망자의 자식 사랑이 깃들었다는 타래난초꽃이 실타래처럼 도르르 꼬여 마디마디 분홍 꽃을 매달았다. 백화 난발한 꽃들의 노래, 꽃들래가 산드러운 골바람 오케스트라에 맞춘 합창곡이 되어 바람에 날려 만연한 꽃 보라로 덮인 계곡을 타고 은은히 울려 퍼졌다.

꽃멀미에 취한 밋골 처녀 여래는 나슬나슬한 풀덤불 서리에 파묻힌 돌등에 평자리하고 걸터앉아 지정거리며 숨을 돌렸다. 정강이 건너편 볕바른 소나무 그루터기 가장자리에 하얀 나비 한 마리가 만사무심한 듯 날개를 접고 꼼짝없이 오수를 즐기고 있었다. 민출하게 뻗은 키 큰 굴참나무 이파리를 뚫고 내려오는 햇볕 냄새가 상큼하게 코끝에 와닿아 맴돌았다. 무섭기도, 자상하기도 하던 생전 할배 모습을 떠올리며, 망연히 망종화꽃 한 송이를 꺾어 공중으로 날려 보냈다. 길섶의 생기 돋은 도담한 패랭이꽃이 햇발에 숨을 죽인 채 동그마니 솟아 그미를 반겼다. 골짜기 뻐꾸기 울음소리의 옹골진 장단에 몸을 추스르며 고개 들어 사방을 둘러보니, 만물이 하품하듯 고개를 치켜들었다. 처처히 짙어가는 녹음 속 개울물의 맑진 소리가 귓전을 때렸다. 이 산 저 산 섬연한 금낭화가 철 찾아 흐드러져 여름 향기를 뿜어내니 풍만 가슴 뽐내는 꽃띠 처녀의 콧등에 진주알이 맺혔다. 이 골에서 쉬고 있지만, 지 골에서 손짓하며 발걸음을 유혹했다.

발치 아래 밤나무 숲 사이로 밋골마을의 근천맞은 정경들이 얼핏 설핏 시야에 들어왔다. 아침결 그녀의 일과로 칠렁거리는 물지게를 지고 비탈진 고샅길을 몇 고팽이나 오르내렸다. 네댓 집 건너 저지대에 있는 아랫집 우물의 먼물을 길어 와 물두멍에 치면하게 채워 넣기가 무섭게 어매 등쌀에 못 이겨 나물바구니와 망태기를 꿰차고 요새 한참 물이 오른 고사리와 머윗잎을 꺾으러 뒷산에 올랐다. 친좁게 지내는 단짝 점례가 어저께 뽑은 사랑니 살이 너리 먹어 비실대는 바람에 평소와 달리 혼자 시뜻한 기분을 삭이며 산행길에 나섰다. 두어 돌각 산길만 더 돌아 오르면 고붓한 고사리밭이 나온다. 길가에 지천으로 깔린 머윗잎은 줌벌 만큼 이미 바구니에 수북이 쌓였다.

계곡을 건넌 뒤, 참나무 마들가리를 부여잡고 좁다란 돌비알 길을 허위넘어 둔덕 위 야생 고사리밭에 다다랐다. 고사리는 귀신도 좋아하는, 한민족 민초들이 빠치는 먹거리였다. 고사리순을 챙기고 자리를 뜰 참에 한 열 걸음쯤 아래 다보록한 풀숲 사이로 귀한 취나물 무리가 낫낫하게 어른거렸다. 무심결에 다가가 둔덕 가장자리 발밑을 다림 보던 눈길이 자연스레 한 길가량 아래의 계곡 바닥 쪽으로 쏠렸다. 순간 화들짝 놀라 외마디 소리를 질렀다.

"엄마야! 저게 뭐꼬?"

사득다리 몇 개와 색 바랜 나뭇잎들로 몸체가 듬성듬성 덮인 웬 사내가 도랑 골에 푸한 머리털이 사방으로 뻐친 머리를 처박고 큰 대자로 엎드려 있었다. 깊은 산중에서 처녀 혼자 직면한 광경이라 내심 겁이 나 수꿀하기도 했지만, 평소 선머슴처럼 산속을 헤집고 다니던 천둥벌거숭이 산골 처녀의 본능에 이끌려 내친걸음으로 계곡 아래로 내려갔다. 가만히 짐작건대, 맞은편 칠팔 미터쯤 높이의 절벽 위에서 미끄러져 추락한 듯했다. 사위스러운 생각을 억누르며 어깨를 흔들어 봤지만, 미동도 하지 않아 첫대바기에는 죽은 줄로만 알았다. 그러나 손목 맥을 짚어 보니 가늘게 놀뛰었고, 손가락을 콧구멍 앞에 댔을 때 미세하게 호흡이 흔들렸다. 몸체를 뒤집어 평지에 눕힌 후 일단 살려야겠다는 생각으로 전신을 주무르기 시작했다.

추레한 농군 차림새의 이십 대 중반으로 보이는 사내의 얼굴은 비록 협수룩했으나 윤곽이 뚜렷하고 어딘지 모르게 귀티가 나는 준수한 용모였다. 신체에 걸쳐진 잔가지와 구드러져 변색된 나뭇잎의 상태로 보아 낙상한 지 며칠 지난 것이 틀림없어 보였다. 뒤집힌 얼굴 밑 묵은 낙엽 아래로 실개천이 흘러, 졸졸대는 물소리가 사라져가는 의식을 다잡아 준 게 그나마 생명줄을 연장시킨 듯했다. 손바닥을 가로 모아 가슴을 수차례 짓눌러 보고, 양쪽 볼을 몇 차례 때려 보기도 했다. 심지어 땅바닥에 데굴데굴 굴리기까지 했지만, 검둥개 먹 감기듯 영 반응이 없었다. 물을 떠 입술을 바르집고 넣어 보았지만, 삼킬 기미가 보이지 않았다. 처녀 쳇것의 스스러운 수치심을 감수하고 입술을 맞닿아 억세게 구강 대 구강의 심호흡도 열심히 해 봤지만, 모두가 허사였다. 이 자의 명은 다했나 보다는 생각이 점차 들기 시작했다. 이즈음 지리산 도처에 빨치산과 토벌군의 충돌로 수월찮은 인명이 달구질은커녕 먼가래, 멍석말이도 못 치고 산천 들녘에 내팽개쳐진 채 저승길로 향한다는데, 이 자도 그 무리 속의 하나인가 싶었다.

뭉긋하게 산등성이를 가리며 기울어져 가던 오후 해그늘이 점차 깊숙하고 고요한 골짜기 아래로 내리누르자 매개가 여의치 않았다. 여래는 구명 행위를 포기하고, 나뭇가지로 이 남자의 몸을 덮어 줬다. 자신의 미력으로는 어쩔 도리가 없으니 마을로 내려가 동네 어른들께 알려 추깃물 보기 전에 등걸음치리라 마음먹었다. 나물바구니와 망태기를 챙겨 일어서려는 찰나 어디선가 "까아악, 깍!" 하는 까치 울음소리가 귓전을 때렸다.

"송장 치려면 까마귀가 울어야지. 밉상시리 까치 소리가 웬일이고…"

참 별일도 다 있다고 무심코 흘려 말했지만, 순간적으로 자기도 모르게 딴생각이 떠올랐다.

'까치가 원래 기쁜 소식을 알려준다는데 이참에 기쁜 소식이 뭐라꼬. 그라마 저 남자가 살아날 수도 있단 말이가? 우야만 좋겠노.'

구새 먹은 산뽕나무 고목 잎사귀 사이로 강렬하게 내비치는 빛덩이 하나가 여래의 눈을 시리게 만들었다.

"얄궂데이…"

지닐총만큼은 남달랐던 그녀는 불현듯 옛 기억 하나가 새록새록 떠올랐다. 타지에 나가 중학교에 다니던 동네 또래 남자인 강석이가 방학 때 집으로 와 머물다 뭔 까닭인지는 모르지만, 남볼썽 사납게 천남성 이파리 독을 삼키고 자살한 적이 있었다. 미처 셈들기도 전 어린 나이의 당돌한 행위에 석이 집안이나 마을에서도 남우세스러워 쉬쉬했던 사건이었다. 생각이 여기에 미치자 평소 눈썰미가 좋은 여래는 밑져야 본전이니 최후의 수단으로 강력한 충격을 주기 위해 천남성 독을 이 남자에게 들이밀어 보기로 했다. 예전 임금님이 사약을 내릴 때 사용했다는 독초였다.

이맘때쯤 주변 숲속에서 천남성을 찾기란 그리 어렵지 않았다. 평소 입 욕심이 많던 그녀가 맛의 호기심이 발동해 검푸르고 투깔스레 생긴 이파리를 살짝 깨물어 봤다. 소태를 문 듯 혀끝을 어릿하게 톡 쏘는 검쓴 맛이 혓바닥을 얼얼하게 해 실개천 물로 후다닥 입안을 헹궜다. 천남성 잎을 돌로 빻아 뭉쳐 이긴 후 남자의 코에 바짝 갖다 댔다. 한참 지나도 호박에 침 주기로 아무 반응이 없어 이것도 허사로고 생각하다, 이미 포기한 것 에라 모르겠다는 심정으로 짓이긴 독초 덩어리를 두 콧구멍 속으로 깊숙이 밀어 넣었다. 그래도 별다른 반응이 없자 움츠렸던 몸을 일으켜 처연한 심정으로 깔떠 보고, 황천에 발을 디딘 고인의 명복을 빌며 발걸음을 돌려 옮겼다. 그 순간! 뭔가에 걸려 발목이 꿈틀거림을 느꼈다. 놀라 황급히 뒤돌아봤다. 죽은 줄 알았던 사람이 팔다리를 버르적거리더니, 곧바로 산떡통을 벌려 캑캑대며 무른 거품을 내뿜었다. 다이를까, 인명은 재천이란 걸. 생의 질긴 운명이, 발길을 돌려 내딛던 여래의 발목을 그의 무의식적 부활의 발등으로 걸어 흔들었던 모양이다. 천남성이 사람을 죽이기도 하고, 살리기도 하는 영물임을 여래는 분명히 체험했다. 다만, 지리산 산신령만이 천남성이 생사 갈림의 결정에 더해 두 인간의 운명을 바꿀 수도 있음을 미리 알고 있었다.

고동혁은 1925년 정월, 문화·역사의 도시인 함경남도 함흥시 성천리에서 가멸찬 재산을 내세우며 나름대로 세도를 부려 오던 개성 고씨 집안 지주의 맏아들로 태어났다. 어렸을 때부터 엄별한 딱장대로 인근에 소문이 왜자했던 조부로부터 사서삼경과 서예 공부를 강요받기도 했으나, 성천강 하구 함흥평야의 푼푼하고 여유로운 농심 탓에 곰상스러운 인성을 길러가며 본데있게 자랐다. 젖먹이 때 유모가 업고 마실이라도 나설라치면 동네 사람들이 장래 장군감이라고 치살릴 정도로 이목구비가 뚜렷했다. 될성부른 나무는 떡잎부터 알아봤다. 집안 터수가 꽤 질번질번했던 유년 시절, 부잣집 도련님답게 흰 피부를 띤 준수한 외모에 남달리 총명해 꾀돌이, 수재 소리를 들었다. 나볏한 몸가짐에 웅숭깊고 결 바른 심성의 소유자였던 그는 숫되고 세상 물정 어두운 궁도련님 응석받이로 접혔던 지루한 날개를 활짝 펴고 교모에 백 2선을 두른 조선 제2의 명문 평양고보에 진학해 어엿눈이 뜨기 시작했다. 온 국민을 희열의 도가니로 몰아넣었던 해방의 기쁨도 잠시, 곧바로 남북 분단이 고착화되자 국가의 간성인 평양학원 대남반 공작원으로 잠시 활동하다 혹독한 교육 훈련을 거쳐 상당한 담보를 소유한 인민혁명군 비밀 조직 소속 장교가 됐다. 이후 남한 공산화의 임무를 띠고 남파돼 1947년 1월 육사 3기로 입교했다. 3개월의 교육 과정을 마치고 소위로 임관한 뒤 하루가 다르게 격변하는 제반 정세를 관조하면서 군 내부에 좌익 세력을 전파하는 부라퀴 집단의 구성원이 됐다. 당시 좌익에 물든 일본 육사 출신 생도대장과 교수부장이 암암리에 육사 생도들의 꼭뒤를 누르며 좌경화시켰다.

남로당 소속 장교들의 조직인 '콤 서클'의 세포 조직원의 일원인 고 중위는 1948년 초 창설된 여수 주둔 14연대 중대장으로, 반란군과 진압군 양측에서 저지른 수많은 민간인 학살의 비극을 낳은 여순반란에 주동자로 가담했다. 이후 우여곡절 끝에 진압군의 추격을 피해 지리산으로 입산해 유격대인 빨치산의 길로 접어들었다.

고동혁은 해발 1,500고지인 삼도봉 남동쪽 아래 목통골 최상류 계곡의 비트(비밀 아지트)에 은신하며, 당 총지도원으로 지리산 남부 하동 지역 빨치산 활동을 진두지휘했다. 한국사에 자리매김한, 소위 말하는 6·25 이전의 구빨치 탄생의 산파역을 했다. 한반도에서의 남북 간 이데올로기 투쟁의 서막이 올랐다. 수많은 희생을 강요할 폭풍 전의 고요였다.

목통골 한참 아래 화개면 범왕리 중심부인 연동계곡에 밋골마을
이 있다. 이 계곡 동쪽 능선 너머 범왕계곡에는 건너뜸인 왕골마을
이 있다. 다랑이를 뜨문뜨문 끼고 있는 두 계곡이 아우라지에서 합
수해서 한 오리정도 흘러내려 가면 신흥마을에 이르러, 대성리 의신
계곡에서 흘러내린 화개천과 만난다. 경사가 가파른 두메산골 촌인
왕골마을에는 10여 호의 민가가 골목길 좌우로 올망졸망 늘렸다.

마을 중턱쯤에 있는 열 두서넛 나이 영식의 초가삼간 집 마당
한편의 헛간채에는 여순사건으로 쫓겨 온 20대의 반란군 출신 빨
치산 졸때기 한 명이 드난살이하며 동거 중이었다. 거적눈의 넓적
한 얼굴 구멍새에 황소 같은 걸때의 그는 주로 마당에서 한창 열소
리나 해 대는 영식이와 함께 툭툭한 목소리로 너스레를 떨며 시간
을 보냈다. 동네 사람들이 보기에 겉으로는 민하게 생긴 왜골 같지
만, 본성은 순박한 편이었다. 겨울철 제설을 위한 넉가래질이나 집
주변의 잡초를 거스르는 것은 기본이고, 떡심도 좋아 밭농사, 곁갈
이, 토종 벌꿀 농사 등 주인 내외의 살림살이를 뒤뿔치며 의식주를
해결했다. 일 잘하는 실머슴이나 매한가지였다. 다들 너나없이 보
릿고개, 피고개 넘기기조차 힘든 궁기에 찌든 시절이었으므로 이
막서리 불청객의 먹거리라고 해 봐야 기껏 골마지가 낀 간장이나
된장 몇 숟가락을 얻어 식어 빠진 수수밥 덩이와 푸성귀에 버무려
요럭조럭 겨우 입에 풀칠이나 하는 정도였다. 늘 입이 궁금하고 배

속이 출출한 터라 찬밥 더운밥 가릴 처지 없이 먹다 남긴 대궁밥 턱찌끼도 감지덕지했다. 다만, 남의 집에 파고들어 길래 진대 붙고 살아가는 이들 이방인이 절대 안채의 주인 식구 방에는 들어가지 않는 것이 주민과의 암묵적 약속이고 철칙이었다. 이즈음 지리산 일원에서 흔히 볼 수 있는, 산촌 주민과 객식구인 드난꾼 산사람의 자연스러운 공존 생활, 민초들 삶의 일편인 모듬살이였다.

마을 초입 빈집에는 제법 지위가 높은 빨치산 간부 한 명이 거주하며 범왕리 일대 대원들을 지휘했다. 총냥이 외모에 질깃한 태도와 칼귀 위로 섬뜩한 눈길을 내뿜는 무서운 인상인 그는 두문불출하다시피 침복해 마을 사람 눈에 거의 띄지 않았다. 호위군들과 함께 상류 계곡에 은둔하던 고동혁이 가다가다 직속 부하인 이 마을 간부 집에 들러 남로당 중앙당 지시를 전달한 후 이 일대 빨치산 활동을 점검하고 돌아가곤 했다.

"아재는 와, 집도 없이 우리 집에 빌붙어 살아가능교?"

"나? 네 눈에는 내가 빈들거리는 얼방둥이로만 보이냐. 나도 집이야 있지. 저 산머리에 올라가면 내 동무들 하고 살 곳이…."

"그란데 와, 여기 살아예? 동네 성들 말 들어 보이, 아재는 다른 데서 죄짓고 도망 와 산손님이 됐다 카데예."

"얘가, 이런 경칠 놈. 대가리 피도 안 마른 쥐방울만한 녀석이 못하는 말이 없네. 죄라는 게 한쪽에서 보면 죄지만, 반대편에서 보면 죄가 아닐 수도 있거든."

"뭐라꼬예?"

"영식이 너, 지금 국민학교 3학년이지. 너 학교 가면 여선생님 중에 누가 제일 예쁘더냐?"

"그야, 뭐. 물어볼 것도 없이 우리 담임 샘이 제일 예쁨니더."

"그래? 그런데 다른 사람은 그 선생님을 예쁘게 보지 않을 수도 있단다. 어쩌면 못생겼다고 하는 학생도 있을 거야. 죄도 마찬가지야. 동네 사람들이 봤을 때는 내가 죄인이라 할 수 있지만, 저기 우리 편이 봤을 때는 내가 착한 사람, 좋은 사람이 되지. 매사에는 양면이라 게 있는 법이야. 동전의 양면처럼…."

"지는 아재가 뭐라 카는지 잘 모르겠네예."

"그래, 당연하지. 너도 이다음에 크면 알게 될 날이 올 거야."

어느 초여름. 조화옹의 혼돈인 듯 짙디짙은 회색빛 안개에 도둑맞은 아침나절이었다. 골목 예제서 재바르거나 흐느적거리며 나다녀야 할 인적이 자오록한 안개 자락에 갇혀 침묵의 늪 속에 묻혔다.

범왕리 신흥마을 범왕천 변 도로 옆에는 집채만 한 바위가 하나 우뚝 꽂혀 있다. 고동혁은 몬존한 행색의 농사꾼으로 변복한 채 인접 마을 활동 대원들을 소환해 혁명과업 회의를 마쳤다. 산 정상 비트를 향해 어정어정 발걸음을 떼던 그는 바위 표면의 거뭇거뭇한 돌옷 사이로 희미하게 음각된 '三神洞(삼신동)'이란 글씨를 손바닥으로 쓸어내리며 감상했다. 마을 노인네에 의하면 신라 석학 고운 최치원의 필체라 했다. 지리산 곳곳을 유람하던 고운이 이상향으로 설정해 지은 마을 이름이었으리라. 천년의 장찬 세월도 비껴가지 못한 흐릿한 흔적이 이 지역 민초들과의 끈질긴 인연 고리로 아슴아슴 와닿았다. 남달리 서도에 조예가 깊던 그는 난세만 아니었다면 탁본이라도 떠 고인(古人)의 글씨를 흉내 내 볼 수 있겠다는 실없는 뜬생각이 들어, 피식 실소를 자아냈다. 이 삼신동 바위 바로 동쪽에 있는 범왕천과 화개천이 만나는 합수부인 두물머리를 지나 화개천 상류 쪽으로 삼 백여 미터쯤 올라가면 맑고 넓은 계곡의 별천지인 소(沼)가 나타났다. 이 소를 호위하는 바위벽에는 고운 선생이 세속의 비속한 말을 들은 귀를 씻었다고 새긴 '洗耳巖(세이암)'이 있다. 바로 옆 옛 신흥사 앞 하천변에는 역시 고운이 꽂아 두었던 지팡이가 돋아 자랐다는 전설의 주인공인 500년 수령의 미끈한 푸조나무가 무수한 나무초리를 흔들어 대며 왕성한 자태를 뽐내고 있었다. 고운과 관련된 돌덩이 글씨나 고목의 연유는 모두 진위가 불명료한 호랑이 담배 필 적 얘기들이었다.

보리누름에 신흥골 물길을 시적시적 걷노라면 깊드리를 점령해 눌눌하게 익어 가는 보리가 내뿜는 싱그러운 내음이 콧속을 자극했다. 논배미를 가르는 논틀길 진흙 사이로 더더귀더더귀 비비고 올라온 개망초꽃이 하얗게 무리 지어 무럭이 널렸다. 밭두렁에 들어서면 농사꾼의 흥얼대는 밭갈이소리에 맞춰 노긋이 인 콩 줄기가 술렁거리며 춤을 췄다. 재글거리는 오뉴월 땡볕에 타들어 가는 들대의 누런 물결에 농부들은 미끄럼을 타고, 연래에 보기 드문 어거리풍년이 오는 소리를 들으며 이맛전의 땀을 쓸어냈다. "옹혜야~"

보리타작 소리에 아기는 놀라고, 모둠밥 함지에 둘러앉아 곁두리를 두레 먹던 농부의 아내는 젖 물리며 봉싯 웃음 지었다. 보기만 해도 뿌듯한 앞마당의 노적가리. 배부른 유월이라 민초들의 걸음마저 빨랐다.

고동혁은 한참 지루한 돌밭 계곡을 타고 한 시간쯤 부지런히 올라 두 계곡의 합수머리에 걸린 복찻다리인 흙다리를 건너 쌍갈진 길의 오른쪽 범왕계곡 천변 길로 접어들었다. 이 계곡을 낀 왕골마을에 다다르자 여느 때처럼 마을 발치 독립가옥인 빨치산 중대장 집을 들렀다. 홀쭉한 아듬을 연신 씰룩대며 말을 하는, 귀얄잡이에 갈고리눈인 이 갈강갈강한 자는 여순사건의 주동자인 14연대 하사관 출신으로 정부군의 추격을 피해 이곳 마을에 정착했다. 그로부터 상황 보고를 받은 동혁은 중앙당 업무 지시를 하달한 뒤 잠시 휴식을 취했다. 영식이네 집에서처럼 생활하는 빨치산 나지라기 대원들과는 달리 이 마을 중대장이나 고동혁 같은 간부급 인사는 주민들과의 접촉이 거의 없었다.

다시 몸을 가눈 후 얼마간 범왕계곡을 타고 쉬엄쉬엄 올라갔다. 계곡 옆 두덩에 자리 잡은 오두막 폐가 한 채가 방치된 지 오래인 듯 마당과 집 주위에 푸서리가 우거져 금방이라도 덕달귀가 튀어나올 것만 같았다. 저 위 은신처 비트로 진입하는 상류 목통골로 향하기 위해 범왕계곡 너머 밋골마을의 연동계곡으로 이어지는 능선 쪽 경사진 소로를 타기 시작했다. 길이라야 옛적 약초꾼이나 다녔음 직한 바윗장 사이로 풀덤불 속에 묻혀 지그재그로 나타난 추저분한 흙길 흔적뿐이었다. 그동안 몇 차례 오르내렸으므로 눈정기를 다잡아 가며 조심스레 발을 옮겨 짚었다. 심심찮게 눈에 띄는 자귀를 남기는 곰이나 늑대·여우 같은 산짐승이 가끔 숲을 헤치고 출몰하지만, 총알이 넉넉히 장전된 권총을 품속에 품었으므로 혼자의 몸으로도 큰 두려움 없이 험로를 헤집고 나갈 수 있었다. 목적지까지는 두어 시간 더 급경사인 돌사닥다리 등반 코스를 통과해 허덕대고 올라가야 하므로, 군화 끈을 단단히 졸라매며 심기일전했다. 계곡을 희미하게 덮은 엷은 운무가 포근히 풀어헤친 솜뭉치로 다가와, 잠시라도 정신줄을 놓으면 풍덩 뛰어들고야 말 것 같은 충동을 느꼈다.

능선을 넘어 반대편 연동계곡 쪽 능선 아래 돌담불이 두두룩이 깔린 경사면으로 접어들었다. 모퉁이 길을 돌아 꺾어 치고 오르려는 순간 자차분한 흰색 민들레꽃이 널린 땅바닥 한편에 일광욕을 즐기기 위해 나부룩하게 늘어진 꽃뱀 한 마리가 보였다. 별생각 없이 노상 해 오던 대로, 군화로 목덜미를 찍어 제압했다. 휴대용 잭나이프로 목을 베어 버리고, 껍질을 벗겨 몸체에 붙은 해로운 기생충을 긁어낸 후 싸리나무 꼬챙이에 꼈다. 비트까지 가져가 구워 먹을 작정이었다. 산중 먹거리 중 고단위 단백질 보충으로는 제일감이었다.

꼬챙이를 들고 무심코 고개를 돌리려는 순간! 바로 옆 잣나무 날가지 뿌장귀에 온몸을 휘감은 채 머리를 걸뜨리고 있던 독사 한 마리가 갑자기 몸체를 풀어 튕기며 얼굴 쪽으로 확 덤벼들었다. 뱀의 기습에 놀란 동혁은 엉겁결에 모두거리하면서 본능적으로 헛발을 짚다 한쪽 발이 턱진 바윗장 틈서리에 끼여 균형을 잃고 모로 쓰러지며 뒤뚱거렸다. 뱀의 공격을 피한다는 것이 하필 계곡 절벽 가장자리에 걸려 허우적거리다, 끝내 연동계곡 절벽 아래로 굴러떨어지고 말았다. 허공을 가르며 곤두박질치는 순간 하늘과 땅바닥, 숲 덩어리가 대거리로 희끗희끗 지나가는 모습이 잠깐 의식된 찰나가 지나고, 뭔가 둔탁한 물체에 머리통이 부딪힌 듯하더니 급기야 온 천지가 깜깜해졌다. 낙마 후 날사이 계곡 바닥에 거꾸로 처박혀 혼수상태에 있던 그가 밋골마을 처녀 조여래를 만나 북망산 천행 일보 직전에 구사일생했다. 지리산 대령(大靈)의 은혜를 입은, 그야말로 천우신조였다.

바람에 간들거리는 강아지풀처럼 가볍게 바들거리는 남정네의 두 매한짝을 물끄러미 쳐다보던 여래는 갈고리 맞은 고기처럼 어찌할 바를 몰랐다. 일단 살려는 놓았지만, 눈도 뜨지 못한 채 막힌 숨을 본능적으로 짜내려는 듯 시르죽은 신음만 내뱉는 낯선 이방인을 어찌한단 말인가. 그녀는 산골 마을에서 또래의 다들처럼 덜렁대며 이런저런 모습을-개 중에는 다소 험한 꼴도- 보며 자라 온 더펄이였다. 하지만 이처럼 일찍이 겪어 보지 못했던, 한 생명을 좌지우지하는 사달이 눈앞에서 벌어지고 보니 어마지두에 간이 콩알만하고 연방 가슴이 콩닥거렸다. 범의 꼬리를 잡고 놓지 못하는 꼴에 놓이자 적이 바자운 마음이 앞서 한동안 먼 산만 얼없이 쳐다봤다. 이팔청춘 풋내기 처녀가 혼자 겪기에는 더넘스러운 숙젯거리였다.

뒷일이야 어찌 되던 이왕지사 살릴 바에야 온전히 살려내기로 도지게 마음먹었다. 밋골로 내려가 동네 사람을 불러오리라 생각을 굳힌 후, 우선은 뭐라도 응급조치를 좀 해 둬야겠다는 생각이 뒤따랐다. 주변의 산뽕나무 넓은 잎 몇 장을 따 포갰다. 집 떠날 때 남동생 태권이 참으로 챙겨준 삶은 감자를 바구니에서 꺼내, 나뭇잎에 으깨어 놓고 계곡물을 뿌려 묽은 미음을 만들었다. 팔다리를 벌쩍거리는 사내를 바로 옆 바위로 끌고 가 등을 바위옷에 기대앉힌 후 한 손으로 그의 입을 벌려, 오므린 잎 안의 홀홀한 미음을 입안으로 들이밀었다. 실눈을 가늘게 뜨기 시작한 그는 엷게 후루룩대며 받아 마셨다. 살려는 본능이 마비된 육신을 자극하는 모양이었다. 긴장된 시간이 한참 흘렀다.

"정신이 좀 드능교?"

여래는 걷어질린 눈을 가볍게 껌벅거리는 사내의 어깻부들기를 흔들며 다그치듯 물었다. 기력과 정신이 돌아온 듯한 그가 꼭뒤를 더듬으며 기어가는 미음(微音)의 토막말로 간신히 대꾸했다.

"처자는 누구고, 여기가 어디요?"

"아따, 인자 살아난 모양이지에. 전생에 덕을 쌓아 저 뒷산 칠불암 부처님 가피를 받았는 갑다."

여래는 요 몇 시간 동안 벌어졌던 일의 전후사연을 자세히 설명했다. 동혁은 아랫마을에서 혁명 과제를 수행하고 비트로 올라가다 뱀의 습격을 받고 곱드러져 절벽 아래로 떨어졌던 사실을 아슴푸레 기억 속에서 들춰냈다.

"오늘이 며칠이오?"

"음력으로 오월 초닷샛날인데. 와예?"

"음, 사흘간이나 계곡에 쓰러져 있었구먼. 아무튼 처자는 내 생명의 은인이요. 이 은혜는 평생 잊지 않겠소."

"후딱 내려가서 어른들 모시고 오것심니더. 마을에서 며칠 안정해야 기력을 되찾을 끼 아입니꺼."

이 말을 듣자마자 동혁은 벌떡 상반신을 일으켜 세우더니 말을 되채며 나직이 소리쳤다.

"그건 안 될 말이오! 살려 놓은 나를 다시 죽게 만드는 일이오."

그는 은근히 헤 박으면서, 여래의 이름과 집 위치를 물어본 뒤 땀직해 보이는 그녀의 눈빛을 믿고 자신의 신분을 털어놓았다. 동네 주민들에게 알려지면 낯선 사람이라 당연히 경찰에 신고할 테고, 그러면 빨치산 최고위 간부임이 밝혀져 바로 총살형에 처해질 것이라고 실토정했다. 그러고 보니 농군 차림에도 신발만은 튼실한 군화를 신었다. 비록 허름한 농사꾼 옷을 걸쳤지만, 준수한 외모에 양반집 도련님풍의 해사한 틀거지인 그가 총살당한다는 말에 섬뜩해진 여래는 기분이 묘해짐을 느꼈다. 시찾은 사람을 기껏 살려 냈는데 이자를 다시 죽음으로 내몰 수는 없는 일이 아닌가. 듣고 보니 가족들에게조차 말해서는 안 될 것 같은 생각이 들었다. 그러나 선뜻 결정하기가 가난한 양반 씨나락 주무르듯 망설여졌다. 이날 이때껏 살아오며 일상사를 복잡하게 생각해 본 적이 없던 그녀는 각단을 잡을 수 없게 되자 머릿살이 갑자기 아파져 오기 시작했다.

"시방 그 몸으로는 운신을 못 할 낀데. 그라마 어쩌면 좋것심니꺼."

"저 위 능선 중턱쯤에 평소 오르내리며 봐 둔 동굴 하나가 있소. 미안하지만, 거기까지 나를 좀 부축해 주시오."

잠시 뜨악한 표정으로 여짓거리던 여래는 구원조라기보다 명령조에 가까운 의문투성이 남자의 단호한 말에 압도되어, 일단 그를 일으켜 세워 어깨에 걸쳐 멨다. 그녀는 자기 행동을 제대로 분간하지도 못한 채 무언가가 애당긴 듯했다. 연신 허든거리며 여자 목을 감싸 안은 남자 팔의 도래뼈가 그녀의 왼쪽 쇄골을 짓누를 때마다 숨이 막혀 왔지만, 별다른 불만을 토로할 게제가 아니었다. 마냥 덩둘한 상태로 뒤뚱발이처럼 어깨를 추썩거리며 둥싯대는 짓둥이로 그 동굴까지 올라갔다. 남자의 육중한 몸에 짓눌려 느껴지는 온몸 여기저기 자개미의 둔통으로 인해 팔자에 없는 산오름 도중 수차례나 쉴 수밖에 없었다. 무게 중심을 잃고 기우뚱거릴 때마다 그의 왼쪽 가슴 포켓 속에 든 딱딱한 물체가 그녀의 오른쪽 어깻등을 찔러 왔다. 그것이 인명 살상용 소련제 토카레프 권총이라는 사실은 한참 시일이 흐른 후에야 알게 됐다.

"이래 천지비깔 눈보라가 치는 정이월 혹한에 그 산꼭대기서 댑바람 맞아가며 우째 여기까지 내려옵니꺼. 험한 산길 살얼음에 미끄러지기라도 하면 우짤라꼬예. 인자 올봄 추위가 숙지고 눈이나 녹으면 만나지예."

동굴 초입 너럭바위에 가부좌를 튼 동혁의 두 허벅지를 걸타고 누워, 어험스러운 굴속의 어두침침한 바윗장 천장의 틈새에 달린 고드름에 눈길을 주던 여래가 말문을 텄다. 매서운 날씨 탓에 입이 얼어 발음이 좀 머줍었다. 바위 앞에는 세찬 설한풍을 막을 요량으로 허옇게 층이 진 너테 더미 위로 칡넝쿨로 꿍친 싸릿대 단을 얼기설기 쌓아 놓았지만, 제대로 된 떼적이 아니라서 어기뚱한 나뭇동 이에짬으로 새어 들오는 들차고 차끈한 살바람을 피할 수는 없었다. 산양(山陽)이라 콧구멍만 한 양달을 확보해 몇 줄기 햇귀나마 쬐며 해바라기를 즐길 수 있는 게 그나마 다행이었다.

육안으로는 전혀 감지할 수 없는 그녀의 잉태한 배를 한 손으로 쓰다듬으며, 동혁은 저 아래 가뭇가뭇 펼쳐진, 하얗게 물든 일망무제의 수해(樹海) 물결을 물끄러미 내려다봤다. 저만치 연동계곡 창공으로 검은 날지니 한 마리가 빙빙 돌며 유유자적 날아다녔다. 화개동천 서쪽 능선의 정점인 황장산 정수리에 걸린 삿갓구름이 이날따라 유난히 그의 우측 시선을 사로잡았다. 되알진 된바람에 실려 간밤에 소록소록 내린 도둑눈이 온 천지를 소복이 뒤덮었고, 비껴 내리는 햇살들이 언틀먼틀한 숫눈 껍질에 반사되어 흰 광채를 내뿜고 있었다.

죽음 일보 직전까지 갔다 여래의 도움으로 기적처럼 삶으로 회생한 지도 어언 반년의 시간이 훌쩍 흘러 새해가 지나갔다. 요사이 두 남녀는 일주일에 한 번씩 이곳 동굴에서 만나 서로의 찰거머리 정을 확인했다. 동혁은 외우 떨어진 목통골 비트에서 북풍한설을 뚫고 힘든 걸음발로 내려오고, 여래는 바특한 연동계곡 밑골마을에서 비교적 쉬이 올라왔다. 막 깨어난 동혁을 여래가 부축해 데려와 구어박고 근 달장간 두남두며 알뜰살뜰 간호했던 바로 그 동굴이었다. 하루가 멀다고 지극정성으로 올라와 먹이고, 주무르고, 다독이며 거추했다. 지성이면 감천이라, 살손을 붙여 돌본 덕분에 발목 골절에 더해 여기저기 깨지고 터진 상처투성이의 육신이 한결 거풋해지고, 멍멍하던 정신도 거의 원상태로 회복됐다.

그간 두 사람의 맘자리가 어느 정도 한 점으로 모이자 여러 대화가 오고 갔다. 동혁이 그동안 살아온 내력과 마르크스 레닌주의 공산당 철학을 펼쳤지만, 산 아래 섬진강 변에 있는 깡촌 중학교만 겨우 나온 뒷귀 먹은 여래가 듣고 이해하기에는 역부족이었다. 그래도 사랑하는 임의 목소리를 듣는 것만으로도 마음이 흡족했다. 주로 동혁이 얘기를 이끌었지만, 여래도 가끔 이런저런 집안 식구들 얘기와 철없이 나돌던 산골 처녀들의 일상사를 풀어나갔다. 여래의 큰오빠는 오래전 혼인해 부모님과 함께 밑골마을에서 살았다. 새언니와 세 살 어린 남동생 태권이, 국민학생인 머슴애 조카 둘 해서 모두 여덟 명의 대 식구가 한집에서 살았다. 천방지축의 악동인 철부지 조카들은 성질이 삼해 건넛방 고모로서 늘 달래기에 바빴다. 작은오빠 한 명은 서너 해 전 결혼해 아랫마을 화개동천을 낀 정금리 대비마을로 분가해 두 살 난 딸을 둔 참이었다.

"아니지, 당신 만나러 내려오는 일이 유일한 낙이자 희망인데, 그럴 수는 없지. 배 속에 움튼 우리 아이 생각도 해야 하고. 지금부터 아비가 직접 보고, 듣고, 만지며 태교를 열심히 해야 하지 않겠소? 지금은 엄동설한 한겨울이라 저 위에서도 폭설에 갇혀 혁명과업 수행에 따른 일거리가 뜸한 탓에 비교적 한가하게 보내고 있소."

"시방 걷잡을 수 없이 왔다 갔다 하다 보이, 장차 태어날 우리 아기 운명이 어떻게 될지 심히 우려스러워예."

"그런 건 걱정하지 말고 무사히 애나 낳으소. …. 그나저나 우리 관계를 식구들에게는 잘 말했소?"

"처음에는 아부지, 어무이 모두 노발대발했지예. 지금은 그간 사정을 얼마간 이해하시는지 좀 누그러지신 듯하고예. 집안 가장 격인 큰오빠도 초례도 올리지 않고 지가 임신까지 했다는 황당한 소식에 크게 결딱지를 냈지만, 인자 좀 진정됐는지 웃날이 들면 언제 한 번 동혁 씨를 만나보고 싶다 하데예. 워낙 코딱지만 한 동네라 위아래 각단에 이미 우리 관계 소문이 짜하게 퍼졌어예. 평소 무꾸리 다니길 좋아하는 어무이는 용하다는 점재이 찾아 우리 궁합을 살펴본다고 분주하고예. 뭐, 우리 둘 다 명은 길 끼라 했다데예. 삼신할미께 질긴 아들 하나 점지해 달라고 빌기도 하고예."

"힘들더라도 참고 조금만 기다려 보소. 가뭄에 단비처럼 조만간 좋은 세상이 올 거요. 내 장담하리다."

살근대는 두 연인의 나직한 귓속말 밀어의 꽁냥거림은 바람에 우는 산사의 은은한 풍경 소리처럼 동을 달아 끝없이 이어졌다. 하늘과 땅을 떠받치는 주춧돌보다 더 야무지고 구더운 사랑의 밀담이었다. 일단 밀약을 맺었으니 만 개의 산이 몰려와 조각내려 해도 이들이 흘맺은 큰 약속은 나뉘지 않고 퇴색되지 않을 것이다. 정심일왕(情深一往)이라, 두 사람의 애정은 종착점의 한계를 찾을 길 없이 점점 더 깊어만 갔다. 쇠군은 사랑의 맹세! 서로의 셈속을 초월한 완전하고 알쭌한 사랑이었다. 둘이서 사랑을 한 것은 가능했지만, 그 사랑의 불꽃을 끄는 것은 영원히 불가능해 보였다.

머츰해진 눈발을 뚫고 불어오는 솔잎 향내 실은 바람이 냉기 뿜은 대지를 덥혀주며, 어지러이 휘날리는 땅날림눈을 일으켰다. 미래에 대한 두려움과 현재의 산득한 한기가 뒤섞여 아르르한 몸을 웅숭크리고 앉아 있는 여래의 폐부 속으로 신선한 산 공기가 깊숙이 밀려들자, 마음 한편에 똬리를 튼 열뜬 심기가 말끔히 거두어지는 듯했다. 지리산에 맞방망이질 치는 두 청춘 남녀의 심장을 타고 일어 오르는 풍운이 닻을 올렸다.

1950년 7월 27일. 경남 하동이 6·25 전쟁 발발 후 파죽지세로 밀고 내려온 인민군 제6사단에 점령돼 인공(인민공화국) 치하로 접어들었다. 하동군 화개면 지리산 범왕리 뒷산 깊은 계곡인 목통골 상부에서 음성적으로 빨치산을 지휘하며 은인자중하던 고동혁이 인민군 소좌의 신분으로 하산해 화개면을 접수하고 화개 인민위원장이 됐다. 구빨치 시절 위관급 군관인 대위에서 전쟁 발발과 동시에 일 계급 승진해, 국군의 영관급에 해당하는 좌관급 군관인 소좌가 됐다. 인근 지역에서 반강제로 모집된 의용군들-전국적으로는 40만 명에 달함-이 소수 인민군의 지휘하에 인공기와 붉은 공산당 깃발을 흔들어 대며 씨엉씨엉 범왕리 마을로 진입했다.

무시무시한 권력을 발산시키는 면당 위원장의 연인으로 그의 아이까지 배어 임신 6개월에 접어든 여래의 가족은 살판이 났다. 18세에서 60세 여성을 대상으로 여맹(여성동맹)에 가입시켰다. 밋골마을 여성들이야 깊은 산골 마을에서 흙이나 파먹고 사는 날피 같은 따라지 인생의 바사기 농투성이의 딸인 데다, 낫 놓고 기역 자도 모르는 일자무식한 청맹과니인 째마리들이 대부분이라 여맹 가입자가 없었다. 그러나 여래는 낭군님 덕에 땅불쑥하니 여맹에 가입해 화개 여맹 부위원장이란 중책을 맡았다. 일의 버렁이야 별로 넓지 않았지만, 그것도 감투라고 셋줄을 대려고 애먼 쏘개질로 따리를 붙이며 친한 척 달라붙는 여성들도 더러 생겼다. 사주팔자에 없는 관을 쓰면 이마가 벗어지듯 그녀는 동혁의 위상에 따라 승겁들어 얼어걸린 분에 넘친 직책에 피가 마를 지경이었다. 일머리도 잘 모르는 생무지인 채 비짓국 먹고 용트림하듯 마지못해서 해야 하는 일 갈망 때에는 되우 무람하게 처신했다. 딸보지만 암팡진 단짝 점례도 멋모른 채 친구 따라 강남 가듯 얼떨결에 여래에게 겉묻어서 이 조직에 가담해 뭉그댔다.

혹독한 자위 경찰조직인 자위대가 앞장서고 인민위원회·민청 등이 가세해 노나메기 세상을 연다는 사회주의적 신념을 명분으로 부자들에게 악질 지주의 죄명을 씌워 천량을 몰수하고 멍석말이 뭇매질의 신체적 위해를 가했다. 또한, 경찰과 군인은 물론이거니와 그 가족까지 공개 인민재판을 통해 각전의 난전 몰듯 조금의 드

틈새도 주지 않고 반동으로 모짝 몰아세워 댓바람에 즉결 총살에 처했다. 말꼬리의 파리가 천 리 간다더니 점령군인 인민군의 세력에 빌붙어 급조된 선떡부스러기 같은 잔풀내기 조직들이 딴기를 펴 발자하게 날뛰며 거장치고 다녔다. 마구발방으로 새롱거리고 홍감을 피우며 덤비는 꿈지러기 같은 완장 찬 벼락감투들이었다.

저적에 보도연맹 사건으로 큰 피해를 봤던 자들이 대거 지역자위대에 가입해 오도깝스레 활개 쳤다. 다들 흰소리를 신둥지게 떠벌리며 개평 뜯으려 드는 각다귀의 본성을 드러냈다. 물은 인민군이 트는 대로 흘렀고, 공산당의 앞매꾼인 자위대 메뚜기도 오뉴월이 한철이었다. 무는 개를 돌아본다는 말이 무색할 정도로 아금받은 그들은 붉은 완장을 꿰찬 채 들까불고 다니며, 원한을 산 숙청 대상자를 색출해 해원(解冤)을 명분 삼아 무자비하게 보복했다.

고 위원장은 인민군 군모를 쓰고, 누른 바탕에 가로로 쳐진 빨간 줄 두 개 사이에 흰색 별 하나가 새겨진 소좌-국군의 소령에 해당-계급의 견장을 단 군복을 말끔히 떨쳐입었다. 특별 주문으로 상의 허리 부분을 밋밋하지 않고 약간 우긋하게 마름질한, 허리라인이 들어간 콘티스타일의 세련되고 늘씬한 옷거리가 그의 훤칠한 외모를 더욱 돋보이게 했다. 화개 일대에서 깔끔하게 빼뜨리고 아귀센 고 소좌와 함께 돌아다니는 여래의 모습이 면민들에게 자주 목격됐다. 그녀는 천지가 개벽한 듯한 인공 치하의 세상에서 모든 인민을 평미리친다며 남녀노소 불구하고 동무라 부르고 설쳐 대는 상황에 직면하자 정신이 갈래어 왔다. 그러나 자기 인생을 송두리째 바친 낭군님을 믿고, 마음을 강하게 사려 먹으며 그의 손에 이끌려 이리저리 밀려다니고 끌려다닐 수밖에 없었다.

인공 치하에 들어간 지 한 달쯤 지난 8월 말경. 넓은 들 배미를 집어삼킬 듯 메나리 가락 드높이 울려 퍼지던 논매기가 멱차고 화개골 예제서 벌어지는 호미씻이 모꼬지판에서 두렁쇠의 꽹과리 소리가 들려올 무렵, 밋골마을에서 마당을 빌려 여래와 동혁의 백년해로를 언약하는 혼례식이 치러졌다. 무릇 혼인이란 푼수에 맞아야 하지만, 함흥 한골의 지체 높은 양반 지주와 화개골 산골의 한미한 농사꾼인 두 집안의 문벌이나 덕망은 천양지차였다. 그러나 동혁은 괴이찮고 생명의 은인인 여래와의 사랑 하나만 믿고, 쇠뿔도 단김에 빼랬다고 옹골차게 결혼을 결심했다.

아직 전쟁 중이라 잔칫날 일결은 감불생심(敢不生心)이므로 신부 측 가족과 몇몇 인민군 부하들, 청년·여성동맹 간부들만 초청했다. 거방진 잔치는 엄두도 못 내고 여름 반나절의 전통 의식으로 초름히 혼례를 올렸다. 급조한 초례청에 나무로 대충 깎아 만든 기러기를 전안상에 올려놓고 교배례로 신랑 재배, 신부 사배로 맞절한 후 합근례와 성혼례를 진행했다. 마당 한갓진 곳에 허름하게 마련한 숙설간에서 조촐하게 요리한 누른국 잔치 겸이로 하객을 나우 접대했다. 동상례를 받을 만한 신랑 친구가 없었으므로 당연히 족장 맞을 일도 없이 산간벽촌 여래 집의 궁뚱망뚱한 아래채에서 신혼 첫날밤의 꽃잠을 잤다. 다음 날 후물림 음식을 사용해 단출한 차림의 자리보기를 한 후 바로 화개면 소재지인 섬진강 변 탑리의 과녁빼기집인 말쑥한 위원장 사택으로 옮겨와 어연번듯이 신방을 꾸렸다. 시댁이 없으니 신부가 풀보기할 일은 아예 없었고, 전시 중인 제반 여건상 주변 신부 친척이 반살미할 일도 더더욱 없었다.

한낱 떡부엉이에 불과했던 얼마 전까지의 두멧구석 무지렁이 촌여자가 어쭙잖게 고위 권력자의 아내가 되어 분수에 넘치는 양광을 누렸다. 멧골 퍼벌한 방에서 지내다 면바르게 꾸민 방에서 풍족에 퇴낼 푼수로 호강을 누리며 빚접게 신혼의 단꿈을 꾼다는 게 여래에게는 한없는 행복으로 와닿았다. 그러나 옥실옥실한 신혼 잔재미의 한편으로는, 자기의 깜냥으로 미루어 뭔가 모를 불안한 미래가 예감되어 마음에 맞갖지 않고 걸림돌이 박힌 듯 영 개운하지 않았다. 행복이 무엇인지 깊이 상념에 잠겨 볼 겨를조차 없이 갑자기 행복에 취하려니…. 어느 구름에 비가 올지, 후일에 몸달아 할 옴나위없이 멱살을 거머쥔 삶에 그냥 끌려갈 뿐이었다. 하루하루가 속사포처럼 급물살을 타고 흘러가며 급변하는 세상이 언젠가 멱살 잡힌 그녀를 구렁텅이에 메꽂고는 한순간에 뚝 멈춰서 버릴지도 모를 것만 같았다. 사람의 소갈머리는 조석변(朝夕變)이라 혼자 가만히 있을 때면 걱정하는 마음인 우심(憂心)이 생기고, 그 우심이 자기들끼리 전쟁을 벌이기도 했다. 그러나 혼란스러운 시대에 묻혀 가는 세월의 흐름이야 어찌 됐든 복중(腹中)의 아기는 무럭무럭 자랐다.

1950년 9월 15·16 양일간 펼쳐진 인천상륙작전의 성공으로 한반도 전쟁의 판세는 완전히 역전됐고, 그 여파가 남도 땅 하동까지 미쳤다. 9월 25일 인민군이 퇴각하고, 국군과 경찰이 거리로 뛰쳐나온 주민들의 환영을 받으며 화개골로 밀려들었다. 이번에는 득의양양한 군·경이 지망지망 짐병을 부리며 와짝 떼로 몰려다녔다. 세칭 빨갱이를 찾아내는 데에 혈안이 된 그들은 오두발광을 떨며 술덤벙물덤벙 날뛰었다. 하늘을 쓰고 도리질하며 잔뜩 거들먹거리는 패거리에게 법은 멀고 주먹은 가까웠다. 인공 치하에서 인민군에게 협조했던 부역 혐의자들을 체포해 처단하기 시작했다. 전날의 수모를 앙갚음하기 위해 망치로 얻어맞고 홍두깨로 치는 냉혹하고 철면피한 복수혈전이었다. 난탕을 치고 다니며 서로 척져 원한이 골수에 맺힌 상대편 사람들을 마구 굿히는 목불인견의 참혹상은 인공 치하 때나 수복 후 때나 도긴개긴이었다. 그러자 소문으로 전해 들은 목하 전황에 다림을 보던 주민들이, 개방정을 떨며 설쳐 대는 무리의 뇌꼴스러운 작태를 피해 집 안으로 꼭꼭 숨어들어 거리는 한산해졌다. 소슬바람에 잠긴 화개동천 넓은 골의 마을 전체가 침묵 속으로 빠져들었다.

여래는 임신 8개월의 돈한 몸을 이끌고 남편 따라 산속 깊숙이 올라가는 수밖에 없었다. 더 넓은 화개동천 산골 마을에서 어제까지만 해도 예제서 설쳐 대던 인민군 일당이 씨가 마르다시피 한순간에 사라져 그 흔적을 찾아보기 힘들게 되었다. 목통골 비트로 다시 올라간 고동혁은 인민군 상부와 연락을 주고받으며, 퇴각한 인민군과 부역자로 몰려 아랫말에서 발붙이기 힘들어져 입산한 자들을 지휘·통제했다. 이 무렵 백선엽 장군의 백야전사인 11사단이 지리산으로 옮겨와 기틀을 잡고 성금이 서는 위세를 떨뜨리며 빨치산 소탕 작전을 수행했다. 주변에 적이 사용할 만한 모든 물건과 식량을 없애라는 백 장군의 '견벽청야(堅壁淸野)'의 명을 얼뜬 부하 장교들이 잘못 이해해 툭탁치는 바람에 종작없이 사람들까지 모두 없애 버리는 불상사가 일어났다. 전과에 눈이 멀어 부하들을 무작정 두남두며 교기를 부린, 몇몇 업숭이처럼 몰지각한 인간의 독단 때문에 함양·산청과 거창의 산간 부락에서 데억진 양민 학살의 비극이 발생했다.

무솔은 푸성귀가 된서리를 맞을 무렵인 10월 말에 접어들자 인민군 전선사령부로부터 산중에 피신했던 인민군들은 긴급히 북상하라는 명령이 떨어졌다. 입산자들은 이전의 구빨치들과 합심해 신빨치 전사로 지리산 일대에서 유격전을 펼치기로 하고, 전문적 훈련에 돌입했다. 토벌군의 추격에 이리저리 밀리다 천왕봉 아래 비트에 머물던 정규 인민군 소속의 고 소좌는 부하들을 인솔해 북상 길에 올랐다. 남산만 한 배를 가누기가 힘들어진 여래를 정규군의 산악 행군에 동행시키는 것은 어불성설이었다. 당시 전선의 움직임이 불명확해 인민군들의 일시적 후퇴로 보는 시각이 있었으므로, 전세가 역전되면 다시 남하해 여래를 데려가기로 했다. 그동안 몸을 풀고 빨치산에 합류해 세 식구가 재회할 때까지 혁명 투쟁에 동참하기로 남편과 약속했다.

"여보. 시국이 도깨비놀음 같이 돌아가다 보니, 난리통에 생이별로 헤어지는구려. 전세가 불리해 일단 후퇴하지만, 길고 짧은 것은 대봐야 알 일이오. 매개를 봐 최대한 빨리 데리러 올 테니, 그간 우리 애 잘 낳아 기르고 있으소."

"지 염려는 마시고, 몸조심하시이소. 전선에서 너무 나서지도 마시고…. 당신을 잃고 싶지 않아서예. 아시겠지예?"

"내 유념하지. 그리고 당신 친구 점례도 동네에 남기가 힘들어 입산시켰으니 둘이 의지하며 잘 지내고…."

"그러잖아도 오늘 아침 점례 만나 손잡고 둘이서 많이 울었심니더. 괜히 나 땜에 여맹에 가입해 힘든 산 생활까지 하게 됐으니, 갸에게 면목이 없어예."

"이런 사태가 벌어질지 혹시나 해, 말썽거리를 없애기 위해 처가 식구들은 인공 치하 과업에 발 디딜 수 없도록 단단히 조치해 왔으므로 친정 식구들 걱정은 안 해도 될 거요. 그리고 아들을 낳거든 고 씨 문중 족보의 돌림자를 따 석하로 지으소."

"석하예? 고석하라, 이름 좋네예. 마음에 듭니더. 잘 새기겠슴니더."

"그리고 섭섭하게는 듣지 말고…. 세상 앞일이란 아무도 모르는 것이오. 특히 지금은 전시가 아니오? 혹시 일이 틀어져 내가 제때 못 내려온다면, 우리가 길게 헤어질 수도 있을 거요. 마침몰라 그 경우 나중에 우리 애가 나를 찾을 때, 서로 확인하기 위한 증표를 하나 주겠으니 잘 간직하소."

동혁은 도금된 신주(황동)로 만든 길이 십여 센티쯤 된 직육면체 막대기 모양의 묵직한 문진 한쪽을 여래의 손에 쥐어 줬다. 그가 어렸을 때 조부로부터 배웠던 서예를 지금까지 연마하며 취미 생활로 즐기는 모습을 여래는 옆에서 지켜봤다. 맨드리가 범상치 않은 고색창연한 제골 문진 두 개를 합치면 세 그루의 소나무 아래에서 말 세 마리가 뛰어노는 삼송삼마도(三松三馬圖) 그림이 간단한 한자 경구와 함께 음각되어 있었다. 다른 문진 한쪽을 가슴 속 군복 안주머니에 집어넣는 동혁의 낯빛에 설핏 은연한 얼룩이 내비쳤다. 며칠 새 그의 얼굴이 사뭇 캉캉해졌다. 그러나 차돌같이 무던한 그의 변함없는 몸짓이 이별을 목전에 둔 여래의 허우룩한 마음을 어지간히 안심시켜 주었다. 삼수갑산을 가도 님 따라가리라 굳게 다짐했다.

여래는 남편과 헤어진 뒤 유착히 불러 오는 배를 가누고 울가망한 심사를 달래 가며 지리산 산사람들을 따라다녔다. 1950년 연말. 상봉인 천왕봉 북쪽 하봉 아래 어느 이름 모를 산간에 겯날려 지은 움막에서 만삭의 여래가 애를 비롯기 시작했다. 들음들음으로 소식을 전해 듣고 급히 달려온 주변의 빨치산 여전사들의 해산 바라지로 아들 석하를 난산 끝에 분만했다. 처음 겪은 출산이라 삼 가른 핏덩이를 어줍게 받아 안았다. 비록 남편 없이 첫국밥도 못 얻어먹었으나 천군만마를 얻은 듯 포만감에 젖었다. 소록소록 나비잠 들고 배냇짓하다 깨고 나서 어미 젖꼭지를 찾으며 꼼재기 손을 펴서 천지 만물을 걸머잡으려고 앙증맞게 꼼지락거리는 새 생명체. 거머리 돋은 얼굴의 두 눈을 반짝이며 어미를 알아보고 방싯방싯 웃으며 당싯거리는 아들을 쳐다보는 그녀의 얼굴엔 한동안 웃음꽃이 끊이질 않았다. 언감생심 첫국밥은커녕 변변한 포대기조차 없었지만, 양손으로 떡두꺼비 같은 아기를 받쳐 업고 들까부르는 여래의 미소에서 묻어나는 희미한 행복의 그림자.

"꿈엔들 잊힐 리야, 고고의 일성! 젖줄이 흐를 때 방긋 웃는 아기를 온몸이 저리도록 안았다. 고사리 손가락 내밀며 발록발록 곰틀대는 동자신! 젖 빨다 투레질하는 금자둥이를 사랑으로 반기며… 이 세상 다한들 너를 잊으랴. 소년의 맑은 눈으로 햇살을 받으며, 나비처럼 자유롭게, 참새처럼 즐겁게 자라거라. 배움터에 안기어 함박꽃을 피우거라. 아빠의 사랑도 듬뿍 받거라. 몇십 년이 흘러 흘러 네 몸이 나를 안을 때면, 핏줄이 엉키는 가슴마다 뛰는 전율이 용틀임하듯 나를 휩싸 울리리라. 그리고 언젠가 내 생명줄 놓을 때, 너는 두 손 잡아 가느다란 그 끈 잡으며 부모와 자식 간 과거사를 눈동자에 새기며 울겠지. 그러나 그때도, 그 후도 나는 함박웃음 지으며 너의 가는 길을 빌 거야."

1951년에 접어들어 조선인민유격대 남부군 총사령관 이현상의 지휘하에 지리산 빨치산 활동이 헙헙히 전개됐다. 여래는 출산 후 별다른 후더침 없이 몸을 추슬렀지만, 험악한 산악 지형을 헤매며 아들을 키우기가 각다분했다. 더구나 먹는 게 부실하니 석하에게 물릴 목놀림 젖도 부족했다. 결국 강보에 싸인 똥오줌을 그느지도 못하는 갓난애를 안고 친구 점례의 도움을 받아 가며 날새 지리산 주능선을 가로질러, 닭의 홰치는 소리를 들으며 범왕리 연동계곡 밋골마을 친정으로 잠입했다. 매서운 소소리바람이 살 속으로 스며드는, 희붐히 먼동이 떠오르는 이른 봄 어느 어둑새벽의 근친이었다. 근친치고 이보다 더 기구한 근친이 있을까. 그러고는 아들 문제를 부모님과 상의했다. 이즈음 지리산 상류 골짜기인 밋골마을은 낮에는 대한민국, 밤에는 인민공화국이라 할 정도로 빨치산과 토벌군의 영향력이 크게 미치는 지역이었다. 자연히 주민들도 알게 모르게 두 세력 사이에 박쥐의 마음인 박쥐구실처럼 두길마보기를 하고 있었으므로 젖먹이 석하를 이곳에 맡기기가 곤란했다. 결국 비교적 안전지대인 작은오빠 조남권이 사는 산발치 섬진강으로 이어지는 화개동천의 정금리 대비마을로 데려가기로 했다. 앙글거리며 어미 품을 떠나는 얼뚱아기에게 제대로 된 웃음도 한번 보이지 못한 채 재회의 기약 없이 눈물로 이별의 회한을 삼켰다.

남권은 무죽은 성격에 걸맞게 생김새가 거방지고 좀 둔팍한 편이었으나 투미한 머리의 아둔패기는 아니었다. 그는 결혼한 지 몇 해되지 않았기에 갑순이라는 세 살 난 딸따니 하나만 뒀다. 석하는 조석하라는 이름으로 남권의 호적에 올려져 그의 친생자처럼 키워질 운명이었다. 밋골마을에 사는 여래의 큰오빠 조용권이 여섯 살, 네 살 된 두 아들을 뒀는데, 아랫대 항렬의 돌림자에 따라 그 이름이 상철, 상진이었다. 평소 패다리적은 성격에 메꽂은 편인 남권이 자신의 자식으로 출생신고를 할 때 '상' 자 돌림으로 상하로 적어내려 했다. 그러나 여래가 후일 부자 상봉 때 남편과 약속한 이름이라도 같게 해 줘야 한다고 우기는 사품에 석하로 호적에 올렸다.

고동혁과 조여래의 외눈부처같이 귀하고도 소중한 핏줄인 아들은 친부가 지어준 고석하라는 이름을 애초에 챙길 수 없었다. 시절이 하 수상해 졸지에 모친의 성인 조씨 성을 이어받아 평생을 조석하로 살아가야만 하는 기구한 얼치기 팔자에 내몰렸다. 심지가 여리고 서분서분한 남권의 처는 시누이 조카인 석하가 불쌍해 돌마낫 적 때 친자식 이상으로 넨다하며 둥개둥개 얼러 고이 길렀다.

　여래의 큰오빠인 조용권은 평소 '무표단(瓢簞, 표주박)이면 무인생'을 외칠 정도로 술잔을 끼고 살며 동네 두멧사람들과 어우렁더우렁하던 낙천주의 두루춘풍이었다. 친구 간에 오가는 객쩍은 흐락이나 즐기던 그는 너무 헤물러서 탈이지만 법 없이도 살 수 있을 푼수로 순박한 곰손이로 통했다. 여래가 아들을 맡기고 간 지 얼마되지 않아 졸지에 복달임에 죽을 개 끌듯 토벌군 백야전사 11사단 사령부 헌병대에 끌려가 살결박을 당한 채 인정사정없는 걱센 생김새의 수사관들로부터 맹렬한 힐난과 모진 고문을 받았다. 여동생이 인공 치하 때 인민군 소좌와 결혼하고 화개면 여맹 부위원장까지 하다, 국군 수복 후 남편 따라 입산했으므로 밋골마을 본가 대표로 죄를 넘겨쓰고 잡혀갔다. 마치 도깨비에게 홀린 것 같은 용권은 억울함을 하소하며 배정적했지만, 귀싸대기를 올리고 종주먹을 들이대며 야발스레 딱장떼는 군 취조관들이 천생 푸석이인 그를 물이못나게 따잡아 족치며 치도곤을 먹었다. 두 달 남짓의 인공 치하 때 고동혁이 구메구메 뒷배만 봐줬을 뿐 처가 식구들의 인공 과업을 철저히 배제함으로써 후과가 없도록 드팀없이 가말려고 나름 힘썼다. 그러나 현실은 그가 뒤구르려던 의도에서 빗나가 산들고 말았다. 찰찰이 불찰이라, 처가 보호를 위한 동혁의 노력에도 불구하고 현실은 그의 예상 밖으로 탁방났다. 한 달포가량 누르튀튀한 토벌군 영창 취조실에서 전후곡절에 맹문인 채 경을 팥 다발같이 쳤다. 거듭된 기절과 물세례로 이어진 각종 고문에도 불구하고 뚜렷한 정보를 얻을 수 없자, 애매하게 곤욕을 치른 용권은 석방됐다. 아무것도 모르는 죄 없는 생사람을 족대기고 달구친 셈이었다.

주릿대를 안고 집으로 돌아온 그는 싸다듬이 당한 고문 후유증으로 경더리된 폐인이 되어 정상적인 생활이 불가능했다. 헐떡한 얼굴이 보여 주는 신체의 파괴는 물론이거니와 정신적 붕괴(mental collapse)가 심해 신기(身氣)와 심기(心氣)가 모두 피폐해졌다. 바깥출입은커녕 중풍 환자처럼 마당출입도 못하고 방 안에 갇혀 지내는 득보기 신세가 됐다. 빨갱이 가족이라는 굴레에 씌어 문중과 인근 동네 사람들로부터 코를 떼고 손가락질을 받았다. 띠앗이 좋은 네 남매를 지켜보며 이웃 간에 구순하게 지내 오던 집안이 풍비박산이 날 지경에 이르자 여래 부친인 조 노인은 은결든 마음을 가눌 길 없어 억장이 무너졌다. 큰아들이 끌려갔다 풀려나 폐인이 된 지 한 달쯤 후였다. 폐허처럼 을씨년스러운 운김에 집안일을 내팽개치고 해찰만 부리던 그는 심한 히스테리 끝에 조상님 뵐 면목이 없다는 짤막한 유서를 남기고 마을 뒷산 중턱에 있는 선영에 올랐다. 양친 묘 앞 모이마당에 꿇어앉아 음독, 도래솔 갈까마귀의 처연한 울음소리를 열명길 환송곡 삼아 한 많은 세상을 하직했다.

여래는 출산 전후 비무장인 상태로 울력걸음에 봉충다리 격으로 취사도구를 넣고 밤얽이 쳐 홀친 바소쿠리나 지고 다니며 산사람들을 따라다녔다. 주로 취사나 빨래, 깁각질, 뜯게질, 뜯이, 간호 같은 살림꾼 과업을 살뜰히 수행했다. 그러나 폐인이 된 친정 오빠와 그녀를 유난히 귀애하던 부친이 자진했다는 짓궂긴 소식을 전해 듣자 허든거리며 곡지통을 터뜨리곤 모든 게 자신 탓이라는 심한 자책감에 시달렸다. 피울음의 눈물로 뒤발한 그늘진 일굴로 한 사나흘간 부친의 극락왕생을 빈 여래는 휘진 몸을 추스르며 군경을 향한 복수의 칼날을 갈았다. 이후부터 격분에 찬 그녀는 상성(喪性)이 나, 총검으로 무장한 살벌한 여전사로 변모했다.

북상했던 남편의 소식은 복장이 타서 백방으로 수소문해 봤지만, 일개 말단 대원의 귀짐작으로는 화중지병(畵中之餠)일 뿐 알 길이 막막했다. 국군과 UN군은 압록강으로 북진하던 중, 중국의 위협을 과소평가한 UN군의 방심으로 인해 뜻하지 않은 중공군의 대공세에 밀렸다. 재차 서울을 포기하고 대대적으로 퇴각한 1·4후퇴의 소식에 관해 들은귀가 있기에 그녀는 한때 남편을 만날 수 있으리라는 기대도 했다. 그러나 인민군이 지리산까지 내려온다는 소식은 들려오지 않았다.

"운우지정 나누고 떠나가신 임. 뒷산 돌배꽃은 올해도 흐드러지게 피었건만, 한 번 가신 그이는 오지를 않네. 꽃잎이 이울어 떨어지면 돌아오시려나. 산하는 잠들어 굽이마다 외로움을 적시우는데, 홀로 가신 임, 그립고 보고 싶어라. 눈감으면 희미하게 어른거리는 그대의 그림자. 아쉬워 한숨 짓다 눈을 뜨니 꿈이로다. 아쉬워라, 꿈속에 어렴풋이 스쳐 가던 당신 자태. 눈 뜨니 초롱하게 수정으로 살아나네. 여보! 아, 사랑하는 동혁 씨…"

시간이 흐르고 본격적인 풍찬노숙의 유격대 활동이 전개됐다. 어래는 친구 따라 아금받은 전사로 바뀐, 바늘 가는 데 실 가는 점례와 짝을 이뤘다. 지리산의 광활한 계곡과 능선들을 벼룩잠, 노루잠, 개잠, 덕석잠, 돌꼇잠, 발칫잠, 고주박잠, 그루잠, 등걸잠, 말뚝잠, 새우잠(시위잠), 멍석잠, 사로잠, 풋잠, 겉잠(여윈잠), 헛잠, 쪽잠, 칼잠, 선잠…에 녹아떨어져 가면서 정처 없이 헤집고 다녔다. 노고단의 포화, 악양골의 섬광, 달궁의 굉음, 형제봉의 산꼬대 설한풍, 반야봉의 춘설, 촛대봉의 얼음비, 중봉의 눈꽃, 왕시루봉의 비보라, 연하천의 삭풍, 거림골의 눈보라, 문수골의 상고대, 피아골의 함성, 뱀사골의 야반도주…. 장시일 닦지 못해 군실거리는 몸을 뒤척이며, 볼가심조차 어려운 주린 배를 부여잡고 월천국에 헤식고 시서늘한 주먹밥의 디글디글해진 밥알과 자금거리는 흙을 씹었다. 옷이나 몸이나 물론하고 꼬질꼬질한 때가 끼어 궁상맞기가 이를 데 없었다. 집도 절도 없이 수하석상(樹下石上)에서 한뎃잠의 밤을 뜬눈으로 벋놓으며 생사를 넘나든 대소 전투의 혁명과업을 이룰 악물고 수행해 왔다.

달아 엉망인 볼때기를 너덜너덜한 광목천 조각으로 질끈 휘감아 묶고, 꾀죄죄한 난발의 머리카락에 단물난 복면모를 뒤집어썼다. 흙이 주버기로 붙은 발주저리를 하고 밑창이 빠져 덜렁거리는 신발을 칡덩굴로 들메었다. 장대비에 소쿠라지는 물 폭탄 계곡을 자가품이 나는 다리를 끌며 아찔하게 건너뛰었다. 생눈길을 내 가며 눈장판 깔린 골·골 전선을 들고쳤다. 잠시간의 휴식에도 소총을 움켜쥔 채 조속조속 졸면서 조리치기를 밥 먹듯 하고, 숨 막히게 줄달음질을 놓으며 뛰어다녔다. 손등·발등이 제켜진 것에 신경이 무딘 채 더뎅이 인 바싹 마른 입술을 악물고 앞뒤 생각 없이 물불을 가리지 않으며 힘차게 발걸음을 내닫았다. 등허리를 곱송그려 새우잠을 자다 토벌군의 급습에 고두리에 놀란 새처럼 설깬 잠을 털어내며, 악양골 회남재 아래 막다른 절벽의 돌비알 정글 속에서 길을 덧들어 밤도와 가리산지리산 헤매기도 하면서…. 전진은 삶이요 후퇴는 죽음임이 빨치산 전사의 숙명이었으므로 애오라지 앞으로 앞으로만 내달려야 했다. 앞이 막혔다고 뒤돌아보는 순간 저 승사자가 저만치서 손짓했다. 저마다 혼곤한 정신을 도슬러 잡고 약해지려는 마음을 긍정적으로 지어먹으며, 언제 멈춰 설지 모르는 생명 연장의 열차에 간당간당 매달려 숨을 붙여 갔다.

그녀의 뼈마디에 아픔이 스칠 때마다 눈가에 눈물이 솟구쳤다. 냉랭한 야기(夜氣)가 도는 삭막한 참호 속에 철겨운 복장으로 웅크리고 앉아 맵차게 내리쳐 부는 재넘이를 쐬며, 웅등그러진 목을 힘겹게 가누고 쳐다보는 올올히 드솟은 어둠 속 산령들. 서산에 지는 해는 한 송이 낙화요, 동산에 뜨는 달은 천추의 빛이었다. 어쩌면 생사의 갈림길이 저리도 명징하게 코끝에 다다르는지…. 산전수전 다 겪은 여기 군건한 대갈마치 빨치산 전사들 최후의 바람은 남북통일이라, 분단의 벽을 깨는 진동 소리를 언제나 들을까. 살아생전에? 아니면 죽어 영혼마저 헤실바실 흩어져 종적이 완전히 사라져 버릴, 수소 유방과 암소 불알을 찾을 때쯤인 먼 훗날에나? 지리산 하늘을 몇 바 퀴나 감아 옮았는지 가늠하기조차 어려운 곤고한 인생. 눈을 떠야 만, 심장이 고동치는 이승에 머물고 있음을 실감할 수 있는 세월의 흐름. 꿈에 본 한나절 세월을 세며 덧없는 인생의 쓰라림에 또 하루 를 어둠 속에 묻고, 아픔에 못 이겨 여래는 눈을 감아 버렸다.

여래 모친은 폐인이 되어 집구석에 틀어박힌 산송장이나 진배없 는 큰아들과 스스로 명줄을 끊어 버린 남편으로 인해 정신적 충격 을 받았다. 초상날 상여가 나가고 집가심을 겨우 마친 후부터는 절치부심하여 얼마간 식음을 전폐하고 잔진 사람이 되어 자리보전 했다. 이후 어느 정도 분한 마음을 삭인 그녀는 입산한 딸이라도 살려야겠다는 일념의 끝탕 끝에, 사리물고 지리산 일대의 토벌군 을 주근주근 따라다니며 빨치산들을 향해 수차 귀순 권고 방송을 했다. 그러나 이 무렵 유격대 활동이 활발한 시기였으므로 자수 권유는 한강에 돌 던지기로 공허한 메아리에 그쳤을 뿐 강목을 쳤 다. 산사람들은 코웃음을 치고 이기죽거리며 토벌군들이 틀어 대는 그 방송을 귓등으로 흘렸다. M1 소총의 총부리를 공중으로 치키며 장님총 면장질로 상대의 부아를 돋웠다. 허탕에 마음이 보깨어 사뭇 물이 내린 여래 모친은 밋골마을로 돌아와 쇠약해진 기운이 까라져 출면을 못하고 잼처 몸져눕고 말았다.

여래는 함양군 안의면 지서 습격 작전에서 중상을 입은 소부대장을 부축해 집결지 비트까지 피신시킨 공로를 인정받았다. 당 학습회를 통한 계급투쟁 정치교육을 이수한 후 조선공산당에 입당했다. 전투 공훈에 의한 화선입당(火線入黨)이었다. 이즈음 전체 빨치산 인원의 2할 정도였던 당원과 나머지 비당원에 대한 차별은 거의 없었다. 입당이 유격대 활동에 별다른 변화를 주지는 않았으나 이따금 열리는 당원 '세포회의'에 참석했다. 대원들 간에는 '종이 당증'보다 굶주림 구제의 1순위로 통하는 '숟갈 당증'이 더 위세를 떨쳤다. 목숨 다음으로 일긴했던, 숟가락총의 목을 분질러 짧게 한 어석술 놋숟가락이었다.

이즈막에 산사람의 일거수일투족을 감시하고 운신을 지저귀하던 토벌군 공격이 한동안 뜸해졌다. 부랑 생활을 접고 안착해 비교적 한가하게 보낼 수 있는 동절기를 틈타 여래는 남부군 문화서클 활동의 일환으로 전개된 글쓰기와 문학·영어·한문 학습에도 열심히 참여했다. 글이라고는 기껏 해 봤자 소싯적 오빠들 옆에서 어깨너멋글로 속긋을 덮어 쓰며 천자문 앞 대목 몇 장이나 뗀 게 다였던 그녀였으나 이번 배움배움 기회로 피가 통하는 동지들과 어우렁더우렁 지내며 제법 넓은 시야의 문화 교양을 쌓았다. 속담에 "당구삼년작풍월(堂狗三年作風月: 서당 개 삼 년이면 풍월을 읊는다)"이란 말이 있듯이 박학다문한 산사람 선생을 만난 여래가 졸지에 멍첨지가 되어 공자 왈 맹자 왈을 늘어놓는 격이었다.

문화 공작의 하나로 비록 맛깔스럽지 않은 조잡스러운 문장이었지만 자작시가 첨부된 '마을 주민에게 보내는 편지'도 한 통 써서 보급투쟁 때 홀뿌리기도 했다. '지리산 승리의 길'이란 제호의 빨치산 자체 제작의 산중신문에는 전쟁 관련 소식과 빨치산 활동 내역과 총상·동상에 관한 민간치료법 소개랑 함께 국내외 유명 시와 수필 등의 문학 작품이 실렸다. 소중한 기회다 싶어 발바투 이들을 탐독해 견문을 넓힘과 동시에 다양한 세상의 정보까지 접할 수 있었다. 다만 글구멍이 트여 말주벅이나 하는 자신감은 생겼지만, 무트로 알아 갈수록 남들을 특별하게 대하는 게 전보다 부족해질 것 같은 염려는 은근히 들었다.

『나의 마돈나. 석하 엄마, 여래 보구려.

지난여름 몰아친 태풍에 넘어진 자작나무 등걸에 걸터앉아 웃비가 걷힌 청명한 하늘을 바라보오. 하늘과 땅 사이 은빛 구름. 손으로 저으면 날아가 버릴 것만 같은 해맑은 구름발 솜털이 잡힐 듯 멀어지는 당신의 얼굴로 비쳐 꼼짝하지 않고 앉았소. 먼 하늘 저 너머 당신의…. 도톰한 입술 가에 번지던 미소와 수정같이 맑은 눈동자가 생생히 떠오르오. 나의 뇌를 진동시키던 당신의 여유로운 몸동작 역시 생각하면 할수록 고향의 내 누님의 따스한 손길처럼 와닿소. 깐깐한 듯하면서도 힘없이 내뱉던 당신의 경상도 억양과 사투리가 한없이 그립소. 모두 나에 대한 사랑의 몸짓과 목소리로 다가와 내 가슴을 사로잡았소.

지금 중동부 전선인 철원 서쪽 상하이 고지에서 중공군·인민군과 유엔군·국군 간의 치열한 고지 쟁탈전이 벌어지고 있소. 요 며칠 악천후가 지속돼 생긴 잠시간의 소강상태를 이용해 몇 자 적소. 남반부 빨치산과 연통을 주고받는 인민군 특공대 연결 선 요원 동무에게 특별히 부탁해 지리산까지 이 시신을 보내오. 나는 우리 아들 석하를 만나 보기 전에는 절대로 눈을 감을 수 없으므로 이 전쟁의 싸개통에서 기어코 살아남을 것이오. 한 번 죽은 몸인데 저승사자가 그리 급히 또 올리오.

한 삼십 년쯤 후에 모닥불 둘레에 재롱떠는 손자들 앉혀 놓고 재밌는 얘기 해 주며 소일놀이할 것이오. 당신도 나와의 약속을 잊지 말고 기필코 살아남아야 하오. 지금 내가 세상에서 확신하는 것은 아무것도 없소. 오로지 당신과 우리 석하를 사랑한다는 것만 확신하며 살아갈 뿐이오. 답장을 준비해 뒀다 이 서신을 전해 준 선요원 동무를 만나거든 전해 주시오. 조만간 당신을 찾아갈 것이오. 다시 만날 때까지 서신으로나마 서로의 소식을 확인합시다.

산새도 하늘 쫓아 동반자를 찾아 날아가는데, 날개 달린 나의 천사도 지상으로 바람 타고 내려와 풋풋한 향취로 내 몸을 감싸

안을까? 선명한 시야를 뚫고 서서히 밀려오는 뿌연 골안개가 앞을 막고 산등성 멀리서 들려오는 소쩍새 울음소리가 오늘따라 유난히 애처로우니, 당신과 석하가 더더욱 보고 싶소. 해와 달의 모든 빛을 모아…, 내 사랑(my love) 여래, 안녕.

　1952.8. 영원한 당신의 동혁.』

　세석평전 등성마루가 희끗희끗 올려다보이는 거림골 환자 트의 귀틀집. 북에서 내려온 특수 선요원으로부터 생급스레 받아 쥔 얄팍한 봉투 하나. 굴러온 호박이었다. 솔가리 단에 등을 기대앉아 바르르 떨리는 손으로 개봉한 미농지에 적힌 일필휘지의 낯익은 남편 필체가 곧바로 그녀의 눈물샘을 자극하여 듣거니 맺거니 했다. 친친하게 고인 눈물로 범벅이 된 눈시울을 훔쳐 가며 접첨접첨 접은 남편의 손편지를 펴 읽고 또 읽어 내리던 여래는 복받쳐 오르는 감정을 추스르지 못해 급기야 울음을 터뜨리고 말았다. 그래도, 가는 세월에 못 이겨 자칫 품을 수도 있었던 허망한 꿈을 든손으로 지워 버리는 후회 없는 한줄기 눈물이었다. 긴 이별을 예감하며 누렸던 짧은 행복이 그녀의 인생을 옭아맨 듯 여겨져 안쓰럽기는 했으나 동혁과의 운명적 만남과 그와 나눴던 사랑의 밀어…. 비가 내려야 꽃이 핀다. 역경을 견뎌내야 결실을 맺게 된다. 그 위대한 결실인 2세 탄생은 전 인생을 걸 만한 가치가 있다고 믿어 왔다.

　그러나 어린 여자의 몸으로 빨치산 전사가 된 그녀로서는 불확실한 미래에 대한 공허함으로 인해 과거에 대한 우울증과 미래에 대한 근심이 동시에 밀려왔다. 그 덤거친 근심이 언젠가는 꿀벌들의 둘레춤처럼 환희의 축제로 바뀌는 순간을 맞으리라는 희망을 품고 살아가지만, 시간이 차츰 흘러 캄캄한 동굴 속을 헤쳐 나가는 듯한 두려움이 점차 몰려들자, 근심이 실망으로 변화된 것 같았다. 오갈이 든 그녀에게 실망은 근심보다 훨씬 익숙지 못한 정신적 고통이었다. 그 실망만 극복할 수 있다면 모든 고통을 극복해 나갈 수 있을 것만 같았다. 그러던 차에 접한 남편의 편지는 음지도 양지 된다는 기대와 새로운 삶의 의미를 되새기게 하는 큰 원동력이었다. 처음 그의 품에 안겨 살을 섞어 한 몸이 되며 산천초목에 맹세했던 두 인간의 사랑 언약은 장차 어떤 삼라만상도 깨트릴 수 없을 것이다. 비록 짧지만, 분명한 남편의 메시지는 여래의 가슴속 깊숙이 내려가 오목조목 쌓였다.

『사랑하는 석하 아버지, 보고 싶은 동혁 씨.

보석보다 귀중한 당신 목소리가 스민 서신, 눈물을 삼키며 읽고 또 읽었나이다.

"수줍던 꽃봉오리 나, 넓은 날개 고이 펴 감싸던 나비 너.

멀고도 가까운 인생 항로.

좁은 길, 넓은 길 밟아 온 너와 나.

너의 미소와 행복했던 나의 꿈.

길고도 짧은 세월 흐르고 흘러 뒤축 저만큼 밀려났네.

나의 날개요 사랑의 등불인 그대.

내 사랑을 담은 한줄기 진주알이 박힌 그대의 날개.

한 알 한 알 그 향기가 내 몸을 감싸 안았소.

신의 창조로 이 몸, 당신 한 몸을 가까이해 당신이 내 한 몸을 받으셨나이다.

두 몸 하나 되어 찬란한 빛 바라보며 두 손 잡고 걸었더니, 피어나는 작은 몸 석하가 둘 앞에 생겨났네.

하늘이 맺어준 당신과 나의 영원한 행복이 내 품에 안겼나이다."

우리 석하는 제가 책임지고 잘 키울 테니 안심하세요. 무럭무럭 자라나 당신 품에 안길 날이 오겠지요. 난세에 죽음을 모면하겠다는 당신의 말씀처럼 저도 이 유격전에서 반드시 살아남아 언젠가 맞게 될 해후의 감격을 맛보겠어요. 기다림과 만남도 시절인연이라, 끈에 끈을 잡고 끈히 돌아가는 우리 삶에 함께 맴도는 낙일는지요.

먼동이 터 사물이 밝아 오는 고요한 이 아침. 한 발 두 발 디딜 때마다 반들반들 빛이 내립니다. 그 한 가닥 빛을 전령 삼아 가슴 한구석을 파고들며 자리 잡는 당신의 얼굴이 제 마음을 흔듭니다. 오늘도 걸음걸음 다가가 당신의 손을 잡으렵니다. 주마등처럼 스쳐 가는 당신의 어설픈 옷자락이 한 올 두 올 나달거리며 제 몸을 휘감겠지요. 그리되면 속으로 목청이 터지도록 당신을 불러 보렵니다. 그러다 밤이 돼 빛이 어둠에 덮여 침적 속으로 스며들면, 제 목청은 그리움에 지쳐 못내 침묵 속으로 숨어들겠지요.

오늘따라 당신이 유난히 보고 싶어 참기 어렵군요. 동녘 하늘 솟아오른 내 사랑 맑은 깃털 아름아름 담아 보내오니 행여 솔바람 스쳐와 귓전을 울리거든 임 향한 여래의 고운 숨결인가, 나 본드끼 반겨 주세요. 전선의 총칼에서 비켜나 몸 성히 계시길 두 손 모아 빌며…, 내 사랑(my love) 동혁 씨, 안녕.

1952.10. 임 생각에 긴긴밤을 홀로 지새우는, 영원한 당신의 여래.』

치열했던 빨치산의 조국 해방 투쟁도 날이 갈수록 서슬이 시퍼레지는 토벌군의 위세에 억눌려 칼날 위에 서며 점차 그 기세를 잃어 갔다. 한고비 넘으면 또 찾아오는 위험, 산은 오를수록 높고 물은 건널수록 깊어만 갔다. 이 무렵 산사람들은 소금엣밥은커녕 칡뿌리나 미숫가루로 겨우 연명했다. 심지어 허깨비가 보일 정도로 허기에 시달려 뱃구레가 휘질 때면 송기를 벗겨 씹기까지 했다. 종내에는 들피진 얼굴에 너울 쓴 거지 신세가 되어 남의 집 안방까지 쳐들어가 세간붙이를 뒤재주치며 강제로 양식을 소드락질했다. 닷새 굶어 도둑질 않는 놈 없다지만, 연유야 어쨌건 통어리적게 아가리질하며 집 안을 줄뒤짐하는 뒨장질은 산적질이나 매일반이었다. 빨치산과 주민은 물고기와 물과 같은 존재여야 하므로 민가에 해를 끼쳐서는 안 된다는 초기의 보급투쟁 원칙은 완전히 팽개쳐졌다.

1952년 중추가절. 찬바람머리에 가을꽃이 상크름한 솔바람에 부풀어 올라 한창 수수러지게 만개할 무렵. 여래는 보급투쟁의 일환으로 십여 명의 대원들과 함께 화개 운수리 쌍계사 가는 길처의 마을로 내려갔다. 강밭고 바냐윈 사람으로 변해 버린 마을 주민들이 섣달 그믐날 개밥 퍼주듯 하던 예전 인심과 달리 산손님을 반기지 않고 외대는 실정인지라, 완력으로 허발을 하고 갈급 난 양식들을 다래끼에 들어 담았다. 가을걷이도 전 풋머리에 초련으로 곡식을 몽태쳐 먹는 것이 다반사였다. 운 좋게 우케 멍석이라도 발견하면 감지덕지했다. 이날도 급한 대로 논두렁에 줄가리 친 볏단을 풋바심으로 홀라들여 움켜쥔 쌀 낟알을 헝겊 자루에 충여 가며 쓸어 넣었다.

그녀는 대성골 계곡으로 철수하는 대원들을 따돌리고 점례와 함께 더 아랫마을로 발길을 돌렸다. 한창 아창아창 걸음발타기 시작할 아들 석하가 아릿거리며 눈에 밟혀, 한번 만나볼 양으로 작은오빠 조남권이 사는 정금리 대비마을로 이동했다. 꽃 본 나비, 물 본 기러기처럼 눈앞의 아들을 두고 그냥 지나칠 수가 없었다. 비록 구색을 다 갖추지 못해 어설프기는 했지만 이마적에 짬짬이 시간을 내어 아들을 만나게 되면 주려고 정성스레 누비어 지은 오목다리를 출발할 때 품속에 챙겨 넣었다.

이즈음 군경 토벌군의 경계 태세가 강화돼 정금리 일대는 최전방 전선에서 이동해 온 노련한 국군 병사들이 곳곳에 매복을 섰다. 운수리 보급투쟁을 위해 사전 정세 파악에 나섰던 정찰 대원들이 운수리 아래 정금리까진 확인하지 않았으므로, 그 위험성을 알지 못하고 저돌적으로 접근했던 것이 큰 탈이었다. 울창한 산림으로 덮인 계곡을 기엄기엄 기어 내려가다 무심코 올려다본 밤송이에 토실한 밤알들이 똘박하게 박혀 막 폭발할 듯 햇볕을 등지고 윤기를 발산했다. 밤느정이를 찾는 꿀벌들의 둘레춤으로 온 천지가 윙윙 오케스트라 속에 파묻히던 오뉴월의 고향 마을 전경이 떠오르자, 긴박한 투쟁의 시간임에도 여래를 잠시간 향수에 젖게 만들었다.

땅바닥에 떨어져 벌어진 가시 밤송이 안의 수리먹은 밤알들이 여기저기 늘려 발길에 차였다. 흰그루와 검은그루가 뒤섞인 돼지밭 외곽의 길찬 밤나무 숲속을 까치걸음으로 기도비닉(企圖秘匿)을 유지하며 은밀히 통과했다. 그러나 대비마을 오라비댁 집터서리의 구붓한 차밭 산모롱이를 괴발디딤으로 쥐걸음을 치며 감돌아드는 순간 토벌군의 매복에 걸려 맞불을 놓으며 일대 총격전이 벌어지고 말았다. 독 안에 든 쥐였으나 체구는 작아도 오달진 점례는 몇 분간의 치열한 교전의 어수선함을 타 논틀밭틀길을 무질러 동네 뒷산을 촘촘히 에두른 대숲 속으로 숨어들어 불일폭포 쪽으로의 탈출에 성공했다. 그러나 우두망찰해 우왕좌왕하던 여래는 운명의 장난이었는지 허벅지에 관통상을 입고 쓰러졌다. 꼼짝부득의 지경에 처해 결국 국군에 체포되고 말았다.

여래는 군사재판에서 전향을 완강히 거부하다 사형 선고를 받고, 광주형무소에서 복역했다. 이후 무기징역으로 감형된 후 전중이(징역수) 신세가 된 지 6년 만인 1958년 여름에 결국 전향서에 서명했다. 특별사면으로 석방된 그녀는 불편한 다리를 절뚝이며 환영받지 못할 발걸음으로 밋골 친정집으로 돌아왔다.

　이렇다 할 공산주의 사상도 없이 씨동무 따라 입산했던 점례는 여래가 체포되자 1952년 여름에 빨치산 활동을 접고 하산했다. 한동안 산청 삼장면의 대원사 계곡 외딴 움집에 침복해 자신을 스스로 구제 불능인 진피아들이라고 자칭하고, 먀얄먀얄한 성질을 삭이며 숨어 살았다. 여래와 함께 밋골마을에서 소꿉장난하던 때부터 발동했던 욱둥이 기질이 여태 남아 있던 그녀는 감옥이나 진배 없는 도피 생활에 진력이 나 한때 꿍겨 둔 카빈총으로 자살할 데 생각도 했다. 결국 고민 끝에 물장사 삼 년에 궁둥잇짓만 남았음을 실감한 점례는 군경을 찾아가 자수했다. 그러고는 죄를 조금이라도 삭쳐 보려고 댕가리진 모습으로 지리산 지구 전투경찰 사령부에 사령관 직속으로 창설된, 귀순 빨치산들로 구성된 유격대인 '보아라' 부대의 빨치산 토벌 작전에 가담했다. 여성이라 정식 대원은 될 수 없었지만, 산사람 시절의 각종 정보를 제공해 전과 달성에 일조함으로써 군사재판에 넘겨지는 것만은 면할 수 있었다.
　1953년 7월 27일, 전쟁을 일단락 짓는 군사정전 협정이 판문점에서 체결되고 얼마 지나지 않아 과거 빨치산 전적에 대한 죄과의 흔적이 지워짐으로써 점례는 완전히 복권됐다. 생각조차 하기 싫은 참혹했던 과거의 산 생활을 메지 낸 뒤 그녀는 다시 밋골마을로 들어가 알량한 자존심과 체면은 죄다 팽개쳐 버리고 부모님과 함께 남들

눈을 피해 가며 쥐 죽은 듯이 소박하게 살아갔다. 그러다 여래가 석방되기 1년 전인 1957년에 밋골마을 능선 하나 건너 범왕계곡 왕골마을에 살던 세 살 연하인 강영식과 결혼해 가정을 이뤘다.

6·25 전 구빨치 시절 범왕계곡 왕골마을 집 마당에서 빨치산 대원 한 명과 생활했던 영식에게는 나이 차가 제법 나는 형 강부식과 세 살 아래인 남동생 기식이 있었다. 부식은 산골 촌구석에서 자랐지만, 신식 문화에 일찍 관심을 가지고 다부지게 학업에 열중한 결과 명문 순천농고를 졸업한 뒤 5급 공무원 시험에 합격해 하동군청에서 근무했다. 영식이 존경하고 따랐던 형은 6·25가 터져 하동 일대가 인공 치하로 들어가 공무원은 보이는 족족 즉결 심판으로 사형을 집행하던 터라 멀리 부산 일대로까지 피난을 갔다.

인공 시절 막바지에 접어들어 하동 수복을 위한 미군기의 공습으로 인해 하동 읍내 건물들이 불타 순식간에 초토화됐다. 전황에 밀려 인민군들이 후퇴하며 군 청사 곳곳에 부비트랩인 대인지뢰를 매설했다. 국군 수복 후 폭탄이 터져 마당 곳곳이 두려빠진 번거한 분위기 속에서 부식은 공직 수행에 대한 의욕이 앞선 나머지 꼭두머리로 군 청사 현관문으로 진입하다 지뢰 폭발 사고로 현장에서 즉사하고 말았다. 형의 사망 소식을 접한 순간 영식은 울분에 젖어 피가 거꾸로 솟았다. 혼란한 정신에 애성이가 나서 며칠 동안 머릴 싸고 누워만 있었다. 평소 물썽하리 만큼 온화한 성격의 그였으나, 정신적 충격을 받은 후부터는 울골질로 찜부럭과 시악을 부리며 데퉁맞은 언사를 일삼는 안차고 다라진 아이로 돌변했다. 주위에 찬바람이 이는, 짯짯하고 팩한 성미의 칼감 그 자체였다.

이후 공산당에 앙분을 품은 그는 회회찬찬 넝쿨진 그 증오심이 평생 뇌리에 각인됐다. 한동안 엄발나 눈에 핏발을 세우고 몰풍스레 몸태질하며 입정 사납게 날뛰는 구나방 같은 그를 동네 사람들은 체머리를 흔들 정도로 기피했다. 그러나 전쟁이 끝나고 사오 년의 시간이 흘러 세상이 안정기에 접어들자 홍두깨가 치밀던, 독살(毒煞)나 고부장하던 영식의 심지도 서서히 우선해졌다. 사풍맞고 패려궂던 언행과 쫀쫀하고 그릇된 소갈머리야 바로잡았지만, 다만 집안의 줏대잡이였던 형의 죽음이란 큰 충격에서 헤어나지 못한 채 한동안 낙심천만하여 만사에 맥을 놓고 무연한 시간을 보냈다. 어린 나이에 걸맞지 않게 허탈경에 빠진 것이다.

영식은 밤길 마을돌이하다 공산당 앞잡이로 빨치산 활동을 했던-물론 전향해 빨치산 토벌 작전에 일조했지만- 능선 너머 인접 산골 마을 점례와 골목에서 마주치면 비각이 되어 송곳눈으로 잔뜩 째려보며 투그렸다. 빨갱이에 대한 앙금으로 그녀를 눈엣가시로 여겨 피새를 부리고 야멸치게 쏘아붙이며 울근불근 뒵들었다. 어쩌다 서로 스칠 때면 그는 티를 뜯어 보려고 뒤둥그러진 목소리로 괜히 찍자를 부렸다. 그때마다 그녀를 들떼려 놓고서는 볼멘소리를 꺽꺽하게 내뱉으며 한바탕씩 멱씨름 직전까지 가는 대거리를 벌이곤 했다. 그는 봉사가 개천 나무라듯 그녀에게 맥도 모르고 침통을 흔들어 대며 타박을 놓았다. 그녀의 지난 일을 정가해 감푼 말로 부아를 지르며 아닥쳤다. 말다툼 중 어떨 땐 분을 참지 못한 골김에 그녀의 면상을 향해 상앗대질까지 하며 대들었다.

옆 마을 부식 오빠의 사망 연유를 들어 알고 있던 점례는 자신의 과거 산사람 전적 때문에 영식에게 굽잡혀, 처음에는 끽소리도 못하고 진득하게 피하는 자세로 수동적 반응을 보였다. 하지만 꼴뚜기질까지 하고 지분지분 비위를 건드리며 거워 놓는 영식의 횡포가 굽죄기만 하던 점례의 인내성의 한계를 넘어섰다. 그러자 그녀 역시 되배기를 부리는 싸움닭처럼 앙칼진 주두라지로 줄통뽑으며 대섰다. 칩떠보며 포달스레 뒤뜨는 품새가 영식이 낮잡아 볼 만큼 놀놀하지는 않아 쩍지게 티격태격했다. 그러나 궁하면 통하듯이 난세의 충격으로 새치름하고 얄망궂게 변해 버렸던 점례가 전쟁의 상흔을 아물리며 서서히 원래의 온화했던 옛 본성으로 되돌아오기 시작했다.

몇 년 후 영식은 만날 때마다 뜀들고 퉁명스레 거탈수작을 주고받으며 시쁘게만 여겨 오던 그녀에 대한 마뜩잖은 마음을 접고 눌러보기 시작했다. 만나기만 하면 질세라 가시눈을 부릅뜨고 으드등거리며 각치던 앙숙 두 사람은 얼마간의 농치는 부앗가심의 시간을 가진 후 종내 서로의 길속을 이해하고 화해하면서 곰삭은 터수가 됐다. 옷은 새 옷이 좋지만 사람은 헌 사람이 좋기 때문이었다. 돌배도 맛 들일 탓이라, 성가시게 민주대다가도 차차 정들면 좋아지는 것이 인지상정이었다. 그리고 비록 생긴 거나 하는 지저귀가 기껏 면추나 할 정도에다 메떨어져 색싯감으로는 다소 가량

맞게 보였지만, 소년기 옆 마을 누나의 살갑고 희멀던 옛정에 휘감겨 연상인 그녀와 구매혼인하듯 소리소문도 없이 혼사를 치렀다.

"어무이. 지는 와 동상 상우나 저 위 밋골 사촌 성들 이름처럼 상 자 돌림인 상하가 아이고 석하잉교?"

어스름 초저녁. 올해 국민학교 3학년인 이 집 장남 석하가 마당 복판 대나무 평상에 드러누워 만화책을 들척이다, 옆에 외어앉아 마늘을 까던 엄마에게 제법 심각한 표정으로 뜬금없는 질문을 던졌다. 제 딴에는 짐짓 무게를 잡는 체했지만, 모친에게는 아직 어리광 피우는 열소리로 들렸다.

"그거는 나도 잘 모르것다. 너거 아부지한테 함 물어봐라. 세상 뜬 니 할배가 그 이름 지어 줬다 카던가? 때가 되면 알것제."

그녀는 답변하기 곤란한 아들의 질문에 들떼놓고 말끝을 얼넘기더니 궁따는 소리를 했다.

"니 이름이 어때서. 니 이름 한문으로 쓸 줄 알제. 내는 마, 무식해서 잘은 몰라도 밝을 석(晳), 경사 하(賀) 자가 좋기만 하구마."

"그란데 어무이. 밋골 여래 고모는 와 시집도 안 가고 혼자 살아예?"

"내사 그것도 잘 모르지. 고모 만나거든 니가 직접 함 물어봐라. 그래도 고모가 니를 마이 귀여워해 주잖아."

"예. 뭐어, 그건 그럿심더."

"엊그제 니 담임 샘이 집에 오셔가 아부지하고 한참 말씀 나누고 가셨다. 접때맨치로 니들 회초리로 쓸 도리깨 나무 한 움큼 가져가

셨데이. 그걸로 설마 니를 때릴까마는, 그래도 물보낌에 휩쓸려 단체로 당할지 모르이 니는 안 맞도록 노력해라이. 핵교에서 선상님께 지청구 듣지 말고. 그라고 니 이번 시험에도 용하게 반에서 일등 했다 카데. 우짜든둥 니는 우리 집 기둥이니께, 열심히 공부해서 반드시 훌륭한 사람이 돼야 한데이. 사람은 죽으면 이름을 남기고 범은 죽으면 가죽을 남긴다 했니라. 알것나?"

"예~"

"오냐, 내 새끼. 기특한 거. 이리 와 엄마 무릎 베고 누워라. 손톱 깎고, 귓밥 파주께."

평상 옆 깡통 속에 피워 놓은 말린 개똥쑥 태운 모깃불 연기가 냇내를 풍기며 어둠의 이내가 내려앉는 담벼락 너머 먼 자드락을 배경으로 파르스름하게 흔들렸다. 곧 장마가 몰려오려는지 너렁청한 마당을 가로지르며 분주한 개미장이 한창이었다.

석하는 국민학교에 들어가기 전까지 그에게 고모가 있다는 사실을 몰랐다. 대여섯 살 때부터 십리 길인 밋골 큰집에 뻔질나게 올라가 사촌들과 어울려 맞자라면서 발탄강아지처럼 온 산을 헤집고 뛰어놀곤 했다. 형들, 또래 친구들과 함께 동네 배꼽마당에서 풍계묻이·말롱질·깡통차기 하고, 굴렁쇠 굴리고, 먹국하고, 수박 서리하고, 방죽에 올라가 저수지에서 물수제비뜨기하거나 냇가에서 멱 감다 발가벗고 물똥싸움하며 놀기도 했다. 어렸을 때부터 옷은 걸때가 쉼직한 형들의 대추를 물려받아 입곤 했지만 듬쑥하게 맞아 별 불만은 없었다. 물론 당시로서는 야망을 부리며 이것저

것 따질 계제도 아니었지만. 물살 센 계곡에서 미끼 없이 가짜 파리털을 단 미늘을 수면 근처에 닿게 상하로 흔들며 피라미나 추라치를 낚던 파리낚시나 도투마리 잘라 넉가래 만들기로 아예 여울 물을 큰 돌로 내리쳐서 물고기를 기절시켜 반두로 잡던 넉더듬이 하기에 푹 빠지곤 했다. 개울녘 자갈 둔치에 둘러앉아 민물고기를 형들 따라 즉석에서 날로 고추장에 찍어 먹었는데도 그때만 해도 치명적 질환이었던 간·페 디스토마에 감염되지 않았던 게 훗날 생각해 보니 신비스럽기까지 했다. 아무튼 그때 집안 어른들이 불명예스러운 여래의 일을 일체 함구했으므로 사촌 형인 상철이나 상진도 고모의 존재를 전혀 모르고 자랐다.

그러다 석하가 동천 아래 섬진강 변 탑리마을에 있는 화개국민학교 1학년 여름 방학 때 감옥에서 석방돼 오갈 데 없던 여래가 밋골 친정으로 돌아왔다. 섬진강변 산허리를 굽이감아 구례에서 하동으로 넘어가는 버스를 타고 화개장터에서 내렸다. 그녀는 화개장터를 배경으로 십여 년 전 김동리가 발표한 소설 『역마』 속 여주인공의 이름을 딴 장터 내 옥화주막에서 순대국밥 한 그릇을 시켜 먹었다. 그러고는 괴나리봇짐 하나만 달랑 짊어지고 아직 완전치 않은 불편한 다리를 끌며 인성만성한 촌 장마당을 뚫고 화개동천 상류 범왕리 계곡 쪽으로 발길을 돌렸다. 어머니와 큰오빠가 사는 친정집으로 가다 말고 다따가 아들 석하를 보고 싶은 마음이 바자워, 가던 길을 돌아서서 정금리 작은오빠 집인 대비마을로 꺾어 들어갔다.

반쯤 열린 겨릅문 바자를 밀치고 마당으로 들어서자 마침 석하가 여름 방학이라 집에 있었다. 안방과 건넛방 사이의 어간마루에 엎드려 깍두기공책을 펴놓고 연신 선하품을 해 대며 방학 숙제를 하던 석하가 의외의 방문객인 낯선 여인을 놀란 토끼 벼랑 바위 쳐다보듯 빠끔히 쳐다봤다. 옆 마당에서 뒤트레방석을 깔고 퍼질러 앉아 말려 놓은 메주콩 콩대를 털며 콩마당질을 하던 석하 모친이 인기척을 느끼고 빛의 속도로 달려 나와 여래의 손목을 잡고 반색하며 왈칵 울음을 쏟아냈다.

"아이고, 여래 아가씨. 온다는 기별은 밋골 형님 통해서 진즉 들었지만, 이래 직접 보이 눈물이 나네예. 그간 어북이나 고생했심니꺼. 고랑도 이랑 될 날 있다 카드만, 인자 모든 거 다 잊아 뿌리고, 여어 화개골에서 어머님 모시고 형제 조카들하고 오순도순 사입시더."

"언니, 보고 싶었어예. 작은오빠는 잘 계시고예. 그간에 어린 조카들 키우느라 고생 많으셨지예? 석하도 보이 제법 의젓하게 자랐네예. 상우는 어데 놀러 간 모양이네예. 큰 조카인 갑수이도 안 보이고요. 가도 인자 처녀티가 나겠심니더."

"여하고 저 위 밋골 큰집 식구들 모두 별일 없이 두루두루 잘 지냅니다. 어머님이 아가씨 보고 싶다고 가끔씩 신세타령하는 것만 빼면예. 아가씨가 이래 건강하게 돌아와시이 인자 당신 맴도 편해지실 낍니더."

두 여인의 대화를 엿듣던 석하는 아직 어려 무슨 말인지 통 알아들을 수 없었다. 두 눈만 멀뚱거리고 섰는 아들 손목을 끌어당겨 여래 앞으로 몰아세우며 어머니가 말했다.

"석하야, 니 고모다. 지금까지 멀리 가 계시다 이제사 집으로 돌아오셨다. 인사드려라."

석하는 지금까지 없던 고모가 저하고 어떤 관계의 사람인지 잘 몰랐지만, 엄마가 시키는 대로 꾸벅 고개를 숙여 절하며 말했다.

"지는 조석하라고 캄니더. 그란데 어무이, 고모라 카먼 지하고 어떤 사이라예?"

"니 국민학교 들어가서 공부 잘한다 카더이 고모도 모르나. 너거 아부지 하나밖에 없는 여동생 아이가. 니는 좋겠네, 이래 이쁜 고모가 새로 생겨쓰이. 앞으로 니 마이 귀여워해 주실 끼다. 안 그래요, 아가씨?"

"하모예. 우리 조카 석하…, 마이 아끼고 귀여워해 줘야지예. 그간 주지 못했던 사랑도 듬뿍 줄 끼고…. 석하야, 니 앞으로 동상 상우 데리고 이 고모 보러 밋골마을로 자주 올라 오너라. 맛있는 거 마이 만들어 주께. 언니, 아가 누구 닮아 이리 희멀끔하게 잘 생겼을까예."

옴포동이같은 아들의 번듯한 이목구비가 아버지를 빼쏘았다. 여래는 겉으로야 흠흠한 얼굴로 덤덤하게 말을 이어갔지만, 어느새 다박머리 아이로 자라 떡하니 콧값을 하는 밀알진 아들을 보는 순간 속으로 끓어오르는 기막힌 운명의 쇠사슬이 사리사리 얽어맨, 까닭 모를 설움에 가슴을 가누기 힘들었다. 남들 다 하는 밥물림·부라질·가동질·시장질은커녕 철부지 어린 자식의 저지레와 잠투정이나 지다위 응석에 만수받이 한 번 못 해 보고 훌쩍 시간은 흘러가 버렸다. "우리 조카 석하~"라 말하는 순간 갑자기 밀려오는 격한 감정에 잠시간 고개를 돌린 채 할 말을 잊었다. 그 무엇과도 바꿀 수 없는 사자어금니같이 아끼는 자식인데…. 눈자라기를 맡긴 이래 오매불망 보고 싶던 자식을 팔 년 만에야 눈앞에 두고도 한번 힘껏 가슴 깊숙이 붙안아 볼 수도 없는 신세에, 마음속 가득 채워지는 통한의 눈물만 흘려야 할 뿐이었다. 석하야, 석하야….

석하는 국민학교를 표차로이 우수한 성적으로 졸업한 뒤 하동읍 내에 있는 하동중학교로 진학했다. 신작로 변 골목길에 접한 허름한 슬레이트 맞배지붕 아래 문간방을 얻어 한참 소양배양하던 어린 나이에도 불구하고 고향 마을 깨복쟁이 불알친구 진철이와 함께 자취했다. 물론 모친이 수시로 들러 찬거리를 장만해 주고 의복도 챙겼다. 순천에서 고등학교에 다니던 진철이 형이 고향집에 가는 길에 가끔 자취방을 들러 동녀배 아이들에 비해 귀썰미가 남다른 석하에게 새로운 소식과 문물들을 들려줬다. 한참 예민하던 사춘기 시절로 접어들어 호기심으로 가득 찼던 그는 친구 형을 통해 앞선 세상을 맛보는 게 신기방기했다. 그에게 늘 게염스럽게 보이던 두툼한 영어 콘사이스를 들고 한 단계 높은 고등 영어를 뜨르르 구사하는 모습에도 자극받아 자드락거리며 여러 질문을 쏟뜨리곤 했다. 석하는 재주가 없고 다소 잔작하며 나약한 편인 열쭝이 진철이보다 좌떴으므로, 친구 형은 그를 친동생보다 더 감싸고 역성들어 주었다. 그는 중학교 학업 성적이 동기생들보다 월등해 고등 과정의 영어나 수학·국어·물리 등의 이론에도 어느 정도 형과의 대화가 가능했다.

한창 셈날 시기인 중학교 졸업반이 시작될 무렵 석하는 여래 고모의 빨치산 전적을 어른들한테서 어름적어름적 들었다. 한때 집안에 평지풍파를 일으켰던 십오 년여 전의 사건을 자세히는 알 수 없었지만, 고모가 어느 인민군 군관과 결혼해 6·25 전란 중 지리산 유격대로 활동하다 체포됐고, 긴 옥살이 후 풀려났다는 것이었다. 그리고 보니 막 국민학교 입학했을 때 대비마을 집으로 찾아온 고모를 처음 봤던 기억이 불현듯 떠올랐다.

국군이 월남전에 본격적으로 전투병을 파견하기 시작하고 미국 하와이로 망명했던 대한민국 초대 대통령 이승만 박사가 사망한 해인 1965년에 석하는 중학교를 돌올한 성적으로 졸업했다. 그리고 남달리 우접한 실력을 발휘해 인근에서 들어가기 힘들기로 소문난 남도 명문 순천고에 진학했다.

만 열다섯 살이던 고2 때 부친으로부터 이러저러하다는 충격적인 출생 비밀을 듣고, 친모인 여래 고모와 모자 관계로 왕래했다. 이후 고교 시절 내내 태생에 대한 정체성에 혼란을 겪으며 빙퉁그러짐으로써 자연 학업을 등한시했다. 고등학교 졸업 후 꿈을 접고 대학 진학을 포기했다. 뭇사람들의 이목을 피하고자 고향인 대비마을 뒷산 기스락 외딴 마을의 고샅길 옆 꼼치 집을 얻어 빨치산의 아들이라는 사상의 대물림에 의문을 가지며 혼자 지리산 낭인으로 집 안에만 들엎뎌 지냈다. 예기치 못한 이데올로기의 비늘이 눈에 씌워져 그 혼돈과 아픔이 덧나지 말기를 바라고, 속달뱅이로 세상을 대하며 우물 안 깊숙이 숨어들었다.

한동안 완전히 물이 내린 채 마음의 문을 처깔하고 사람들과의 접촉을 꺼리며 매사에 젖버듬히 배돌기만 했다. 고리삭은 샌님처럼 조잡들어 방구석에 옹동그리고만 있다 보니 자연히 성격도 까부라지고 되바라졌다. 장차 남들과의 경쟁에서 눈 밖에 날 수밖에 없다는 심한 열패감에서 헤어나지 못한 채 마음에 성곽을 쌓고 두문불출했다. 인근의 가족들에게도 근심가마리로 전락해 폐만 끼쳤다. 조석하라는 이름의 호적상, 친부모의 빨갱이 전력이 드러날 리 없어 연좌제에 걸릴 일은 전혀 없었다. 또한 친부모에 대한 비밀을 회술레할 사람도 없었다. 그러나 지리산 곳곳에 스며 있을 두 분의 빨치산 흔적을 동경하는 염의가 그의 DNA를 지배해 잠재의식 속에 자리 잡았다.

제살이를 위한 주업으로 부모로부터 물려받은 얼마간의 밭뙈기에 차나무를 재배해 주변이야 얼떴지만 녹차 제품을 만들어 판매했다. 취미로 시나브로 익힌 대금 연주와 전각(인장 새김) 연마에도 심취했다. 또한 동양철학 및 노·장자의 도가사상을 독학으로 한 무릎공부 했다. 나무를 깎아 만든 닭처럼 멍하니 있다는 장자(莊子) 달생편(達生篇)에 나오는 '태약목계(呆若木鷄)'라는 구절을 접하고, 마냥 무능력자로 나태함 속에 넋을 잃고 우두커니 있을 수만은 없음을 인지한 뒤부터는 차 농사와 대금 제작에 일말의 관심을 가지기 시작했다. 대금이 한(恨)의 악기라는데, 자기 정체성에 대한 한풀이로 자연스레 대금을 잡기 시작했는지도 모를 일이었다. 대나무가 대금 재료로 쓰이려면 심한 아픔의 고통을 감내하는 돌연변이를 일으켜야만 했다.

"쌍골죽!"

대나무 단면 내외측 사이의 부름켜가 극히 드물게, 맺힌 죽생(竹生)의 한에 대한 분풀이로 인해 부풀리어져, 보통 구멍보다 대여섯 배나 작은, 가는 직경의 구멍이 돼야만 더할 나위 없이 훌륭한 대금으로 완성될 수 있다. 석하는 화개동천과 악양동천, 피아골 일대의 대밭을 골골샅샅이 헤매 돌며 대금 재료가 될 만한 쌍골죽을 찾아다녔다. 반겨줄 이 하나 없는 지리산 주변을 기신기신 맴돌며 부모의 궤적에 갇혀 살아가는 자신의 운명적 삶에 깃든 한이 그의 속뜰에 그득 채워졌다. 팔자는 독에 들어가서도 못 피했다. 서울 가서 김 서방 찾는 꼴인 막연한 쌍골죽 수색은 핑계에 지나지 않았다. 세상을 등지고 출가한 스님이나 신부가 아닌 이상, 속세간에 물들어 심살내린 그로서는 별도리 없이 감내해야만 할 정신적 고충이었다. 그를 동여맨 태생적 굴레, 모든 것은 본질 그대로(It is what it is)….

석하의 큰외삼촌 집은-호적상은 큰집이지만- 범왕리 밋골마을 한복판에 자리 잡았다. 그 위뜸의 급경사 골목길을 따라 울멍줄멍 좌우로 널린 개량 기와지붕의 시골집 예닐곱 채를 좋이 지나 올라가면 모친인 여래의 옴팡이 나왔다. 주 골목에서 왼쪽 골목쟁이로 꺾어 논두렁길처럼 솔아 빠진 십여 미터의 비탈길을 올라가면 대문도 없이 휑뎅그렁하게 보이는 흙마당에 닿는다. 한 사람만이 겨우 다닐 수 있는 그 경사로 왼쪽 가장자리를 점령한 수십 년 된 감나무 한 그루가 젖버듬히 서서 큰 그늘을 제공했다. 한여름 푸른 잎새 무성할 때 이 민출한 툇나무 아래에 서 있기만 해도 건강해질 듯 수고와 수관폭이 어마무시했다. 이해따라 해거리를 하는지, 아니면 지난여름의 유별난 긴 장마와 잦은 태풍에 쓸려 도사리 신세가 됐는지 열매가 별로 영글지 않았다. 우듬지 쪽에만 조리복소니가 된 푸르누런 감 똘기가 듬성듬성 몇 개 달렸다. 예년에는 아무리 못해도 서너 접씩은 땄는데 올해는 전짓대 쓸 일 없이 까치밥이나 될 듯싶다. 대신 땅바닥은 갈색으로 변색되어 가는 찌그렁이 감또개 무리로 풍성히 덮여 있었다.

마당 북쪽에 그야말로 삼간인 슬레이트 지붕의 게딱지만 한 토담집이 위치했다. 한눈에 봐도 사람 사는 집 같지 않게 호젓하고 휘휘한 공간이었다. 마당 마주 편 돈들막 끄트머리 구석에 낡아빠진 플라스틱 이동식 화장실 하나가 다복솔 한 그루를 보초 삼아 장승처럼 우두커니 서 있었다. 그 뒷전 대밭 사이로 앙당그레 뒤틀어진 돌배나무 고사목 한 그루가 햇빛에 반사되어 흰색 줄기를 내보였다. 마당 앞쪽 가장자리의 자취만 남은 흐너진 돌무더기 석축 단 아래로는 전망이 확 트여 연동계곡과 밑골마을이 한눈에 훤히 내려다보였다. 여래가 옛적 짧은 연애와 새색시 시절 남편 품에 안겨 동굴 아래 세상을 구경하던 추억을 떠올릴 때마다 치맛귀로 눈물을 훔치며 먼산바라기가 되어 아랫마을을 가로질러 끝없이 펼쳐지는 화개골 정경을 감상할 때나, 어스름이 깔린 밑골을 내려다보는 저녁달과 가까이하기 위해 혼자 곤추앉아 있곤 하던 때에 사용하는 나무 걸상 하나가 석축 앞, 뜰 한편에 덩그러니 놓였다. 꽁지 빠진 새 같이 데생긴 그 볼품없는 걸상이 그녀에게는 이 집 마당의 보물이었다.

툇마루를 보고 섰을 때, 왼쪽 건넛방 옆에는 집채만 한 군것진 바위가 방 벽을 꿰뚫을 기세로 바짝 붙어 있었다. 모친 말로는 산매(山魅) 들린 그 바위옹두라지에서 뿜어져 나오는 강한 음기 때문에 굴왕신같이 어두침침한 그 방은 물건 넣는 창고로만 사용하지, 넉점박이가 앉아 있을 수 없는 헛방이라 했다. 당신 가리사니 능력으로는 그 방의 액살을 걷어 내기가 불가하단다. 벽사를 위해 궁여지책으로 붙여 놓은 방문 이맛전의 누른색 액막이 부적 한 장이 햇볕을 받아 번들거리는 매흙질한 벽체에 달라붙어 방문자의 눈길을 끌었다. 툇마루 한쪽 끝으로 달아낸 툇간 안에는 쌀쌀한 산간 방구들 냉기로 인해 물큰 날씨의 여름 한 철 외에는 지펴야 하는 군불용 날단거리와 죽데기, 희나리가 서부렁하게 쟁여져 있다. 집 뒤와 한쪽 옆으로는 작히 어른 키 높이 서너 배쯤 되는 산죽이 병풍처럼 빽빽이 에워 집을 감싸 안았다. 집 뒤편짝 길체의 살핏한 산죽 울타리 사이 바위틈에서 진입부 비탈길 옆을 따라 졸졸 흐르는 작은 물곬에 두껍다리 하나가 걸쳐져 있다. 울 안 텃물이 흘러드는 이 도랑물이 허드렛물로 쓰였다.

여래는 감옥에서 출소한 뒤 몸이 추선 큰오빠 집에서 한 이태 동안 군식구로 끼여 군밥을 얻어먹고 살았다. 조카들이 커서 제 방 아람치로 하자, 그녀는 방을 비워 주고 뒷산 칠불암에 올라가 구어

박힌 채 한소끔 스님들의 공양을 짓고 물을 긷는 불목하니로 지냈다. 그러다 밋골 본가의 위쪽 토담집에 살던 노 비구니 승이 열반에 들자 곧바로 그 집을 매입했다. 어쩌다 스치는 이웃들에게 사날 없이 대하며 지금껏 한대중으로 혼자 꺽지게 거주해 왔다. 빨갱이에게 버림받은 소박데기처럼 취급하며 티적티적 손가락질하는 주위 사람들의 남우세를 피해 수행승 못지않은 은둔의 세계로 숨어들었다. 한으로 얼룩진 내면의 문을 걸어 잠그고 제사날로 선택한, 사회와 격리된 외돌토리의 공방살이 삶이었다. 몸과 마음이 온갖 번뇌 망상에서 벗어나 고삐 없는 말의 자유자재한 무심의 세계로 들어간 신심탈락(身心脫落)의 경지에서 노닐었다. 서투르나마 암자 시절 귀동냥으로 익힌 반야심경과 목탁 염불로 이름도 없이 사라져 미귀혼으로 구천을 떠돌 옛 동지들의 원혼도 달래며….

지난 삶의 고통은 시간이 지나면 사라질 수 있겠지만, 그러나 묵혀 둘 수밖에 없을 그 흔적의 기억은 평생 지고 가야 할 산 자의 업보이리라. 손바닥만 한 마당이지만 볕받이가 좋고 거름발 난 텃밭을 만들어 미립이 튼 밭일 두름손으로 우연만한 중갈이 채소는 자급자족하면서 과약한 살림살이를 영위했다. 본시 농사일에는 손방이었지만, 떡도 먹어본 사람이 먹듯이 절집 생활을 할 때 사위토(寺位土) 채마밭에서 이랑을 짓기 위해 공양 보살들과 함께 흙밥을 갈아 부치던 경험이 큰 도움을 주었다. 텃밭을 제외한 흙 마당 공간에는 온통 질경이가 점령했다. 질경이는 전쟁터의 한나라 장수 마무(馬武)가 풍토병으로 쓰러진 병사와 말을 마차 앞의 풀을 뜯어 먹여 낫게 해 수레

앞에 있던 풀이라 하여 차전초(車前草)로 불렀다는 중국 고사가 전해 왔다. 자생력이 강한 여러해살이풀로 어린잎은 식용하고 그 씨인 차전자는 한방에서 이뇨제, 설사·기침약으로 사용했다. 여래는 좋아하는 장미 화단도 가꾸고, 불혹을 넘기자 날로 희끗해지는 자분치도 손질하며, 하릴없이 흥뚱항뚱 세월을 밀어내는 중이었다.

석하는 마당에 들어서자마자 고춧대에 다래다래 매달린 다 자란 청양고추와 퇴비장 텃밭의 놀놀한 풀숲 가시랭이 아래로 희끗희끗 드러난 늦맥이 오이 몇 개를 따 손아귀에 움켜잡았다. 텃밭 한편 고로쇠나무 그늘에 방치된 희아리와 속다 만 상추 몇 포기는 볼품 사납게 널려 소들소들 말라 가고 있었다. 탈리고 누레지기 시작한 몇몇 꼬부랑이 노각과 땅자리가 시커멓게 썩어 들어가는 호박은 며칠만 지나면 퇴비로 돌아갈 신세였다. 모친의 손포를 들어주기 위해 떠나기 전 마당에 흐트러진 채마 덩굴의 넉걷이를 끝맺으리라 다짐했다. 바깥 인기척을 느낀 모친이 뙤창을 통해 아들 모습을 확인하곤 앉은걸음으로 쪽마루 위 손바닥만 한 방문을 열어젖히더니 문설주에 한쪽 어깨를 기대앉았다.

"석하 니 왔나? 어미 보러 오랜만에 왔네. 그 새 와 그리 동떴노, 별일 없었고?"

"예, 지는 잘 지냄니더. 어무이도 잘 지내시지예."

"그래. 저 밑 외삼촌 집에 들렀다 오는 길이가."

"아이라예. 어무이 집에 먼저 왔슴니더. 이따 내려갈 때 인사드리고 갈라꼬예."

"와? 하룻밤 자고 가지. 조카들하고도 좀 놀아 주고. 그 집 꼬맹이들이 대비마을 아재가 피리 만들어 준다 했다며 하마하마 기다리는 눈치던데…"

"안 그래도 춘배하고 성배 줄라고 왕대 피리 두 개 만들어 왔슴니더. 이참에 버들가지로 호드기 맹그는 것도 알켜 줄라꼬예."

"잘했다."

"그라고 어무이, 저 아래 대비마을 집에서 아침 일찍 출발해 뒷산 외할배 산소에 올라갔다 왔슴니더."

"그래? 내사 마, 징역 살다 풀려나 여기 왔을 때 다리가 불편해 너그 아부지가 나를 업다시피 해 한 번 올라가 본 이후로 이때껏 가보지 못했니라. 그래 니 외가 선영은 별일 없디?"

"예, 지가 낫으로 반나절 동안 윗대 조상님 묵뫼까지 깨끔밧게 성묘를 했슴니더. 외할배 묘 앞에서 인자 정신 차리고 잘 살아 보겠다고 다짐도 했고예."

"그려 참 잘했구마. 그라마 지하의 할배가 외손자 보고 흐뭇하셨겠구먼. 니야 개성 고씨 양반 가문의 핏줄을 이어받았으께 맴만 묵으면 잘 안 살겠나. 니 자신에게 충실만 한다면야 큰 인물 될 기라. 그라고 보이 점심때가 다 됐네. 밥 차려 줄 테니 안으로 들어오니라."

여래의 침실은 가로·세로 2m 남짓 폭의 콧구멍만 한 두옥이었다. 살림살이라고는 아들이 마련해 준 황차통과 다기 세트, 다용도 귀때그릇 하나, 윗목 구석에 놓인 자그마한 쌀 먹둥구미, 횃대에 걸린 옷 서너 벌, 대처네로 덮인 개킨 핫이불 한 뙈기가 다였다.

방 안 차림새는 깨끗하고 지극히 간동했다. 기타 소소한 가재기물은 실퇴와 맞통해 연결된 건넛방에 드러장여 놓았다. 홀어미 노인 냄새를 없애려고 모친이 급히 살라 꽂아 놓은 선향의 파르스름한 연기가 좁은 방 천장을 향해 타올랐다. 석하는 들락거리는 손길에 문테가 개개어 나무거죽이 벗겨져 반지레한 부엌 칸 쪽문을 통해 개다리소반을 받아 들었다. 아들이 찾아와 이 집 밥그릇과 찬그릇이 모두 소반에 올랐으므로 살강 위는 텅 비어 있었다. 한눈에 내려다보이는 앙당한 부뚜막 구석의 옹기 두멍에 가득 담겨 찰랑거리는 물이, 그을음이 말라붙은 마주 편 서까래 아래 벽체의 손바닥만 한 비닐 바라지창을 관통한 빛에 반사되어, 어두컴컴한 부엌을 밝혀주는 유일한 빛점 역할을 했다.

밥상에는 전날 물려받은 이 집에서 입적한 여승이 사용하던 바리때에 담긴 밥 두 그릇과 간장에 절인 급살김치 한 자밤, 무친 묵나물 한 줌, 석하가 마당에서 꺾어온 고추, 오이와 고추장이 다인 건건이가 된장찌개와 곁들여 받쳐 있었다. 쌀뒤주가 가벼웠지만 여느 때처럼 아들 밥그릇에는 고봉밥이 담겼다. 지지부레한 찌개와 푸성귀 찬이었지만 허줄한 상태라 그 맛은 꽤 구뜰했으므로 시장이 반찬이라는 말을 무색하게 했다. 워낙 좁은 방이라 위아래를 따질 것도 없었지만, 그래도 쥐코밥상을 마주 보고 아들을 드스운 아랫목에 앉히고 모친은 맹근한 윗목을 차지했다.

모친의 등 뒤 방벽 중간 높이쯤에 가로로 길게 널빤지를 고정해 놓은 알브스름한 선반 하나가 댕그라니 걸려 있다. 그 위에는 짚으로 엮은 작은 씨오쟁이 하나와 옹자배기 서너 개, 낡고 빛바랜 목탁과 얼레빗 하나, 그리고 평소 모친이 신주 모시듯 가축해 아끼는 쌍골죽 필통이 놓였다. 쌍골대라고도 부르는 쌍골죽은 양쪽 줄기에 홈이 깊이 팬 돌연변이성 대나무로 대금 재료로는 최고였다. 대금 연주뿐만 아니라 제작을 위해 쌍골죽을 찾아 지리산 일대를 헤집고 다니던 석하는 모친 집에 올 때마다 구하기 귀한, 그것도 사이즈가 별나게 큰 쌍골죽으로 만든 필통에 호기심을 유발했다. 지름이 십여 센티나 되는 필통 속엔 연필, 돌돌붓, 차시 등속이 꽂혔다. 특이하게도 이 대통 정면에는 '如來東(여래동)'이라는 한문 세 글자가 세로로 음각되어 검은 먹물로 채워졌다.

식사를 마치자 모친이 서둘러 밥상을 거듬거렸다. 입가심으로 황차를 달여 마시던 석하는 평소 궁금해 오던 그 필통에 대해 그녀에게 물었다.

"어무이. 어무이가 보물단지처럼 애지중지하는 시렁 위 저 쌍골죽 필통은 누가 만들었고, 如來東이라는 글자는 또 뭐꼬?"

"와? 알고 싶나. ……. 저기 내 재산 목록 1호 아이가. 저 필통에 얽힌 사연을 말하자면 길다. 인자 니도 다 컸으니께 말해 줄까나…."

장남한 아들을 면전에 두고 대견스레 바라보던 여래가 지그시 눈을 감은 채 아령칙한 옛 기억을 소환해 냈다. 그녀의 소지품 중 알천인 쌍골죽 필통에 서리서리 맺힌 사연의 자초지종을 저저이 털어놓았다. 그녀 인생의 펜티멘토(pentimento), 아련히, 그러나 삼삼히 나떠 보이는 필통의 자취였다.

옛 지리산 빨치산 시절. 석하를 배 속에 품고 동혁과 함께 목통골 비트에 닻을 주던 여래는 토벌군의 추격이 격렬해지자 동쪽으로 서너 개의 산줄기를 넘었다. 화개천 상류 의신마을 동쪽의 깊은 계곡인 대성골로 이동에 며칠간 머물렀다. 그러나 미군 비행기를 통한 거대한 네이팜탄 화염을 동반한 집중 사격과 공비 일망타진을 위한 토벌군의 대대적 공격으로 대원들 절반 이상을 잃고, 다시 동쪽으로 피해 갈 수밖에 없었다. 우여곡절을 거듭하며 잔돌고원(세석평전)과 촛대봉, 연하봉, 제석봉을 거쳐 안돌이·지돌이를 겨우 돌고 돌아 마침내 천왕봉 남사면 바로 아래 절벽의 동굴에 비트를 마련해 피신했다. 이곳은 누구의 발길도 닿지 않은 원시 험지였으므로 토벌군의 눈을 피하기에 안성맞춤이었다. 주변 지역이 대밭으로 에워싸였기에 왕대를 잘라 기둥을 세우고, 칡넝쿨로 산죽을 엮어 만든 꺼펑이로 벽체와 지붕을 덮은 움집을 만들어 지냈다. 토벌군의 공격이 숙져 전투가 소강상태로 접어든 이곳에서 지내며 날소일했던 한 달가량의 생활이 고 소좌 부부에게는 많은 애기를 나눌 수 있는 달콤한 허니문의 연장이었다.

움집 주변에는 온통 대밭이었는데, 산이마 부근에 대밭이 있다는 자체가 극히 드문 일이었다. 어느 날 동혁은 대밭 안을 서성이다 구하기 힘들기로 소문난 쌍골죽 한 그루를 발견했다. 그것도 얻기가 하늘의 별 따기인 직경이 십여 센티나 되는 그야말로 하늘이 점지해 준 논(드물어서 귀한) 대형 대나무였다. 양쪽에 팬 골을 보면서 동혁은 목하 척짓는 전쟁 중인 남북 대치 세력의 두 이념 집단을 떠올렸다. 좌측 골은 마르크스-레닌의 공산주의를 신봉하는 좌파 빨치산이요, 우측 골은 고대 아테네에서 태동한 링컨의 민주주의를 신봉하는 우파 국군 토벌대였다. 사회주의와 자본주의의 대립이기도 했다. 거칠 것 없이 격이 난 두 사상의 골을 잡아맬 거멀못을 찾을 묘수는 바이 보이지 않았다. 그러나 대를 180도 돌려서 보면 좌우가 바뀌어 버리니 사상의 전환이 불가능한 것도 아닌 듯싶었다. 동혁은 한낱 푸나무의 한쪽 골 속 이념에 파묻힌 자신의 현주소가 떠올라 일견 허무하기도 했으나, 조선공산당 리더의 자부심이 퇴색된 건 결단코 아니었다.

쌍골죽 대를 잘라 땜질한 후 소일 삼아 필통을 만들었다. 필통 정면에는 호신용 칼로 '如來東'이란 한자를 세로로 음각해 먹물로 채웠다. 여래가 태어나자 조부가 손녀 이름을 지었다. '집안에 여자가 들어왔다.'라는 단순 의미로 '여래'라 작명하고, 출생신고서 한자 난에 '女來'로 기재했다. 역시 조부가 지어준 동혁의 한자 이름은 동녘 '東'자에 빛날 '赫' 자였다. 동혁은 필통 제작을 완성한 뒤 여래와의 부부 연분을 기념할 글을 새겨 넣기로 마음먹었다. 여래와 머리를 맞대고 고민한 끝에 여래의 한자 계집 녀(女) 자를 같을 여(如) 자로 바꿔 진리로부터 진리를 따라서 온 사람 즉, 부처를 의미하는 '如來'로 했다. 그 여(如)가 동혁의 동(東)에게 왔다(來)는 인연을 되새겨 결국 '如來東'이란 글자를 새겼다. 달마가 중생 구제를 위해 동쪽으로 왔듯이 동혁의 생명의 은인이자 구세주인 부처 같은 여래(女來)가 동(東赫)으로 왔다는 의미도 덤으로 곁들이고…. 여래는 동혁과 쓰라린 이별을 나누고 헤어질 때 남편이 사용하던 소중한 필통을 대추로 챙겨, 이날 이때까지 줄곧 군티 하나 없이 말끔하게 건사해 왔다.

"나중에 결혼할 여자가 생기면 함께 아부지, 어무이가 숨어 지냈다는 거어 천왕봉 아래 대밭에 함 가보겠습니다. 쌍골죽 찾아서 멋진 대금도 하나 만들고요. 그때가 되면 찾아가는 길이나 잘 갈쳐 주이소."

1970년 눈석임물을 비롯한 눈 녹은 봄물이 지천으로 깔린 따지기때, 봄뜻이 싹틀 무렵인 어느 날. 헌헌장부였던 석하는 몽총하고 허랑했던 대비마을 고샅 시절의 덜먹은 짓거리를 청산하고 심기일전했다. 베돌이에 깔렸던 자뿌룩한 마음을 털어 버리고 지기를 펴 해병대에 자원입대했다. 방바닥에 뒹굴던 어느 잡지 표지에 큼지막하게 박힌 스페인어 "Dios te ama(신은 당신을 사랑합니다)."라는 산말 문장을 접하고 용기를 얻어 간힘을 냈다. 그늘 속에 숨었던 지난날의 번뇌와 고통의 삶을 디딤돌로 삼아 활로를 찾기로 작정했다. 더는 옥생각에 빠져 우자스레 노라리 신세에 갇혀 살 수 없음을 실감하고 사람값에 들기 위해 심혈을 기울여 의건모했다. 켜켜이 쌓인 절망의 동굴 속을 머리꼭지를 들이밀고 허적거려 뚫으며 밝은 불빛의 출구를 향해 돌진했다.
경제력에 거의 들머리판을 내며 심심파적으로 부쳐 오던 차밭은 군 복무 동안만 근동의 지인에게 도지를 놓기로 약조하고 입대했다. 포항에서 7주간의 엄혹한 훈련을 마친 후, 서해 최북단 해역인 백령도에서 31개월의 군 복무를 마치고 73년 전역했다. 제대 후 대비마을로 돌아온 그는 입대 전 기거했던 집에서 서른 살이 넘을 때까지 독신으로 지냈다. 그간 여투어 둔 자금과 해병 복무 시절 단련된 탄탄한 몸과 부지런한 노동력이 피와 살이 되어 전날 건깡깡이나 다름없는 쥐대기로 게걸음만 쳤던 차 사업을 주변머리를 발휘해 깜냥깜냥 본격적으로 확장한 결과 제법 큰 부를 일궜다.

석하는 차 제품 생산으로 생계를 이어갔지만 언제부턴가 커다란 의문을 품게 되었다. 찻잎은 음력 섣달에 따는 납차부터 입동에 따는 소춘차까지 다양하지만, 그는 주로 곡우 전후의 우전차와 우후차를 이용해 제다했다. 이제 막 태양의 기운을 받아 살포시 돋아 오르는 여린 연둣빛 새순을 똑 잘랐다. 막 태어나 눈도 제대로 뜨기 전에 세상을 하직했다. 그것도 조물주가 만든 무수한 존재의 하나에 지나지 않는 인간들의 기호 식품을 위해 그들과 동등한 존재 의미가 있는 찻잎이 희생됐다. 생업을 위해 어쩔 수 없이 한창 자라나는 생명체를 제거하던 어느 한순간 석하는 심한 죄책감에 사로잡히게 되었다. 지난날 출생의 비밀을 알고 세상으로부터 버림받았을 때의 자신이, 한순간에 사라져 버리는 차 새순의 신세와 어슷비슷했던 것 같은 심정이 들었다.
어렸을 때 친구들과 뛰어놀던 뒷산 기슭의 도심마을 차밭에는 밑기둥 버렁이 한 아름이나 되는 엄청나게 큰 차나무가 한 그루

우뚝 서 있었다. 동네 어른들 말로는 나무 나이가 족히 수백 년은 된다고 했으니 이 마을 나이와 얼추 어금지금했다. 화개골 경사지에 생육하는 야생 차나무는 겨울 들머리에 접어들면 나무 밑동을 무질러 버린다. 그래야 다음 해에 풍성한 찻잎을 딸 수 있다. 옛적 마을 사람들이 밑동을 자르지 않고 그냥 두면 어떻게 되는지 보려고 한 그루만 샘플로 그대로 둔 것이 몇백 년이 흘러 작금의 대형 차나무로 되었단다.

대비마을 집에서 북쪽으로 한 오리쯤 걸어가면 쌍계사 초입의 석문마을 외딴 길옆에 오래돼 구적이 일어나 거뭇거뭇한 차시배지 비석이 서 있었다. 여기서 해마다 열리는 다향제 날은 동네 꼬마들이 떡고물 나부랭이나마 얻어먹을 수 있어 엉덩잇바람이 나는 날이었다. 이 다향제는 이십여 년이 지난 지금까지도 연례행사인 차시배지 다례식의 문화축제로 이어져 오고 있지만, 그 의식 어디에도 새록새록 돋아나는 어린 차 새순을 죽이는 것에 대해 점직함을 표하는 순서가 없었다. 제다업을 하는 석하가 그것을 명시적으로 채잡을 수도 없는 처지였다. 속앓이 끝에 저 혼자나마 '한창 자라는 초목은 꺾지 않는다'라는 방장부절(方長不折)의 의미를 표명하기 위해 소유 차밭 입구에 조그만 돌탑 하나를 쌓고 청죄탑(請罪塔)이라는 제명의 비석을 세웠다. 그 아래 땅에 묻은 널돌 표면에 글을 새겼는데, 그 내용은 이러했다.

『속채차유아(贖采茶幼芽: 차 새순 채취에 대한 속죄)

　무릇 조물주가 생명체를 창조할 때에는 모두가 평등하고 각각
천수를 누리기를 바랐을 것이다. 지리산 일대에서 수천 년간 조
물주의 창작품이라 할 수 있는 차나무의 잎이 단지 인간의 필요
에 의한 녹차 제조를 위해 막 돋아나는 새순인 상태로 무수히 잘
렸다. 여기 가해자 인간들을 대표해 작은 정성이나마 돌탑을 쌓
아 한창 자라는 찻잎을 따는 역 방장부절(逆 方長不折)의 행위에
속죄의 뜻을 표하고자 하니, 이에 동조하는 자는 탑의 완성을 위
해 돌덩이 하나를 올려놓기 바란다.』

　야간통행금지가 해제되고 한국프로야구가 출범한 1982년. 중국
차를 접한 석하는 중국 문화와 역사에 관한 관심으로 한국방송통
신대 중어중문학과에 입학했다. 2년 후인 1984년, 서른세 살 노총
각인 석하는 28세인 중국인 오옥매를 만나 운명적 사랑에 빠졌다.
　오옥매는 중국 장쑤성 성도인 남경에 사는 중국 한족 고위 공무
원의 딸이었다. 남경대학에서 학·석사를 마치고 한국으로 건너와
서울대 보건대학원 사회복지학 박사 과정 유학생으로 공부했다.
학업 중 학위 논문의 얼거리를 잡아가던 어느 해 하계 방학을 이
용해 지도교수를 따라 장수 마을 학술조사 차 화개동천의 정금리
대비마을을 방문했다. 오옥매의 조부 오건화는 1950년 6·25 전쟁
인 항미원조 전쟁 때 중국인민지원군 펑더화이 사령관의 직속 참

모 군관으로 참전해 큰 공을 세운 국가유공자였다.

80세 이상의 장수 노인들과의 인터뷰로 분주했던 하루였다. 소일거리를 찾아 볏논에 나가 피사리를 하거나 깨끔한 마을 우산각에서 쉬며 국수 도르리에 곁들여 해소일로 화투 놀이 중인 노인들과의 대화였다. 그녀는 만나는 어르신마다 헤어질 때 장수 축원인 "차수(茶壽) 하세요!"를 외쳤다. 차(茶)란 글씨가 열십자 두 개(艹)와 팔십팔(八十八)을 합친 108의 숫자를 의미했다. 차시배지인 이곳 화개골에서 차를 마시며, 검은 머리 파뿌리 되도록 108세까지 오래 사시라는 덕담이었다. 장수 비결은 외로움과 허전함을 달랠 가족·지인과의 동반 생활로 정신적 평온을 유지하는 것이 알짜로 보였다. 대체로 젊은이 못지않게 속이 구쁘게 잘 먹고 미미히 근육을 움직이는 것도 필수적이다. 사람은 흰머리와 주글주글한 피부가 아니라 다리가 맨 먼저 늙기 때문에 실팍한 다리가 최고다. 걸을 때 다리가 뒤놀기 시작하면 일단 만수무강은 물 건너간 셈이다. 걸으면 살고 누우면 죽는다는 '보생와사(步生臥死)'란 말이 틀림이 없었다.

낮 일과를 마치고 저녁나절의 자유 시간이 되자 날씨가 그물그물하기 시작했다. 산돌림 한 보지락을 예고라도 하는 듯 모루구름 낀 웃날이 아등그러지더니 급기야 흘레바람이 일며 검기울기 시작했다. 오옥매는 일행과 떨어진 채 혼자 이곳저곳 마을 구경을 하며 돌아다녔다. 안뜸 동각 옆 한터 한복판에 크게 자란 실버들 여린 가지가 실실이 풀어져 왜바람에 넘늘거리며 판한 구렛들과 집 뒤 숲정이를 배경 삼아 한껏 고운 맵시를 부렸다. 마을 위쪽 동구 밖

오르막길을 올라가자 막다른 골목길 좌우로 대여섯 채의 외딴집들이 나타났다.

사람 한두 명이 어깨를 맞대고 겨우 다닐만한 조붓하고 경사진 실골목을 지나던 그녀는 뜻밖에 심금을 울릴 정도로 애잔하게 흘러나오는 대금 연주 소리를 듣고 한 귀에 반해 버렸다. 누군가에 끌려가듯 자신도 모르게 열린 대오리문 안으로 들어선 그녀는 손바닥만 한 흙마당에 오도카니 선 채 넋을 잃고 구슬픈 대금 산조 가락에 귀를 강구며 감상했다. 심중에 파고드는 번뇌의 바람과 파도를 잠재우고 난세를 평정하는, 서양의 인공 음악(music)이 아닌, 동양 고유 전통 자연의 소리(sound)였다. 곡이 그치고서야 비로소 집채 너울이 눈에 안쳐 왔다. 파란색 양철 지붕의 삼간 누옥이었다. 초라한 속달뱅이였지만 검이불루(儉而不陋: 검소해 보이지만 누추해 보이지 않는다)를 연상케 할 만큼 사뜻하게 정리된 담백한 분위기의 시골집이었다. 소녀풍에 한들거리던 마당 한쪽 담벼락 구석에 우뚝 솟은 종가시나무 이파리가 이내 소남풍으로 변한 바람결을 견디지 못하고 전후좌우로 세차게 흔들거렸다. 먹장구름 낀 끄무레한 하늘이 비를 뿌릴 기세로 대비마을에 낮게 내려앉았다. 곧 한 남자와 순연(順緣)에 접어들 그녀의 운명을 죄어칠 빗방울이 떨어질 참이었다.

소피를 보러 방문을 열치고 나오던 멀쑥한 옷차림의 늠늠하게 생긴 젊은 주인장과 눈이 마주쳤다. 곱슬머리에 준수한 외모를 가진 남자의 얼굴빛이 해맑갛게 빛나 보였다. 몸태가 헌칠민틋하고 눈매와 이목구비가 억실억실한 게 주연급 영화배우라 해도 손색이

없을 만큼의 미남이었다. 순간 옥매의 머릿속에 '이런 시골구석에
도 저런 미남자가 살았나?'라는 의문이 설핏 스쳤다. 남자의 갈쯤
한 얼굴 위로 며칠 전 봤던 한국 영화의 어느 근감한 청춘스타의
얼굴이 오버랩됐다. 환한 광채를 내뿜는 그의 얼굴 윤곽에 어리치
어 잠시간 멍하니 서 있었다. 그녀의 눈앞에 바투 다가와 우뚝 선
남자는 낯선 여인이 허락도 없이 남의 집 마당에 서 있는 것을 보
고도 건넛산 돌 쳐다보듯 무심한 기색이었다.

"아니, 댁은 뉘시기에 여기 서 있습니까?"

"아, 예. 죄송해요. 지나가던 길에 대금 소리가 너무 아름다워 저
도 모르게 그만…."

"그래예? 고맙습니더. 그리 잘 부는 것은 아이고, 열심히 배우는
중입니더."

"아닙니다. 저도 평소 대금 소리에 관심이 많은 편인데, 연주하신
청성곡 가락을 들어보니 보통 솜씨가 아닌 듯해요. 웬만한 전문가
에 비해도 손색이 없네요."

"별 과찬의 말씀을 다. 격려의 말씀으로 받아들이지요. 청성곡을
제대로 감상하실 정도면 아가씨도 일견 대금 마니아시네요. 아무나
대금을 하지 않지요. 대금 역시 아무나 선택하지 않고요. 어쨌든 우
리 집에 오신 손님인데, 안으로 들어가 녹차라도 한잔하시지예."

옥매는 서근서근한 목소리에 악의라고는 전혀 느낄 수 없는, 마
치 탈속 도인 같은 남자의 너볏하고 삽삽한 분위기에 이끌려 마당
비설거지를 쓰렁쓰렁 끝낸 그를 따라 서슴없이 안으로 들어갔다.

작업실을 겸한 거실을 거쳐 들어간 단칸방 안은 속달 살림치고는 예상외로 건둥하고 영이돌았다. 한지를 바른 분통같이 하얀 벽과 명경같이 괭한 콩댐 장판의 태깔에서 범상치 않은 기가 발산하는 듯했다. 굽도리에 둘려 붙인 걸레받이 장판지가 주인장의 깔밋한 성격을 대변했다. 방 뒤쪽 유리 들창이 어둠을 삼키고 가볍게 한 닥이더니 이내 빗방울이 후드득 창에 듣기 시작했다. 둘은 먹감나무로 만든 다탁을 마주 보고 도두앉아 남자가 직접 제조했다는 지리산 황차를 달여 마셨다. 그가 다탁 중동을 가로질러 조물주가 그린 한 폭의 묵화를 가리키며 말꼬를 틀었다. 감나무의 칠덕(七德)과 문·무·충·절·효의 오절(五節), 청·황·적·백·흑의 오색(五色)을 소개했다. 그녀는 석하와 통성명을 한 뒤 말거리를 주고받으며, 밤을 잊은 채 긴 대화를 이어 나갔다. 간혹 머리를 주억이며 표준 어투로 바뀐 석하의 말에 맞장구를 치기도 했다.

밤이 이슥해져 자리에서 일어설 무렵에야 정색으로 올려다본 천장에는 한지에 먹으로 그려진 한반도 전도가 꼭 채워져 붙어 있었다. 지도 여백에는 반갑게도 옥매의 모국어인 한자로 '大東輿地全圖'라는 글자가 적혔다. 그녀로서는 이국땅의 유명한 지리학자 김정호가 만든 대동여지전도를 알 리가 없었다.

"선생님. 천장의 저 지도는 뭔가요?"

"아, 예. 그건 천산대학 캠퍼스 전경입니다."

"천산대학이라고요? 좀 전 방통대 재학 중이라 하지 않으셨나요. 한국에서는 대학 두 곳을 동시에 다닐 수도 있습니까?"

"하하. 저 한지 복사본 지도는 조선 후기 고산자 김정호라는 사람이 만든 목판본 22첩의 대동여지도를 한눈에 볼 수 있도록 소축척으로 줄여서 한 장으로 제작한 것입니다. 저 지도에 표시된 전국의 산을 자세히 헤아려 보면 약 천 개 정도이므로 제가 임의로 천산대학이라 명명했습니다. 깔축없는 저만의 아람치인 대학인 셈이지요. 살아생전 발힘이 허락하는 한 전부 올라가 볼 작정입니다. 물론 반은 북한에 있어 통일 후에나 가능하겠지만요. 지금까지 약 삼 분의 일가량은 정상을 정복했습니다. 방바닥에 누워 지도를 보며 언젠가 저 천산대학을 졸업하길 소망하지요."

천산대학 졸업이 남북통일을 의미하고 그것이 두 부모님의 평생 소원이라는 사실이 뇌리에 얼핏 스쳐 갔지만, 그 말만은 함구했다. 따지고 보면, 그 천산대학도 지리산 변두리를 맴도는 그가 부모의 빨치산 전력의 DNA를 대물림받은 산물의 하나인 셈이었다.

카세트에서 흘러나오는 은은한 국악 가락이 다탁에서 사리사리 타오르는 연향의 가느다란 연기와 어울려 좁은 방 안 열기를 북돋웠다. 뒷산 어디선가로부터 들려오는 쏙독새 울음소리가 비장한 여운을 떨구며 제창 두 청춘 남녀에게 스민 적요한 한을 부추겼다. 그 한의 이면에 도사린 숭고함을 지리산은 알았을까? 처마 밑에 듣는 낙숫물 소리와 실바람에 한드작거리며 왱그랑대는 처마 끝 풍경 소리가 조화를 이루며 리드미컬하게 울려 퍼졌다. 굳은비에 젖어 함초롬한 헌등(軒燈)의 놀면한 불빛이 춤추듯 끄먹거리면서 가시랑비 내리는 우중 여름밤은 깊어만 갔다.

이후 둘은 여러 곳을 함께 여행하며 수차례의 다담을 나눴다. 그즈음에야 석하에게 옥매는 흘려보내고 잊을 열손님이 아니라 가슴속에 각인시킬 평생 손님으로 변해 있었다. 길지도 짧지도 않은 시간이 흘러, 방통대 중어중문학과에 재학 중이던 석하와 중국인 오옥매는 문화적·인성적 동질성에 빠져 자연스레 연인 관계로 발전했다. 석하의 부모와 옥매의 조부가 삼십여 년 전의 한반도 전쟁 때 여정한 사상과 이념 추구를 위한 동도상응(同道相應)의 공산당 군으로 투쟁했다는 사실 하나만으로도, 두 남녀는 맥이 통할 동질성 몰입의 지렛대가 됨을 충분히 감지할 수 있었다. 같은 깃의 새는 같이 모이기 마련이므로 둘의 감정은 지체 없이 서로의 속뜰로 해낙낙하게 이입되었다. 나머지 정분은 시절인연의 운명에 따라 싹튼 간절한 믿음의 사랑으로 변해 평생을 시절연인으로 함께하기로 언약했다. 물론 '에리히 프롬'의 『사랑의 기술(The art of loving)』에서의 예처럼 역사상 널리 회자돼 온 남녀 간 사랑의 정의들과는 차별화된 그들만의 사랑의 정의도 일체화를 이루었다. 두 사람이 맺은 굳센 사랑의 약속은 만휘군상(萬彙群象) 그 무엇도 쫍칠 수 없는 숭고한 의식이었다. 과거 지리산 동굴에서 동혁과 여래가 맺었던 사랑의 맹세도 또한 그러했으리라.

석하와 옥매가 처음 만난 이듬해 여름 배동바지. 박사 학위 논문을 거의 끝맺음하던 옥매는 하계 방학을 맞아 휴식차 지리산으로 내려왔다. 석하는 입대 전 모친께 했던 다짐을 저버리지 않을 심상으로 벼름벼름해 오던 지리산 부모 흔적 찾기 산행에 착수했다. 옥매와 함께 부모님 두 분이 쌍골죽으로 여래동 필통을 만들었다는 천왕봉 아래 절벽 근처의 대밭을 찾아가기로 했다. 길채비로 미숫가루와 녹차, 누룽지, 고추장 등 데우기만 하면 먹을 수 있는 간편식 길양식과 석유 버너를 배낭에 욱여넣고, 아침 일찍 정금리 대비마을 집을 떠났다. 풍찬노숙이 필수였기에 소형 텐트도 하나 채비했다. 이렁저렁 간동그려 패킹하다 보니 석하의 몽근짐 50ℓ 배낭이 가득 부풀어 올랐다. 가든한 옷차림의 옥매는 석하가 짐을 최대한 헐처 코랑코랑하게 가든그린 20ℓ 배낭을 달랑 둘러메고 가분히 길을 나섰다. 능을 두어 유람 삼아 가는 며칠간의 여행이라 쉬엄쉬엄 노량으로 발걸음을 옮겼다.

화개천을 따라 걸찬 농토를 끼고 북쪽으로 우죽대며 올라 산기슭으로 진입하는 길의 회목을 꺾어 돌아 쌍계사 초입에 이르자 계곡 옆 산길 입구 좌우에 집채만 한 바윗덩이 두 개가 지면을 지지르고 서 있었다. 양 바위에 두 글자씩 새겨진 신라시대 고운 선생의 '雙磎(쌍계)', '石門(석문)'이라는 각자(刻字)를 감상하고, 잠시 계곡물에 발을 담가 땀을 식혔다. 글씨 주변에 어지럽게 새겨진 후대 조선조의 반지빠른 벼슬아치들의 이름을 보노라니, 부질없고 허망한 인간의 한 줌도 되지 않는 권력욕과 명예욕이 떠올라 실소를 금치 못했다. 옛말에 "이름(명성)을 남긴 자는 하급 인생을, 인물(제자)을 남긴 자는 상급 인생을 살았다."라고 하지 않았던가. 전자는 작은 각자로 바위 여백을 오염시킨, 주접떨며 벼슬덤 허명을 좇는 부박한 무리이요, 후자는 큰 각자로 바위 중앙을 장식한 선각자 고운 선생이리라. 물론 허명무실한 대부분의 전자 얼간이 중에서도 예외로 한두 명의 얼찬이는 있을 수 있었겠지만…. 현대의 생태 환경적 관점으로 봤을 때, 거장치며 명성을 좇는 저 무작한 얼간이는 돌에 생채기를 내는 자연 훼손의 주범이 될 수도 있고.

범왕리 신흥마을에 꼽들어 화개국민학교 왕성분교 앞 도로변에 있는 고운 선생의 지팡이 전설이 서린 500년 수령의 푸조나무를 지났다. 그 거목 변바로 길 건너 화개천 계곡에는 여름 휴가철을 맞은 피서객들이 발 디딜 틈조차 없을 정도로 빽빽이 들어찼다. 이들 답쎄기 인파의 분주함에는 무감한 듯 고운 선생이 혼탁한 세상의 몹쓸 소리로 오염된 귀를 조탁하고 청학 선계를 향해 숨어 들어가며 새겼다는 계곡 한편 바위벽의 '洗耳巖(세이암)'이라는 세 글자가, 어른거리는 인영(人影)의 무리에 깔려 두 사람의 시야로 우련히 비쳐 왔다. 인적이 뜨막한 상류 쪽 엔굽이쳐 흐르는 회돌이 목 급류와 아래쪽 가마소의 경계 바위 표면에 누가 언제 새겼는지 모를 '回閫石(회곤석)'이라는 각자(刻字)가 두렷한 형체를 띠었다. '회돌이 치는 계곡물의 경계에 있는 바위'라는 의미였다.

화개천 상류인 대성리로 접어드는 초입의 대성계곡과 선유동계곡이 만나는 지점을 지나 얼마 가지 않아 도로변에 단천(檀川)마을 진입 표석이 세워져 있었다. '박달나무가 많은 시냇가 마을'이라는 뜻으로 마을명에 박달나무 단(檀) 자를 썼다고 설명돼 있다. 이 표석에서 우측으로 길을 꺾어, 조선을 뒤엎으려 했다는 서산대사의 비밀 암호문자인 네 글자가 새겨진 집채만 한 바위가 박힌 단천골을 타고 동쪽으로 쭉 올라가면 조선 시대 비기인 정감록의 이상향 십승지 중 하나인 지리산 선학포란(仙鶴抱卵)의 명당 청학동을 하세월간 뻠들이로 찾아든 사람들이 살았다는 단천마을에 이른다. 두 길 사이 모롱이에 석축을 높이 쌓아 땅을 돋워 2층 건물로 지은 천주교 '피정의 집'이 세로로 세운 왜뚜리 안내판과 함께 시야에 들어왔다. 전래 종교와 현대 종교가 교차하는 기분을 들게 하는 특이 장소였다.

여기서 몇 걸음만 더 올라가면 나오는 하동 마을버스 종점인 의신마을에는 빨치산의 아픈 역사가 담긴 지리산역사관이 있다. 석하는 건물 밖 입구에 서 있는 공비토벌루트 안내 표지판을 쳐다보며 예전 두 분 부모님이 초상집 개 같이 헤매고 다녔을 수많은 골짜기를 떠올렸다. 빨치산 행적과 소련제 따발총(기관단총) 등의 무기, 토벌대의 투쟁 현장 등의 자료가 오롯이 전시돼, 당시의 처참했던 전황을 후손들에게 일깨워 줬다. 모친 말로 부친이 가슴에 항상 품고 다녔다는 소련제 토카레프 권총을 보는 순간 그는 묘한 기분에 빠져들었다.

누가 순난자고 누가 간적이란 말인가. 쓰라린 과거 역사를 잊고 물 위에 기름이었던 이념의 장벽을 허물어 새 역사를 창출하자는 화해의 메시지를 품은 공간이었다. 쌍골죽 두 골에 스민 비운의 핏빛 점철은 이제 역사의 뒤안길로 사라졌는가? 아니면 언제?

"과거를 묻지 마라! 어디서 왔느냐가 중요한 것이 아니라 어디로 가느냐가 중요하다."

빨치산의 자식이라는 석하의 태생적 비밀을 진즉 들었고, 그의 처지에 대해 공감대를 형성하던 옥매라 비교적 푼더분히 전시실을 둘러볼 수 있었다.

의신마을에서 계곡을 끼고 줄멍줄멍 천둥지기가 붙어 있는 등산로를 따라 한 마장 정도 거리를 올라갔더니 화개천 최상류의 마지막 오지 마을인 삼정부락이 나왔다. 덕달귀가 뛰쳐나올 것만 같은 피폐한 산간 누옥 몇 채가 개똥밭 땅뙈기를 앞세우며 적막강산에 묻혀 있었지만, 그래도 사람 살 곳은 골골이 있었다. 마을을 가운데에 끼고 좌우로 알구지처럼 두 갈래 길로 나뉘어졌다. 여기서 오른쪽 옛 군사 도로를 타고 십리 길을 더 올라가면 지리산 주능선인 벽소령 고개티가 나오고, 그 너머 함양 마천으로 가는 내리막 도로와 연결된다. 이 지레목 길은 빨치산 토벌 목적으로 1950년대에 개설됐지만, 긴 시간 방치돼 찻길로는 적합하지 않고 벽소령대피소로 향하는 등산로 역할을 할 뿐이었다.

석하가 여기까지 올라온 이유는 벽소령 쪽으로 넘어가기 위해서가 아니라 바로 마을 서쪽 호젓한 산길을 직진해 반 시간 정도 올라가면 왼쪽에 나타나는 너덜 바위 계곡으로 가기 위해서였다. 지리산 빨치산의 불세출 영웅인 이현상의 최후 격전지인 빗점골에 도착했다. 골명에 걸맞게 여러 비탈의 밑자락이 한군데로 모인 제법 너른 땅 주변의 시야가 계곡을 타고 오르며 시원스레 트였다.

하산 길에 토벌군 매복에 걸려 사살된 그 바위 앞에 빛바랜 이현상 최후 격전지 안내판이 세워져 있었다. 바위 위 돌짬에 비집고 들어갔던 산뽕나무 오디 속 씨앗이 눈곱만큼의 먼지 쌓인 흙에서 발아해, 버긋이 갈라진 그 새새틈틈에 뿌리를 마빚고 튀어나와 어린이 키 높이의 묘목으로 자라나 촘촘하게 밴 가장귀 사이로 녹엽을 팔락였다. 마치 영웅의 영혼의 호위병인 양…. 모친 말로는 부친이 그와 함께 공산주의 관념 형태를 논하며 빨치산 투쟁을 진두지휘했었다고 했다. 얼굴도 생사도 모르는 부친을 위해 석하는 안내판 앞에 꿇어앉아 부모의 옛 전우에 대한 추모의 향을 피운 후 소주를 쳤다. 그러고는 옥매와 함께 두 번 절하고, 이현상이 쓰러졌다는 바위에 술을 뿌렸다.

작금의 안내판은 좌파와 우파 간 대척적 투쟁의 희생양이 됐다. 쌍골죽 두 골처럼 나누어진 좌우 이념 추종자들 사이에 이 진상치 쇠붙이에 관해 어살버살 말이 많았다. 보수 우파들의 엽총 사격으로 양철판이 개먹어 너덜거려지면 진보 좌파들이 몰려와 페인트칠로 원상 복구하는 상황이 반복돼 안내판 표면 여기저기가 덕지덕지했다. 외마디 비명을 남기고 절명한 이현상의 최후 순간을 적은 글귀가 좌우 이념 대립의 유산으로 인한 괴발개발 그린 낙서로 덧칠되어 온전치 못해졌다. 쌍골죽 두 이념에 빠져 서로 앙숙이 되어 앙앙불락하는 무리를 남긴, 그 역사의 내막을 모르는 산군이 무심코 지날 때는 이 안내판이 한낱 우중충한 쇳조각에 불과할 뿐이었다. 국립공원 내 출입이 금지된 비법정 등산로임에도 불구하고 당대 지리산 빨치산 중 최고 머드러기 인물로 칭송되던 이현상을 추종하는 후손들은 해마다 제삿날이 다가오면 이곳을 찾아와 대대적인 추모 행사를 했다. 저 위 너덜골 상류의 높드리 쪽으로 한참 더 올라가면 이현상이 숨어 지냈다는 비밀 아지트가 있다는데, 석하는 거기로의 발걸음은 엄두도 낼 수 없었다. 후일 말미가 나면 그 비트 장소를 아는 동네 어른을 수소문해 길잡이로 삼아 한 번 올라가 보리라 속다짐만 했다.

두 사람은 구불구불 돌아내린 산길을 타고 되곱쳐 의신마을로 내려왔다. 잠시의 휴식도 없이 곧바로 마을 어귀의 암수 벅수 한쌍과 둥구나무 밑을 지나 좁다란 마을 동쪽 오르막 고샅길을 몇 차례 감돌아치고 올라 대성골을 향한 언덕배기 산행 들머리로 꼽들었다. 대성골은 최종 목적지인 천왕봉을 앞둔 세석대피소로 올라가는 등산로가 개설된 깊은 골짜기였다. 푸서리 산자락의 둔덕진 자드락길을 따라 서붓서붓 걷다 보니 확 트인 버덩이 나왔다. 능선모퉁이 좌우로 돌무지인 무텅이 땅을 일궈 조성했음 직한 옥수수밭이 넓게 펼쳐졌다. 밭 경계선 안쪽 가장자리로 부룩 박은 고구마 덩굴이 바람결에 일렁거렸다.

자드락밭을 빙 둘러싼 울짱의 철조망에 매달린 하얀 양철판의 글씨를 눈여겨 읽어 봤다. 멧돼지와 고라니 출몰 피해로부터 작물을 보호하기 위해 전기울타리를 설치했으니 주의하라는 경고문이었다. 석하의 부모가 빨치산 시절 가열한 전투로 동분서주하던 옛적에는 이 자리에 사람을 잡기 위한 토벌군의 매복호가 있었을 텐데, 세월이 많이 흐른 지금은 짐승을 잡기 위한 전기선 철책이 둘러쳐졌다. 물론 변압 장치 없이 불법 설치된 고압 전기울타리가 무서운 덫이 돼 사람 목숨을 앗아갔다는 뉴스도 심심찮게 들려오지만…. 역사의 아이러니를 눈앞에서 접하는 석하의 마음속에 인생사의 허무감이 엄습해 와 잠시간 우울한 심정을 떨칠 수 없었다.

대성골 초입의 세찬 물소리를 들으며 야산 에움길로 돌아 한참을 올라가자, 깊은 계곡이 내려다보이는 외곬 등산로 위를 엎집 형태로 슬레이트 지붕을 덮은 민박 겸 주막이 나왔다. 서너 채 집이 있는 대성마을의 유일한 가겟집이었다. 주막 구간 내 등산로 계곡 쪽은 바위 절벽에 덧게비쳐 쌓은 수직 석축이 휘우듬하게 버티고 있어 긴장의 끈을 늦출 수 없게 했다. 아차 발을 헛디디면 저 아래 계곡 바위까지 굴러떨어져 최소 사망에 이를 것이 분명해 보였다.

둘은 집 뒤 인적 뜸한 우금의 골개물을 끌어들인 수도꼭지에서 쉼 없이 흘러내리는 물로 목을 축이고 수통을 채웠다. 무심코 올려다본 소폭 계곡의 쏠에서 떨어지는 세찬 물줄기가 소에 떨어져 술렁술렁 물거품을 일으키고 있었다. 주막 길 한편의 물받이 돌확을 가득히 채운 물의 수면에는 낙차로 거품이 보그르르 생겨났고, 가녘으로 물이 끊임없이 넘쳐흘렀다. 풍족과 영속의 상징을 연상시키듯. 생사를 알 수 없는 왕거미 한 마리가 떡메처럼 모착한 돌절구 가장자리 밑으로 떨어지지도 못하고 소용돌이치는 동심원 비늘결을 타고 빙글빙글 돌고 있었다. 마치 지난날 여기서 세찬 시류의 후림불에 휩쓸려 생사불사(生死不思)인 채 맴돌던 빨치산 전사의 육신처럼…. 쉼터 평상에 걸터앉아 누그름한 도토리묵에 막걸리 한 병을 시켜 나눠 마시며 허기진 뱃구레를 달랬다. 술맛이 감칠맛 나게 달보드레한 게 구미를 당겼지만 갈 길이 멀어 육신을 묵혀두고 나른함에 빠질 수는 없는 일이었다.

등산로이자 주막로를 겸하고 있는 통행로 양옆으로 칡넝쿨로 겹질러 묶어 놓은 땔감용 물거릿단이 여기저기 무질서하게 내팽개쳐져 있었다. 가족 물놀이를 온 별쭝맞은 국민학생 꼬마 녀석 둘이 노파리가 나 설치며 서낙히 까불었다. 황갈색으로 물들인 중다버지와 경둥한 바짓가랑이를 위아래로 펄럭이며 비좁은 통로를 이리저리 뛰어다녔다. 어른들의 말동무가 되어주었으나 잔망을 떨며 저들끼리의 유행어를 들먹거려 한두 번쯤 되묻지 않고는 대화가 되지 않을 정도로 세대 차를 보였다. 나이에 비해 도뜬 말투나 어휘가 천상 자깝스러운 애늙은이였다. 사는 도시가 궁금해 어디에서 왔느냐고 물었더니 대뜸 별로 관심도 없는 어려운 아파트 이름을 대서 순간적으로 움찔했다. 빗들었나 싶어 재차 물은 후에야 그 답을 제대로 이해할 수 있었다.

"엘리움/카운티/2차."

아직 말끝을 되채지 못할 정도로 말본새가 부자연스러운 애들임에도 불구하고 요즈음의 그 복잡한 자기 집 영문 아파트명은 정확하게 발음하는 거로 보아 어렸을 때부터 치열한 생존경쟁에 영악스레 물들여진 듯해 아쉬움을 남겼다. 발치에 감도는 부얼부얼한

센둥이 한 마리가 욜랑욜랑하며 낯선 산객의 발목에 매달린 채 콧구멍을 비벼 대고 오두방정을 떨며 엉너리를 부리는, 한가하고 그늘한 산골 오후였다.

석하는 옥매와 함께 주변의 험준한 산세를 둘러봤다. 접때 만났을 때 모친 말로는 부친과 똥줄 나게 죽살이치며 도망 다니다 총탄이 비 오듯 쏟아지던 이곳 대성골에서 며칠 몸을 가무렸다고 했다. 그때의 치열했던 전투를 가늠해 봤다. 녹음으로 울창한 유곡에 나다분히 파묻혀 있을 녹슨 탄피와 유골들의 환상이 떠오르자 등골이 섬쩍지근하고 머릿살이 어지러웠다. 당시 그가 모친 배 속의 태아로 여기 대성골을 헤매고 다녔었다는 사실이 묘한 감회를 자아내자, 옥매의 여린 손을 꼭 쥐어 잡았다. 저 골짝 가파른 절벽 위 낙락장송만이 부모와 자신의 과거 행적을 되새김질하며 주막에 앉아 있는 한 젊은이의 한스러운 심정을 꿰뚫어 보고 있을까? 산비둘기 한 쌍이 계곡 아래 소(沼)의 물을 차고 솟구쳐 날아올라 전속력으로 석하와 옥매의 안전으로 날아오더니, 방향을 꺾어 상공으로 우줄우줄 솟고라졌다. 그리고는 엔굽이치는 계곡을 타고 저아래 대성교 쪽을 향해 곤댓짓하며 휙 날아갔다.

험하고 가파른 바위 틈새를 칡덩굴을 더위잡고 치오르며 한참을 정신없이 올라갔다. 단내 나는 숨을 거칠게 몰아쉬며 큰세개골과 작은세개골의 돌서덜밭을 헐근거리며 통과해 마침내 유유자적 떠가는 열구름이 내려다보는 덕평봉에 다다랐다. 손바닥만 한 따비

밭이나 겨우 갈아 먹던 화전민으로 평생 멸시와 박대만 받던 이 씨 노인 유언의 일화가 담긴 선비샘에서 냉수 한 모금을 마신 후 칠선봉과 영신봉을 지나 세석대피소로 향했다. 석하는 물을 마시기 위해 샘터 위의 노인 묘에 허리를 숙여 예를 취하면서, 비록 천민의 신분이었지만 명석했던 그 노인의 유언이 과연 세기적 유언이라 해도 손색이 없겠다고 찬탄해 마지않았다. 능선을 좌우로 끼고 돌며 오르내리막길 된비알을 한참 허위허위 올라 촛대봉 남서쪽으로 넓게 펼쳐진 더기인 세석평전에 도착했다. 지난 빨치산 시절에는 이곳에 더기밭을 갈아먹던 화전민이 살았었다는 말이 전해 왔다.

세석대피소 앞 작은 개울 윗녘에 마련된 옥작거리는 야영장에는 북새를 놓는 피서객들의 알록달록한 텐트 수십 개가 처져 있었다. 공중에 울려 퍼지는 평전 바위에 부딪혀 반향을 일으킨 남녀노소 야영객들의 들레는 외침 소리와 도떼기시장처럼 시끌벅적한 거동들로 게야단법석이었다. 석하도 하산하는 팀을 기다렸다 어렵게 한 귀퉁이를 확보해 텐트를 세웠다. 야영장 주변 땅바닥은 수많은 등산객이 직신직신 밟아 대는 답압(踏壓)으로 인해 심하게 당겨 식생은커녕 뺀질뺀질 윤이 날 지경이었다. 석하는 인간들이 부리는 몽짜로 인해 파헤쳐진 자연에 자신도 이기적인 굴치처럼 텐트를 쳤다는 사실에 일말의 양심 가책을 느꼈다. 언젠가는 뜻있는 후손들이 의기투합해 훼손된 자연을 원상 복구해 토종 식물들로 피복된 왕성한 자연 생태계를 조성하리라 기원했다.

버너 위에 코펠을 올려놓고 물을 부은 뒤 누룽지를 넣어 끓였다.

종일 굶다시피 한 둘은 구수한 누룽지탕을 마파람에 게 눈 감추듯 먹어 치웠다. 햇덧을 틈타 저녁 식사를 마치자 사위가 저뭇했다. 으슴푸레한 어둑발을 헤집고 서둘러 돋은 어둠별 개밥바라기가 세석 땅을 밟은 두 청춘 남녀를 환영이라도 해주는 듯 서쪽 하늘 높이서 오롯이 깜빡였다. 석하는 옥매와 함께 하룻밤 밤이슬을 피하며 더샐 텐트 안으로 들어가 까부라진 육신을 군용 모포에 뉘었다. 이름 모를 여름밤의 풀벌레 울음소리를 들으며 말말을 나누던 중 부근에서 기타 반주에 맞춘 노랫소리가 들려왔다. 초저녁이라 잠잘 때는 일렀으므로 밖으로 나왔다. 밤하늘에 흩뿌려진 싸라기별의 총총한 별빛이 소롯이 텐트 위로 쏟아져 여행자의 시선을 뒤흔들었다. 낮 동안 피곤했던 안구를 제대로 정화해 줬다. 대피소 아래 조그마한 공터로 욱여든 십여 명의 등산객이 평다리치고 둘러앉아 가운데에 불땀 좋은 모닥불을 피워 놓고, 캠프파이어를 하며 싱어롱(singalong)을 하고 있었다. 우럭우럭 피어오르는 불무지를 욱여싼 얼굴·얼굴에 부어 담긴 붉은빛 물결이 횃불처럼 일렁였다. 하늘엔 별가루가 해맑게 빈 머릿속을 헤집고, 땅엔 불가루가 못 견디게 센티해진 가슴속을 적셨다.

"세석의 별밤 아래, 너와 나 마음 모아. 그리자 낭만을~ 태워라 정열을~."

석하도 옥매와 함께 이들 무리 사이에 끼어 앉았다. "조개, 껍질

묶어~”의 ‘라라라’와 “비바람이 치던 바다~”의 ‘연가’를 비롯한 지난 시절의 유행 포크송을 따라 불렀다. 긴장을 풀고 일껏 대학 캠퍼스 분위기를 만끽했다. 어느 나이 지긋한 중년 남자 한 명이 통기타를 치며 박인희의 ‘모닥불’을 부르기 시작했다. 모두 박자에 맞춰 손뼉을 치고 고개를 젖혔다 숙였다 하며 나지막이 따라 불렀다.

  “~인생은 연기 속에 재를 남기고, 말없이 사라지는 모닥불 같
  은 것.
   타다가 꺼지는 그 순간까지, 우리들의 이야기는 끝이 없어라~.”

후렴이 이어질 무렵, 무릎깍지를 낀 옥매의 안연에 맺힌 굵은 눈물이 두 뺨을 타고 주르륵 흘러내렸다. 한국인에게는 흔히 알려진 노래였지만, 중국인으로서 평소 잘 몰랐던 노래의 가사에 저도 모르게 감정이 격해져 흘린 눈물이었다. 석하가 어시호 새겨 보니 인생의 소멸과 애절한 인내를 묘사한 가사였다. 석하는 목숨과도 바꿀 수 없는 사랑하는 옥매가 선연하고 고운 자태에 더해 감수성이 풍부한 여자임을 새삼 느꼈다. 석하가 내민 손수건으로 눈물을 훔치던 옥매는 노래가 끝난 후에도 한동안 감동의 여운이 남은 지 한참 만에야 석하의 두 손을 꼭 잡으며 빙그레 미소를 지었다. 잠깐 품었던 인간의 원초적 외로움이 그녀에게서 점차 멀어져 갔다.

저 멀리 북극성 근처 별똥별 하나가 아쉬움을 더는 견딜 수 없다는 듯 동서로 흐르는 미리내를 가로질러 촛대봉 너머 천왕봉 쪽으로

살찬 별빛의 큰 획을 그으며 떨어졌다. 설렘과 낭만의 별밤, 먹지에 수놓은 붉은 글씨들 사이로 보석의 방점이 찍혀 내렸다. 끄물거리며 무드러기로 사위어 가던 등걸불이 완전히 허물리어 검부잿불만 남게 되자 이내 찾아온 지독한 괴괴함이 세석의 밤을 짓눌렀다.

세석에서 하루 묵은 다음 날, 텐트를 걷고 출발한 지 밥 한 솥지기가 족히 걸려 모친이 얘기했던 촛대봉 아래 연못을 찾을 수 있었다. 지금은 이곳을 청학연못이라 불렀다. 접근하기가 험난한 숨겨진 곳이라 사람들이 잘 찾지 않는 곳이었다. 해발 1,500고지에 큰 연못이 있다는 사실이 신비롭기까지 했다. 예전 대부대 빨치산들이 초막을 짓고 이 연못물을 사용해 산중 생활을 했단다. 연못이라 하나 연꽃 무리는 찾아볼 수 없고 대신 여러 수생식물이 연의 맞잡이로 성하의 수면을 덜먹지게 점령했다. 못가에 퍼더버리고 앉아 휴식을 취하며 올려다본 능선 위에 살아 천년 죽어 천년의 주목 강대나무를 호위병 삼아 위용을 과시하는 촛대봉이 소소리 높게 솟았다. 촛대봉 남릉을 돌아 올라 장터목으로 향했다. 얼마 지나지 않아 연하봉과 재석봉을 톺아 넘어 천왕봉으로 발걸음을 옮겼다.

하늘과 통한다는 통천문을 파근히 통과하자마자 모친이 통겨준 비밀 루트를 통해 천왕봉 남사면 절벽 쪽으로 접근했다. 이 낭길 코스는 짐승도 다니기 어려울 정도로 절벽에 매달린 험악한 바위너설 지역이라 옛적 심마니면 모를까 요즈음 산객들은 진입에 엄두도 낼 수 없었다. 모친이 그려준 약도를 확인해 가며 근 반나절 간 아기족대며 잔도 수준의 바위틈 샛길을 엉기면서 허위단심으로 헤쳐나갔다. 일부 안돌잇길과 지돌잇길의 실낱같은 소로 구간은 양손으로 코끝과 등짝에 부딪히는 바위 턱을 움켜잡고 호스운 모걸음질을 쳐야만 통과할 수 있었다. 기암괴석으로 닫힌 비밀 문턱을 지나자 드디어 절벽 주변을 둘러싼 울창한 대숲이 나타났다. 해발 1,900m에 가까운 준절한 산 노루막이에 대나무가 길차게 자라다니 의아한 일이었다. 구름까지 닿을 듯 옥과 같이 서 있었다. 신운(神韻)의 멋이 영피어 주위를 점령한 가운데 소담한 죽해(竹海)가 신성을 느끼게 했다.

"사람의 손때가 묻지 아니한 자연 그대로의 세계!"

『장자』의 '소요유편(逍遙遊篇)'에 나오는 무하유(無何有) 그 자체였다. 부모님이 머물렀다는 절벽 중간 높이쯤의 어웅한 동굴로 들어가 일단 짐을 풀었다. 널찍한 천연 동굴 내부는 인적은커녕 짐승의 흔적조차 찾아볼 길이 없을 정도로 썰렁했다. 그야말로 어리친 개새끼 하나 없었다. 산죽을 꺾어 뭉쳐 쥐고 바닥을 데면데면 쓸어냈다. 어두침침하고 둔탁한 암벽 겉면을 플래시 빛으로 고비살살 톺아보며 얼기설기 엉킨 거미줄을 제거했다. 선향 두 개를 피워 내부의 굴터분한 탁기를 밖으로 빨아냈다. 동굴 안 돌 제단에 종이컵을 놓고 소주를 따라 옥매와 함께 절한 후 노구메 정성 못지않게 산천 신명께 흠향했다. 다행히 동굴 안쪽 깊숙한 곳에 바위짬에서 흘러내린 물이 고여 만들어진 옹달샘이 하나 있어 취사에 별 어려움은 없을 듯했다.

동굴 발치 아래 산림 평원의 굼실거리는 풍광의 물결은 천상에서 내려다보는 인간 세상인 양 광활했다. 산마루와 산마루를 잇는 유려한 곡선이 명암의 농담을 서귀며 웅숭깊이 파동치고 있었다. 석하는 평소 위로 올려다보기만 했던 마루금이 일망지하 아래로 훤히 내려다보이는 게 새롭고도 신기했다. 천야만야한 벼랑끝 아래 저만치 거림골을 시점으로 청학동과 하동고을을 맞잇는 긴 축의 통경선(通景線, vista)이 흰 구름의 소쇄함을 머금으며, 저 멀리 남해로 아스라이 흩어져 종점을 찍었다. 확 밀어 평미레질한 것처럼 천길만길 매고르게 펼쳐진 연두색 나무바다와 감파란 바다가 맞물린 어름의 희미한 경계선마저 모호했다. 가없는 땅과 바다와 하늘이었다.

동굴 벽 곳곳에는 당시 빨치산 전사들이 대검으로 깊게 새겨 놓은 혁명 구호들이 생생하게 담겨 있었다.

"백절불굴의 조선인민유격대 만세!"

"단숨에 해치우자!"

"왔노라! 싸웠노라! 죽었노라!"

"최후의 승리 위해 목숨 걸고!"

"폭풍 후의 새 바람!"

"마르크스-레닌주의 혁명은 영원하리!"

"철천지원수 미제와의 맞대매에 승리!"

"내 한 몸 조국 통일을 위하여!"

......

석하는 동굴 안에 텐트를 치고, 쌍골죽을 찾아 며칠 머무를 예정이었다. 돌덩이를 대충 쌓아 원통형 아궁이를 만들었다. 주변에 널린 삭정이를 꺾고 마들가리와 바싹 마른 검부러기를 더끔더끔 쓸어 모아 관솔을 불쏘시개로 써 여울여울 타오르는 화톳불을 피워 꼬다케 유지한 채 야영할 채비를 마쳤다.

'지금으로부터 삼십여 년 전인 1950년 이맘때 아버지, 어머니가 이 동굴에서 암담한 빨치산 투쟁을 전개했었다. 나 역시 그때 이 자리에 있었고…. 비록 모친의 복중(腹中)에 태아로 들어 있었지만. 인간이 되고 긴 세월이 흘러 다시 찾아왔구나.'

당시 두 분이 나눴을 사랑의 인생 설계 이야기를 석하와 옥매가 화자와 청자가 되어 곰파고 이어받아 장밋빛 미래를 꿈꿨다. 석양이 질 무렵 동굴 오른쪽 유착한 너럭바위에 서로 기대앉아 저 먼 발치 반야봉 쪽 서산 마루터기로 기우는 붉은 해가 수놓은 까치놀을 감상했다. 수평으로 길게 깔린 황적색 색구름이 흑색 산그리메를 집어삼키며 황홀한 자태를 뽐내고 있었다. 신비롭고 찬란한 일생일대의 일몰 전경이었다. 두 사람은 해거름께의 설핏한 잔양을 뒤로 하고 뉘엿뉘엿 넘어가는 해님을 향해 각자의 소원을 빌었다.

'지리산 대령님! 불쌍한 우리 어무이, 건강하게 천수를 누리도록 굽어살피소서.'

'위대하신 해님! 석하 씨와 제가 아프지 않고, 앞날에 행복만이 가득하길 비나이다.'

다음 날 해돋이의 일출 장면은 더 황홀했다. 겅성드뭇한 별들이 밤하늘에 흩어져 있던 어슴새벽이 지나고 여명이 터 오자 동살이 잡히며 부융하던 주위가 차츰 훤해졌다. 이윽고 아득한 산 아래의 운애를 뚫고 아침놀을 받아 붉은 해가 불쑥불쑥 묶어치밀었다. 돋을볕이 온 천하를 비춰 동쪽 하늘을 금빛의 바다로 물들였다. 바로 옆 바위기둥에 부딪혀 반사된 볕내가 신성을 자아내며 정신을 맑게 했다. 지리산 천왕봉 일출은 삼대가 복을 쌓아야만 볼 수 있다는데, 석하와 옥매는 일몰과 일출을 동시에 봤으니 양가 조상이 전생에 타인에게 복덕을 푸지게 베풀었던 모양이다. 갓밝이에 밤새 덮여 있던 짙은 매지구름을 일시에 걷어 들인 그 조상의 볕뉘가 새삼 고마울 뿐이었다.

대금 제작을 위한 최고 재료로 쓰이는 쌍골죽은 마디 양쪽에 옴틀락하게 패인 골이 있다. 일종의 돌연변이에 의해 병들었다 해 병죽이라고도 불렸다. 골이 하나밖에 없는 일반 민죽과 달리 어느 정도 성장하면 더는 크지 않고 대신 속이 두껍게 차오른다. 정상에서 벗어난 비정상의 성장이라 회한이 서린 은둔자들이 좋아하는 악기의 재료였다. 예로부터 대금을 일명 '한의 악기'라 부르곤 해 왔다. 대나무 내벽의 속살이 한에 맺혀 위로 뻗지 못하고 수심 쪽으로 엉겨 붙었다고 믿었기 때문이다. 속세의 한을 삼키며 깊은 산속에서 수도하는 스님이나 숨어 사는 자연인이 대금을 즐겨 분이유였다. 어쨌든 대 속 부름켜인 속살이 두껍다랗고 딩딩해 필요한 만큼 파내며 음정과 음폭의 운신을 여유롭게 다듬을 수 있다. 당연히 음색이 묵직하고 맑고 장쾌했다. 그러나 구하기가 힘들어 쌍골죽 대금이 민죽 대금보다 훨씬 중값에, 그것도 만드는 족족 세나게 팔렸다. 맨꽁무니 뜬벌이꾼이 쌍골죽을 채취해 시세가 좋을 때 악기 제작소에 뜬금으로 팔아넘기면 한밑천 잡을 수 있다.

석하는 주변 대밭으로 들어가 쌍골죽 수색에 들어갔다. 옥매와 함께 찾아다닌 덕택에 어렵지 않게 적당한 지름의 쌍골죽 세 뿌리를 캐낼 수 있었다. 몇십 년 새 사람 흔적이라고는 찾아볼 수 없는 전인미답의 장소라 그 귀하다는 쌍골죽이 사람들의 손때를 타지 않고 그대로 방치됐다. 희소가치를 내세워 발싸심하려고 독장수셈을 들먹이던 대금쟁이들 간에, 외외한 천왕봉 바로 아래 이만저만한 대밭에 쌍골죽이 자란다고 귀짐작으로만 전해지던 소문이 결코 허황된 조탁성이 아니었음이 사실로 증명된 순간이었다. 석하의 기구한 운명이 빚어낸 기이한 발걸음의 결과였다. 석하는 모친과의 약속을 지켰다는 찐더운 표정을 지으며, 자신을 기다릴 모친의 모습을 그려 보았다. 바로 이 자리에서 여래동 필통을 만들던 당시, 쌍골죽 양 골에 스민 좌우 이념의 갈등을 부친한테서 들었다는 모친의 말도 조용히 궁굴려 보면서….

이틀간의 동굴 야영을 마치고 떠나기 위해 우선 넓적한 돌 몇 개를 주워 화톳불이 꺼져 수북이 쌓인 묵재를 덮어 눌렀다. 주변에 흩어진 짐을 건중그리며 뒷수쇄하던 석하에게 동굴 안쪽으로부터 옥매의 외침이 들려왔다.

"석하 씨, 여기 와 이것 좀 보세요!"

석하가 급히 동굴 안으로 달려가자 옥매가 벽체에 새겨진 글자를 향해 손가락을 가리켰다. 배낭을 꾸리던 중 호랑나비 한 마리가 눈앞에서 너울너울 춤추기에 따라갔다 나비가 붙은 곳에서 발견했단다. 동굴 속 깊고 안침진 곳 귀퉁이 바위에 희미하게 자리 잡은 그 글자를 본 석하가 느꺼운 감정을 감추지 못하고 움찔 놀라움을 표했다.

『석하야! 석하야!』

부모님 두 분이 이별을 목전에 앞두고 배 속 자신을 생각하며 새긴 글이 틀림없으리라. 밋골 노인네가 우리가 여기 온다고 했을 때 약도까지 그려줬으면서 왜 이 사실은 말해 주지 않았을까, 하는 의문이 슬며시 들었다. 까딱하면 부모님의 소중한 흔적을 지나치고 말 뻔했다. 카메라에 담아 모친께 보여 줄 사진이 하나 더 늘었다. 석하는 옥매가 알아들을 수 없는 목 안의 소리로 혼잣말을 중얼거렸다.

"그 호랑나비가 영물일세. 혹시 돌아가신 우리 외할매의 분신이 예비 손자며느리를 찾으신 긴가?"

베어낸 세 그루 쌍골죽을 뿌리에서 석 자 정도의 길이로 잘라 배낭 속에 쑤셔 넣고 하산 길에 나섰다. 통천문을 막 내려섰을 때의 끄느름하게 돌변한 산악 날씨에 두 사람은 진둥걸음으로 갈 길에 덜미를 짚었다.

대비마을 자택으로 돌아온 석하는 본격적으로 대금 제작에 들어갔다. 일단 두 개의 대금을 제작할 요량이었다. 하나에는 모친 집에서 본 필통의 글씨를 따라 대금 표면에 '여래동' 세 글자를 새길 예정이었다. 다른 하나는 옥매와 자신의 연분을 기념하기 위한 것이었다. 옥매의 한자 이름이 구슬 '玉' 자에 매화 '梅'였다. 따라서 옥매와 의논한 결과 부모님이 심려를 다 해 정했던 문구인 여래동을 본떠 대금에 새기기로 했다. 석하의 한자 이름인 밝을 '晳' 자를 이용해 '보석 같은 옥(玉)이 밝게(晳) 왔다.' 또는 '보석 같은 옥(玉)이 석하(晳賀)에게 왔다.'라는 의미로 '玉來晳(옥래석)'이라 정했다.

대금 제작 절차는 그리 녹록지 않았다. 우선 쌍골죽 뿌리 부분을 이용해 대금 길이로 잘라 불에 구워 기름과 때를 제거하고(댓진 빼기), 쇠 선반에 끼어 굽은 곳을 바로잡은 후 두 달 모춤 그늘에 건조했다. 충분히 마른 쌍골죽의 내공을 송곳으로 뚫어 적당한 내경으로 조작한 후 다시 두 달간 건조시켰다. 이후 내공에다 살균과 곰팡이 예방, 좀 방지 등을 위해 하루 동안 짠 소금물을 부어 뒀다 소금기를 제거한 후 약 십 일간 건조했다. 본격적인 전문 작업으로, 대금 연주자가 될 석하의 손가락 길이에 따라 팽한 간격을 정해 여섯 개의 음공을 뚫고 일정 크기의 갈대청 구멍을 뚫었다.

그리고 대금의 끝부분에 음정 조절 구멍인 칠성공을 두 개 뚫었다. 그 위치는 음공과 음공의 간격에 따라 상이하며, 크기는 음공과 같았다. 음정을 맞추기 위해 적절한 위치를 찾아 고도의 기술이 요구되는, 입김을 불어 넣는 구멍인 취구(吹口)를 뚫었다. 양호한 소리가 쉽게 나올 수 있도록 거친 내공을 보드라운 사포 순으로 네댓 번 꽹하게 닦아낸 후 외형도 산뜻하게 보이도록 사포로 마무리 잔손질을 했다. 대금의 마디 위치에 따라 열 군데에 적당히 가야금 줄로 동여매어 대나무가 갈라지는 것을 방지했다. 마지막으로 청 구멍에 대금의 사북 노릇을 하는 갈대청을 붙이고 이를 보호하기 위해 철제 덮개를 덮어 대금 제작을 매기단했다.

'여래동' 대금을 완성한 후 연이어 '옥래석' 대금을 제작했다. 옥매도 틈나는 대로 옆에서 거들며 응원했다. 옥래석 대금이 완성되자 석하는 서울에 머물던 옥매에게 연락해 내려오라 부탁했다. 석하와 옥매는 목욕재계하고 천산대학의 안방에서 시연식을 치렀다. 두 사람의 영원한 사랑의 서약을 상징하기 위해 석하의 첫 연주 전에 조촐하지만 엄숙한 의식을 가졌다. 취구를 뚫을 때 사용했던 칼로 두 사람의 엄지를 단지해 얼마간의 피를 뽑아 찻잔에 담아 섞은 후 옥래석 대금 취구 구멍으로 흘려 넣었다. 두 사람의 사랑의 피가 대금 속살에 고루 배어들도록 한참을 흔들었다.

"혈적(血笛)!"

한복 흰 두루마기를 입은 석하가 옥매를 목전에 앉히고, 옥래석을 들어 자세를 잡은 후 혈적에 첫 바람을 불어 넣었다. 불현듯이, 근심을 한낱 부질없는 바람으로 승화시켜 평온으로 이끌었다는 신라시대의 영험한 대피리에 관한 만파식적(萬波息笛) 설화가 떠올랐다. 이젠 삶의 뒤안길에서 뛰쳐나와 가슴속에 맺힌 빨강 출생의 응어리를 털어 버리고 인생 도반 짝지와 함께 밝은 현실을 맞이할 때가 됐단 말인가? 막 완성한 옥래석 대금의 첫 연주를 사랑하는 여인에게 바쳤다. 하늘처럼 영원한 생명이 깃들기를 기원하는 곡이었다.

"수제천(壽齊天)!"

석하의 유량한 대금 소리, 생명의 신호가 화개동천 정금리 대비 마을의 누옥 지붕을 뚫고 칠흑 같은 북두칠성 창공을 향해 높이, 높이 올라갔다. 이승의 삼라만상을 화합시키고, 저승의 조상을 감동시키는 명징한 소리였다. 여린 옥매는 또 눈물을 흘렸다.

1986년 방통대를 졸업한 석하는 그해 서울대에서 박사 학위를 받은 오옥매와 국제결혼을 해 남경으로 옮겨 가 신혼 생활에 들어 갔다. 지난 세월 동안 그를 괴롭혀 오던 검질긴 인연 고리의 지리산 악령에서 완전히 해방된 셈판이었다. 고뇌와 방황의 끝장이 악연의 끝장으로 종결됐다. 이 또한 조물주가 내린 시절인연의 조홧 속인지…. 석하는 옥매를 인간 영역의 힘이 접근할 수 없는 하늘이 점지해 준 천생배필이라고 확신했다. 애초의 빠듯하던 도깨비살림 이 즈런즈런 늘어 가는 부엉이살림으로 변해 툭툭해진 오옥매는 지멸있게 도전한 결과 얼마 지나지 않아 남경대 전임 교수로 임용됐다. 서울올림픽이 열렸던 1988년, 그들 사이에 첫아들 조용배가 태어났다.

　조용배는 실제 고씨 피를 이어받았으나 조물주에 의한 운명의 장난으로 조씨 성을 가지고 살았다. 어린 시절 약체의 책상물림이었지만, 중국 남경의 흔전한 부모 슬하에서 다복하게 자랐다. 대학 진학 후에는 뜨내기 도붓장수처럼 서울과 남경을 오가며 교수가 되기 위해 타울타울 공부했다. 남경대에서 원림학 석사 학위를, 서울로 건너와 국내 굴지의 S 대 환경대학원에서 환경생태학 박사 학위를 받았다. 강사 보따리를 움켜쥐고 여기저기 대학의 강의실을 애면글면 들락거린 결과 서른한 살 되던 해인 2019년, 마침내 서울 소재 K 대학 환경생태공학과 교수로 임용됐다.

　2020년 해토머리 봄철로 접어들자 중국 우한발 코로나19가 전 세계적으로 한창 극성을 부렸다. 예측 불허의 변종이 연이어 활개 치는 글로벌 병난이 겨우내 뒤움쳤던 몸을 펴려는 인간으로부터 기지개를 켤 기회조차 앗아 갔다. 조 교수는 소속 대학에서 '친환경건설학'이란 교양과목을 개설해 토목·건축·조경학과 신입생들을 대상으로 강의했다. 국토 훼손을 전제로 하는 건설 행위 시 뒷뉘의 환경 재앙을 미연에 방지하기 위해 최대한 자연 생태환경을 보호해야 하고, 훼손된 자연은 다다 원상태로 복원해야 함을 강조했다. 현대 기계 문명의 산물인 환경오염이 진티가 된 옳으로 조물주로 하여금 동티를 내게 해 지구온난화현상을 초래했다. 지구 오존층 파괴, 산성비,

열섬현상, 국토의 사막화 등의 이상기후로 된서리를 맞아 발생하는 각종 환경 재앙의 예를 들어 그 심각성을 부각시켰다. 탄소배출권 확보를 위한 국가 간 협약의 필요성도 피력했다.

혹자는 인간들의 과도한 자연 파괴 현상으로 인한 지구 생태계의 교란을 독성 바이러스로 파악한 조물주가, 생태계 평형을 이루려는 고육지책으로 미욱한 인간들에게 벼락을 내려 코로나라는 백신을 처방함으로써 자연을 맑게 유지하려 한다고 주장했다. 신이 내린 그 산벼락을 맞아 지실이 든 인간들이 자연의 힘에 이아친 결과, 아이러니하게도 푸른 하늘을 볼 수 있는 날이 조금씩은 증가하는 듯도 했다. 인간은 자연을 거스르지 않고 자연과 다툼 없이 조화롭게 지내야 한다고 강조한 2,300여 년 전 노자 『도덕경』의 '인법자연(人法自然)' 정신을, 산 중턱을 파헤쳐 벌건 깎기비탈면의 고속도로를 만든 현대인들이 한 번쯤은 생각해 볼 필요성이 절실했다. 이 생각이야말로 자연을 한포국하려는 인간이 자연에 줄 수 있는 크나큰 선물이 아니겠는가. "땅을 보존하는 것이 살면서 유일하게 정당한 일이다."라고 피력했던 미국의 1세대 환경운동가 '웬델 베리'의 말을 곱씹어 볼 일이다. 조 교수는 신입생들에게 전공과목 수강에 진입하기 전, 자신 때문이 아니라 인간 때문에 괴로워하고 고민하는 심성을 정립시키기 위해 우선 자연보호 마인드를 심어 주고 싶은 마음이 간절했다.

첫가을 생량머리로 접어들자 서늘한 색바람을 타고 들며 코로나 난세가 무장 엄중해졌다. 그 와중에도 조 교수는 은퇴를 앞둔 학계 원로 교수인 모친 오옥매의 주선으로, 중국인 여권을 소지하고 중·조 학술 교류 목적으로 북한을 방문했다. 그는 한·중 이중 국적자였다. 특별 케이스로 방문했던 평양 체류 기간 동안, 사전에 백방으로 수소문해 어렵사리 연락이 닿은 아흔네 살 고령의 조부 고동혁과 삼촌 고창하, 사촌형 고관오와 상봉했다. 이 당시 고관오는 북한 핵무기연구소 수석연구원으로 복무 중이었다.

석하는 어느덧 칠십 줄에 접어들었다. 평소 지리산에서 목숨을 담보로 신산한 삶을 살았던 친부모의 조국 해방전쟁의 일대 목표를 또박 가슴 한편에 간직해 왔다. 2020년대로 접어들어 핵무기를 보유한 북한과의 남북 대립이 고양이 개 보듯 극도로 팽팽해지고, 핵전쟁의 위험성이 한층 우려됐다. 2020년 새해 벽두, 북한이 자유 진영을 향해 보란 듯이 욱대기며 핵무력 법제화를 발표했다. 핵 선제공격 법령으로 서문에 "핵무력은 국가의 주권과 영토완정, 근본 이익을 수호한다."라고 천명했다. 영토완정(領土完整)이란 나라를 완전히 정리해 통일함을 의미했다. 워낙 이물스러운 자들이라 이 지상 최대의 거국적 푯대를 달성하기 위해 핵을 사용할 것은 자명했다.

북한 뉴스를 접한 석하는 한민족이 공멸할 수 있는 핵전쟁만은 반드시 막아야 한다는 생각이 여울졌다. 혹시라도 양 진영이 어리석은 부엉이셈에 빠져 이 괴물 전쟁이 일어난다면 가족 친지는 차치하고, 우리가 미처 알 수 없는 소중한 그 무엇들을 송두리째 잃을 수도 있다. 이 문제 해결의 실마리를 찾기 위해 천착을 거듭한 결과 석하는 핵 단추를 주무르는 북한을 비끄러맬 구체적 실천 방안으로 남한도 핵무기를 개발해 핵 억제력을 가진 대칭 전력을 형성해야 한다는 결론에 다다랐다. 남한에 대한 북한의 핵 공격 시 세계적 핵확전을 저어할 미국이 핵 보복을 할 가능성은 회의적이므로 남한만 속절없이 당할 확률이 높다. 빛 좋은 개살구인 책상머리의 평화주의자나 요란한 겉껍질에 비해 알맹이가 허정한 평화 호소인 타령으로 만판 미국의 핵우산 그늘에만 머무를 수는 없는 노릇이었다. 거미줄로 방귀 동이듯 실속은 없고 겉허울만 번지르르한 어정잡이 비핵파 위정자들의 엄범부렁한 말에 만판 놀아날 수 없었다.

애련사를 남기고 헤어진 두 분 부모님의 파란만장했던 일생과 자신에게 드리워진 태생적 곡절과 엄혹했던 시련의 비극이, 한반도 민초들에게 다시는 반복되지 않아야 한다는 평소의 신념이 그의 뇌리에 확고히 잡혔다. 자유 대한민국 국민으로서 과거 부모님의 빨치산 행적에 대한 어느 정도의 속죄 의식도 곁들여졌다. 고희(古稀)·종심(從心)에 접어들어 비록 몸은 고비늙었으나 마음만은 원대한 뜻을 품어 왔다. 고목에도 꽃을 피웠다. 일모도원(日暮途遠)! 늙은 천리마가 마판에 엎드려 있으나 마음은 천 리에 가 있었다.

원자력발전소에서 발전 후 배출되는 핵무기 기폭장치 제조의 필수 물질인 고농축 우라늄이나 플루토늄은 국제원자력기구(IAEA)에서 철저히 감시하므로 남한에서 현실적으로 사용 불가였다. 더구나 고농축 우라늄은 단기간에 확보하는 것이 불가했다. 플루토늄도 원자력 발전 후 우라늄 폐연료봉을 재처리하는 과정에서만 확보할 수 있다. 그렇다면 원자력 발전 과정 외에는 추출할 수 없는 이 물질을 북한으로부터 훔쳐 와 핵탄두를 만들면 어떨까? IAEA의 사찰 장부에도 그 흔적이 남지 않을 테니, 향후 남한에서 핵무기 생산이 완료돼 핵보유국이 되더라도 국제사회에서 국제법상 특별한 제재를 가할 수는 없으리라. 핵확산금지조약(NPT)을 탈퇴하고 독자적 핵무장을 하는 것이다. 북한의 핵 위협이 NPT가 규정한 탈퇴 사유인 '비상사태'에 해당하므로 한국의 탈퇴가 위법이 아님을 주장할 수도 있을 것이다. 조국의 미래를 위한 노옹의 애국 애족의 충정은 쾌도난마의 구체적인 방법으로 육화(肉化)되었다.

그리하여 석하는 평소 대인 관계에 두름성이 좋던 아들의 방북을 계기로 핵무기연구소 수석연구원인 조카 관오를 통해 핵무기 연료 관련 정보를 입수해 오라고 단단히 일렀다. 영변핵시설단지 내 우라늄 농축공장과 플루토늄 추출공장에서 생산된 고농축 우라늄과 플루토늄의 보관 장소에 관한 정확한 좌표 정보였다. 후일 남한 정부와 협의해 특수부대를 통한 북한의 핵무기 재료 탈취 작전에 사용할 계획이었다. 북에 계신 아버지와 사촌 동생도 아들 용배가 건너가 그 취지를 잘 설명하면 그의 생각에 충분히 동조하리라 확신했다. 굿 구경을 하려면 계면떡이 나오도록 해야 하듯이 끝장 보기를 기대하며…. 무슨 일이든 일념으로 정성을 다하면 하늘도 한계가 될 수 없이 이루어지지 않겠는가.

"어무이. 여어 남경 석하입니다. 휴대폰 화면에 지 얼굴 잘 보임 니꺼? 어무이 신관은 좋아 보이는데, 요즘 건강은 좀 어떠신교."

"뭐~, 석하라꼬? 니가 웬일이고. 내사 마 죽지 못해 그럭저럭 살 고 있다. 내 대 사람들인 니 외삼촌과 외숙모들은 모두 돌아가셨 고, 한올졌던 내 친구 점례도 시난고난하다 재작년 봄에 세상 떴으 이 나도 인자 얼마 안 남은 것 같다. 참, 그곳 에미와 서울 용배는 잘 지내냐?"

"예, 우리 식구들은 다 잘 지냅니다. 그라고 다가오는 올가을 대비 마을 외삼촌 제삿날에는 한국 들어가 참석할라고요. 어무이도 함 보고 싶고. 갑순 누님은 매형하고 올봄에 여기 남경 우리 집에 와서 한 보름간 머물다 갔습니다. 집사람과 함께 몰려다니며 요 근처 관 광도 두루두루 잘했고요. 70대 중반인 누님이 가파른 392개 계단 의 쑨원 중산릉도 거뜬히 올라간 거로 보아 다리 관절은 아직 팔팔 한 것 같습니다. 누님 말씀이 올해부터 외숙모 제사를 외삼촌 기일 에 모아 한 번에 하기로 했다 카데예. 상우 동상도 인자 칠십 줄에 접어드는데, 제상 차리느라 제수씨와 함께 고생이 많을 거구면요."

"그려. 여어 밋골 니 큰외삼촌네 제사는 그래도 장손인 춘배가 바쁜 군인이지만, 동상들 내외 도움을 받아 가며 잘 챙기니까 니 외사촌 형인 상철이가 한시름 놓았다. 가을에 니가 온다 카이 그 때 다 함 보자. 니 오면 용배는 할미 보러 따라올 끼고. 에미도 가 능하면 같이 오니라. 모처럼 가족 상봉해 동네 사람들과 진탕만탕 푸지게 마을 잔치 함 벌이자."

석하는 상철 형네 조카에게 부탁해 스마트폰으로 밋골 모친과 영상통화를 하는 중이었다. 아들 용배가 방북해 할아버지를 만나러 간다고 전할 참이었다. 90대로 접어든 모친이 아직도 북에 있는 아버지를 기억하려나 의아스럽기도 했지만, 그래도 가족 중대사라 사전에 알리는 것이 자식의 도리라 생각했다.

"그란데, 어무이. 놀라지 말고 잘 들으시소. 한 보름 후에 용배가 북한으로 들어가 아부지를 만날라 캅니더. 아부지 기억나능교?"

"뭐시라! 너거 아부지? 그 양반이 여태껏 살아 계신다꼬. 진짜가? …… 아이고 야야, 어미 숨 좀 돌리고 보재이."

여래는 생각도 못한 아들의 청천벽력 같은 소리에 지지러지며 평소 흘게가 빠져 희미하던 정신줄이 확 깨어났다. 깜짝 놀라 화닥닥 일떠남과 동시에 격동에 못 이겼다. 두근대는 심장의 동계(動悸)에 겨워 잠시간 숨이 막혀 오자 두 손바닥을 펴서 앞가슴을 지그시 눌렀다. 스물일곱 살 나던 해에 형무소에서 풀려나온 이후로 구십 평생 희로애락을 잊고 물신선 같이 살아온 긴 세월간 까맣게 잊어버렸던 흥분이라는 감정이 강하게 되살아나자, 그 울기에 저절로 목이 세워지며 사라졌던 목줄띠가 열감이 어려 퍼렇게 솟아올랐다. 죽었으리라 여겨 하늘에서 만날 것을 고대하며 심중으로 제사까지 지내왔던 남편이 살아 있다니! 이런 경천동지할 반갑고 기쁜 소식 아니고야 이처럼 감정이 북받쳐 오를 일이 있으랴. 더군다나 사랑은 내리사랑이라 했는데 세상에서 가장 귀하고 사랑스러운 손자가 제 할아버지를 만나러 간다고까지 않나. 그러고 보니 아침나절에 집 앞뜰의 개밥나무 꼭대기에서 이리저리 맴돌며 요란한 울음소리로 "꺅꺅", 그악스레 짖어대던 날떠꿔 까치가 영물이긴 영물인가 보다는 생각이 잠시 스쳐 갔다. 짧은 시간이나마 암암하게 남편 얼굴을 그려 본 뒤 어느 정도 달뜬 가슴을 간정시킨 여래는 수긋이 아들 이름을 부르며, 스마트폰 화면 속의 아들 얼굴을 똑바로 바라봤다.

"석하야…, 살다 살다 보이 이런 날이 다 오네."

"참말입니다. 어무이요, 손자 통해서 아부지한테 뭐 전할 말 없능교?"

"할 말이란 기 뭐 있겠노. 딱히 없고, 가마 있어 보거래이…. 마, 죽기 전에 얼굴 한번 보는 기 소원이라 캐라."

"예. 용배에게 단디 일러겠습니다."

"야야. 그란데, 니 아부지가 용배를 우째 알아볼 끼고. ……. 아범아, 내 말 잘 들거래이. 옛적 니 아부지가 지리산 계곡에서 나하고 헤어지던 날, 후일 니가 아부지 만날 때 증표로 삼게 뭘 하나 남겨 주셨니라. 그때 니는 내 배 속에 있었제. 그거 내, 여기 애들 시켜서 중국 너거 집으로 택배로 보낼 끼니 용배한테 전해 주거라. 알았제?"

"예, 어무이. 잘 알겠심니다. 용배가 평양 가서 아부지 만나마 꼭 보여 주라 칼게예. 그라마 또 연락드리겠심니다. 들어가입시더."

석하 모자간에 국제 통화가 이루어진 지 일주일쯤이 지나 중국 남경시 석하의 고급 아파트 현관문 앞으로 대한민국의 지리산 화개우체국 소인이 찍힌 모친의 속달 등기 우편물이 도착했다. 거기에는 삼송삼마도 일부가 새겨진 신주 문진 한쪽이 두루주머니 속에 들어 있었다. 여래가 구십 평생 가시밭 인생을 간사위를 다해 헤쳐 오며 생명처럼 소중히 간직해 오던 물건이었다. 여래동 필통 외에 남편이 남긴 단 하나의 물건, 사랑의 신표였다.

한국 전쟁이 한창 치열하던 1950년 9월. 작전상 후퇴로 처 조여래와 지리산에서 살아생이별하고 북상해 38선을 넘었던 고동혁은 전선의 교착 상태로 인해 남하 길이 막혔다. 처자식을 조기에 만나려고 얽이쳤던 애초의 앙그러진 계획은 완전히 버그러졌다. 급기야 남북은 휴전선이 떡하니 가로막는, 번외로 쳤던 영구 분단의 길로 접어들고 말았다. 북 땅에 갇혀 인민군 복무에 여념이 없던 그는 서른두 살이 되던 1957년, 남한의 중령급인 조선인민군 상좌 시절, 당과 집안 어른들의 집요한 권유로 당중앙위원회 비서국 총비서의 딸인 평양시당 정치위원 리남순과 결혼했다. 혼인한 이듬해에 남한에 두고 온 석하보다 여덟 살 아래인 리남순과의 첫아들 고창하가 태어났다.

이후 승승장구해 조선인민군 장령급 군관인 상장-남한의 중장에 해당-으로 전역했다. 군문을 나와 조선노동당 당중앙위원회 정치국 상무위원으로 일하다 칠십 대 중반의 노령에 이르자 갓끈을 풀고 은퇴했다. 동혁이 여든 살 되던 해에 부인이 노환으로 숨지자 창하네 집으로 옮겨 와 아들의 안갚음과 며느리의 수발을 받으며 노후를 보내고 있었다.

1958년생인 고창하는 장성해 평양과학기술대학 교수로 재직 중이던 1983년에 어련무던한 동료 여교수와 결혼해 첫아들 고관오가 태어났다. 1984년생인 고관오는 조국해방전쟁 영웅인 조부의 사자 어금니같이 든든한 후광을 입고 억척빼기로 자라나 김일성종합대학 핵물리학과 학부를 졸업했다. 같은 대학에서 석·박사 과정을 마친 뒤 핵물리학자가 되어 여러 국책 기관에서 근무하며 전공 실무 경력을 쌓았다. 2020년 무렵에는 조선민주주의인민공화국 핵무기연구소 수석연구원으로 재직했다.

이해 서울에서 교수로 재직 중인 네 살 아래 사촌 동생인 조용배가 방북해 평양에서 형을 만났다. 그가 내민 삼송삼마도 문진을 받아 들고 반색하던 할아비지 고동혁이 감격의 눈물을 보이며 찐덥지게 가족임을 확인해 줬다. 이 가족 모임 자리에서 관오는 조 교수로부터 북한의 고농축 우라늄과 플루토늄 보관 장소에 관한 정보를 알려 달라는 남경의 성 다른 큰아버지 조석하의 부탁을 전해 받았다. 부친과 90대 중반의 노령인 조부와 의논한 결과, 다소의 위험이 수반된 사안이었지만 국가적 운명이 걸린 대승적 견지에서 이 데억지고 은밀한 요구를 무이지 못하고 수락했다. 피는 물보다 진했다.

화개동천 상류 골땅인 연동계곡의 밋골마을에서 부모님을 모시고 여동생과 함께 살던 여래의 큰오빠 조용권은 해방되던 해인 1945년에 첫아들 상철을 낳았다. 2년 후에는 둘째 아들 상진이가 태어났다. 상철과 상진은 정금리 대비마을에 사는 사촌 동생 석하와 어렸을 때 어우렁더우렁 어울리며 가댁질하고 뛰어놀았다. 석하가 중학교 다닐 때까지는 친사촌으로 알고 지냈지만, 고등학교에 들어가서는 졸지에 동생이 고종사촌으로 바뀌고 말았다.

성장한 상철은 결혼해 조용배의 육촌 형인 1980년생 조춘배가 태어났다. 춘배는 소싯적 댕돌같은 신체에 강인한 정신력과 명석한 머리로 수재 소리를 들었다. 매사 거쿨지고 산드러진 태도로 솔선수범하는 성실성이 몸에 배어 마을 사람들의 기대를 한 몸에 받고 자란 총아였다. 푼푼하고 습습한 성격으로 친구들과 어울리며 명문 중·고교를 졸업한 뒤 당시 젊은이들에게 선망의 대상이었던 육군사관학교에 진학해 고급 장교의 길로 접어들었다. 두메골 가난한 집안에서 뛰쳐나와 나름 미꾸라지 용 된 셈이었다.

육촌 동생인 조용배 교수가 북한 방문을 한 2020년, 춘배는 마흔 살의 나이에 중령 계급으로 특전사 특임여단 대대장 임무를 수행했다. 다음 해 조 중령은 고관오·조용배 형제로부터 북한의 고농축 우라늄과 플루토늄 보관 장소의 좌표 정보를 입수한 국가가 내린 특수 명령을 하달받았다. 용장한 특전사 참수부대 정예 대원들을 이끌고 성금을 세우려고 비밀리에 북한으로 침투했다. 핵무기 연료 탈취 작전을 총괄 지휘해 임무를 성공적으로 완수했다. 북측 레이더망에 걸리지 않는 특수작전용 최신형 MH-47F 헬기를 이용한 야간 저공비행으로 좌표 지점에 득달같이 도달했다. 경계초병과 업무 중인 직원들을 마취 총으로 기절시킨 후 단숨에 목표물을 헬기에 옮겨 실었다. 평소 연마한 특전사 특수전 능력으로 이만한 작전은 능준히 수행할 수 있었다. 30분이 채 걸릴까 말까 한 작전을 전광석화처럼 종료하고 본대로 복귀했다. 석하의 한반도 핵전쟁 방지 프로젝트의 줄목이 무사히 일단락됐다.

남한이 북한으로부터 고농축 우라늄과 플루토늄을 탈취해 본격적인 핵무기 개발에 박차를 가하던 2022년. 기승을 부리던 전 지구촌의 코로나 병난도 그 기세가 한풀 꺾여 누꿈해졌다. 중국 남경대학 캠퍼스를 온통 화려하게 물들인 오색 단풍이 눈을 부시게 하는 어느 만추의 오후. 붉은빛 담쟁이덩굴이 용틀임하여 벽체를 뒤덮은 학내 오옥매의 운치 있는 기와집 전통 건물의 교수 연구실에서 조선반도 동족상잔의 격류에 휘말렸던 어느 기구한 팔자의 두 남녀가 이별한 지 72년 만에 해후상봉했다. 오 교수의 남편인 조석하가 아들 조용배 교수를 대동하고, 96세의 부친인 고동혁과 91세 모친인 조여래를 위한 만남의 자리를 마련했다. 20대 청춘 이별에 90대 백발 재회였다.

동혁은 아들의 부축을 받으며 연구실 문을 열고 들어섰다. 눈앞에, 며느리와 함께 미리 와 기다리고 섰던 여래의 헝클어진 백발이 창문을 뚫고 들어온 역광을 받아 짙은 실루엣으로 다가왔다. 쓰렁쓰렁 어색함으로 가득 찬 실내 분위기에 압도되어 멈칫 제자리에 멈춘 그는 네댓 걸음 앞의 여래를 물끄러미 쳐다봤다. 포실하고 매초롬했던 여래의 보름달 얼굴은 부세(浮世) 칠십 년이 삼켜 버려 쭈그렁이로 변했다. 저승꽃이 핀 움푹 파인 눈창에 광대뼈만 툭 튀어나온 잔약한 연생이 몰골이었다. 다 빠져 버린 머리카락 몇 올이 백발로 흩날렸다. 젊은 시절 청수하고 허여멀쑥하던 동혁의 얼굴 모습 역시 매한가지였다. 낯선 타인이 봤을 때는 막 관에서 튀어나왔음 직한 옹망추니 흉물이겠지만, 그래도 한때 살을 섞었던 가시버시라 서로의 겉모습에 혐오감을 느끼지는 않았다. 가슴에 묻어둔 새색시, 새신랑 때의 풋풋했던 자태가 지금의 모습에 언뜻언뜻 오버랩되기 때문이었으리라. 비록 두 사람의 얼굴 피부는 바스러져 볼품없이 쪼그라들었지만, 신기하게도 반짝이는 눈빛만은 달라지지 않고 예전 그대로였다. 마주 바라본 열기 있는 눈동자에 비친 또렷한 두 개의 눈부처가 아직도 제턱이라는 그들의 숫저운 마음자리를 교감시켰다. 삿된 감정이나 악의가 범접해서는 절대 생기지 않는 눈부처….

너스르르한 회색 털 점퍼를 입은 여래는 맨 아래 단추 하나를 푼 상태로 왼손을 주머니에 집어넣고 오른손은 그 주머니 안쪽으로 찔러 넣어 왼손이 주머니 안감으로 오른손을 잡아 덮싸고 있었다. 젊은 날 약조했던 이 사랑의 징표를 칠십여 년이 지난 지금까지도 잊지 않고 감치며 굳건히 지키는 여래의 모습을 바라본 동혁의 두 눈에 눈물이 주르르 흘러내렸다. 말없이 다가가 여래의 오른손을 빼내 두 손으로 움켜잡자, 여래가 주머니에 넣었던 왼손을 빼내 동혁의 오른손을 감싸 쥐었다. 이내 상봉의 포옹도 없이 우뚝 선 자세로 서로의 광대등걸을 면바로 빤히 쳐다보던 두 사람은 누가 먼저라 할 것 없이 동시에 소리 내어 흐느껴 울기 시작했다. 자식들 앞에서의 체면치레에도 불구하고….

칠십 년여 만에 마주한 두 노인이 보여 준 만남의 행동은 그 옛적 지리산 어느 동굴에서 만날 때마다 했던 사랑의 징표 의식이었다. 동혁 생명의 은인인 여래가 심하게 다친 그의 회복을 위해 간호하며 머물렀던 지리산 범왕리 밋골마을 상류 계곡의 은둔 동굴에서였다. 회복 후 둘은 헤어져 각자의 보금자리로 가 지냈지만, 일주일 간격으로 그 동굴에서 만나 사랑의 싹을 틔우며 밀어를 속삭였다. 애틋한 육체의 몸부림으로 급기야 핏줄인 석하를 잉태했다. 그 석하가 일흔 노인으로 변해 지금 동혁의 눈앞에 서 있다.

당시 두 사람이 만날 때 영원한 사랑의 맹세로 짬짜미했던 행동이 바로 여래의 점퍼 안감 속으로 오른손 찔러 넣기였었다. 하단 단추 하나를 푼 이유는 '내 몸과 영혼을 열어 당신을 받아들입니다.'라는 마음의 보람이자, 동혁을 향한 여래의 사랑과 존경심의 예우였다. 헤어질 때도 만날 때 행동의 역순이었다. 서로 두 손을 감싸 쥔 후 아쉬운 발걸음을 돌릴 때도 서로의 모습이 보이지 않을 때까지 여래가 한 손을 주머니에 넣고 한 손을 감싸 쥐었다. 손을 흔드는 것보다는 한 차원 높은 이별 정경이었다. 상류 비트로 올라가다 뒤돌아보곤 하던 동혁에게 그 자리에 서 있던 여래가 예의 그 자태를 보여 줬다. 이후 잠시간의 신혼 생활 때도 동혁과 며칠 떨어졌다 만날 때의 여래는 항상 단추 달린 점퍼만 입었다.

그때의 그 격렬했던 사랑의 홍취는 백발에 묻혀, 말라붙은 샘물처럼 자취조차 없어지고 한평생을 짐짐하게 살아왔다. 어여뻤던 청춘 사랑은 흔적도 없이 사라지고, 가여워서 마지못해 따를 수밖에 없는 노령 사랑이 실낱같이 둘의 연을 이어 줬다. 세월의 파고를 넘고 넘어와 표류한, 가여움이 어여쁨을 집어삼킨, 인생사의 한 단편이었다. 그러나 주마등처럼 간단없이 스루어(애태워) 왔던 사랑에 대한 추억의 감정은 입때껏 온새미로 남았다. 위대한 몸짓이었던 옛 청춘 약조가 암암히 떠올라 두 사람의 심금을 울렸다. 오동보동하던 여래의 손등이 보굿처럼 쭈글쭈글한 주름으로 구겨졌을지라도….

여래는 한바탕 꺼이꺼이 긴 호읍을 터뜨린 후 동혁을 듬쑥 끌어안고 한동안 그의 어깨를 덮두들겼다. 동혁은 어깨에 와닿는 여래의 뼈마디만 남은 손가락 촉감이 유신이 사라진 허깨비처럼 가볍게 느껴졌다. 참기 힘든 격정을 가까스로 가라앉힌 그녀는 손가방에서 '如來東'이란 글씨가 새겨진 필통을 꺼내 동혁에게 내밀었다. 물끄러미 필통의 글씨를 훑어보던 동혁은 그 암담하고 막막했던 지리산 천왕봉 아래 동굴에서의 이별 장면이 어슴푸레 떠오르자 또 한 번 어깨를 가늘게 흔들며 울음을 삼켰다. 사랑하는 여인을 지켜 주지 못한 죄책감이 구십 대 중반 노인의 무딘 감정에 큰 파고를 일으켰다.

곱디곱던 피부가 툭진 뼈마디로 변해 앙상해진 여래의 손을 자신의 악마디 진 손으로 꼭 잡은 채, 그 옛적 혈기 방장의 배젊은 시절 지리산에서, 생초목에 불이 붙은 살아생이별을 했을 때 그녀의 배 속에 있던 72세의 아들과 며느리, 손자와 손자며느리의 절을 받는 동혁의 마음은 어떠했으랴. 신혼의 단꿈을 깨어 버리고 야속히 떠났던 동혁을 멀뚱히 바라보는 눈물받이 신세의 평생 수절 과부 여인 여래의 속내평은 더더욱이…. 세월의 흐름에 따라 그가 더 야속했을진 몰라도, 그렇다고 덜 사랑한 건 결코 아니었다.

　남경시 다운타운의 한바닥인 타이핑난 거리의 번화가 도로변에 있는 '韓玉(한옥)'이라는 한식당에서 가족 연회를 벌였다. 조선족 여인이 사장인 이 식당 2층 홀을 통새미로 빌려 증손자 두 명을 포함한 여덟 명의 대가족이 두리기상에 모여 앉아 화기애애하게 느즈러진 만찬과 여흥을 즐겼다. 힘들게 계단을 올라간 동혁은 잠시 호흡을 가다듬으며 홀 출입문 위 액자에 적힌 글귀를 우두커니 쳐다봤다. "民以食爲天(민이식위천)", 사람이 먹는 것은 하늘을 위함이란 뜻이었다. 식당 글귀로는 제법 구색이 맞는다는 느낌과 동시에 여래와 그의 기구한 한뉘도 어찌 보면 하늘을 위함이 아닐까 하는 생각이 들었다. 조만간 둘이 다 하늘로 올라갈 운명일진대….

　잉걸불에서 익고 있는 특별 주문한 평양식 송이버섯 숯불구이와 신선로에서 끓는 열구자탕의 욱렬한 냄새가 모두의 후각을 자극했다. 흐벅지게 차린 마닐마닐한 음식이 입맛도 사로잡아 맛맛으로 흐드러지게 먹다 보니 만포고복(滿哺鼓腹)을 즐겼다. 탐탐한 기분에 휩싸인 동혁은 가족의 열기에 취해 모처럼 몸이 감길 정도로 댕댕하게 포식했다. 중국 8대 명주 중 하나라는 장쑤성 백주 양하대곡을 한잔 걸치고 분위기가 무르익자 흔연해진 두 상노인이 손을 잡고 어깻바람의 반춤을 추며, 옛적 지리산 유격대 시절 빨치산의 노래로 즐겨 불렀던 부용산 비가를 나직이 읊조렸다. 마치 두 사람의 인생사가 노래 가사에 담긴 듯했다. 상여에서 옮겨진 두 사람의 봉분 터를 다질 산꾼들의 달구질 비가 머잖아 남북 산천에 서 앞서거니 뒤서거니 불리리라. 석하도 익히 이 노래를 암송해 오 던 터라 따라 불렀다.

　　"…간다는 말 한마디 없이/너는 가고 말았구나/피어나지 못한 채/병든 장미는 시~들어지고…."

동혁과 여래의 파란만장했던 인생행로를 접기 위한 '최후의 만찬'이 었다. 시절인연! 때가 되어 한국 땅 지리산에서 만났고, 때가 되어 지 리산에서 헤어졌고, 때가 되어 중국 땅 남경에서 만났다, 때가 되어 남경에서 헤어졌다. 두 사람을 매 묶어 온 그 그악스럽던 제연(諸緣) 고리가 풀려 대단원의 막을 내리고 마침내 종지부를 찍었다.

이 뜻깊은 미완의 한풀이 모꼬지 자리에서 석하가 젊은 시절 아 내와 함께 정성스레 만들어 간직해 오던 여래동 대금을 아버지께 선물로 내주었다. 귀물을 받아 들고 도연해진 동혁의 눈가에 또 한 번 회한과 감격의 눈물이 맺혔다.

"석하야, 고맙다. 이 대금은 관오에게 전해 집안 가보로 전해지도 록 하겠다. 보아하니 조만간 통일이 이뤄질 거야. 그때 다 만나거 든 이 대금을 꺼내 놓고 옛말하며 이 애비, 어미를 생각하거라."

동혁은 여래에게 자신이 6·25 전쟁 후 받은 북한 최고 등급의 칭 호이자 훈장인 '공화국영웅' 메달을 선물했다.

"여보, 이 훈장의 공적조서에는 당신의 빨치산 활동 공적도 일부 포함됐소."

번쩍거리는 이 메달 또한 석하, 용배가 이어받아 대대로 전해질 조씨 문중의 숭엄한 가보가 아니겠는가.

상봉 며칠 후 지팡이에 의지한 고동혁은 휘청거리는 노구를 이끌고 아들, 손자와 함께 하늘을 찌를 듯 우거진 숲으로 위요된 남경 시내 한복판의 중국인민해방군 열사기념공원을 방문했다. 20세기 50년대 항미원조 전쟁으로 이국땅 조선에서 전사한 열사들을 기리는 대형 열사탑을 참배했다. 밋밋한 공원 언덕 뒷전 귀퉁이에 흙을 파낸 간굴에 마련된 중국 인민들의 만고 영웅 마오 주석 기념관에 들렀다. 공산당의 성지라 각지에서 몰려든 방문객들이 붉은 조명 아래 입추의 여지가 없이 꽉 들어차 시끌벅적거렸다. 마오 사상에 심취해 젊은 한때 정열을 불태우며 뛰어들었던 전쟁의 풍상과, 조선반도 통일의 마중물이 되기 위해 견마지로를 다해 공화국에 충성을 바쳤던 옛 추억의 편린들이 주마등처럼 동혁의 눈앞을 스쳐 갔다. 기념품 코너에서 마오 초상화와 방문 일시, 고동혁 이름이 새겨진 금도금 기념 메달을 즉석 제작해 용배에게 선물했다. 손자에게 전하는, 공산주의 신봉자인 할아버지를 잊지 말라는 무언의 메시지였다.

한적한 공원 호숫가의 벤치에 대를 이은 살붙이 둘을 좌우 옆에 나란히 앉혔다. 마른 볏단처럼 기력이 완전히 쇠잔해 버렸으므로, 아들과 손자가 옹위하지 않았다면 개신거리던 그는 필시 어느 쪽으로든 쓰러졌을 것이다. 울긋불긋 물든 주변의 단풍을 구경하던 동혁이 먼 하늘을 올려다봤다. 티 없이 청신한 하늘에 펼쳐진 두루마리 구름 사이로, 그 옛날 항미원조 전쟁 때 영하 30도를 넘나들던 혹한의 산악지대에서 유엔군과 국군을 상대로 피를 보고 안반뒤지기를 하면서 눈구덩이를 뒹굴던 중공군과 조선인민군의 처절했던 참상들이 중첩됐다. 잿빛 구름 틈새의 공활한 가을 하늘을 통해 그 상막한 기억 한편을 소환시켰다. 지금 캐드득거리고 귓속질하며 평화로이 공원을 산책하는 저 천진난만한 젊은이들이 이데올로기에 점철됐던 그 격랑의 날의 인간 참살을 상상이나 할 수 있으랴.

"용배야. 이것 받아라."

한참 만에 말머리를 꺼낸 동혁이 양복 안주머니 속을 훔척거리더니 작은 봉투 하나를 꺼냈다. 그러고는 봉투 속에 든 꼬깃꼬깃 접은 낡은 지도 한 장을 꺼내 용배 손바닥 위에 펼쳐 보였다. 옆에 앉았던 석하 역시 부친이 내미는 종이쪽이 뭔지 궁금해 고개를 내밀고 살폈다.

"이 지도는 얼핏 보면 평범한 것 같지만, 엄청 중요한 비밀 지도다. 숨겨진 매장금의 위치를 표시해 놓은 보물지도인 셈이지."

동혁은 지도에 얽힌 얘기를 아들과 손자에게 담담하게 털어놓으며 과거사를 풀어나갔다. 1950년 지리산에서 인민군 소좌로 빨치산 활동을 지휘하던 시절, 국군의 대대적 토벌에 밀려 부하들을 이끌고 북으로 후퇴할 때였다. 이전 인공 치하 때 전쟁자금 조달을 위해 걸태질에 한창 열을 올리고 있던 인민군 본대가 한국은행 광주지사의 금고를 급습해 금괴를 탈취했다. 당시 한국은행 서울 본사와 대전지사 등의 상부 금괴를 도거리로 광주지사로 옮겨와 피난 대책을 강구하던 중 갑작스레 밀려든 인민군들에게 곱다시 뺏기고 만 것이었다. 인민군사령부의 명령으로 약 1t에 달하는 금괴를 몇 개의 루트로 이동해 보관했다. 그중 1kg 골드바 200개를 지리산 빨치산 지휘소인 비밀 아지트로 옮겼다.

여래와의 러브스토리가 감춰진 화개골 범왕리 위쪽으로 오리쯤 거리에 칠불암이 있었다. 그 암자 뒷산을 타고 북서쪽으로 한참 올라가다 보면 나오는 지리산 주능선상의 삼도봉 아래 목통골 9부 능선쯤의 바위굴이 그때 동혁이 머물던 비트였다. 급하게 상부의 후퇴 명령이 하달돼 미처 금괴를 운반할 수 없는 지경에 이르렀다. 동혁은 훗날을 기약하며 비트 근처 비밀 장소를 선정해 금괴 상자를 매장하고, 주변 지형을 그려 넣은 정밀 지도를 작성했다. 전쟁에 승리하면 조만간 되찾으러 내려올 예정이었다. 패하거나 휴전이 되더라도 남반부 전역에서 전개될 노동당 지하 조직들의 활동 자금으로 충당할 계획이었다. 그러나 전쟁이 멈춘 후 이러한 모든 예상과 기대가 버스러졌다. 북측 인사의 접근이 전혀 불가능하게 된 상태로 오뉴월 두룽다리처럼 더는 필요 없는 존재로 방치된 채 이러구러 칠십 년의 아쉬운 세월이 흘렀다.

이적에야 동혁 외에는 그 누구도 이 더넘차게 많은 보물의 존재를 아는 사람은 없었다. 알려고 하는 사람도 없었다. 천수를 누리고 세상을 하직할 때가 서서히 밀려왔다. 그는 마치 써레질만 하고 모를 내지 못한 헛삶이 논처럼 지리산 골짜기 한 귀퉁이에 묻혀 영원히 빛을 보지 못할 금덩이에 대한 알끈한 마음을 혼자 삼켜 왔을 뿐이었다. 외봉친 뜬재물이라 뜬구름 속으로 날아가 버렸나 닻을 감아 중동무이하고 짐짐한 마음으로 낙담의 세월을 보내던 중, 포기하고(give up) 있던 그에게 조물주가 뜻밖의 기회를 준(give) 것이었다. 노력이 기회를 만나면 운이 된다더니 이제 동혁의 간절한 소망이 운을 만나-업(up/業)이 사라지고- 기회가 온 셈이었다. 그에겐 아직 산들지 않은 삶이 남아 꿈틀대고 있었다.

"이 지도가 비교적 상세하게 그려졌으므로 금괴를 찾는 데 큰 어려움은 없을 거다. 순금 200kg이면 아무리 드리없어도 현재 시세로 따져 남조선 화폐로 한 200억 원쯤은 될 거야. 너희들이 이 돈으로 무슨 부귀영화를 누리겠느냐? 어차피 이 돈은 개인이 아닌 공화국의 전리품이다. 물론 그 이전엔 남조선 당국의 것이었지. 이제야 부당한 재물을 토악질하는 셈이지. 원컨대, 이 돈은 공익사업에 쓰거라. 내가 굴러듣기로 남조선에서 보물을 획득하면 시가의 근 반을 세금으로 내야 한다더구나. 그러나 그 돈으로 공익사업을 하면 거의 세금이 면제된다고 하더라.

할애비 생각으로는 억울하게 피를 흘린 여순사건 유족과 빨치산 후손들을 찾아내, 그들이 대대로 어려움 없이 살 수 있도록 복지장학재단 같은 것을 만들어 벼름질해 돌봤으면 한다. 공화국이나 남조선 당국이 모두 수긍할 수 있는 돈 씀씀이를 찾다 보니 이런 결론에 다다랐다. 내 의도를 잘 곱새겨서 만에 하나라도 차질이 없도록 해라. 과거사의 진의야 어쨌든 이 할애비가 주동했던 여순 사건으로 인해 돌아가신 많은 분과 지리산으로 쫓겨 가 내 휘하에서 지지리 짓고생만 하다 숨진 여러 빨치산 동지들이 일생의 한으로 남는다. 요새 그분들 영선(靈仙)의 악매가 귀청을 흔들며 뼛속까지 스며든다. 조만간 저승에 가서 죄다짐의 용서를 빌어야지. 그나마 죽기 전에 천우신조로 너희들을 만나 뉘를 보게 되어 약소하나마 망자들의 넋걷이라도 하기 위해 이런 유언이라도 남기니, 그들에게 씌웠던 그 덤터기의 죄를 조금은 덜어내는 것 같아 이젠 죽어도 여한이 없구나."

가슴이 벅차오른 감격무지로 흐무지게 된 동혁의 풀어진 안공에 어느덧 짙은 눈물이 그렁그렁 고였다.

"할아버지 말씀은 폐부에 새겨 군돈질하지 않고 그대로 실천하겠습니다. 이젠 염려 놓으시고 증손자들 재롱이나 즐기며 편안히 여생을 누리세요."

가냘픈 조부의 거칠한 손가락을 덮어 쥔 용배의 손목에 강한 알심이 굼틀거렸다.

극적인 남경 해후의 시간을 가졌던 두 남녀는 상련지정(相憐之情)에 젖은 헛헛증을 못내 삼키며 다시 헤어졌다. 그러고는 제각기 남북의 보금자리로 향했다. 잡은 손을 차마 놓지 못한 채 실눈을 깜빡거리며 빨쪽이 미소 짓던 여래의 웃음이 동혁이 이승에서 마지막으로 본 그녀의 모습이었다. 이듬해 고동혁은 향년 97세, 조여래는 향년 92세를 일기로 한 많은 인생을 하직하고 흙으로 돌아갔다. 북의 창하와 남의 석하의 눈물 배웅을 받으며…. 살아생전 함께 늙지 못했고 죽어서도 같은 무덤에 묻힐 수 없었으니, 밋골마을에서 맺었던 백년해로의 언약은 차치하고 해로동혈(偕老同穴)은 이 부부에게 들어맞지 않았다. 훗날 남북통일이 된다면 어느 바지런한 후손에 의해 동혈(同穴)은 이루어질지 모르지만….

"그예, 동혁과 여래는 쌍골죽 양 골의 이데아로부터 완전히 해방되었다."